图书在版编目(CIP)数据

班的猫 / 鲁舣著. —重庆:重庆出版社, 2023.7
ISBN 978-7-229-17609-9

Ⅰ.①班… Ⅱ.①鲁… Ⅲ.①幻想小说—中国—当代 Ⅳ.①I247.5

中国国家版本馆CIP数据核字(2023)第080900号

班的猫
BAN DE MAO

鲁 舣 著

责任编辑:魏映雪　王靓婷
装帧设计:散点设计
责任校对:杨　婧

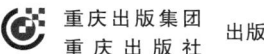
出版

重庆市南岸区南滨路162号1幢　邮政编码:400061　http://www.cqph.com
重庆出版社艺术设计有限公司 制版
重庆豪森印务有限公司 印刷
重庆出版集团图书发行有限公司 发行
E-MAIL:fxchu@cqph.com　邮购电话:023-61520646
全国新华书店经销

开本:890mm×1230mm　1/32　印张:11.75　字数:340千
2023年8月第1版　2023年8月第1次印刷
ISBN 978-7-229-17609-9
定价:69.80元

如有印装质量问题,请向本集团图书发行有限公司调换:023-61520678

版权所有　侵权必究

目录 / Contents

- *001* 班的镇
- *039* 住在阁楼的幽魂
- *071* 无人起舞
- *127* 纪子的地狱
- *171* 以父之名的救赎
- *227* 恨之刃
- *303* 焚星
- *363* 尾声

谨以此文献给我养的第一只猫,牙牙。

因为癌症复发,它于2021年12月初离开了我。

它最爱的食物是一款金枪鱼混合蟹肉的罐头。

班的镇

1

它让我想到了达纳基尔盆地①，尼日尔②和吉布森沙漠③，几乎算不上生者的世界。

——班在《星际联航寰宇指南：帕玛篇》上的一处笔记，每位乘坐星际联航航班飞往帕玛星的乘客都会免费获得这份指南。

透过车窗，鲁扭头看向外边。

从两个小时，或者更久之前开始，外边的景致便不再有太多变化。天空中没有云，地上也不见任何植被，世界苍茫得如同一张朝远方摊开的砂纸，糙杂又浑浊的苍黄为底色，此中万物都被打上了一层厚重的蜡，连天地都分不清边界，只有深浅浓淡的区别，寥寥几笔还算清晰的线条，是车队正驶过的盘山公路，铅灰色的纤细曲线来回弯折，勾勒出绵延不绝的山的轮廓，再往外沿，便只剩一片无边无际的昏黄，那是目前已探明全宇宙最辽阔的沙漠，约莫八十个撒哈拉沙漠大小，占据了这颗星球

---

① 位于埃塞俄比亚，是一片被有毒气体和高温地热笼罩的荒地，因其密布的高酸度高盐度的地热水蒸气被称为生命的禁区，地球上真正的不毛之地。

② 位于撒哈拉沙漠南缘的一个西非内陆国家，全年分旱、雨两季，年平均气温30℃，是世界上最热的国家之一，土地贫瘠化十分严重。

③ 位于澳大利亚西部内陆，是一片罕见的红色沙漠，气候恶劣，寸草不生，白天气温高达38摄氏度以上，晚上气温则降到0度以下。红色沙漠形成的原因是沙粒中含有铁质，铁暴露在空气中会氧化变成红色。

四分之一的陆地，因而得以用这颗星球的名字命名——帕玛沙漠。

鲁从没去过那里，倒是每次搭乘飞船快要抵达帕玛星，例行环绕外轨道时总不免见到。随航的空乘人员通常会把这当作一景，热诚地用广播邀请乘客们驻足观赏。鲁早已没有那股新鲜劲，但艳丽婀娜的明黄摇曳在窗外，也实在叫人难以忽略。从飞船上俯瞰，这片沙漠就像一条肥硕慵懒的金蟒缠绕在帕玛星的赤道上，叠起的沙丘如同层层鳞片，于黯淡的太空中是那样晶莹耀眼，稀薄的大气沿着沙漠四周的山脉滑动，衬得它像是活的，那徐徐流转的风沙，便是它优雅地蛇行。

这样华美生动的景观，近了看却只剩下无边的孤寂和死亡，连带着整颗星球皆是如此。

除却闻名遐迩的帕玛沙漠，帕玛星大大小小的沙漠其实还有近三十块，其间密布着极不稳定的流沙。这颗星球其实很早便被发现，但直到最近百年才渐渐开始有人类造访，因为空气极度干燥且含有毒颗粒，人们生活在此需要佩戴专门的滤阀才能安全地呼吸，更别提炎热的气候和常年从荒漠蔓延来的尘暴……若非富饶的矿产和帕玛人这样着实低廉的劳动力，星际联署大概连殖民的兴趣都不会有。

劣等星，在联署拟撰的《星球图鉴》里它一直都属于这个分类。

不过如今，居住在这里的人倒是不用为了发财而忍受糟糕的气候和危险的空气。地球宣布殖民后不久，星际联署便租用了帕玛人首府多邦以南一块结构相对稳定的谷地，并在那里耗费巨资筑起一个隔绝自然大气的人工穹顶；穹顶之下近两百平方千米的土地，便是人类租界，租期是二十个世纪。经过数十年耕耘，如今的租界已经和地球上诸多人类城市别无二致，香甜湿润的空气、绿荫漫道的公园、碧蓝清澈的人工湖、纵横交错的街道和高耸挺拔的楼宇，林立的剧院赌场和高级餐厅，不熄的霓虹为这座城市装点起令人心驰神往的灯红酒绿；帕玛星每个漆黑寂寥的夜晚，租界都会如同一颗初升的太阳在多邦以南缓缓亮起，它是那样精美绝伦，就像嵌在夜幕中五彩剔透的宝石，抑或是，一个悬浮在无垠荒漠中壮丽恢弘的蜃楼。

现在想来，在这待了十几年，鲁一共就离开过租界两次。第一次是为了解决在北极矿区的一起重大事故，一个帕玛女工意外被勘探的机器轧死，附近的数十个帕玛劳工为了营救她企图用身体阻停重达百吨的机器，最后一一被碾压致死。若不是发生在自己的地盘，鲁绝不会相信这样前赴后继去送死的事，那次，也是鲁第一次见识到帕玛人骨子里的团结。

"真是个我为人人，人人为我的乌托邦。"

新闻里的评论家曾公开这样讲过，但这番评价并不夹带任何褒义，在他们看来，那是一种在低等动物里才有的集体意识，类似蚂蚁或者蜂虫。帕玛人时刻将自己的命和族人系在一起，就像某种从出生时便签署的生死相依的契定，尽管如此低级幼稚，但在帕玛人心中，它的效力远比和地球人签订的劳务合同要大。一方面，鲁庆幸这种愚蠢的、与生俱来的羁绊无疑对自己在法庭上脱罪有利——至少能让自己在这起事故上少负些责任；但另一方面他又对这样毫无意义的牺牲无可奈何，他记得当时负责监工的人类主管向他汇报时，脸上便是毫不掩饰的嘲笑和颇为自满的"英雄主义"——"若不是我及时关停了机器，这群不懂技术的蠢材还会继续扑上去送死。"

鲁当时听罢，也只点了点头算作回应，对于无法评价的事情，他惯于沉默。

为了尽快平息事故，鲁拉上了返回帕玛星述职的驻地球大使马德哈万，那是他早年花费重金交到的"老朋友"。马德哈万的祖父曾是帕玛星几个部族的联合大酋长，借着这层荣光，他在同族人乃至整个帕玛星一直颇具权威，帕玛星和地球正式建交后，他便获誉成为大使。马德哈万仰慕人类文明，也是最早被人类"同化"的帕玛人之一。比起习惯裸露的同族，他穿定制西装，牛津皮鞋，受邀在伯克利分校①读了四年政治与星际关系②，又去联合国教科文组织当了三年差，自然也把那套愚蠢的羁绊从自己的DNA里洗刷得干干净净。

说是大使，说白了做的就是上通下达的皮条生意，不管在地球还是帕玛星，人类和帕玛人大大小小的摩擦，很多到最后都得请来他这号人物。事实证明马德哈万确实也有些能力，几十条人命，没几天他便顺顺利利地摆平了——最终，法院仅仅是建议鲁的公司出于人道主义，为每位遇难者的家属提供两万标准星元的慰问金，当然，成本还得算上一套价值两百万标准星元，位于亚萨瓦群岛③的海景别墅，它被单独赠予了马德哈万。

"能为您这样的大商人排忧解难，是我的荣幸。"隔日，马德哈万在知晓了自己的"报酬"后特地来致谢，还特意穿上了一身庄重笔挺的戗驳领西装。马德哈万的身形在帕玛人里算是中等，但也近2米半高，因而他干脆直接半跪在地上，好让鲁能够与他平视，帕玛人天生发达的大腿一旦屈起，肌肉便会凸胀，形成一节节规则的隆起，通常朝着一个方向排布，就和帕玛沙漠里那些连绵纵横的沙丘一般。那条西裤虽说是定做的，但容下他的双腿依旧有些勉强，这样一蹲下更是被撑得几乎绽开，鲁不知道这位老朋友是否会因为这份束缚感到难受，但至少他的眼里，已经灌满了南太平洋小岛上的海风。

"其实以后处理这样的事，你大可不必离开租界特意前来。"

"好的，我的朋友。"

鲁听从了这份忠告，之后他就没再离开过租界。眼下，便是第二次，只是这次的麻烦，再也没有这位老朋友来排忧解难——前帕玛星驻地球

---

①全称为加利福尼亚大学伯克利分校，坐落于美国伯克利市，是世界顶尖的公立研究型大学之一。

②作者虚构的学科，参考自政治与国际关系，伯克利分校的该学科在国际专业排名中常年处于领先。

③斐济境内约由20个火山岛组成的列岛，位于南太平洋，是著名的旅游胜地。

大使马德哈万在多邦星际酒店房间内遭遇刺杀，首府多邦正式宣布戒严——这还是上周的新闻。

在新闻上得知马德哈万的死讯时，鲁正在租界郊区的高尔夫俱乐部里用早餐。那天是个爽朗的晴天，但大家似乎都没什么挥杆的兴致，一群商人全都挤在俱乐部的咖啡厅里闲话。最近的几个月，好几个星球都传来了动乱的消息，虽然都不算严重，但也足够星际联署头疼，而一向太平的帕玛星，这几天也都充斥着罢工、动乱和刺杀的新闻，这样的动荡不安，反倒令眼前租界的风和日丽显得特别不真实。

"好了，现在多邦戒严，租界的出入口也被封了，他们帕玛人真是蠢透了，我们工资照给，他们活儿照做，大家皆大欢喜，偏偏要学别的星球整这些鸟事。"商人里最爱高谈阔论的韩先生对大家这番死气沉沉极为不满，他直接拿起了他最爱的麦如满①球杆，狠狠敲了敲咖啡厅的地板，钛金做的杆头也不见响，倒是自己的嗓门大了起来，"什么狗屁大使，真不中用，偏偏这个时候死了，下周莱德杯②的队员就要到了，人家专程来帕玛星陪我打球，我还指望着那个蠢蛋能好好安排一下。"

说到这时，韩先生还特意回头瞪了一眼在吧台咖啡机旁一脸战战兢兢的帕玛人服务生，那副险些要吃人的模样，让明明比他高出两个脑袋的帕玛女人连忙低下头，屈起双腿跪在了地上。隔着吧台，鲁都能听到关节和瓷砖地板碰撞产生的"咔嚓"声——帕玛人是绝不敢惹人类的，韩先生这么做既是仗着这一点，也是为了再次印证这一点。

"待在租界也好，你们的破事，我们人类眼不见为净。"

这样一闹，与韩先生交好的几个商人连忙上前安抚，也跟着骂了马德哈万几句，见韩先生不再言语，便又借口一同去水疗拽着他回了酒店，总之，那天因为马德哈万，谁也没能摸着球。

鲁是不在意的，他本就是来凑局的人，能坐着不动，喝喝咖啡看看

---

① 即 Maruman，是日本知名的高尔夫球杆生产商。
② 即 Ryder Cup，是英美及其他欧洲国家间举办的团体高尔夫球赛。

风景反倒更好,近千亩的坪地全铺满了从地球专程运来的果岭草①,连绵的绿荫和温柔的阳光,在帕玛星也算是难得一见的景致,只是那天他的注意力却总是情不自禁放在远处,这里是租界边境,那些绿意的尽头便是多邦,只是因为穹顶的阻隔,外面的一切都是看不见的。

因为看不见,那个他从不愿意踏入的地方反倒有了某种难以言喻的魅力,吸引他想要一窥究竟。那些被帕玛人洗劫一空的政府办公楼,洒满帕玛人黝黑鲜血的街道,马德哈万被乱刀砍杀的尸体,所有这些和他就只隔着一个球场的距离。而眼前这番难得的绿意,便是横亘在他与真实的多邦之间,靓丽又深重的帷幕。

从那时候起,鲁便隐隐期待着帷幕的落下,只是他不知道,大幕被拉起时,自己也会是台上的一员——今天凌晨,从远处传来的爆炸声和喊叫声将他吵醒,窗外的租界一片漆黑,连一丝光都没有,失去了电力的城市被分割成了明显的两截,活像是几千米下的深海,高楼的阴影汇集成黢黑的海床,以及覆盖在上方浑浊灰暗的海水,那些辨不清方向的喊叫声如幽灵般回荡在海底,空气也变得异常冰冷,鲁站在窗前,迎面而来的风送来一阵阵不见天日的刺骨寒意。

鲁还没来得及弄明白发生了什么,一个人类军官就冲进了他的房间,将他带向了离开租界的车。

自从离开租界,车窗外的世界就像依次倒下的多米诺骨牌,越是往外开,余留的景致便越少。多邦因为是首府又靠近租界,还能看到些规整的房屋和街道;到了外围的城镇,就只剩下密密麻麻的虫口,那是帕玛人最原始的居所,在人类殖民以前,他们世代都居住在地下,虫口便是通往地面的出口,那是一种用帕玛星特有的黏土堆成的拱形土包,从远处看,就像一群稀稀拉拉散落在路边、无人打理的坟;脱离人口密集的平地开进山道,虫口也变得稀少了,不论看向哪个方位,都只有光秃

---

① 即用于高尔夫球场果岭区域的草坪,该品种为禾本科狗牙根属,叶片纤细,密集,节间短且耐践踏。

的山体和一望无际的黄沙。

鲁叹了口气，顺势拉下了自己那一侧车窗顶端的遮光帘，整个车厢内瞬间暗了下来。车顶的嵌入式灯带自动提高了亮度，清冷的光照在鲁的脸上，令那本就因皱纹而日益松垮的肌肤更难透出血色。鲁才刚过四十岁，按理不该出现那么明显的皱纹，他也尝试过一些方法，但照镜子时依旧发觉那些细碎的沟壑越来越多，越来越长，他只能将其归结为这片荒漠对自己的摧残，他甚至用过"诅咒"这样极为险恶的词来形容。

"传奇影业[①]应该来这里拍《沙丘》的电影，能省下不少成本。"

鲁笑了笑，余光瞥向了同坐在车后座的另一人，那个带他离开租界的士兵。

这是一个穿着星际联署制服，坐姿笔挺的男人，胸前佩戴的银质徽章上印着他的部队编号和名字，G-PM45433，哈图，是个看上去二十出头的小子。

"现在请跟随我立刻撤离租界前往避难所。"

闯入鲁的房间后，哈图连自我介绍都没有便直接将鲁带走了，接着一路来到租界边境的一个哨站，最后搭上了这辆待命多时的车一道驶离多邦。在他们之前，已有近百辆汽车驶出了租界，红色的尾灯依次亮起，一直蔓延到地平线的尽头，像是把整条公路都点着了。

同行的这一路，哈图的右手始终扶着腰带上的枪托，左手则紧紧攥着不停传来消息的对讲机，双眼伴随头部的转动环顾着四周。即使到了此刻，外面的世界只剩下一片昏黄，他也没有停止眺望，仿佛真的能从那片混沌中看到些什么。

"是。"

鲁说完方才那句话又过了好一会，哈图才终于开口。他其实根本没

[①]美国著名的电影投资、制作公司，《沙丘》是其与华纳兄弟公司合资完成的电影，该片改编自弗兰克·赫伯特的同名小说，讲述了少年英雄保罗·厄崔迪接受命运的召唤，前往沙丘星球冒险的故事。

班的镇　009

听懂那句玩笑话，"是"这样的回答不过是基于像他这样的军人被训练出来的惯性。"是，长官。""是，已就位。""是，正在前往。"……这是不需要反应便能脱口而出的回答，本身并不包含任何意义。

因为紧张，哈图的脑中一片空白，他不知道这句话的意思，听不出其中的笑点，也不知道接下来应该说些什么，他解构了鲁所说的每一个字，但依旧无法拼凑出一个真正的问题，于是他那炯炯有神的双眸，便只能更加专注且用力地看着鲁，至少这样，多少能掩盖自己的无知……和刚才所有那些行为连在一起，鲁几乎可以断定哈图是个毫无经验的新兵，那样粗浅的专注，刻意的循规蹈矩，反而透出他初来乍到的稚嫩，若是再往下刨挖的话，便是肌肤之下，那早已泛滥于每根神经的紧张，或是说，恐惧。

是啊，恐惧，一个刚刚通过训练的新兵，刚刚经历漫长的星际旅行来到这里，大概都以为能欺负欺负帕玛人混混日子，却没想到那些被人类统治了近百年的奴隶居然也开始了反抗。最初只是几个零星的矿区和工厂，后来逐渐演变成帕玛人聚集区的集体动乱，由星际联署扶持的帕玛政府每次镇压，都会招来范围更大的抵抗，最终……战火烧到了多邦。几天前，孤立无援的政府军因为无力抵抗，选择溃逃到租界寻求人类的庇护，只是没想到，这个决定给租界带来的却是覆灭的命运。善于挖洞的帕玛人就像蝗虫一般，从租界的地下疯狂涌入，这群"不懂技术"的蠢材用最粗暴的方式摧毁了穹顶——他们前赴后继，用血肉之躯挖断了每一根埋在地下，支撑穹顶的基柱。

驶出多邦的那一刻，穹顶在鲁的眼前坍塌了。透过车的后窗，鲁注视着那个湛蓝色的圆弧消失在空中，漫天的火花缓缓坠落，映照着地面那个早已被点燃的租界，从前的五光十色，在那一刻只剩下熊熊燃烧的红，火焰如同滔天的巨浪扑打着那些摇摇欲坠的大厦，整个城市就像一艘即将瓦解、沉没、被火海吞噬的巨轮，一桩桩高楼倒塌。鲁的耳边也跟着扬起一阵高过一阵的轰隆声，随着距离渐远，那声音也逐渐被拉长，最后交织在一起，听来竟有几分像是发自人类喉咙沉闷又嘶哑的呼喊，带着濒死的挣扎，鲁从未听过这样凄厉的声音，只属于死亡的声音，他能真真切切地透过那声呼喊感觉到有什么东西正在死去，那是生者的最后一口气息，也是死神的第一声轻语。

此后的好一阵，鲁和哈图都没有开口说话，他们缄默不语专注于各自的窗外，像是在观礼。必须保持肃静的观礼，名为租界之死的观礼，壮丽的燃烧是演出的高潮，天塌地陷后，眼前的一切又在车轮的飞驰下快速倒退，租界、多邦、城镇、虫口……待到这一切都消失殆尽只剩下漫天黄沙，眼前的这片虚无和死寂，反倒让二人有了些许心安。

"租界……"鲁打算问一个哈图或许能应付的问题，"能夺回来吗？"

"我们一直在联合多邦政府军和叛军交战，但他们人数实在太多了，而且根本就不怕死，甚至基本上……就是靠送死来消耗我们的弹药，一个接着一个……"

"这样啊……他们，一直都是这样。"

鲁想起了发生在自己矿场的那起事故，当时他站在矿区的指挥室内，隔着厚实又浑浊的玻璃看到过那些工人的遗体，被彻底压扁的血肉堆叠在一起，已经无法区分出个体。被机器碾过的坑道内工人们的血汇聚成池，没过了半数尸体，漂浮在上面的，尽是难以分辨的断肢和撕裂的手脚，那是鲁第一次见到他们的血，黑黢黢的，像缺乏光泽的油墨，有些喷溅出来，又迅速被烈阳蒸干，在地上留下一道道粗粗的血痕，远了看，像是什么怪异的图腾。

"以前也有个别部族反抗，但都被帕玛政府镇压了，这次，涉及的势力好像比以往都要大，是从未有过的规模，而且很有计划。他们应该早就打算把我们困在多邦，所以进攻的多是我们的地面设施，我听说为了破坏租界的穹顶，他们直接用手去挖埋在地下的基柱，那可是通电的设备……还没等我们的人赶到，就已经被电死了好几千人，接着便是地面接收站、驻军哨塔和星际联署大楼。"哈图一边复述着他从手里那台机器里听到的消息，一边扭过头，看向后窗外一截截被起伏的山地切割的公路，他想看得更远一些，看到这条被称作多邦一号公路的道路尽头，他不知道那里现在正发生着什么，早在一个多小时前，便不再有任何消息从对讲机那头传来了，"我最后知道的是，他们摧毁了多邦星际机场。"

"可……帕玛星就那么一个机场……"鲁没再说下去，他知道作为军人的哈图显然比他更加清楚这意味着什么，在援军的军舰和飞船抵达前，他们只能被困在这颗星球上，无法离开。

"哨塔在被摧毁前已经顺利将租界沦陷的消息发了出去，邻近的圣塞斯星也正在打仗，那里有接近10万驻军，如果他们同意支援，应该最快20天后就能抵达。"

"这么说，我们得躲起来20天。"

"是，"哈图点了点头，"但请您放心，我们要前往的班镇是绝对安全的，您和其他要员会得到严密的保护和悉心的照顾，那附近的帕玛人大多早已迁移了，但为了以防万一，先遣部队刚刚已经对班镇全境进行了非常仔细的排查，而且班镇本身就是星际联署之前确定的紧急避难所，早就在地下埋设了高密度电网，一旦开启，没有任何帕玛人可以接近的。"

"租界的地下，不是也有那些网，他们……不还是钻进来了。"

"那完全是依靠人海战术的硬闯，而且光这一次已经让他们损失惨重了，目前的主战场还是在多邦附近，我认为他们不会耗费成千上万同胞的生命千里迢迢来攻破这个小镇的，请您相信驻军部队，我们会确保您和其他要员在这里的安全。"

鲁笑了笑，从西裤的口袋内翻出了一个漆黑的金属盒子，那是上车前哈图交给他的呼吸滤阀。盒里装着个充满细小孔洞的环状塑胶，两端各有一个对称的伞状突起用来吸附住两侧的鼻翼，在离开租界后，但凡处于暴露环境下，他都必须戴着这个——这几乎算得上是人类在帕玛星生存的第一守则。鲁厌烦这个，因为戴着的感觉总让他联想到任劳任怨的牲畜,或是那些佩戴鼻环来宣誓效忠丈夫的印度女人,他极不愿意离开租界,有很大一部分原因也是这个。

"滤芯可以保护整个上呼吸道。"哈图早就嘱咐过,"但安全起见,请尽量用鼻腔呼吸。"

"戴着这个东西,去那种地方,"鲁紧紧捏着盒盖,没有打开,"还真是……"

"先生,班镇虽然是帕玛人聚集地,但其实是个非常现代化的城镇,可能您还不清楚。"哈图察觉到了鲁的不悦,虽然不知道原因,但大人物总是有些脾气啊怪癖啊什么的,这点哈图完全能够接受;在来到帕玛星最初的一两个月里,他的主要工作就是贴身保护那些造访此地的地球官员,什么房间湿度必须固定在55%,早餐必须有当季的玫瑰花酱……比起这些近乎无礼的要求,鲁的这声抱怨根本就不算什么,而且,早在半年前,联署将班镇定为紧急事件避难所时起,哈图就已经为此做了些功课,"根据我们的调查,班镇几乎是拟照人类城市规划建设的,甚至还有自己的地下水管道系统,公园和环线车站,它以前叫做潘杜多丽,在当地语里是土坑的意思,只有一小群帕玛人定居,后来改名叫班镇,还是因为一个人类慈善家……"

滔滔不绝的哈图,嘴里明显塞下了整篇班镇简史,这张从始至终紧张不已的脸,第一次应对从容,有了好不容易燃起的自信。只是,这个新兵若是在翻看班镇资料时再仔细些,或者,在了解那段可供参考的历史时借鉴些当时的新闻报道,或许就会明白,自己这番准备充分的陈述或许在其他要员面前十分受用,但在面对鲁时,却压根没有任何存在的必要。

"那个……我知道那是什么地方,班,是我的父亲。"

2

用布裹起来,浇上点汽油烧了就好,我不在乎这种体面。

——班在一本叫作《临终之事》的书封底写上的评语,
这本书由一名离任的枢机主教撰写,一经出版广受好评,
扉页有主教的签名和赠言——被命运造就的孩子,都会归顺命运。

父亲正式的葬礼结束后又过了近一个月,鲁才回到地球。

墓碑上,只刻着他的名,没有姓,Ban,除此之外再无其他,既没有照片,也没有类似谁的父亲谁的丈夫这样的题词,甚至连出生和死亡的年限也没有,平整的花岗岩表面,只有他的名字,好像这个人来世间一趟,就只拥有过一个名字。墓碑边倒是放着许多花束,不过大都是枝干枯败。发黄的衬纸上还贴着很多照片,几乎都是他和其他帕玛人的合影,背景多是帕玛星的沙漠,少数几张是在地球的医院病房,除此之外就只剩几簇已经熄灭的蜡烛,蜡芯周围积蓄了不少雨水,大概是还未能如愿燃尽就遭遇了雨水。

受季风影响,这座城市在这个时节是常下雨的。那天天空阴沉得很,乌云飘得又密又低,但总不见雨落下。鲁是借口参加某个商会活动才返回地球的,身上还穿着刚刚宴会时的笔挺的方格纹西装,宝蓝色的领带上是一只只用金线纺成四下纷飞的蝴蝶。这身打扮虽算不上浮夸,但在这样几乎只容得下灰白一片的肃穆墓园里还是惹眼,偶有路过的行人,

也会撇过脸打量几番。一个带着随行的有钱人，站在这样偏僻又寒酸的墓碑前，还穿得这样庄重，特别是脚上那双切尔西鞋干净得不染纤尘，踏在墓地用粗石料铺就的地上反而显得愈加油亮。

这样不合时宜的出场，让他看起来像是在为谁庆祝，而不是吊唁。

其实鲁也觉得自己并非在吊唁。吊唁该心怀悲伤，但在墓前站了这一小会儿，他只是不住地发愣，注意力在那尊简陋的墓碑上停留不过片刻，就会不受控制地走神，脑子里尽是远处的高楼，飞船上看的小说，酒会的发言这样的琐事，总之一点儿也不悲伤。他本也想做些具体的事，比如寻常人来祭奠时都会稍作清理，扫除灰尘落叶一类，或是对着墓碑上那个孤单的名字说点什么，人们站在亲友的墓前，都会产生想要与之对话的冲动，就好像那早已腐烂的肉身真的会承接一部分还未消散的灵魂，在这个石土堆建的国度，人们默认生死是相通的。鲁也想过这么做，但最终还是放弃了，他对埋葬于此的这个男人知之甚少，以至无话可说，父子间仅有的关联，似乎只是共用了一个姓氏而已，可就这一点，还被他无情地抹去了。

鲁十岁之前几乎感受不到父亲的存在，母亲在那段失败的婚姻结束后便绝口不提这个负心的男人。"他大概是死在哪颗星球上了吧。"——这是鲁可以从母亲那里听到的关于父亲仅有的消息。后来鲁识的字多了，能够独自阅读，便能从科学期刊和一些外星文明的论坛上看到父亲写的文章，或是报道他的新闻，这才知道自己的父亲是个研究外星文明的科学家，还在很多具备教化条件的外星球当老师。这个职业注定了他不可能花太多时间待在地球。在鲁开始知晓男女之事并谈过几次懵懂的恋爱之后，他也逐渐明白正是所谓的距离谋杀了父母的婚姻。

母亲是执着于追求安稳的人，受其影响，鲁也不喜漂泊，甚至对旅行都没什么兴趣。在那个人人都抓紧机会去外星球淘金的年代，鲁硬是踏踏实实考取大学，最终进入了星际联署投资的矿业公司——他做了一个地地道道为政府卖命的高级打工仔，正如母亲所希望的那样。但母亲

班的镇　015

没有预料到的是,在她带着这份满足离世后,命运还是没能让儿子的双脚安稳地留在地球表面——鲁被派往帕玛星负责北极矿区的开发,任期是三十年。

也是在那里,鲁再次遇见了自己的父亲。他们相遇在鲁位于租界南边的公司楼下。那栋玻璃大厦紧挨着星际联署的办公大楼,是租界最核心的地带,街上尽是西装革履的男女,几乎看不到帕玛人的身影,这就使蓬头垢面的父亲和他身后的几十个帕玛工人显得过于惹眼,他们手里高举着油漆泼写的"拒绝桑拿房"的血红标语,一起拦在了鲁的轿车前。身后的工人们大多唯唯诺诺,倒是父亲一直奋力敲打着车窗玻璃,好像在矿区地底忍受高温灼烧的不是那群帕玛人,而是他自己。鲁起初并没有认出父亲,他对父亲的印象还停留在读书时看过的那些杂志上,那副穿着衬衣打着领带的科学家模样,反倒是身旁的助理几番打量,认出了这个全宇宙转悠到处为劣等星的种族争取平权的社会活动家。

"好像,叫作班。"

"班?"

"是,他可不是一般人。"助理当时还煞有介事地介绍了一番,"那些帕玛人生性胆小,其实都好处理,但这个人当真是个麻烦。他在阿勒德星和桑地马危星闹出过不少大新闻,都是胳膊肘向外拐替外星人打抱不平。我估计这些工人也是他撺掇来的,不然没有他带领,租界是不会随便放帕玛人进来的。"

"他就是……班。"

"是啊,真是倒霉了在这种地方闹事,如果让联署的人看到就不好了,不如……我们还是把他请到会客厅去详谈吧。"

助理跟了鲁很多年,深谙鲁的脾性,凡事总喜欢替他想在前面,便又列举了许多类似花钱收买、联系媒体之类的办法,但鲁根本没听进去,也并未回答。他只是隔着玻璃,自顾自望向这个他从未谋面的男人。他知道那无疑就是自己的父亲,但依旧希望从他那愤怒的双眼里找到属于父亲的痕迹，他想要体会这个从细节里抽丝剥茧最终相认的过程，只可惜越是瞧得认真，便越觉得陌生。那张久未清洁的脸上有着一层厚实的尘垢，肌肤也被风沙长时间侵袭后脱干了水分，从里到外透出和帕玛沙漠如出一辙的绵密的苍黄。这样看的话，二人反倒只有眉眼有些相似，一对黝黑的瞳孔都透着沉闷，像浑浊不堪的积云。

鲁最终在自己的办公室里招待了父亲，并提前吩咐助理联系了租界的酒店，让那些在外等候的工人暂住。

"科研团队测算过帕玛人的皮肤耐受，他们天生能够忍受那种程度的高温，这也是为什么我们会雇佣帕玛人在这里，以及其他星球的矿区作业，至于你的其他诉求……我想或许我可以和董事会商讨一下。"

鲁通常不会说出这样模棱两可的话，他被训练出的商人的理性要求他在处理这样的问题时所说的话必须更接近于回答，而不是另一个值得讨论的问题。但他还是故意让这番话透露出能够让步的余地，父亲的抗议可以期待得到解决。这样被临时制造出的幻觉，或许可以让这场父子的相认容易一些，至少鲁是这样认为的。

"父亲。"鲁看向父亲，又停顿了片刻，说完这个词后，他意识到自己无法再保持这副冷静的商人面孔，他需要表情。这个词语需要表情，它的发音它的读法，似乎本身就能牵动面部的神经。于是嘴角的上扬带来了稍显生疏的笑意，完全由某种被唤醒的感性所编织的笑容，它展露的瞬间，父亲这个词的含义才得以完整，"你可以先坐下，我们不必这样一直站着。"

父亲听罢却一动不动，依旧站在那里，直直盯着鲁看了很久。他的目光没有停在鲁身上具体某处，却又像同时落在了每一处。最后，他摇了摇头，丢下不成样的半句话便离开了。

"你怎么……会去做这样的事呢？哎……真是……"

那一连串的叹息，是失望至极，鲁感受得到，但他没有追问，也没有挽留。他记起了母亲某天醉酒时也曾把客厅的落地灯当作父亲搂在怀里抱怨过,怎么能做出这样的事,怎么能抛下她,然后便是一阵接着一阵号啕不止的大哭。鲁知道这些问题都是没有答案的,错误的人拼凑在一起,就会形成这样近乎无解的问题,贪恋安稳的母亲就不该爱上漂泊的父亲,而眼前这个充满铜臭味西装革履的商人,也不该成为一个为底层帕玛人摇旗呐喊的人类义士的儿子……此后,二人虽然同在这颗星球,但父亲一直在大漠中漂泊,自己又不轻易离开租界,所以一直未有照面,他甚至都不知道父亲是不是离开了或者死了,直到新闻里播报着潘杜多丽这个帕玛星的边陲小镇改名为班镇时,鲁才得知父亲一直与那群帕玛人生活在一起,他提供免费的教育和帮助,教他们语言,烹饪,建造,纺织以及如何使用机器……总之,是一些其他人类绝不会做的事——因为很多年前几个殖民星的反抗运动,星际联署对所有殖民星的教化政策一直都极为苛刻,只有极少数像马德哈万这样展现出诚意和衷心的人才有机会享受人类现代文明的红利,而更多的帕玛人只能在夜晚抬头仰望租界的灯红酒绿,却根本毫无机会拥有这些。在父亲的号召下,那些向往人类生活的帕玛人逐渐聚集在潘杜多丽,并把那里改造成了一个格外秀丽的人类小镇。

"如果人类真的觉得自己的文明更为高级,那么就请分享它,而不是封锁它。"

鲁当时在报道里看到这段采访,父亲看着镜头的眼神,竟和那天看着自己时一模一样,明明没有看着谁,却又像是无比坚毅地看着镜头那端的每一个人。父亲的行为虽和星际联署的初衷相悖,但奈何名声在外,其他殖民星也纷纷看着,联署索性反其道而行之,大力宣传,把这当作了人类开化低等文明的壮举来传播。父亲那阵子成了人物,上过很多新闻,在租界也参加过不少活动。可就是在这个小到遍地都是熟人的地界,父子俩依旧没有遇见。曾也有知晓原委的人向鲁提供了父亲的联系方式,但鲁总是想着应该能在什么场合碰面,带着这样的侥幸,他也一直没有主动联系过。他知道这是在拖延,他无比清楚这一点,就像他无比清楚地知道尽管他刻意忽略，上次碰见时的不欢而散还是留下了真实的伤口，遗留在他体内尚未干涸结痂的怨怼，已经悄然转化为了不愿再主动的懦弱，那是恨意所化的脓。

直到父亲因为病重不得不返回地球就医，鲁得到消息后决定去送行。当他赶到多邦星际机场时，蜂拥至此的帕玛人早已把本就狭小的出发层堵得水泄不通。司机想尽办法将车停在离父亲不足十米的地方，一个说近不近，说远不远的距离。司机解锁车门的"啪哒"声像是猝然响起的计时器，和初次相遇时一样，鲁隔着车窗，看着陷在人潮里享受拥抱与亲吻的父亲，帕玛人组成的高墙将父亲紧紧围拢，他只能从人群的缝隙间偶尔瞧见父亲的脸，比初次见时更加消瘦的脸，笑容不见半点鲜活，完全是硬撑着挂在嘴角，被帕玛人天生粗壮的肢体拥抱，直教他看起来活像是血肉散尽的行尸。他那样老了啊，就和快要死掉的人一样，鲁越是这样想便越是煎熬，恨意的脓疮在那瞬间破裂，脓血汹涌地倒灌进心口。

他最终，没有下车。

"您父亲，建造了班镇，是个深受帕玛人爱戴的人呢。"

车里，哈图见鲁许久不言语，倒有些紧张起来，在这趟旅途中每隔一小会，对讲机里便会传来长官的命令——请注意观察和稳定要员的情绪。说实话，哈图并不知道究竟要怎样稳定鲁的情绪，这个大他二十岁不止男人在他看来比自己还要稳定，简直就和他心目中的那种商人一样不苟言笑，带着一种难以言喻的阴沉，好像和钱打交道的人大体都有这样的气质，沉默，简直就是他们最擅长的事了……哈图虽然这样想，但对讲机里的"命令"仍旧一遍遍传来，鲁肯定也能听到。这令哈图产生了"必须得做些什么"来回应的冲动，他至少得让鲁感觉到，自己为"稳定"他的情绪有过努力。于是，他想着鲁或许正挂念自己父亲的事，便试探性地问道："您之前去过班镇吗？"

鲁先是摇头，接着又问道："你去过？"

班的镇　019

"来帕玛星的第二天就去过，去送货。"

"送货？"

"啊，就是把多邦的物资送到南半球的哨站去，在班镇中转了一下。"哈图叹了口气，"新兵到这来，都只能做些打杂的活，这次，还是我第一个像模像样的任务。"

"那应该挺害怕才对。"

"不会。"哈图刻意提起嗓子大声答道，"我们受过最专业的训练，可以应付这种情况。"

鲁看着哈图，那张稚嫩干净的脸怎么看都分明是个孩子，也只有孩子才会以为说得够大声便是勇敢。在鲁看来，倒更像是明明被人戳中了要害，却又不服输似的倔强。鲁无意于拆穿他，便又聊回了班镇的事。

"既然你去过，那就说说那地方究竟怎么样吧。"

"那地方……怎么说呢，真的挺特别的，很像地球，不是租界那种到处摩天大楼的像，没有那么新，到处都是旧的，还有些破，一看就很有年头，也没什么乐子可找，是那种老人才愿意待的，人烟稀少的地方。"

哈图也不知道自己是哪里来的勇气说了这样一大通话，而且表达实在琐碎，完全不像个军人的言辞。但要是真的回头细想，他又觉得自己没有哪句话是多余或不当的。班镇就是这样一个地方，放在地球上绝对算不上什么景点，甚至有些残破，风沙虽然不大，但所有的建筑外墙上依旧会被一层薄薄的尘土覆盖，东西也大多是旧的，是那种已经几乎不再有年轻人居住的、垂垂老矣的小城。这样的地方，只会出现在某段家庭聚会的闲聊里，通常是长辈们会突然说起的小时候长大的故乡。哈图一出生便在崭新的月球新都，也极少返回地球，家里的老人聚在一起最爱的就是回忆地球的往昔，在那些他们偶尔翻出来给哈图看的照片和影像里，哈图的故乡就是和班镇差不多的样子，因为家人描绘时总是大加夸赞，哈图便也觉得那是美的，于是他这样总结道："啊，或者说，是那种其实并不怎么样，但是放在回忆里的话就会很美的地方。"

鲁想了一会儿，不由得笑了笑，是真的被哈图说笑的，这段不明所以的介绍，意外地让鲁开始对班镇有了些期待。如果那是父亲建造的城镇，那或许，也是父亲回忆里认为很美的地方，想到这里，有那么一瞬间，鲁竟觉得自己并不是在逃亡，而是在出发去某地游玩的路上。

"那是该去看看。"

哈图点点头，望了望窗外，前面的车队已经进入了山脉的北侧腹地，再往里开，便是帕玛沙漠的尽头。风沙被群山阻隔，满地的苍黄也开始有了湿土浸染出的褐青，帕玛人称这样未被沙化的土地为"甜洲"，是适合居住的地方。整颗星球被沙漠和山脉分隔出近百个大大小小的甜洲，因而也诞生出数不清的族群，多邦是其中最庞大的部落。若不是人类殖民后修建了公路和地下隧道，这些族群之间几乎是不往来的，由于沙漠阻隔，有些部族是到了近些年才知道自己的星球来了一群新的统治者。哈图记得在被派往帕玛星时曾在培训课上学到过，帕玛人最初把人类叫作Mata'saloDosekot，意思是，穿过沙漠的神，而眼前浩浩荡荡横贯沙丘的车队，于他们而言无疑是神的马车。

"看到甜洲了，不远了。"

3

我不是建筑家、装修工人、室内设计师、水电工和城市规划师，所以它多的是缺点，但绝对是杰作。

——一篇被反复涂改的《韦恩公学发言稿》结尾
"杰作"一词的旁边还有被几个用粗线划掉的备选
分别是"好地方"，"我的心血"和"这颗星球上最美的地方"。

车停在了班镇中心街道的路口，车刚停下，哈图便嘱咐鲁戴上滤阀乖乖待在车里，自己整理了一番便迅速下了车。从租界一路开来接近八个小时，但哈图看起来倒一点都不显疲惫，后来在车里他又和鲁聊了些班镇的见闻，比如改装过的滑滑梯和公园的老虎机一类，描述得倒是绘声绘色，鲁想他多半是在送货任务的闲暇中真的玩过，连口气也完全像个找到乐子的孩童，但真的到了班镇，他的脸上却又恢复了军人的严肃，拿起对讲机一板一眼地说道："3780安全抵达，现在进行环境检查。"

3780，是哈图的代号，还是自己的，鲁不清楚，他重新拉下遮帘，透过车窗看着哈图绕着车周围检查了一圈，然后便小跑向了不远处的街心广场，数百名士兵集结在那里，后面停靠着装甲车和更大型的货车。带头的军官交代了几句，队伍便一下子朝各个街道涌去，看来是打算更大范围地确认小镇的安全。

不消半分钟，原本人头攒动的街道上便只剩下一排排黑压压的轿车。

鲁坐在车内，开始打量起这个久闻大名却素未谋面的班镇，父亲的班镇。哈图之前形容得没错，这里是一眼望穿的残破。街道上满是落尘，建筑几乎不成规格，父亲似乎想要依照帕玛人的身形等比例放大房屋的尺寸，但却连最基本的对齐都没做到，于是建筑的边缘便总会出现各式各样横出的木条或者奇怪的犄角；或许是为了掩饰材料的破旧，房屋的外墙和门都被刻意刷上了丰富的色彩，但久未打理，油漆大半脱落，剩下的也都蒙上了一层厚重的灰再不见光泽；除却这些不成体统的大件，更为怪异的还有床垫做的商店招牌，浴缸倒置焊上钢片做成的长椅以及像是汽车悬架改装成的自动贩售机，整个班镇，就像是用某个人类城市淘汰下来的废品胡乱拼凑而成的，或者更形象点说——它就像一件勉强算得上鲜艳的旧衣裳，到处都是仓促又杂乱的缝缝补补。

父亲大概是用了能找到的一切材料来组装这个小镇吧，鲁这样想。

没过一会儿，便有人敲响了鲁的车窗，但并不是哈图。

"我第一次来的时候就说过，你老爸造的这地方太次了，我还以为后来上了新闻，至少能像点样子。"那人戴着的墨镜几乎遮住了半张脸，但光听说话的语气，鲁便知道是韩先生。

鲁按下车窗，看着套在宽大的皮草睡袍里头发蓬松的韩先生，这还是鲁第一次见到没有梳成背头的他，看起来帕玛人的反抗不仅打乱了他这周的高尔夫计划，还搅扰了他昨晚的清梦。

"那些人没告诉你吗，得待在车里。"

"怎么，这么怕死？"说罢，韩先生摘下墨镜，脸上显露出不屑。他身后跟着两个人，也是鲁在球场上见过的，常跟在韩先生身后的巴西人。鲁和这帮人都是商会的成员，在租界也算抬头不见低头见，但要说真正的往来并不算太多，鲁的生意是采矿，而韩先生他们做的则是劳务中介，或者说得再直白些，就是贩卖帕玛人去别的星球，这是非法的，但韩先生交的税实在太多，星际联署也就跟着睁一只眼闭一只眼，不过擦边球一直打就总有打偏的一天，所以韩先生想过拉拢鲁一起干，毕竟他背后

班的镇　023

的矿产公司在各个星球都有实业，有这层包装，人口生意便容易得多。只可惜鲁一直没有理睬，而韩先生的态度便也和他的耐心一样急转直下，"真是胆小鬼，那些帕玛人又不懂开车，就算死赶慢赶，这会儿想必也还没走出帕玛沙漠吧。"

"我只是听从指挥而已。"

"你啊你，就是这副样子最让我受不了，这都什么时候了你还在这两耳不闻窗外事。"韩先生说罢，直接贴着车窗，从睡袍宽大的袖子里伸出白皙的手指了指不远处的一排车队，又快速收了回来，像是怕被人发现。

鲁领会了韩先生的意图，顺着他刚才指的方向看去，班镇旅馆的招牌下面，一群人正聚拢在旅馆门前的空地上，似乎在交谈着什么，虽然和鲁乘坐的是一模一样的轿车，但却添加了格外明显的星际联署标志。

"是，总督府的人？"鲁看不清那群人的长相，但能够坐在贴着星际联署标志的车里，必定是租界内身份显赫的官员。

"还有几个部队的军官。"韩先生靠得更近了，"我刚才凑过去听，他们正在聊反击的事情，说是打算向星际联署申请，把普鲁托①之矛开过来。"

"普鲁托之矛……"鲁想起了这个名字，约莫是八年前，一颗叫作妥奇亚的殖民星实力渐强，不想再唯命是从的妥奇亚皇帝便突然发动暴乱，还派人刺杀了地球驻妥奇亚大使。这是严重冒犯星际公约的行为。考虑到之前多次暴乱屡禁不止，人类干脆撤离了所有驻军，随即启用了秘密建造的普鲁托之矛对那颗行星进行轰炸，那并非是一般的轰炸；普鲁托之矛可以直接击穿地心，诱发行星的自我分离，整个过程就像是用亿年为单位的倍速倒着播放行星形成的影片，星球从一个完整的个体，一点点变成飘荡在无垠宇宙中四散的尘埃，妥奇亚的浩劫持续了整整300个小时，从碎裂到瓦解，直到它变成无数颗粒向宇宙各处飘去……得不到，就毁掉，普鲁托之矛，这便是星际联署对不安分的妥奇亚人的回答，也

---

① 罗马神话中的冥界之神。

是对所有殖民星的警告。

"他们要……毁掉帕玛星吗？"

"被搞得这么狼狈，连我都忍不了，何况那帮本来就高高在上的官员。"韩想起自己在一片哀嚎和火海中被几个士兵拽下床的场景，不禁咬了咬牙，"真是一帮不知好歹的畜生，平时闹闹罢工也就算了，这下惹了不该惹的人了。"

"如果真是这样，"鲁沉默了一会儿，回想起哈图说过援军最快20天便会抵达的事，"帕玛人，岂不是只有20天可以活了。"

"是我们的生意就还有20天了，你的矿，我的人，我们的产业都得完蛋。"

鲁回过头，看着已然气急败坏的韩先生，一下子便明白过来这番殷勤搭讪的初衷——原来不知不觉，鲁竟也成了和他共患难的关系。但鲁实在不知该说些什么作为回应，事实上，他脑子里并未真的盘算过这些，他既无法把自己放在那些大使和官员的地位上，站在车外思忖着如何复仇，也无法立刻去计算矿场的得失。他这一路上想的，尽是熊熊燃烧的租界，一望无垠的沙漠，已经逝去的父亲和这个如今近在眼前的班镇，那些更为具体的，存在或曾经存在于这颗星球的事物。所有这些，他好像都还是第一次看见，他在这里生活了十数年，却只有刚才的那几个小时令他感觉真正来到了这里，熟悉了这里，帕玛人的怒火将租界里那些他熟悉的都付之一炬，自此他在这颗星球，便一无所识，一无所有。

此刻，他不是商人，不是政客，不是士兵，只是个离家远行的浪客。鲁无法把这样的思绪倾诉给韩先生，若是说了，韩先生只会摆着臭脸嘲笑他虚伪。不论是在地球人抑或帕玛人眼中，他和韩先生都毫无区别，皆是唯利是图的商人，一样在租界声色犬马，一样想尽办法压低成本，一样剥削劳工，一样贿赂官员，一样结交马德哈万这样沽名钓誉的皮条客……鲁悉心扮演着这样一个入流的商人，和其他人一样的商人。

于是，他很清楚，自己该说些有商人样子的话来回答。

"这很不划算,帕玛岩是当今银河系最好的辐射阻断材料,帕玛星已探明的储量就足够人类用上几万年,更别提帕玛星的地核,目前还是未知区域,这个星球可是个不可多得的宝藏啊……而且帕玛政府才刚刚找星际银行借了钱,如果帕玛星都毁了,这些矿产和那六十几亿标准星元的贷款就都没了。"

"当时,星际联署发展部在妥奇亚皇家银行还存着四百多亿标准星元呢!军方还不是说炸就炸,那金库里还有多少妥奇亚八世珍藏的宝贝你知道吗,还有我……我就在那儿存了六十克拉的妥奇亚彩钻,关键时候,那帮拿枪杆的哪会搭理我们。"韩先生虽然嘴上气愤不已,但也知道若不是这群枪杆子,他和鲁会和很多来不及逃离的人类一样,早已葬身在一片火海的租界,商界要员,韩先生记得负责护送自己的士兵就是这样称呼自己的,那是那群坐在带着星际联盟标志的轿车里的人给自己的名分,足以确保他活着的名分。这样的名分也并不属于租界的每个商人。鲁的矿业公司有联署的背景自然好说,而像他这样的商人能得到活着的机会,完全是用平日那些真金白银换来的。已经得到施舍的他,又有什么资格去议论那帮大人的决策,"我刚刚只是想靠过去打听打听,可被他们的保镖轰了出来。"

鲁也不知该如何回答,便随便安慰道:"兴许有转机,还是先回车里吧。"

而韩先生却像压根没听到一般,又接着凑过来打起商量:"我们一起去找找关系吧,商会在租界的威斯汀①也请那帮人吃过好几顿了,说不定能把话递到司令或是总督那里,最好……最好是不要真的炸了吧,这对我们对帕玛人都好。"

"你看起来,很在乎那些帕玛人。"

"噢,是吗?"韩先生冷笑了一声,专注地看着鲁,"难道,你不在乎吗?"

---

①万豪酒店集团旗下的奢华酒店品牌,多位于城市中心商业区。

班的猫

"我……"鲁迟疑了片刻,"现在不适合聊这个,韩。"

"你没听说吗,到了住的地方就要开始戒严,到时候见面都难,更别说聊这些了。"韩先生的目光再次瞥向了班镇旅馆的方向,那些站着聊天的人手里几乎都攥着对讲机,还会时不时放在嘴边嘟囔几句,他回过头,继续对鲁说道,"看来帕玛星的军用网络还有用,如果可以让谁去说服司令,让他们先想办法恢复多邦的网络,到时候我们凑钱给他一些好处,这些人总是吃这一套的——"

"等等,不对劲。"

"什么等等,我现在跟你说的都是最紧要——"

"不,不是。"鲁也顾不上其他,直接伸出手指了指那些原本站着一动不动聊着天的军官和政客。就在韩先生回过身后不久,他们突然全都蹲下身子跑了起来,保镖们几乎是用身体将那些官员裹在怀里,拖着双腿将他们一个个塞进了轿车里。

整个街道瞬间便陷入了彻底的寂静。

"这是……"韩看着突然空无一人的街口,愣了很久,才恍惚着说道,"怎么了?"

"快回去。"鲁预感到了什么,他正准备将那句"快回车里"说出口,一阵刺耳的枪声便从街道的尽头传来。紧接着,又是密集的好几声枪响,但距离明显又远了很多。安静了不过数秒后,紧锣密鼓的枪声便开始从小镇的各个方向陆续传来,一阵接着一阵。

鲁双手环抱着头,压低了身子贴在车门的边缘。这是逃离租界时哈图教给他的姿势,每过一个路口哈图都会再三提醒,让他务必这样跟在身后,现在,他竟也下意识地会了。不消半分钟,枪声又停了片刻,他才想起了门外的韩先生,于是小心翼翼地将车门拉开一条缝想迎他进来,可门外只有地上那摊原本穿在他身上的厚重的睡袍,完全不见人影。他虽觉奇怪但又不敢大喊,正准备往远处探望,耳畔便又响起了接连不断的枪声,听声音,是越来越近的,他只得再次关上车门,老老实实抱着

班的镇 **027**

脑袋，窝在后座上，这样的姿势并不好受，缩紧的胸膛只让人觉得憋闷，双眼又只能看见靠拢的双腿，想探头打量却又不敢，唯一敏锐的便是耳朵，连一丝一毫的声响都不肯放过，枪响渐渐少了，但偶有几声，便叫人又紧张起来。在这狭小的后座，官能的缺失令鲁对时间的感知也变得愈发模糊，没有分秒的流淌，只有一发枪声到下一发枪声之间漫长的停顿。

不知道过了多久，再次有人敲响了车窗。鲁急忙抬起头，发现是哈图，他紧握着枪，喘着粗气，脸似火烧过一般通红。

鲁按下车窗，二人竟异口同声地说："你没事吧？"

"哦，我啊，没事。"哈图点了点头，汗水从他瘦削细嫩的脸颊上滑过，衬着他憨厚的笑，这副模样不像是打了仗，倒像个在外边玩疯了的孩子。

"我听到了枪声。"

"噢，那个啊！"哈图愣了愣，才将手里的枪别回腰上，"就是几个帕玛人，已经被我们鸣枪赶跑了。"

"这里还住着帕玛人吗？你不是说他们很早就迁移了。"

"是，因这几个月陆续的暴乱，当时很多态度激进的帕玛人，认为居住在班镇的这些同类都是叛徒……一个月前这里被征用为避难所的时候，居民确实已经都搬走了，但房子一直空着总保不齐会有折返回来的，毕竟这里也曾是他们的家嘛。高密度电网6小时前就启动了，刚才那几个帕玛人大概是从地下潜逃碰到电网后又返回地上，这才被发现的。不过请放心，今晚我们会全面检查，并且在地面上也拉起电网，这样就彻底不会有人骚扰这片区域了。"

鲁点了点头，正准备接着询问，却发现脚下传来了几声极不寻常的震颤，似乎是从车底传来的。哈图听力极好，很快也注意到了这些声响，立刻又掏出枪，对准了车门下方。

"出来！"哈图说完，又拉大嗓门用帕玛语重复了一遍，"Mota'lo！"

鲁想打开门出去，却发现车门正被哈图用另一只手死死扣着——这样就算下面的人开枪射击，也有汽车门板可以为自己抵挡住子弹。

哈图的举动吸引来了几个附近的士兵，他们迅速持枪围拢过来，鲁隔着车窗望去，外面黑压压一片，尽是蓄势待发的枪口。

很快，从车底缓缓站起来一个近乎全裸，只穿着金色真丝内裤的男人。他高举着双手，浑身止不住地抖动，腰腹上的赘肉仍耷拉在收紧的内裤边缘。

"韩先生！"

最快反应过来的，是站在不远处的一个士兵，他收起枪快速走到车前将哈图一把推开，又赶快拾起地上的睡袍为韩先生披上，看起来，他便是韩先生的安全员。

"你怎么会在车底？"哈图看着韩先生从额头一直蔓延到腹部的尘垢，脸颊和手臂上还有被粗糙的沙粒划破的伤痕，血迹几乎干透了，显然在车底已经趴了好一会儿。

隔着车窗，鲁无法听清韩先生的回答，但从他那双一边发抖一边到处乱指的手来看，大概是在抱怨那声枪响来得有多突然，自己有多么害怕，至于慌不择路的他为何会出现在车底，就不言而喻了。

韩先生的安全员接连鞠了几个躬，这才搂着裹在睡袍里的他朝着街道对角走去。士兵们尽数散开后，哈图用力揉了揉脸才重新打开车门，脸上是硬憋回去的笑。

"我带你去住的地方。"待到鲁打开车门走出来，在前面领路的哈图突然又回过头，怪笑着说，"来吧。"

4

  从母株上剪取健壮的茎干，放置通风处（注意是风而不是风沙！）2～3天，待切口稍干后插于砂床，保持室温20～25℃（关上所有的窗户！！！），10天就可以生根。
  ——班自己撰写的《班镇绿植养护手册》里关于如何扦插大犀角的笔记

  班镇的住宅集中位于东面，皆是一幢幢规格相似的二层小楼，背靠着一座还算挺拔的山，从南面帕玛沙漠刮来的风沙大多被其阻挡，土地也相对湿润，加之父亲经营小镇的这些年引灌了地下水，这里倒有了几片像样的草地。有些门院前还种植着叶阔茎壮的胡杨树，但都长得十分低矮，高度还不及常人膝盖，鲁从前未曾见过，看起来是从地球带来改良过的变种，父亲努力换来的这抹绿意虽不及租界浓郁青葱，但也总算让这甜洲有了像样的甜意。
  鲁原本以为这样破旧的城镇居民该是不多，但跟在哈图身后沿着一排排房屋向里走，便愈发觉得没有尽头。房屋多是木质结构，且都涂上了艳丽的漆料，沿着道路朝远处望去，只觉得跌入了重重叠叠的色彩漩涡里。行进了约莫一刻钟，队伍的人少了大半，韩先生也跟着安全员去到了一处靠近外围的小楼，剩下的人则走到了一处圆形的草坪。
  哈图介绍说，住宅区是个近乎规整的圆，这个广场便是圆心，八条笔直的道路从此处散射开来连接起各处。广场虽然简陋，但绿意却是班镇里最浓的，草坪也比刚才看到的都要规整，而且还交替种植了许多芡蓉①、短穗柳和大犀角，大概是改良过的关系，长得都十分矮小，不过色泽还算饱满娇嫩，大犀角丛里零星开出了几朵酷似红海星②的花，猩艳异常。

广场上最惹眼的却并非是这些植物，而是矗立在绿荫中央一尊等身的帕玛人雕塑。人像足有三米高，就那样随性站立着也不成什么姿势，通体是近乎无瑕的白，虽然雕刻得十分简陋，但论材质却远胜过租界那些被塑造成罗马众神的大理石，即使贴近了看也不见矿料的粗糙，倒有几分像是琥珀凝结成的，光润且轻盈。鲁以为这几十年来帕玛星的宝贝他都该悉数见过，却没想到竟然还遗漏了这样的珍奇。雕塑吸引来了不少人围观，便有见过世面的介绍起来，说这是帕玛星地下沉积的一种结晶体，虽说要经数万年磨炼才能形成，但其实并不罕见。

"很漂亮啊，像是牛奶做成的水晶。"哈图有些好奇地问道，"这是什么矿石？"

周围的人里也有看向鲁的，大概是知道鲁经营的就是矿产，或许能对此有些说道。鲁想了想，刻意大声些答道："这个，我没见过。"

"为什么我们没有拿到开采权？"人群里很快便有人发问，"这一看就是好东西。"

"是啊，这么漂亮，做成艺术品摆在家里应该也很不错。"

"这个……"最先介绍起雕塑的人沉默了一会儿，脸上也不见起初的兴致勃勃，他叹了口气，显得十分为难，"因为这种晶体的原料主要是帕玛人的尸骸，按照风俗，帕玛人死后都会由亲族送入流沙中被沙漠吞噬，在地底经历长时间的风化打磨后，骨头才会变成这种近乎纯白的晶体。"

---

①和短穗柳、大犀角均为高度耐旱的沙漠植物，也常作为观赏植物。

②加拉帕戈斯群岛海洋生物中最著名的一种。体表具有明显突瘤或突棘，体盘背部表面具有许多小孔，触腕5个，酷似红五星，通体呈淡褐色，有鲜艳的红网纹状花纹。

班的镇　031

这番解释令周遭很快陷入了沉寂。

人们面面相觑，眼神开始刻意回避那尊雕塑，令人称奇的艺术品突然和仇敌的尸骸联系在一起，实在令人提不起兴致欣赏，便又各自朝着分配的住所前行。原先围在雕像旁的人尽数散去，反倒令雕像更加完整地呈现在了鲁和哈图面前，这个魁梧的帕玛人脚下，似乎还有一团较小的塑像，四脚着地，身体紧紧贴着帕玛人粗壮的小腿，末端还有一根高高翘起的尾巴。

"这是，猫吗，还是狗？"虽说只有粗糙的轮廓，但哈图还是立马反应了过来，"帕玛人也养这些？"

"租界里倒是有人会养，但是帕玛人……"鲁也有些费解，"小动物在这种地方应该是活不下来的。"

"是啊，空气会把它们毒死。"

因为有军官催赶，鲁和哈图并没有在广场停留太久便继续前行，沿着雕像后面的小路又走了不足百米，哈图停在了一栋蓝顶白墙的房子前面。它和其他房子一样都是两层，但却在屋顶侧边横出了一截，看起来是个小巧的阁楼；门前有个十尺见方的小院子，被一条铺满碎石子的小路分隔开，一边是和广场类似的草坪和低矮植物，另一边则摆放着两张刷成白色的藤椅，扶手做得格外宽大，似乎是为了匹配帕玛人的臂围。

"这段时间，就劳烦你暂时住在这里。"

哈图推开了院子前的栅门，似乎是用力过猛，连带着整个木质的栅栏都发出了吱呀吱呀的声响，像是随时会倒塌。哈图连忙扶住门闩，有些不好意思地说道："啊，虽然帕玛人的屋子都不太结实，但好在是安全的。"

"你们也都住在这吗？"

"这些房子是给要员和高级军官居住的，士兵会集中住在镇上，自己搭帐篷营地，你的安全依旧由我负责。不过我应该也会被安排其他的任务，比如去沙漠附近巡逻之类的。"

"难道那些帕玛人还会——"鲁正要说下去,眼前的世界突然一片灰暗,接着,便是一阵从身后刮来的风。他眼见着周遭的空气,瞬间变成了肉眼可见的漫天飞舞的暗黄色沙尘,世界在那一刻粗糙得像发黄的油墨画,近了看皆是满满当当的颗粒。

他下意识用手遮住了口鼻,顺势又摸了摸贴在鼻翼的滤阀,灌入鼻腔的尘屑虽然被滤去了大半,但依旧能闻到细微的土腥味。帕玛星的土质总散发着一股异常的腥涩,闻起来像是腐败的种子,或者浸在海水里泥泞的沙滩。鲁以前常爱称其为"矿场味",因为在租界见到那些从矿场赶来的工人时,常常能从他们的衣领或袖口闻到。如今看来,整个星球都该弥漫着这样的腥涩,它随风而起,随风而去,就像帕玛星的一呼一吸。

鲁的鼻腔、咽喉,乃至整个肺里,此刻尽是那尘土的气息,连带着沙粒的刮骨,风浪的炙热。鲁知道,这就是帕玛星的味道,只要身在这颗星球,他便无法摆脱,那种背离故土,以致被这颗星球所囚困的苦痛与无助,第一次被这道莫名的风带入了自己的身体。沙漠,不再是太空中狂舞的金蟒,不再是车窗外的无垠之海,不再是某个确切的方位有着固定面积的地貌,它以任何形式存在于任何地方,甚至在自己的心脏里,它是渗透这个世界所有相中的无相,所有有形中的无形。第一次,鲁觉得,他根本是那看不见的沙漠,这颗星,乃至这片星系的囚徒。

"进来吧。"哈图拉开了房门,回过头却发现愣在原地一动不动的鲁,"喂,快进来。"

鲁听到召唤,这才回过神来,用手遮住脸连跑了好几步,匆忙踏上台阶,又被哈图一把揽住迎进了屋内。

"哐当"一声,哈图利索地关上了房门,手脚连着躯干都用力晃了晃,军服上沾染的尘土抖落到地板上,竟也有均匀的一层,像极薄的纱。

"这几天要是起风了,就赶紧待在室内。"哈图看着口鼻不停抽搐的鲁,连忙上前站在他身后,顺着肩膀一路到脚头为其掸去了落下的灰尘,有时候拍打得重了,便会听到鲁轻细的咳嗽,哈图刚来时也总这样,但在帕玛星的沙漠里闯荡过几次便很快适应了,虽然鲁在这的时间比他久太多,但长时间待在租界里,自然是没怎么尝过风沙之苦,有这样反应也极为正常,"虽说是甜洲,但是沙漠的风大起来,还是难免会刮到这。"

见鲁不咳了,哈图便扶着他走向正对着房门的餐桌,在藤编的餐椅上坐了下来。

从餐桌望去,正对着的是通向二楼的楼梯,右边是厨房和紧挨着餐桌且是一楼唯一的一扇窗户,左边则是玄关和客厅。玄关其实只是用一整排柜子隔出的廊道,柜子上方摆放着许多木质的相框,但相片却被尽数取出了,只留下蜡白色的衬纸;而下方的柜子则完全是空的,按照常人装修的习惯,这儿通常该被用作摆放平日的鞋具,但显然也被人提前处理掉了;客厅里被"清理"的痕迹就更重了,布艺的沙发上特意铺上了厚实的毛毯用来遮盖帕玛族特色的碎花格纹,明显大一号的抱枕、杯子、靠垫旁也增添了符合人类规格的崭新物品,不能换的或者不必要的饰品都直接拿掉了,粗看下来,整个客厅有种极不协调的空荡,或许是因为在帕玛人规格的起居环境里塞进了太多人类的器物,无论从哪个角度打量都觉得不成体统;唯有沙发旁天鹅造型的落地灯算是一景,无纺布灯罩和橡木灯柱显得格外古朴,做工也算精细,不像是帕玛人自己打造,应该是地球那边淘汰来的旧物,只是开关的拉链显得十分别扭,原本是依次连接的细铜环被剪去了半截,后来又用铜线特意延长了许多,好让人坐在沙发上,手也可以轻易够到。

天鹅是颔首的,合拢的双喙衔着一枚阔叶,展开正好是个用来放置装饰物的台面。那里也端放着一个木纹相框,和其他相框不同,那里面是嵌着照片的,而且照片里是个人类男子。

照片背景是一望无垠的黄沙,男子全副武装跪坐在地上,连眼睛都被厚实遮光的眼罩完全盖住,他的身后,隐约能看到几个正在篝火旁忙碌的帕玛人,看起来这张照片是在某次沙漠露营时拍摄的。

"这就是班,您的父亲。"哈图见鲁盯着那照片看了好一阵,便直接走到那盏灯前,拿起了相框,却没有立刻拿来给鲁,而是紧接着拆掉了相框的夹扣取出了相片,将反面递给了鲁,"这间小屋的清理当时是我负责的。按照规定帕玛人的私人物品必须清除,还好这上面根本看不见帕玛人,所以我专门留了下来,我还挺担心的,好在后来检查的人倒也没说什么。"

　　鲁接过相片,从手接触的感受来判断,是颗粒粗糙的绒面相纸,但正面的成像却十分清晰,男人衣服上的尘土,勋章和设备的细节也都能看清楚,相片的反面已经有了相框的压印和几处折痕,但中间用墨水写的字倒是完好无损。

　　"今天它温柔得很迷人。"鲁逐字读了出来,"班,太阳历2182年9月。"

　　"也就是三年前,差不多也是这个时候。"

　　"温柔得,很迷人……"鲁重复着父亲的话,手也跟着抚摸过那些淡蓝色的字迹,父亲的书写十分肆意,笔画格外随性,字句间的停顿处总落得重,因而形成了一簇簇微小的湛蓝色墨花,被相框一碾便彻底绽开了。

　　"应该说的是这片沙漠吧。"哈图笑了笑,"反正肯定不是身后那些五大三粗的帕玛人。"

　　"他,之前就住在这里吗?"鲁抬起头,看着哈图,"这间屋子?"

　　"应该是寄宿在这里,这儿的沙发椅子都是大一码的,显然还是帕玛人的家,您的父亲应该是住在阁楼,就是二楼楼梯上去的那个小隔间。我之前清理的时候就发现了,有张小床,还有书桌柜子什么的,都是供人类使用的规格。"

　　鲁点了点头,并未接话,只是将头扭向了餐桌对面的楼梯,目光顺着一节节台阶向上,最终落在了转角的某处。哈图没有料想到鲁是这样的反应,但具体是什么样的反应,哈图又看不太明白,但可以肯定那不是哈图所期待的开心或者兴奋,但也没到最坏的那种,比如悲伤或者气愤,他的神情看起来压根还没到产生反应的地步,倒像是还在接受,或者说逐渐接受这样一个事实,他的父亲曾住在这里的事实。

鲁沉默得愈久,哈图便愈发不知所措,他只得将这归结于自己的鲁莽,于是便咬了咬牙继续解释:"这其实并不是您本来的房间,我是在车里听您说起才有了这个打算,刚才趁着集合检查的时候向长官说明了情况才带您过来的,本来还以为……您会满意这样的安排。

"抱歉,先生。"

最后,哈图笔直地弯下腰,恭敬地对着鲁靠在餐椅上的背影行礼。那一刻他突然想起在被派驻到帕玛星之前,负责训练自己的教官曾请全部的学员喝过一次酒,那还是在结业考试之前,教官喝多了便开始手舞足蹈,嘴里也讲起了胡话。

"其实租界那帮人,就是你们即将要去保护的那帮人,他们也希望你们和帕玛人一样蠢,一样只知道服从,他们不会感激你救过他们的命,却会怪罪你坏了他们的事,所以你们得学学帕玛人,学学那些又笨又蠢的帕玛人是怎么活下去的。"

教官当时一边高举着酒杯,一边将他最偏爱的学员哈图整个搂在怀里,贴着他的胸膛讲述着自己曾在帕玛星是如何战功赫赫如何前途无量,后来又如何因为擅自行动得罪了权贵,如何被发配回地球,在这个他认为的破地方当差,末了,他又托起哈图满面红晕的脸,用手来回搓了好几遍,甚至差一点亲上去。

"你们现在一个个天真无邪,机灵聪明的样子,就是他们最讨厌的。"

哈图觉得,或许在多年以前,在租界某个华丽的办公室里,教官也曾和自己一样,对着某个甚至某几个这样的背影低头弯腰,也是到了此刻,他才突然意识到那晚教官的话并非全是酒后的胡言乱语,倒更像是借着酒疯发出的告诫,只是哈图到了此刻才听懂。

越是这样想,他的头便埋得越低,直到一双腿矗立在自己跟前。

"今天发生了很多事，哈图。"

鲁站在了哈图面前，一只手缓缓抬起，落在了哈图的肩上轻轻拍了拍，鲁的声音更轻，透着难以掩盖的疲意。

哈图抬起头，看着鲁，眼里仍藏着几分畏惧。

"是，先生。"

"不过，"鲁笑了笑，将手里父亲的照片朝他挥了挥，"这是最好的一件。"

那声音依旧很轻，但不知为何却又渗出几分温柔，像是酒馆里被一群孩子围在中间的说书人，伴着篝火和美酒，讲完了一个漫长又美妙的故事。

"是，先生！"

哈图回答得很轻快，神色也跟着放松下来，而后又深深吸了口气，便笑了，像饮到了一壶好酒。

住在阁楼的幽魂

5

没喝完的金酒藏在厨房水槽柜旁边了。
——班在一本过期帕玛星日历上的备注,那一页是他的生日。

在班镇住下没两日,便有前线的消息传来。驻军部队已经退出了多邦,开始在附近几个大的营地驻扎,偶尔发起的几次反攻虽然不至于溃败,但也几乎毫无成效,平白折损了军力。士兵死伤的消息传到班镇,人们难免伤怀,要员里也有原先租界教堂的牧师,还在广场的草坪上组织了祈祷仪式,后来类似的消息多了,话题也从哀悼亡者变成了对驻军部队能力的怀疑,连租界都守不住,连帕玛人都打不过……这样的议论甚嚣尘上,驻守班镇的司令难免不乐意,于是宣布执行严格的宵禁,后来又因为发生过几次帕玛人搅扰电网的事故,便索性下令连白天也不许外出,班镇的白天,变得和晚上一般寂静。

大把的时间闲在屋内,鲁便一门心思钻研起了父亲寄宿的阁楼,后来索性直接搬上阁楼居住。

说起来,也就是几平米的一居室,从二楼的楼梯尽头额外伸出一截,一直延续到屋顶,朝外只开了个窄门,且很隐蔽,成年的帕玛人根本钻不进来,哈图第一次领着鲁上来时便说,检查的人根本就没有发现这还能再上去。阁楼里面虽小,但应有尽有,床靠着屋檐的墙壁放置,虽比不上帕玛人卧室里接近三米的床，但睡上去反而踏实，不像前几晚在床上那样，如何伸手都不着边，倒叫人难以入眠；床的旁边是一整排储物的柜子，放了些衣物、露营和徒步的工具，还有几个摆在高处的像是其他星球的饰品，也都积下了厚厚一层灰，其余的便都是书，各式各样的书，天体物理、古典哲学、近代史以及类型小说，也有父亲自己写的，但大部分都很旧了；柜子对面是一张用木板拼接成的书桌，屋内唯一的光源，便是书桌上的老式台灯，它能完全照亮的地方不大，约莫就是书桌靠中间的一块，那里也是生活痕迹最重的地方，烟灰、茶渍、干透的颜料、泥土颗粒到处都是，还有一大堆被书页覆盖住的油污，纸张已经磨损得几近透明，衬得那些字像是被刻在了桌案上，想来应该是父亲某次弄洒了饭菜，临时从哪本书撕下几页盖在上面敷衍了事。

父亲不爱打理，更和干净整洁扯不上边，这些事情鲁幼年时，母亲偶尔絮絮叨叨也会提起，如今鲁只是借着这栋阁楼温习了一遍。鲁收拾这些时候便在想，这间屋子要是放在母亲眼皮底下，是免不了要遭训斥的，父亲也应该挨过母亲的训斥，或许这也是他总不在家而选择放浪于星际间的原因之一。

除此之外，鲁所见的父亲，也确实是个不修边幅的浪子。他读的书杂，做的事杂，去的地方也杂，从那些地方带回来的东西更杂。他还酷爱到处涂写，将杂七杂八的小事写在各种地方，书页、日历甚至是墙上都有他的手迹，只消在这屋子坐上片刻，便能感觉到原来的主人是个不安定的人，连带着这个他引以为傲的班镇，看起来也杂乱得不成体统。鲁第一天住进阁楼时，便在床下用来垫平床脚的一沓文件里发现了已经模糊不清的班镇设计图。说是设计图，因为还能勉强看清他经过测量后标注的方圆尺寸，哪里多高、哪里有坡、离山多远，以及大致的区域规划一类，那个被住宅环绕的广场也在其中，想必是他心爱的设计，连着用红色的铅笔描粗了好几圈；除此之外，整张纸上便全是杂乱无章的线条，以及擦改了数次，涂抹得几乎看不清的文字，若非亲身来过班镇，鲁绝对猜不到他那些圈画的到底代表着什么。很难想象，这个上过新闻号称人类与帕玛人友谊象征的班镇就是依靠这张纸搭建的，更别提纸面上至今仍透着发酸的小麦味，就像是整张设计稿都曾在劣质的威士忌里泡过一遍。

今天，鲁倒还有个意外的发现，便是眼下捏在手里的这个马口铁[①]制的罐头盒，不止一个，而是有好几十个，都堆在柜子最下面，先前被一套《星际年史》挡住便没发现。竖圆形的罐身原是贴着塑纸的，应该是罐头厂商的包装，但具体的内容大多被磨损得看不清楚了，鲁拿了好几个出来端详，也只能依稀看到些花花绿绿的彩绘，但也说不上是什么具体的图案。

"我看啊，就是吃的吧，罐头里还能装什么？"

哈图拿起了一个罐头，打量了一会儿便放下了。他每天下午照例巡查，从小镇外围、街道、公共区域开始，最后才是住宅区，总是差不多这个时候就走到鲁的小屋，每次来总会待得久一些，最开始主要就是处理一些水管或是电灯的故障。这两天鲁搬到阁楼来住，他便跟着一起收拾起阁楼，说是帮忙，但其实主要还是鲁在收拾，一来是哈图根本也不懂收拾，再者便是因为大半都是鲁父亲的东西，他根本不知道什么该留什么该扔，所以多半时间他就只是瘫坐在床边躲懒，算是被鲁收留在这里，要是有人来传唤，鲁便会说是修理东西耽搁了，久而久之，倒像是二人固定下来的约会。

第一次，是鲁发现班镇设计图那天，恰逢哈图在厨房修理水槽时翻出一瓶未开的金酒，二人便索性喝了起来。两个人都是偏安静的人，即使伴着酒也不至于提着嗓门胡言乱语，还是依旧叙话聊天，偶尔说笑也都很克制，只是话题渐渐从鲁父亲杂乱的起居、敷衍的设计过渡到最近发生的事，比如谁输谁赢，比如租界能不能打回来，比如班镇是不是真

[①] 又名镀锡铁，是电镀锡薄钢板的俗称，英文缩写为SPTE，是指两面镀有商业纯锡的冷轧低碳薄钢板或钢带，具有耐腐蚀、无毒、强度高、延展性好的特性。

的安全。那时候还不见太多战败的消息,哈图自然也常夸赞驻军的实力,但更多的时候他也不明白为什么会打起仗来,进而在讲到这场战争时也总是语塞。他在战争打响前就离开了,载着鲁逃亡到了避难所,时至今日他也未曾真的上过战场,他看起来是和这场战斗息息相关的人,却又一直未能真的扯上什么关系,每天在这空荡又寂静的小镇上晃荡,白天的沙漠,和夜晚的星河一样浩瀚无垠看不到边际,他能做的,除却平白耗散掉的精力和时间,便只有等待,等着那一个个穿越沙漠和星河,从远方来的消息。

"你没想过去打仗吗?"那天,鲁这样问过哈图,"军人,是不是多少都会期盼着这些。"

"嗯……"哈图喝了口酒,又思考了很久才回答,"我更像是稀里糊涂就变成军人的,按照家人的规划,我几年后就该凭借在这里任职的经历,去星际联署总部当个议员,或者去某个殖民星当长官。我家里有好几位殖民星长官和总部议员,职位最高的在苏玛德拉当总督,就是前些年发现的还生活着恐龙的那个星球。说起来本来我是要被派去那里的,但是家人觉得帕玛人看起来比恐龙安全可控些,所以我就来了,大概就是这样吧,哈哈哈……"

哈图最后的笑声带着十足的稚气,接近于傻笑。鲁不禁也跟着笑了出来,他觉得若非借着酒劲,哈图绝不会如此大方承认自己是个随波逐流毫无志气的士兵,但同时他也清楚,眼前的少年内心是忧愁的,只是不太清楚自己在忧愁什么,进而也不愿直接发出忧愁的哀叹,被摆布好的人生突然出现了意外,使得一直循规蹈矩的他好像第一次有机会自己左右些什么,可又不知所措。

"来到这里之后,他们从来不会给我什么真的任务,更不会派我去和帕玛人打交道,总之……确实很安全啊,不过这也没什么好的,他们既不管我,也不会真的把我当回事。"哈图晃了晃脑袋,接着便是一阵龇牙咧嘴的傻笑,"我跟你说,如果不是营救你们真的人手不够,我想我连拔出枪的机会都没有,所以那天我真的……我真的心里想的全是,这个人可是我这辈子的第一个任务啊,这要是没把他营救出来,那简直太丢脸了。"

"那我得谢谢你。"鲁也跟着笑了起来,不觉又大喝了一口,"谢谢你成功营救了我,下次继续努力。"

"哪还有下次。"哈图摇了摇头,脸颊上透出了两抹淡淡的潮红,"就算多邦守不住,这场仗肯定不会打输的,我们还有普鲁托之矛嘛。"

"嗯,是啊。"鲁迟疑了许久才点了点头。普鲁托之矛,韩先生那次在车边提及后,想必又散播给了不少新老朋友,班镇最近的话题总跨不过这个,到了后来连部队里也开始把这当作一种调侃,反正有普鲁托之矛,便不再有什么值得担心的。这个缓缓接近帕玛星的致命武器,已经成了这里所有人共同依仗的尊严与底气,作为高等人类不可战胜的证据,而这便足以抵御恐惧、宽慰孤独,带来源源不断的安全感。鲁进而觉得若非普鲁托之矛,自己断然不会有这份情志与哈图聊起这些。

"不过,你不担心吗?"哈图转而问道,"那个东西要是真的把帕玛星炸了,你的矿场也就完了。"

"我啊……"

鲁接过哈图递来的酒瓶,再想往杯子里倒上一些却发现已经见了底,原以为还能撑个几天,两人来回交替喝了几轮竟就没了。没了酒,连思绪似乎也断了,鲁不知道该如何回答这个问题,但他显然不会给出对韩先生的回答,扯上帕玛岩的储量以及银行的贷款,这套商人的东西哈图无法理解,说出来也难免扫兴。

这次他想要诚实一点,和眼前这个少年一样诚实,于是他抿着嘴,摇了摇头说道:"我和你一样,也是稀里糊涂就变成商人,又稀里糊涂来到这里的。"

"怎么,难道你和我一样,也没有正事可做吗?"

"说起来,还真是。"鲁有些惭愧地叹了口气,"虽然是矿业公司的老板,但我连广场那个雕像的材料都没见过,我甚至不知道帕玛岩究竟是什么。"

"不是什么阻隔材料吗?"

"但它的构造其实很复杂,总之,科学家也没弄明白,并不是传统意义上的物质,甚至无法常规开采,只有靠帕玛人自己挖,我们的设备,只是辅助。"

"只有帕玛人才可以开采帕玛岩?"

"目前是这样,用机器是凿不动的,帕玛人的掌心有特殊的纹路,可以将帕玛岩软化成特殊的胶质,然后再将其分离出来。"鲁没想到哈图会对这些感兴趣,这一脸的兴奋让他想到了从前研发部的技术主管。那个没剩几根头发的爱尔兰人每周都会来和他汇报开采技术的研发情况,有时候喋喋不休说上几个小时依旧精神十足,可几千万的预算花进去了,依旧没什么结果,总部自然就放弃了,毕竟不弄明白也无伤大雅,反正帕玛人那么便宜。"这个星球其实还有很多地方我们没有弄明白,比如,很多人都不知道帕玛星的地下究竟是什么。"

"就,没人研究过吗?"

"或许有吧,但人类已经发现了帕玛岩这种储量又大赚钱又快的宝贝,或许,就没有继续往下探究的热情了吧。"虽然当作玩笑说出口,但鲁其实知道一些原因。曾有科研机构称帕玛星的地幔层有非常特殊的辐射引力结构,甚至有传闻要重新对帕玛星进行属性鉴定;但要深入地下一探究竟并非易事,而且会极大破坏帕玛岩矿层的结构稳定,因此受到了不少矿业公司以及背后的投行、资本集团的联名抵制,最后这些科学家也就都碍于压力选择放弃,事情,也就跟着不了了之了。"不过这也正常嘛,人类也是在地球生活了几万年才弄明白地心是什么样的。"

"那人类是被什么耽搁了,石油吗?"

"应该吧。"

"人类好像一直都是这样,只看到眼前的好处,这一点都不理智。"

"这不理智，但很划算。"

接着，两人又对望着笑了起来。而后的聊天都不再有酒，但却一次比一次长，哈图会把巡逻时的见闻带来，而鲁也总能从这间阁楼里翻腾出新鲜玩意儿，这便也足够组合出像样的谈资，有时候聊一会儿哈图便被传唤走，有时候会一直聊到宵禁，便算作一天的结束。

今天，哈图来得有些晚。或许是因为在风沙里走了一整天，哈图的脸上泛着明显的蜡黄，像是被那沙漠浸染了颜色，衬得他才二十岁出头的脸也显出了几分老成。连着几日都是败仗，司令沉默寡言，连带着周遭的所有人都不太说话，偶尔的交谈也是巡查时对讲机里"收到""确认"之类的指令，其他人都摆出那副失落忧愁的脸色，哈图便也只能闭上嘴，用偶尔的叹息和皱眉来上演合群的苦大仇深。

"今天，是第九天了。"

哈图坐在床缘，上半身直接瘫平在床上，双眼耷拉着近乎阖拢，制服下微微隆起的结实胸膛伴随着呼吸缓缓起伏。"战线一直僵持在多邦边境，而我的工作就是每天在镇子周围走来走去，不论往哪个方向看都只有沙漠，也不知道自己究竟在做什么。"

鲁将手里的罐头放在书桌上，转过身看着哈图。这应该是身为安全员的哈图第一次当着他的面发出这样的抱怨，哈图说罢，小声叹了口气，顺势又抚了抚自己的下颌，像是从哪个年长的军官那里学来的凡事喜欢搓搓胡须的癖好，沉默了良久，他又突然从床上坐直了起来，双眼放着炙热的光，坚毅地看着鲁大声说。

"要我说，得行动起来！"

"什么？"鲁被吓了一跳，哆嗦着问道，"什么行动？"

哈图笑了笑，直接走到书桌旁，拿起了方才那个一直被鲁攥在手里观察的罐头。

"这个罐头啊，想要知道是什么，光这样盯着研究有什么用，打开一个看看不就好了。"

住在阁楼的幽魂　　**047**

鲁先是一愣，好一会儿才缓缓呼出口气。哈图有一股子少年气鲁是知道的，但弄出刚才那样轰轰烈烈觉醒般的架势还是头一回，仿佛下一刻就要冲去战场与那些帕玛人厮杀。好在是鲁想得过于复杂，眼下哈图所有的精力都用在了和那个有些生锈的拉环较劲上。鲁早些时候便试过，若不是有些蛮力，确实很难打开。哈图咬着牙，指头穿过拉环的孔洞，尝试着从各个方向用力，好一会儿后才将其扯开，脸上便跟着露出了得意的笑。

抱怨完了就算完，也不会思考要怎样解脱，很快就能立刻精力充沛地去摆弄别的，一切如此自然而然，这真的是只有哈图这样的少年才做到的事，鲁这样想。

"果然是吃的。"哈图凑到罐头边缘闻了闻，又立刻耸了耸鼻子，"好腥啊，是鱼嘛？"

阁楼没有窗户，近乎凝滞的空气令罐头的味道很快便扩散开来，且越来越浓，不用细闻也能感觉到海水的咸腥，同时又带着未处理好的鱼肉的酸涩。鲁从哈图手里接过罐头，又凑近看了看，罐头将肉汁封存得很好，潮红色的肉泥里还混杂了白色的胶质。

"好像是金枪鱼。"

"金枪鱼？"哈图看着那团被搅拌得细密柔软颜色暗沉的肉团，实在无法将它和日本餐厅里那些摆盘精致的刺身联系到一起，可一旦知道这是鱼肉，哈图却又本能地生出几分食欲。帕玛星最缺的就是水产，即使是在租界那些专供达官贵人享乐的豪华餐厅，每年也只有几个星期会供应水产，而且还得提前半年预约，按份计量从地球运来。哈图平日里只能吃到部队统一配给的盒饭，唯一能和鱼扯上关系的便是偶尔能尝到的几勺海鲜酱。眼前的罐头虽然模样不如那些盛在冰雕和苏叶上的生鱼片，但却又切切实实引人垂涎，那诱惑并非来自味蕾，而是搁浅在这片沙漠已久的心间。哈图的眼中流露着兴奋，以为又像是前阵子在厨房找到那瓶金酒一样发现了什么从地球漂洋过海而来的宝贝，"这是，可以直接吃的吗？"

"应该已经坏了。"鲁仔细嗅了嗅，鼻尖几乎要挨到泛红的肉泥，"不像是寻常罐头的味道。"

"好像，是有点难闻，像是臭了。"

"他离开帕玛星已经很久了，如果是那时候没带走的，那算起来……得有几年了。"

"哎，真没劲。"哈图有些丧气，但也无可奈何。班镇上的东西大多都上了年份，而不是什么东西都和那瓶金酒一样，能和岁月成为朋友。

"他居然会囤聚那么多罐头。"鲁环顾了整间阁楼，唯一算得上"储物"的便只有这些摆放整齐的罐头，又如此刻意地藏在一堆书籍的后面，像是为着什么而悉心珍藏下来的，连班镇的设计图都没有这样的待遇。从这点看，倒是一点儿也不像他，"我还以为，他是个不会为明天打算的人。"

"兴许是去沙漠露营时随身的口粮，又或者，他就是喜欢吃这个呢？"哈图坐回床边，此刻他的脑子里早已没再惦记那些罐头，回答自然也有些心不在焉。这几天一来二去，他早已把这间阁楼当成了自己的家，这床也显然比搭在街边的帐篷要舒服，而鲁，好像也比其他人更叫人亲近。哈图已经忘记了这种亲近的感觉是如何产生，以及何时产生的，但他觉得或许在逃离租界的车里，他们第一次说起班镇时，那种感觉就已经渐渐生根。哈图也是后来从其他安全员那里得知，在其他车里的要员们几乎都无法保持淡定，他们要么害怕地问东问西，要么便是无休止地盘算起房子啊产业啊损失啊一类的东西，有些甚至会要求安全员立即折返回去取回自己在租界干洗店的衣服……相比之下，鲁的沉着，甚至是沉默反倒成了他最奇怪的地方，同时也是最令人亲近之处，他总是有办法让人觉得舒服，就像这张有些老旧但其实足够结实的床，哈图越是回想，越觉得鲁大概是他来到帕玛星唯一交到的好运。

"或许吧。"鲁点了点头，暂时也没想到更好的解释，于是便也放下罐头，重新整理起书桌上的杂物。这是这一两天他的主要消遣，说是杂物，但大多都是一些机械的零件或者说不上用途的设备，有些看起来就像是从什么机器上硬扯下来的。再来便是石头，鲁也是整理时才发现，桌上，抽屉里，柜子上，床下以至于这个阁楼大大小小的角落都散落着不同种类的石头，有些堆积在一起还有过分类，有些则完全是不慎滚落就被父亲彻底遗忘在那里。这些石头有些鲁是见过的，比如杂质较多的帕玛基岩，经过提纯便是鲁的公司在贩卖的隔热材料；再来便是沙漠底下沉积的硅化岩，有些类似宝石，但明显要粗糙得多，虽然算得上漂亮，但这儿的沙漠沙层极厚，要取得这些其实也并不容易；再有便是鲁也不认识的石头了，但大体应该都来自帕玛星，父亲似乎非常热衷于搜集这些。

"你还真是喜欢研究他啊。"哈图看着鲁背靠着座椅渐渐弯曲的脊柱。他正在用午餐时配发的纸巾擦拭那些石子，就像是个偏执又怪脾气的老匠人，重复着那些费时费力又说不上有何意义的事，而且表情总是现在这样令人捉摸不透的平静，"其他人都闲不住，成天和我们抱怨，只有你自得其乐。"

"习惯了。"鲁并未停下手中的活儿，只是应付着说道，"多邦的白天那么长，又出不去，总得找点事做。"

"租界的生活，对你来说就那么无聊吗？"哈图追问，"不是说什么派对之城吗？"

哈图不知道，找点事做这件事本身，这对于鲁来说是生活之必需。鲁一直觉得，公司决定将他派驻到帕玛星，便是因为管理层里只有他耐得住这份长久的孤寂。帕玛星是少数不分布在银河系的殖民星，虽然星际旅行早已普及，但帕玛返回地球需要穿过两个人工虫洞站，而人类身体可承受的穿越次数极限是每个自然年六次，这也就是意味着他每年只能回到地球一次，去父亲墓地那次，虽然借道了妥奇亚王国曾经修建的寰宇快线，但穿越虫洞仍是难免，回到帕玛星后，连续高烧了二十多天才勉强恢复过来。无家可归，外面又是漫天风沙，生活便只剩下待在租界一个选择。每天醒来，若无工作，鲁便得思考究竟该做些什么。租界的无尽繁华是真，但不消两小时便能驱车环绕一圈的地界，能找的乐子着实屈指可数。或许是因为这里生活的人大体都存在这样因寂寞无聊而滋生的逆反，他们更加热爱娱乐，各类名目的聚会，派对，球赛和各种沙龙几乎每天都有，简直每时每刻都有。韩先生便是其中热门的组织者和参与者，越没事做便越找事做。租界便越发陷入无止境的狂欢，连地球的新闻里也说，多邦的人类租界是名副其实的"派对之城"。

鲁也曾去过其他星球的租界，差不多也都是一片声色犬马，只是不及帕玛星严重。豪赌、召妓和毒品，这些通俗的不受用了便是更疯狂的——他曾受邀观看过一场名为《狄俄尼索斯①》的戏，有人包下了租界最大的剧院，组织一群穿着希玛申袍②的帕玛人集体交配，鲁和其他观众则坐在观众席，欣赏着他们交合时发出的低吼与呻吟，没过多久，坐席上便也开始有了低沉的喘息，灯光一再拉暗，黑暗里一切便也无须克制。听着众人欢愉的叫喊，鲁的胃不禁一颤，未消化的食物伴随难闻的胃液从喉咙里一并翻涌而出，溅洒在他规整白净的衬衣领口上，接着整个胸腔立刻翻起令人作呕的潮湿与腥臭。他茫然地看着四周，却发现根本无人察觉，甚至，黑暗中那一张张脸竟都抽动起鼻子，竟痴迷地追寻着那股恶臭，恨不得全吸进肺里。也是在那一刻，鲁突然意识到这里到处都是这样的味道，所有人包括他自己，每具肉体都散发着这样的味道，是透过皮肤从脏腑里散发出来的，腐败糜烂的味道，它覆盖了剧院的每个角落，成了呼吸的一部分，所以人们才会浑然不觉。

他疯了似的跑出剧院，缩进车里，一路上又连着吐了好几次。他将车窗玻璃完全放下，那恶臭还是散不出去，风从窗缘灌入，反教那恶臭

---

①古希腊神话中的酒神，同时也代表着无节制、纵欲、狂欢和戏剧。
②希腊男子常穿的一种服装，类似于裹袍，通常用长4~5米，宽1.2~1.5米的面料制成。

愈发浓郁,鲁捂着口鼻,浑身无法抑制地颤抖着,他睁大双眼看着车窗外,看着那些夜色下璀璨的霓虹和高楼,眼中的光影也跟着逐一扭曲,鳞次栉比的大厦不再是挺拔的轮廓,反倒都成了一具具缠绕在一起赤裸的身体,它们和剧院里的人一样在交媾,在呻吟,在喧闹……原来,它们也都是这样的味道,整个租界,都是这样的味道。

那次,鲁在床上昏睡了两天,醒来时只觉得死过了一回。医生检查说,他应该是误吸了少量的催情气体,所以产生呕吐并看到了幻象。但鲁依旧能时不时从某一道吹拂而来的风中闻到淡淡的那样的气味,只是他再也形容不出那具体是什么。因而他只能关上窗门,减少外出,做些在哈图眼中费时费力又说不上有何意义的事。

鲁看着哈图,只是笑了笑,并未回答,他知道自己无法向哈图解释这些。

好在哈图并不是个刨根问底的人,脑子一转,思绪便到了别处。

"对了,你昨晚睡得如何?"哈图突然问道,"我上次来时就想问的,都怪你那些罐头害我给忘了。"

鲁想了想,转过身来,脸色虽不算难看,但眼周仍弥漫着难以掩盖的青灰。

"那个声音,你又听到了?"

"是。"

"还是,只喊你的名字吗?"

"嗯。"鲁点了点头,"断断续续的,就这么一直重复。"

哈图深吸了口气,下意识地看向了鲁的身后,堆满整张书桌上的杂物。他突然觉得鲁花费时间精力来打理它们也并非全然出于无事可做,倒更像是在寻找着什么,这些原属于班的东西那么多,那么乱,近乎填满了整间阁楼,它们沾染着主人的气味,保留着他存在的痕迹,就像是飞鸟抖落的羽毛,风吹来的种子,逝去的生命残留的魂魄。

"难道……真的是您的父亲?"

6

他妈的!

——班在一份属于他自己的PET断层扫描[1]报告上的涂划
通过报告图片可以看出他颅内的松果体区[2]的肿瘤区块已经十分明显,
身体多个脏器也都存在大大小小的肿块,
报告同时附有医生的建议书,内容大致为希望他可以尽快返回地球医治。

说来,鲁在住下的第一晚其实就听到了那些声音。

他睡得本就浅,一旦有些声音便很容易醒。起初听来只觉得是风声,以为楼下的窗子关得不严漏了风进来,但听得久了,便发现那声音有人语一般的节奏和规律,发音也越来越清晰。鲁……停了片刻又是同样一声鲁,根本就是从喉管里搅动出的字节,但又过于低沉,不太像人所发出的。

那晚,鲁下楼查看过几次,但均毫无收获,接下来的两三晚都是如此。那叫唤声常是入了午夜才响起,且断断续续,大多数时候几分钟便

---

[1] 即正电子发射型计算机断层显像(Positron Emission Computed Tomography,简称PET),是核医学领域比较先进的临床检查影像技术。
[2] 位于人中脑前丘和丘脑之间,为一红褐色的豆状小体。松果体区肿瘤是以肿瘤生长部位定义的一种肿瘤,它主要包括生殖细胞和松果体实质细胞肿瘤。前者占该区肿瘤的50%以上,高度恶性,浸润性生长,可沿脑脊液播散,多发生于青少年。后者包括松果体细胞瘤和松果体母细胞瘤,多见于成人。

没了，偶尔又一小时不得将歇；响起时总觉得很远很远，但刻意去听又觉得它无处不在。有时鲁觉得那声音就是沿着他的枕头缓缓飘进耳朵里，但若是真的捂住耳朵，它便又同凭空突降的骤雨，从屋顶倾泻而下。鲁能真真切切感到那些声音如颗颗雨点淋下来，他的名字，一声声落在肌肤之上。

鲁最终还是通过哈图找来了驻军部队里负责起居事宜的人。那是个上了些年纪，比鲁还略大一些的女军官。她坐在一楼的沙发上，一边听着鲁的描述，一边漫不经心滑动着手里的屏幕，眼睛偶尔瞥向鲁，也总是带着令人莫名生畏的打量。

"就像是……周围的空气一同震动发出来的。"鲁思忖了很久，才想到这样稍微贴切，又足够简单的形容。在军官到来前，哈图便告诫过鲁一定要言简意赅，因为这个女人已经被要员们的牢骚和抱怨逼迫到随时可能发疯的程度，什么羊绒毯子、遮光眼罩，用来摆放在窗台的植物还有韩先生破天荒的"室内高尔夫"……她每天都得应付这些人的"灵光一闪"，办法就是重复同样的一句话。

"基本的生活起居，你明白这是什么意思吗，我只负责解决基本的生活起居。"

女军官停顿了一下，然后转过头，皱紧眉头对哈图说道："就算他说的是真的，有人突然潜入这种事可不归我管。"

"我已经确认过了，别说这间屋子，整个班镇这几天没有任何异常，更别提有人闯入。"

"那就应该是住在这里的谁整出来的恶作剧。"

"可如果真是这样，夜间巡逻肯定会有发现吧，至少……我们得知道是谁在恶作剧。"

"我可没有多余的监控设备可以用在调查这种无聊的事情上。"

最后，她只是从军药箱里拿出了一小罐提前分装好的药丸，搁在了餐桌上便朝大门走去。鲁知道那是安眠药，那些以睡不好为理由想要更换寝具甚至房子的要员都会得到这个，就像马戏团游戏里即使失败也能拿到，人人一张的小丑贴纸。

但哈图还是不死心地追了上去，拉住了正要走的女军官。鲁听见哈图在院子里与她争执了好一会儿，隔着门缝看去。女军官的神色慢慢从不耐烦过渡到埋怨。

"不用搬出你的家人，我们都知道你是个小少爷，但规矩就是规矩。"

她撂下这最后一句，便头也不回地离开了。哈图后来还试着找过其他几个能管些事的人，但换来的只不过是餐桌上不停增多的白色药罐，它们排成一排，如今依旧原封不动摆在那儿。驻军部队的敷衍并未让鲁感到愤怒，而这些不停送来的"安慰"也令他渐渐意识到，夜半听到的几句呢喃或许本身就是不值一提的事。在这里，他们得考虑食物和水的供给，电力的供应，帕玛人的入侵，还有前线的战事，这些才是他们生存下去的根基，而类似某个人在夜里睡不着这样无关紧要的细枝末节，在那个女军官……以及所有驻军部队来看，就和那些为了毯子、眼罩、盆栽和室内高尔夫喋喋不休的人一样做作又窝囊，而这些人的餐桌上，就只会摆满这些数量多到可以用来自我了断的瓶瓶罐罐。

"那个鲁，会不会是疯了？"

"大概是受不了这里的苦，所以疯了。"

有例行来检查的士兵看到了餐桌上成堆的安眠药，便把这番猜测带向了整个班镇。加之那些造访过的军官一言一语的拼凑，事情越传便越邪乎起来，甚至连韩先生都曾借着放风特意登门来确认自己的老朋友有没有真的患上盛传的精神分裂症。

鲁没有辩解，也没有提起有人呼喊他名字的事。他知道说的越多只会让谣言更加生动，而沉默往往才是最佳的应对。好在战场失利的消息一来，便也没人再关心这些。

不过哈图却总不放心，每日都会循例问到这些。

"难道真的有鬼？"哈图打了个冷颤。

"就算是鬼魂，除了不停叫我的名字，也没做什么出格的事。"鲁倒是先开起了玩笑。他谈不上是个多坚定的无神论者，但若说这件事真的是鬼魂作祟，他也是不信的。若是鬼魂，那显然便是父亲的鬼魂，可呼喊自己名字的做法与其说缺乏佐证，倒不如说根本不符合父亲的性子，他连生前有机会和自己说上几句的时候都三缄其口，又怎么会藏匿在这个狭小的阁楼里，化作魂魄来频繁叨扰。

"可别人都说你是发了疯才睡不着。"

"如今这里睡不好的人那么多，至于是因为什么，倒也无关紧要。"

"不行，这样的传闻总归是因为我才惹出来的，哎……就不该找他们说的。"

哈图脸上的表情，像打了败仗。鲁也是此刻才突然明白，哈图三番五次的询问或许都是源于对自己的亏欠。既然无法想到合理的解释，又无法找到解决的办法，他便比鲁还更加期待那个声音自然而然地消失不见，好像只有这样，那个谣言所造下的孽障才会跟着消除。将事物的因果画上简单的等号，然后坚定地期待它们逐一发生，这是孩子才有的幼稚和固执，而眼前的这个孩子，显然已经为此耗尽了全部的耐心。

"绝对不行！"

哈图从床上站了起来，咬着牙说道。他的个子本就挺拔，又站在阁楼中间，脑袋几近挨着屋顶。接近傍晚的阳光从屋顶木板的缝隙照耀进来，将他的影子剪碎拉长，蔓延至阁楼的每一处，金色的光勾勒着他身体的轮廓，宛如一个沐浴着祝福降临于世的泰坦巨人，他巡视着脚下的每一寸土地，急不可耐地想要找到那个纠缠于此不肯罢休的恶魔。

"必须想想办法，行动起来。"

阁楼在哈图的阴影笼罩下一点点变得黯淡，渐渐融于帕玛星浑浊又延宕的暮色中。

7

  镇上的人又说起要给我单独建一栋房子的事，但我本能地讨厌这样的事。我喜欢阁楼，因为阁楼之于一幢房子，是可以随时改变和舍弃的部分；若我离开了，这里变成仓库，变成他们孩子的游乐场，甚至拆了变成屋顶的一部分都好，于这家人，是一种轻松的再利用，而于我，也不再是负累；若是我在这有了一栋完整的房子，我便会觉得自己在这儿是有个家的，在我离开时，便又会再次产生这种揪心的痛苦的感觉，我太厌恶这种感觉了……我不想重复。

——班难得的一篇日记，写在一本红色的软皮笔记本上。
这本笔记本似乎是某个国际组织的纪念品，前几页都是帮扶弱小文明的宣传照片，
班的照片也在上面，且有好几张。

  灯亮起的时候，鲁死死抓住落地灯垂落的拉环，只觉得浑身的重量都悬在半空，似要下坠却又被那只展翅的天鹅牢牢衔住，一动不敢动。

  "开灯，听到开灯就拉下拉环！"

  他的脑海里至今回荡着哈图最后的交代。在过去的一小时，他平躺在沙发上，除了紧紧拽住落地灯的拉环外，便是按照哈图交代的那样均匀缓慢地呼吸着，渐渐地，他觉得自己不再能看见，夜色吞噬了周遭所有的事物，唯有无边无际的黑暗，和这里的沙漠一般宽广……进而也不再能听见，没有那彻夜折磨自己的呼唤，没有窗外呼啸的风声，连自己的呼吸也都没有声音。最后，他渐渐连自己都感觉不到，这个世界对他而言变得前所未有的虚无，不再有形状、声音、方向和光，他的肉体逐渐消融在这片寂寥的黑暗里，只留下那固执的一念，一个声音，一个必须等待的声音。

"开灯！"

哈图的吼叫像是惊雷，瞬间点亮了整个房间。万事万物都在那顷刻的光明中活了过来，只剩鲁依旧保持着那个姿势，死死拽着已经拉下的拉环。

等他缓过神来，屋门已经被人用力撞开，几个穿着同样军服的士兵持枪走了进来。他们是今天负责值夜的巡逻小队成员，应该是方才被突然亮起的灯和哈图的喊叫吸引来的，冲进屋内的第一刻，便将枪头对准了躺在沙发上一动不动的鲁，进而又向里走，见到了蹲坐在楼梯高处台阶上，喘着粗气的哈图。

他的手里，是一只不停蹬着双腿，嗷嗷乱叫的猫。

猫的腹部是浑白的，背脊则覆盖着棕灰相间形如虎斑的细毛，到了尾梢纹路则又变成黑白。它不咧着嘴，外露的门齿和犬齿均已被磨得钝，看起来是上了年纪，但外展的胡须根根分明却仍显出几分威严，瞪大的双眼近乎完全被漆黑的瞳孔占据，唯有边缘透出一轮暗淡的莹黄，像是被重云遮盖的新月。

"喂喂喂，别开枪别开枪，是猫啊！"哈图的双手紧掐着猫的前肢，几乎是将它悬置在半空任由它双腿胡乱蹬踹。猫虽然无法挣脱，但扑腾起来倒是有些蛮劲，哈图露在外面的胳膊和手腕上，已经被那奋力挣扎的猫爪划出了好几道细长带血的痕迹。从哈图的表情上看，他倒也不觉得痛，除却对付这个小家伙而咬牙显出的吃劲，脸上分明还带着几分兴奋，他越过上前的士兵，朝着重新亮堂起来的客厅望去，却没有发现鲁的身影，只得更加用力喊道。

"喂，你快来看，这就是那个幽灵！"

也是那一刻，听到哈图的叫喊，鲁才突然觉得双手、四肢、躯干一点点回到了自己的身体。他松开落地灯的拉环，从沙发上站了起来，走向了楼梯的方向。

"你看，它是您父亲的猫，而且，它也叫作班。"

哈图高举起猫的前肢，好让它脖子上那块圆形的金属铭牌被落地灯的光线完全照亮，它的表面漆着一层镀银的涂料，大概也就乒乓球大小，两端用皮革编织的粗绳系牢挂在猫的脖子上，铭牌的中央凹刻着几个大写的字母，B,A,N，却并非完全居中，在N的后面还有一小处磨损，似乎是钝器所致的擦痕，该是还刻着什么，却被不小心划花了，可细看之下，却也分辨不出究竟是什么。

"班。"

鲁愣了愣，拼出了猫的名字，只是那小家伙却也没什么反应，继续用那双腿不停蹬踹着哈图的手臂，样子虽仍凶悍，但尾巴却不禁缩作了一团，该是生人多了，便有了畏惧。

"你再试试。"哈图怂恿着，又朝鲁身后的几个士兵使了眼色，示意他们让开点。那几个人早已放下了枪，约莫也是觉得看到猫新奇才一直站着不动，领会了哈图的意思，便也识趣退到了一旁。

"班？"鲁再次尝试了一遍。

"你大声点，多叫几遍。"

这回，倒让鲁难为情了。

他从未养过猫狗，不过倒也有过这样的机会。鲁曾经在地球有过一段婚姻，日子久了妻子觉得鲁太闷，生活无趣便心生养只狗的想法，也联系了机构办齐了手续，甚至还在院子的草坪上布置了狗的房子和玩具。但后来突然有孕便又总说晚点，拖着拖着，流产，吵架，离婚，妻子的离开，也让这个想法跟着覆灭了……后来鲁独居，常常盯着草坪上空落落的小房子看，便又产生了干脆养上一只的想法。在他闲时的幻想中，住在那小房子里的家伙倒不是妻子曾中意的会摇头晃脑的金毛，而是一只黑色或深灰色的猫，他觉得这屋子里总是孤寂的，好像只有猫才耐得住孤寂，或者更干脆些讲，他心里总觉得猫比较好，那是他离拥有一只动物最近的时刻。可也是那时，他接到董事会的命令被调去了帕玛星，一直到临行前鲁将那栋房子卖掉，小房子也依旧没有等来它的主人。

"你也喜欢狗啊。"那时的买家恰好是个有些名气的动物学家，还特意寒暄过几句，"这房子我最中意的也是这个草坪，我家那几只搬过来后应该会很喜欢这儿。"

"啊，不是，"鲁笑了笑，"我喜欢猫的。"

"那……之前是你的猫住在那里吗？"买家指了指那栋小房子，有些诧异，"不应该吧，猫的话，肯定会更愿意待在室内。"

"不，不是。"鲁也是那时方才知道，按猫的习性，它是断然不会住在那种地方的，"没有谁住过那里。"

之后来到帕玛星，鲁虽然觉得自己是喜欢猫的，但因为极难真的见到，便也不常会想起，久而久之，便再也没动过养猫的念头。在租界生活的这些年，偶尔也有搬来定居的太太会将宠物一并带来，但公园里能看到的大部分也都是形形色色的狗，至于猫，大多就像那个动物学家所说，都待在室内，待在别人舒适宽敞的家里。

眼前这只，还是鲁在帕玛星头一回见到猫。

"那个……班。"鲁又喊了一声，但他总觉得这样的行为十分愚蠢，它真的会知道班是自己的名字吗？它可能连脖子上那个又厚又重的金属疙瘩到底是什么都不知道，鲁心里想着这些，便愈发觉得自己的行为毫无意义，特别是当那只猫看起来根本毫不理会时，这番叫唤就显得更加自作多情了。

"大概是，太紧张了吧。"哈图见状，只得这样解释，"毕竟做了亏心事才刚刚被我抓个正着。"

"你在哪抓到它的。"

"阁楼，你还别说，它这一出现，还帮我们解决了另一个谜题。"

"什么，谜题？"

"就是那十几个罐头啊。"哈图先是抿嘴笑了笑，然后才接着说道，"我抓到这家伙的时候，它吃得正欢呢。"

"这么说，那些是……猫罐头？"鲁反应了过来，今早拆开的那罐鱼肉罐头，还一直被放在阁楼的书桌上，如今想来那些肉泥散发的腥味，倒确实更加符合动物生嚼活咽的天性，看来，那些被父亲藏在阁楼书柜里的罐头，都是为这个小家伙积攒下来的口粮，"那么多罐头都是给它准备的，难怪没有带回地球，看来……真的是他养的猫。"

"可不止这些。"哈图又示意鲁看向那只猫的鼻孔，那上面粘连着一个细小的白色圆环，在它黝黑的鼻梁上显得格外明显，"你看，他还特意给这家伙定制了一个滤阀，我之前在租界闲逛时也见过有些狗的鼻子上有，听说这样就可以把它们带出去玩，你认真听它呼吸，气流穿过那个滤阀，声音会被放大一些，而且听起来……"

鲁走近了些，耳朵贴向了小家伙不停摇晃的脑袋，虽然因为更为剧烈的嘶吼听得不甚明晰，但确实有非常细碎的回响，随着呼吸的起伏从滤阀的缝隙里传来，呼噜，呼噜……

"我觉得如果在很安静的时候听，一定就是鲁，鲁，鲁，这样。"

"所以……这就是那些声音。"

"对，这就是那些声音。"

鲁身后的几个士兵或许是多少也听闻过关于夜晚会传来声响的事，如今知道了答案只得面面相觑，里面年纪最大的那个看起来是小队长的长官，思忖了一下便说道："那……要把它弄走吗？"

只不过这样的自告奋勇，等来的却是两声近乎同时喊出的、斩钉截铁的拒绝。

"不要。"

哈图似乎还担心那长官会上前直接抱走它，便也顾不上手臂上越来越多的抓痕，径直把那只猫塞进了怀里。对于哈图来说，它不是被擒获的敌人，而是必须守护的战利品，他的脸上扬起了迎接胜利时骄傲的笑容，此刻他的怀抱中，便是他梦寐以求的嘉奖。

只不过，不再悬空的猫有了借力，双腿便更加迅猛地蹬了起来，哈图还没来得及将它抱紧，它便猝然弹跳起来，一下子挣脱了束缚，嗖地跃下楼梯，跑向了台阶后面。

"喂，喂——"

哈图想要扑上去拦住，可直接从台阶上站起来，反倒因为无法站稳而摔了下去，最终迎面栽进了鲁的怀里，连带着后面几个士兵也没反应过来，倒是在楼梯口结结实实摔成一片。

"快，快去找猫。"

哈图也顾不上跌落的疼痛，头还埋在鲁的胸口时便大声叫嚷起来。"楼梯后面，就在楼梯后面。"

当他们全都站稳，鲁率先冲进楼梯角落那片灯光无法照进的黑暗中时，那个空间只能容下一个人，还得是弓着身子才行，更深的地方，几乎就得用爬的。

不过鲁半个身子刚探进去，就发现那只猫正站在眼前，双腿蜷蹲着，两条前肢直直撑在地上，藏在身后的尾巴高高扬起，正和着什么节奏规律摆动着。

"班……"

这一声，鲁完全是下意识叫出来的。

就这样僵持了几秒钟，小家伙依旧没有任何反应，但也没有躲闪的意思，那双眼睛呆呆地看着鲁，没有半分惧怕，反倒像是等候了许久。

鲁抓住班两只站直的前腿，将它小心拽了出来。小家伙倒也没有反抗，当鲁重新直起身子时，甚至一股脑儿钻进了他的怀里。

"早知道它根本不会跑，我就不用费那些功夫了……"哈图将双手抬起来，仔细看了看近乎爬满整个手臂上大大小小的抓痕，鲜血从伤口不停地外渗，在皮肤上映出一片片血印。或许是看见了这片猩红，哈图才突然有了后知后觉的痛楚，"操，真疼啊！"

"它……"鲁看着那猫，有些手足无措，"怎么会……出现在这？"

人群先是沉默了一阵，然后便是哈图忍着疼，咬牙说道："我想，大概是你父亲离开帕玛星时把它丢给了住在这的帕玛人照顾，帕玛人离开的时候，又把它丢下了，或者是带走了，但它在电网启动前又溜回了这里。"

"班……"

鲁想了片刻，再次念出了它的名字，但渐渐自然起来。

"那现在，该怎么办？"

8

猫这种生物啊，是美凝结的肉团。

——班在一本名为《金阁寺》①的书中将这句话圈了出来，还在书页的空白处抄写了好几遍。

鲁养了一只猫，这个消息很快就传遍了整个班镇。

但鲁更倾向于"一只猫闯入了他的住所"或者"他意外得到了一只猫"这样的说法，至少这已经足够解释那晚发生的所有事情。但非要用"养"这个词来连接自己和那只猫，这样一种颇为主动的捆绑关系，便会产生另一个困惑——他是如何突然成了这猫的主人。

现在想来，把这个消息散播出去的未必是那晚率先见到猫的巡逻小队。他们目睹了鲁和那只猫初次相遇时战战兢兢的模样，断然不会将鲁论作猫的主人，如此往后推演，便轮到次日一早那几个造访的医务兵。

他们是跟着哈图一起来的。那晚逮住班后，哈图嘱咐鲁看顾好它就匆匆赶去驻军部队的指挥室汇报了这件事。司令那边倒也没怎么过问，

---

① 《金阁寺》是日本作家三岛由纪夫创作的长篇小说，是他的重要代表作，该作讲述生来为口吃苦恼的青年沟口从贫穷的乡下来到金阁寺出家，因沉迷于金阁之美，而终日幻想与金阁同归于尽，并最终将金阁付诸一炬的故事。"猫这种生物，就是美凝结的肉团。"这句是主角基于金阁寺住持讲解的《南泉斩猫》公案引发的对于美的思考。

只说要做好安全检查,防止有什么病菌之类的,于是他一早就带了医务兵来给那只猫做检查。按照哈图所说,当时敲了许久门但都没人答应,哈图还担心是出了什么事,破门而入后才发现鲁靠在沙发上,枕着自己的胳膊睡着了。而那只猫就乖乖埋头蜷在一旁,四肢都藏进了它圆滚柔软的肚皮里一动不动,看起来也像是睡着了,只剩下那根毛茸茸的尾巴偶尔摆动几下。

鲁是在一连串的笑声中被惊醒的,哈图还顺便用随身的设备拍下了鲁和那只猫一起窝在沙发上的样子。照片上的鲁睡得很熟,也像只猫儿似的蜷着身子,双腿弯曲着贴向小腹。早晨的日光从窗沿照进来肆意洒在鲁和猫的背上,西装外套上绵密的羊绒,猫脊上柔软的背毛都在那片朝阳下缓缓苏醒,那惬意而温暖的金黄,将它们彻底融为了一体。

"它当时,一直在旁边陪你呢!"

过了几日,哈图还特意趁巡检时把照片影印好带了过来,但因为拍摄时的机器其实是用来侦察记录的相机,所以在鲁和班的周围出现了许多类似目标大小,目标详情,目标位置还有坐标参数的文样,最后,整张图上还密布着星际联署的水纹。鲁拿在手里看时,总觉得自己和那只猫,都是被关在实验室里等待研究分析的样品。虽然有种说不出来的怪异,但鲁依旧将它收进了西装的内衬口袋里,一来是尊重哈图的用心,二来……这也是班主动陪着他的证明,它佐证了"鲁养了一只猫"的事实,虽然依旧不知道原因,但确实是从那一刻起,他便理所当然成了班的主人。

哈图送来照片那天,班镇出人意料是个好天气。阳光正好,却也不热,偶尔飘来几片难得一见的积云,迎面的风都跟着柔软起来。因为依旧严禁外出,哈图便陪鲁在院子的藤椅上坐了会儿,班就一直趴在鲁的大腿上,尾巴耷拉在膝盖间也不晃动,圆圆的脑袋整颗埋在肚毛里,偶尔探出来打个哈欠又立马缩回去,样子懒极了。

"你最近好像挺爱在院子里走动的,不再窝在那个阁楼了。"

"啊，"鲁停顿了片刻，"小家伙比较喜欢外面吧。"

"你现在倒挺有主人的样子嘛。"哈图夸奖起人来，总会不自觉地扬起眉毛，就像自己也被夸了跟着高兴似的。

鲁笑了笑，便伸出手去抚摸班的脑袋，班的两只耳朵顺势便折向了两侧，好让整个掌心得以完全贴合它那呈钝锥形的额头。它总是会这样自然而然地迎合鲁的动作，比如鲁躺下了它便会躺在旁边，伸手过去它便会折开耳朵，扶起下巴它便会伸长脖子，就像是特意被训练过，或许哈图和其他人也是看到这些，方才觉得自己有那么几分主人的模样。

但他心里十分清楚，这完全是班一个人的功劳。

"其实，我什么也没做。那晚你让我把它关进阁楼，但我总担心它会从哪块没固定牢靠的木板缝里逃出去，或者活活被憋死之类的，所以就还是守在一楼的沙发边，它也一动不动，我们就这样四目相对，后来竟然就睡着了。"

"至少说明它与你是亲近的。"哈图说罢，将耳朵贴近了些，被抚摸的班很快便发出了轻缓的呼噜声，听来可不就是在呼唤着鲁的名字，"不过，父亲养的猫和儿子亲近，本来就是再正常不过的事。"

"可我喊它的名字，它从来不搭理。"

"你说，班？"哈图也伸出手，轻轻搭在它的背上，顺着脊柱一直向下抚摸。柔顺的背毛被午后的阳光晒暖，不再有皮毛的粗糙，触感竟有如寒冬时冒着热气温热的汤泉，那种由内而外划开的，带着生命韵律的热，跟随这个小家伙呼吸的节奏，沿着血管和皮肤传入他的掌中，它在用那颗心脏温暖我呀，一想到这，哈图不禁又喊了几遍它的名字，"班，班看这里，班啊……真是只乖巧的猫。"

班本没有理睬哈图的夸赞，后来哈图便直接挠了挠它的肚子，班这才甩动了几下尾巴算作回应。

"噢，对了，忘了告诉你。"哈图竟是现在才想起到这来的正事，"总算有个好消息，帕玛政府和反叛军前几日聊出了些结果，目前已经停止进攻了,虽然还不知道下一步是怎样,但暂时是不会打仗了。"

"帕玛政府?"

叛军把租界付之一炬后,鲁以为再也不会听到这个词了。如今在班镇避难的这些人,对于帕玛政府多少是有些埋怨的。这个领导全体帕玛人的政权本来就是星际联署一手扶持建立的,而原先住在租界的那帮人,不管是商人、政客还是军队,多少都算是这个政府的衣食父母,每年送的钱,军备还有各类物资林林总总也有好几亿标准星元。但就是这样一群被养的白白胖胖的傀儡,却被自己人三天把首都打下来了,最后还窝囊得躲进租界,才最终惹来了那场浩劫。如此被器重却如此不争气,实在叫人难以接受。"我以为,他们已经……"

"哈哈哈哈,早就完蛋了对吗?"哈图一笑起来,便浑然看不出是个军人,就连身上笔挺的制服也平白显得大了几号,像是偷穿谁的,"我也这么觉得,可是没想到这群废物又跑去和叛军谈判了,可能是见我们撤了,这才想起了同胞情谊吧。"

"那……是要和谈吗?"

"估计是吧。但听司令手下的人说,大使馆和总督府的人一听到消息就开始忙着拟和约了。总督嚷嚷着要他们赔一千二百亿标准星元,还要五十万帕玛人无偿参与租界重建什么的。你懂的,就是……照搬从前对付妥奇亚人的那一套。"

哈图深吸了口气,双手下意识捏成了拳,像在紧紧握住什么。

哈图正巧出生在妥奇亚人的第一次反抗运动期间,那段时期是人类太空殖民繁盛的顶点,同时也是人类真正意义上第一次和外星人开战。在此从前,人类对宇宙的征途都是一帆风顺的:随着越来越多的星球被发现,科幻小说里那些能够秒杀人类的文明、吞吐星河的生物并未出现;反倒在一次次殖民中,人类不断地验证了自己作为领袖文明的存在,最高级的文明,最智慧的物种。地球,成为了银河系的中心,地球文明,成了所有文明的样本。18世纪泛滥于太平洋和大西洋上的征服游戏,得以在整片银河中重演。之后诞生的星际联署，星际银行，星际联航，标准星元……这些象征文明的造物把数百颗星球，数百个外星种族带向了前所未有的统一之中。宇宙的面目和轮廓，第一次以人类的手笔描绘，从前只属于造物主的荣光，第一次倾洒在人类这个诞生不过万年的生物上，人类，成了从前自己所崇拜的神。

百年间，大部分被发现的文明多为帕玛人这样的信徒，但也有妥奇亚这样不安分的存在。这群体形纤细，有着蜥蜴那般艳丽皮囊的两栖智人，在人类到来前就已经拥有一个长达23万年历史的王国，一个远比人类久远的、傲慢且自负的帝国。虽然签订了不少合约和贸易协定，但妥奇亚始终介怀于殖民星的称号，积怨深重，无计消除，最终引发了第一次反抗运动。妥奇亚人撕毁合约，破坏租界，虽然声势浩大，但最终还是没能赢下战争。或许是担心这样的出头鸟会带来反抗的风潮，星际联署不仅要求妥奇亚支付接近国库资金一半的赔偿金，而且挟持了妥奇亚的皇后以此要挟妥奇亚人民举国之力重修租界……在轮番压迫之下，曾被许多人誉为"小地球"的妥奇亚王国彻底没落，几乎每个妥奇亚人都背负着巨额债务，就连贵族也有许多沦为劳工。很多人认为正是星际联署的赶尽杀绝才促成了后来第二场更为孤注一掷的反抗，普鲁托之矛的一发枪火，23万年的繁荣瞬间消失在了寒冷星河之中。

人类文明消灭了另外一个文明，这样荣耀的消息传回地球，却无法令人想到胜利，唯一值得庆幸的，大概只剩所有人类都安全撤离了。哈图当时才刚刚上学，是家人安排的那种以培养高级军官为目的的军事学校。那晚正巧碰上热热闹闹的集训，操场上猝然安静，音乐也跟着停了，原本轮播着演练视频的屏幕上开始投放星际联署最高司令部长官的发言，所有人矗立在原地抬头看着屏幕。死亡，画面中只有死亡，消散在无垠虚空中的妥奇亚的尘埃，就像是随风飘扬的泰坦巨人的尸骨粉末，它们被碾碎被瓦解，但却永远不会消失。哈图当时只觉得，它们早晚会随着某道宇宙间川流不息的能量吹向地球，亿亿万妥奇亚的颗粒最终会拍打在每个地球人的脸上。和哈图一样,那晚所有人都只是沉默着,站在那里,或许……这些孩子也都哈图一样在害怕,害怕有一天也会像此时站在哪个官员身后的前辈们那样,在其他人的见证下亲手毁掉一颗行星,一个文明。

背负着"亲手毁掉一个文明"的可能并非是轻松的。至少对于哈图来说不是。不是动画电影里消灭强大敌人那般充满快感,不是英雄人物深藏在心的强大使命,在哈图看来,它甚至都不是正义的。就像初次提刀的屠夫面对啼叫不已的羔羊,刀锋的锐利并不会带来所谓强者的满足,而是一种心智的腐烂。屠夫知道,一旦那些滚烫的鲜血泼洒在自己的脸上,那些血便会永远凝结在那里。世人看他的脸,便都是这般血肉模糊,都是无以复加的恶,是长着眼耳鼻舌的地狱。而这一切,在那把冰冷的刀刺入羊喉的那一刻便已经注定。

可眼下,便是这样的一刻。

"要是当初选择去苏玛德拉,去看管那些马门溪龙,或许……"哈图有次和鲁谈天时曾讲过这样半吊子的话,"或许会轻松许多"——他那时大概是打算这样说的。可是如今想来,苏玛德拉虽然不太可能爆发战争,但身处那个银河系最大的肉类加工厂,他所看到的,也不过是名正言顺流水线作业的屠杀而已。哈图无意于去思考所谓的善恶,所谓军人的荣誉和战争的本质,他早就清楚自己是想不明白的,他只是想着,或许自己幸运一点的话,此生可以不必真的面对这些。

"和谈多好啊。"哈图又摸了摸班的脑袋,被阳光晒得发烫的绒毛拂过他的掌心,像困在他手中的一道温暖又肆意的海风,"至少……暂时不用去和别人打打杀杀。"

哈图说话一旦谨慎起来,便会不由得结巴。他是讨厌这些的,鲁听得很明白,但赖于自己军人的身份,以及自己家族的身份,他无法把内心对于战争和掠夺的厌恶转化为现实的恨意。一个军人,世袭的军人会如何思考这场战争呢?这可是他的家族赖以生存的事业啊,如果连这都是错的，恶的，那么他的存在，是否也就跟着一并是在作恶呢？鲁感受到了哈图在谈及这些时的胆怯，他无比害怕这些想法映照在自己身上。那种感觉简直是一场惨烈的审判。哈图常会因此回想起在纪录片里看到的搁浅的鲸鱼，它们瘫倒在沙滩上，被日光曝晒，沙石剐蹭着肌肤，呼吸灼烧着脏腑，一条接着一条死去，那便是太阳在审判侵犯陆地的罪人。

可鲸鱼又有什么真正的罪过呢，它只是生来就不属于这里啊，为此哈图总会暗暗感叹。

阳光下，二人呆坐了片刻，鲁又突然问道："可明明也没有败得多惨，为什么帕玛人会突然要求和谈呢……"

"不知道，你怎么突然关心起原因来了？"

"没什么，就是随便问问。"

"或许是他们终于想通了吧，知道总是打不过的。"哈图不禁抬头，看向帕玛星难得一见、干净澄澈的天空。如果忽略掉天地边缘黄沙弥漫的浑浊，眼前的这一切倒有几分像地球上某个晴朗炎热的夏天，头顶的蓝，耳畔的风，这个异国他乡的小镇被它们悉心包裹着，像一个短暂又温存的美梦，"那个毁天灭地的东西可一直都悬在头顶呢。"

"那个……"

鲁原本抚摸着班的手突然停住了。他侧过身子，格外认真地看着哈图，只是这样停驻了好一会儿，又硬是一个字都没说出口，原本认真的神色转而变得愈发为难。

"怎么了？"哈图问道，他能感觉有句话就停在鲁的喉咙那里，连带着喉结也跟着发颤，好像在很努力将它重新咽下去。

"没，没什么。"

哈图迟疑了一会儿，只是点了点头也没再问，而是重新回过身瘫躺在藤椅上，在阳光下闭起了双眼。阳光不知不觉逐渐焦热起来，已经到了有些难熬的程度。隔着眼皮，哈图眼中的世界像是沐浴在大火中，浑浊又炙红。

无人起舞

9

　　不用谢，反正你迟早会把它毁掉。
　　——班在一张照片背面的涂写，照片内容是众人在租界总督府门前与总督的合影
　　　这看起来是一次非常大型的表彰活动，韩先生也在合影中出现了。
　　照片背面印着一句话：感谢您为帕玛星与地球的友谊所作的杰出贡献。

　　隔天一早，司令下令取消日禁，并在那个雕像广场组织了集会。
　　鲁在屋内踟蹰了许久，最终还是把班带了出来。这个小家伙虽然惯于黏着自己，但偶尔也会趁着鲁和哈图不注意时突然消失一阵，这时要是刻意去寻的话是找不见的，但好在要不了多久，它自己便又会从某个角落里蹦出来。之前困在屋内无处可去，鲁倒也没做他想，但现在要出门了，便开始担心班是否会借着这个机会彻底溜走。
　　"之前总归有个什么地方让它躲起来了，如果不找到的话，它说不定就不回来了。"
　　笃定了这番念头后，鲁便决心要在出发前寻找到班一贯的藏身之所，这样若是集会回来发现班不见了，总归知道该去哪里找它。于是他来来回回在屋内转了好几圈，从沙发的夹层到淋浴间的隔板，好像非得发现个什么窟窿或者洞穴才肯罢休。
　　例行巡检的小队才刚来过，领队见哈图在便没进去，而是敦促了几句。在门口等了许久的哈图便也开始着急，眼看着就要错过集会开始的

时间，他只得这样建议："要不，你干脆带着班一起去吧。"

哈图看着站在楼梯口忙活得气喘吁吁的鲁，正想着要如何说服他接受这个有些大胆的想法，没想到下一秒，鲁便直接答应了——哈图后来越来越觉得，鲁当时那番喧闹的上下翻腾根本就不符合他一贯沉稳又内敛的行事风格，再则，寻找的过程班一直紧跟身后，就算鲁真的发现了什么，他也无法确定这就是班平时藏匿的地方。或许从头到尾这根本就是一场表演，这个上了年纪的商人耻于提出这样幼稚又疯狂的提议，才精明地使出这招苦肉计。

二人抵达广场时，集会已经开始了有一会儿。

人们熙熙攘攘挤满了整个草坪，总督则在司令的陪同下站在那尊帕玛人的雕像旁，一手捏着纸稿正慷慨激昂地发言。

鲁在租界时见过总督数次。这个满头银发的老人一直颇具演说家的天赋，他的声音浑厚且沉稳，每句话都有恰到好处的起伏和停顿，说话时总会频繁地昂首，声音也跟着辽阔起来。在鲁的印象中，总督的举手投足间均是和他声音相配的、卓尔不凡的气度，这一切是浑然天成的，无法单纯归结于他讲究的着装，得体的神态，略显老派的举止。他身上所散发的一切都是如此自然又如此契合，是一种由内而外无比统一的气势，优雅同时又坚毅，深情同时又从容，虽然身形矮小，但不论站在高大威猛的士兵还是地位更高的权贵前面，他看起来都依旧风姿凛然，这一点即使是年事已高也丝毫不见褪色。

"他姓哈布斯堡[①]，凭这个就够了，"韩先生曾在总督的到任晚会上这样评价他，"人家身上流淌的，可是统治了欧洲一千多年的无比高贵的血呢。"

韩先生是近几十年靠着星际淘金潮发家的，他这样白手起家的新贵

[①] 即 House of Habsburg，欧洲历史上最强大的及统治领域最广的王室，曾统治神圣罗马帝国、西班牙帝国、奥地利大公国、奥地利帝国、奥匈帝国，第一次世界大战之后帝国覆灭，但其家族依旧在欧洲乃至世界范围内影响深远。

本就看不惯那些含着金汤匙啃着旧家底的所谓"老钱"，但这番嘲讽如此激进，多半还是因为前一任总督，韩先生常挂在嘴边的那个老战友——帕玛星的上一任总督原本是军人，征服过好几个殖民星也算战功赫赫，退役后便被星际联署派来这里担任总督。打过仗的人多半江湖气重讲求情义，韩先生也曾当过兵自然深谙其道，酒桌上来往了几回便也开始称兄道弟。这位总督离任前一直向韩先生抱怨星际联署的不公，说接替他的那位根本是眼红了这儿的油水想来发财，才仗着自己家族有几个欧洲大国撑腰，强行把总督的位置抢了过去。

不知道是真的被这些得位不正的流言所扰，还是不想沾上"油水"的腥骚，这位身份显赫的总督上任后确实一改上任与商贾为伍的风气，平日里往来的多是帕玛政府和驻军部队的人。此时站在身后的除了那位司令，还有一位由他亲自任命的保镖，据说在梵蒂冈任教皇卫队长时二人就已经相识，从前往来的也是欧洲贵族和世界各地的主教，这样的组合到了帕玛星也依旧摘不掉骨子里的高帽子，用韩先生的话说，"都是些不爱谈钱死要面子的贵族"。

确实，比起钱，总督更在意帕玛人对地球的忠诚。他喜欢举办各种名目的活动来不停敲打帕玛人，比如观看主题电影，新年巡游，慈善捐助以及他最擅长的演讲。他喜欢帕玛人跪在地上的膝盖和低头颔首的叩拜，胜过他们从地底挖出来双手奉上的真金白银。

"在初次抵达帕玛星时，我们就应该清楚地认识到，我们真正需要征服的绝不单是这颗复杂元素构成的星球，而是这颗星球千万颗脑袋里相互独立又团结一致的意志。只有帕玛人的心全都虔诚归顺，我们才能骄傲地宣称，我们彻底征服了这里。"

说到此处，总督突然停了下来，想必这是演讲里他绝不允许众人忽略的一段，所以才用一段长久的停顿来刻意强调，这是他一贯的风格。

只不过这一次，他所期许的本该长达十数秒的庄严与沉静，被一声极不和谐的扰动提前终结。准确地说，是一声猫叫。

鲁急忙捂紧了西服的衣领,但依旧没能藏住班那颗不停晃动的圆圆的脑袋。它的头舒服地枕在鲁的胸口,一对耳朵耷拉在宝蓝色的真丝领带上,其他部位则完全藏进了缎纹的内衬里,西服宽肩收腰的版型借由两个扣紧的纽扣,正好兜住了它蜷成团的身子。

班看起来就像刚睡过了觉,双眼半睁着有些无精打采,一对被阳光抚照后变得逐渐狭长的瞳孔忽眨了几下,这才伸出头去向外探望,但又很快缩了回来,似乎是因为感觉到周围投射来的、逐渐增多的目光。小家伙的脑袋很快便沉了下去,领口边缘只留下两簇不停摆动的耳尖上的绒毛。

"是……那只猫吧。"

人群里交织起细碎的议论,声音越来越大,倒也不像要刻意避开鲁和哈图。鲁不知道传遍整个班镇的关于这只猫的故事究竟有几分符合事实,不过从哈图那里听来,说这只猫根本就是鲁偷偷带来班镇的都有。结合从前关于他失眠乃至精神分裂的传闻,鲁认为总归没有太多好话。明明是来避难的,有些人却平白得了一个宠物,这样的事任凭谁也无法完全相信,或许这里面有些人只怕这些话不能更大声些,好直接传到那帕玛人的雕像下面,传到总督的耳朵里。

"说是建立班镇的那个班养的,被安全员逮到了,现在归了他儿子。"
"把猫带到这种地方来,这些商人还真是越来越不懂礼数了。"

鲁低着头,双手按在胸前不停摩挲着,像是在隔着硬实的毛呢面料抚摸着班,除此之外便是一言不发。直待那些声音渐渐散去,他才缓缓抬起头,看向站在雕塑下同样沉默不语紧盯着自己的总督。

"喂,"身旁的哈图早已涨红了脸,刻意压低了声音说道,"你说话啊,要不——"

哈图正想说下去,却被鲁用力扯了扯袖口。哈图明白,那是让他住嘴。面对这样粗鲁的制止,往常哈图都惯于辩驳几句,但这一次,冥冥之中,哈图总觉得鲁这么做是对的。他甚至都没顾得上行礼,只得默不作声低下了头。

"你见过他吗，那个总督。"在来广场的路上，哈图曾这样问过鲁，"我以前在地球见过他几次，看起来整个人虽然体面，但总显得旧旧的，衣服啊，说话啊都是这样，反正不太好亲近，就像是个复活了的古董。"

"古董才值钱啊。"鲁笑了笑。

"可也没人会把古董穿上身吧。"

"他无须穿在身上，他自己就是古董，活的古董。"

鲁会这样说，全赖多年前发生在租界威斯汀酒店的一桩奇事。那天是哈布斯堡总督的生日，照例，历任殖民星长官都会在这一天设宴招待，总督也不能免俗，便在威斯汀举办了隆重的酒会款待租界内的名流。

只是那天……硬是闹出了一个笑话。宴会上嘉宾如云，但多邦星际机场新上任的老板无疑是当晚的焦点。他一直自诩总督的心腹，这次翻修机场，还拉来了富得流油的埃门济星环三十三王国的赞助，风头在租界一时无两。早在宴会前数月，租界就有过传闻，一件格外珍贵的礼物正乘坐货运飞船赶往帕玛星，是他当晚要献给总督的至宝。人们有过不少猜测，所以也都等待答案揭晓。宴会的后半段，那件远道而来的礼物在一阵掌声中登场———一整套属于卡洛斯二世[1]的狩猎行装，它被穿戴在玻璃制成的人体模型上，由数名保镖抬了上来。鲁凑近看过，肩上的皮料上烫印着埃斯科里亚尔修道院的金色十字，除此之外，佩剑，箭篓，马鞍甚至连猎靴一应俱全，黑色皮布，金色隼纹，华美至极。

"这双靴子左右尺寸对称，连磨损的位置也与常人无异，这足以证明卡洛斯二世并非跛足。"机场老板当着总督的面，兴致勃勃地拿起了那双猎靴，皮料经年累月已经失去了光泽，但鞋口缝合的金纹依旧规整，"关

---

[1] 即 Carlos Ⅱ，西班牙哈布斯堡王朝的最后一位国王（1665—1700年在位）。近亲结婚的缘故，卡洛斯二世身患多种遗传病以及智障和癫痫。卡洛斯二世到5岁才断奶，由于跛足，到10岁才学会走路。近亲联姻使卡洛斯二世在心理和生理上都极不正常，他唯一的兴趣便是打猎，常在埃斯科里亚尔修道院的兽苑中狩猎。

于卡洛斯二世残疾的谣言，完全是那个孽畜，奥地利的堂·璜·何塞①的恶意构陷。"

华美之物，总督是司空见惯的，那位老板自然也知道，所以才下足了功夫找到这样合适的礼物——这行装既属于西班牙皇帝，那自然就是总督家的东西，眼下的送礼更像是物归原主，还顺便洗脱了那个被称为"中魔者"的皇帝跛脚的传言，倒也算得上用心。

只是总督后来的反应，似乎并不符合众人的预期——他放下酒杯，站在那整套行头前端看了一会儿便转身离开了，甚至却连碰都没碰那双作为"铁证"的猎靴。人群早已提前安静下来，原本是想着总督看过礼物肯定会说些什么，但他这番猝然离场，反倒更没人敢开口了。

"这可是千辛万苦找来献给您的。"机场老板显然并不满意他的礼赠被这样轻描淡写地带过，它至少得换来宾客的掌声，换来总督的青睐，换来多邦国际机场南面那块可以被开发为高级度假村的地皮……带着这些渴望，那被压制的怒意和不得不显露的谦卑，终于无法撑起那必须维持的体面，在总督即将走出宴会厅的最后一刻，他大声喊道："您可能不知道，我可是从……从普拉多博物馆②的人手里把它抢来的。这是艺术品，价值六千七百万标准星元的艺术品，那些人怎么说的来着……这都是历史的艺术品，西班牙哈布斯堡时代最后的历史。"

总督停在了原地，片刻后才转过头，微笑看着他。

"先生，我才是哈布斯堡的历史，活的历史。"

说罢，他便走向了为他而设的内厅，彻底消失在了众人眼前。鲁当时就站在那位机场老板的身后，看着笑容一点点显现在总督的脸上，又一点点消失，仿佛只有那么一瞬，但就是在那一瞬，他的优雅，他的体面和鲁从前看见的凝聚在他脸上浑然一体的所有，都变成了扑面而来、

---

① 卡洛斯二世同父异母的兄弟，属私生子。他一直热衷于权力斗争，不仅流放了卡洛斯二世的生母，同时也在卡洛斯二世在位初期参与了围绕新王的政治阴谋，甚至一度实际控制着西班牙。

② 建于18世纪，位于西班牙马德里，被认为是世界上最伟大的博物馆之一。

前所未有的暴烈。鲁感觉到眼前那具藏在西装下的身体在发抖，连带着鲁觉得自己也在不住发颤，那并非是恐惧所致，而是某种不为他所控的，不可一世的意志在左右。他的身体被那股意志实实在在地撼动了，犹如迎面而来一场无形的大雪，一阵咆哮的疾风，一匹脱缰的战马，一次毫无悬念的征服……那一刻，鲁看到了总督身后，那道被灯光拉长的阴影里，尽是策马挥剑，驰骋在伊比利亚半岛上忠诚无畏的西班牙铁骑。

"他不喜欢那套装备吗？"哈图听完这个故事，竟也连赶路都顾不上了，必须停下来问个究竟，"还是他不喜欢那个皇帝？卡洛斯二世断送了哈布斯堡对西班牙的统治，所以成了家族的罪人，那些中魔，残疾还有恐怖长相的传说，兴许都是哈布斯堡家族的人故意散播出去的呢？"

"他不喜欢的，应该是有人妄图篡改那些经由他们书写的历史。"

鲁不敢妄断，但又忍不住朝着哈图所说的方向去设想。或许那双华美的猎靴于世人于他，根本是两种截然不同的存在，它完整了某段历史，故事被重新缝合，就像残破的维纳斯找回了手臂，落魄帝王的腐肉上也生出了一块崭新的疤……崭新却难看的疤，但完整的不再断臂的维纳斯便不再是完整的艺术，完整的不再残疾的中魔者也便不再是完整的末代帝王，便不再能担负起历史必须让其承受的羞辱。对于那些活在历史中甚至早已成为历史的人来说，猎靴的出现并不是为了还原，或者说还原本身就已经是不可理喻，不可接受的挑衅和破坏。

"古董不在意自己有多少破旧和污损，甚至不在意美观和所谓艺术，它在意的只有它的绝对，它的独一，它的不容轻视，它是否摆在了博物馆橱窗内最中央的位置。"

鲁用这段话总结了这个故事。但显然，这样深奥的描述实在有些难为哈图，他当时的眼眶里除了不解，便只剩下担心迟到而显露的焦虑。

"啊……不容轻视，这么说……他一定也很讨厌迟到吧。"

哈图最后只得这样说。虽然暂时无法理解那段话，但他内心却笃定鲁一定是看透了那个精致优雅的老古董的，而这种笃定也使得眼前的两

无人起舞　　079

人默契地保持缄默,直直站在原地看着总督。

其实鲁也并非真的多么了解那位被众人簇拥在广场中央的总督,但他也只能笃信自己真的了解,因为只有如此,他才能确定眼下能做的唯一正确的事是什么,与那些人争辩是无济于事的,不管最后谁是谁非,总督的集会被搅扰都是注定的事实,结果都是对总督的不敬。即使如今已经与总督四目相对,他也深知自己绝不能开口为自己争辩,这无关班的存在,无关他的对错,只因为这是总督的集会,在这个广场上,此时此刻,只能有一种声音,名为哈布斯堡的声音。

因此,眼下他所要做的根本不是辩解,而是捍卫,捍卫那个真正重要的人真正在意的东西。他知道,那个声音,最终一定会开口。

"它有名字吗?"

"班,"鲁抬起头,大声回答,"它叫作班。"

"是你父亲的猫?"

"是的,总督先生。"

总督点了点头没再开口,而是径直走下台,走向鲁和哈图,人群规矩地分散到两侧,让出了一条道路。

当他来到跟前,鲁嗅到了一阵绵密的木香。那味道就像在他身上沉淀了很久,从他的肌肤透过西装的骆马毛呢[①]一直散播到空气里,越是贴近,越是真实而单一。不同于香精的调和,那味道到了鼻腔就只剩下完完全全林木自然的涩香,饱含水分,陈旧而浓郁,仿佛是走进了一片薄雾笼罩的古老森林,拔地而起的红杉被繁冗的藤蔓缠绕,四周尽是绵延的氤氲,几束金色的阳光透过树荫倾照在盘根错节布满苔藓的大地上,意外脱落的树皮揭露出古树嫩黄平滑的中干,只有那么一小块暴露在阳光之下,有什么东西悄然被太阳烤化,渐渐从木纹的狭隙里渗透出来,成了那香气的源头。鲁觉得,那里定是住着某个古老生物不死的魂。

总督的手搭在了班的脑袋上。小家伙没有躲闪,应是也察觉到那阵

[①] 一种极为珍贵的纺织原材料,源自安第斯山区和南美洲南部的草原的骆马。

不寻常的香气，它一点点探出脑袋，凑近了他的掌心仔细嗅了起来。

"它在闻呢。"

总督用手指蹭了蹭班湿润的鼻头，又迎合着那颗不停晃动的脑袋摩挲着它的额头。

"什么？"

"我身上的味道。"

"啊，是啊。"鲁不禁深吸了口气，木干的香气一贯而入，在胸膛化作了一整片枝繁叶茂的绿荫。这令鲁瞬间想起了从前家里那片四四方方的草坪，那个从未有过住客的小木屋。这一刻，他能呼吸到某种决然不属于这里，无比熟悉的味道，"大概它觉得那味道闻起来，就像是……在地球上。"

总督抬起头，将目光重新投向鲁，脸上带着一缕轻柔的笑意。

他在朝着鲁微笑。这件事本就不可思议。比起那场宴席上近乎一瞬即逝的冷笑，这一次，鲁所见到的总督带着难以言喻的平和与温存。他的笑是鲜活的，随着呼吸起伏，随着那阵木香挥洒，像是一道自他而起照耀众人的光。

"是啊，像是地球，它是地球上的生物，自然会追随属于地球的味道。"

显然，总督很满意鲁方才的比喻，他转过身，面向众人继续说道："我听说班被遗弃在这里长达数年，是近期才被找到的。它是一只很坚强的猫，正如我们这些人也很坚强。我们在最困难的时刻团结在一起，在这颗星球上捍卫我们的劳动果实，我们的成就，以及我们的家。我们会向全宇宙证明，人类的意志是多么强大——这只是一次小小的挫折，而我们终将夺回属于我们的一切，正如班，终会回到主人的怀抱。我们应该为它庆祝这一刻，我相信要不了多久，我们也会着手为自己庆祝……朋友们，那一刻已经不远了。"

10

　　12.2. 帕玛临时政府同意委托星际联署共同管理其领地、领空及根据《星际法》被赋予控制权的星域，期限为99世纪（以太阳系标准）。在此期间，帕玛临时政府（及之后成立的正式政府）承诺所有人类均有权在全部上述区域自由居住、贸易、旅行或参与其他社会活动，保障人类在帕玛星停留期间的人身财产安全，并为其提供必要的便利……除7.3中提到了5项特殊情况外，帕玛临时政府（及之后成立的正式政府）、各级法院和检察机构都无权对人类及代表人类的行政、军事机构提出任何犯罪指控，包括但不仅限于谋杀、资产侵占和在满足GT-3及以上等级条件下的所有战争行为。

——《拟组建帕玛星（临时）政府白皮书》的其中一页
上面有很多针对条款细则的圈画，
班应该是从白皮书的完整文件里将它撕下来，又特意保存了起来。

　　为庆祝休战和即将到来的第一轮和谈，总督授意解除宵禁，并于当晚在广场上举办舞会。

　　哈图和其他没有巡逻任务的士兵，集会一结束便在为此张罗。因为仓库里并没有用于庆典布置一类的物资，他们只能选择去镇上寻找可用的材料。鲁原本打算在集会结束后便带着班返回小屋，但哈图一再邀请，他便也跟着去了镇上。

这次，班镇以一种截然不同的面容出现在鲁的面前。

街上的行人熙熙攘攘。着军服的士兵们多把原本手持的机枪别在了身后，也不再排成列队，而是三三两两穿梭于镇上的各个建筑间，双手若不是捧着箱子，便是与他人合力扛着其他重物。哈图被分配到镇上最大的快餐厅，主要负责为舞会现场凑齐足够多的桌椅，他带着鲁通过安检来到镇上，便跟着小队的其他人奔向了餐厅。整条街道除却这些忙碌的士兵外，便都是像鲁这样，以帮忙准备舞会为由来到镇上的要员……街心广场早已枯涸的喷泉雕像旁，有几对情人席地而坐，楼屋倾泻下的阴凉里他们两两依偎却鲜少交谈，只是出神地望着某处，偶尔发懒地伸伸手脚，双眼迷蒙地像未睁开。岔路和巷口时有孩童的欢笑，多是生活在租界政要家的小孩，他们考究的衣料因为连日未换早已沾满污垢，但也因为如此，父母也便不再顾及是否弄脏，这样反倒使孩子们玩得更加尽兴，他们随便在地上抓起什么便当作弹药砸向玩伴，抛向空中的沙尘像阵阵细雨落下，和那些欢笑声一样从未间断。街边的咖啡厅有一整块用木板垫高的露台，摆放着数张玻璃圆桌，如今也乌泱泱坐满了人。每张桌上都放着茶壶和几个杯耳圆阔的瓷杯，虽然都挤满了灰尘，但总有人不自觉地掂起来晃一下，像是戒不掉的习惯动作。鲁一眼便看到了坐在最外缘的韩先生，他正挺直身子滔滔不绝叨着什么的，身旁也都是熟悉的面孔，想来在此避难的商人大体都聚在了一块。生意人似乎总有些戒不掉的江湖气，商会协会联会的，就算过着太平日子，也总是得找个法子把大家绑在一块才安心，何况是眼下这般处境，但或许是因为早上宣布和谈的消息，大家脸上也都带着几分难得的惬意和闲适。在街上走着的那些，则大多是大使馆和总督府的官员，他们一方面得像模像样监督着士兵们忙活，一方面又得看顾着那群来回蹿动的孩子，就这样一刻也不能停下赶路似的来回奔走，偶尔眼神瞥向喧闹的咖啡厅，也都带着几分难掩的不屑。这样看起来，倒真有几分像是大都会街头时常出现的那群上班族，为了生计为了事业为了上司的一句话玩命奔忙，却发现自己的老板就在路边的咖啡店里搅拌着奶泡打发时光。

进而鲁突然觉得,眼前的所有都和一个平凡的城镇没有什么不同,信步的旅客,逛街的恋人,执勤的军警,玩闹的孩童,讨生活的上班族,过日子的资本家……正午过后的阳光依旧温热,它斜照在每个人的肩上,映出无比寻常又无与伦比,人世间的光华。

父亲一手铸造的班镇,第一次被赋予了如此浓重的烟火气息。因为这些人而存在的气息,它的破旧与残败被这些交织的人影抚平,一点点变成建筑与人类合力印刻的沧桑。这些灰尘、补丁、锈迹和东拼西凑的搭建,均是人们在此生活的印证,是一张婴儿的脸逐渐老去后留下的皱纹,是不容辜负的岁月的恩典。仿佛很多年前,班镇也曾是崭新的,摩登的,高楼林立的,喷泉曾水花四溢,街道曾车水马龙,那些无人打理的草地上也曾开满鲜艳亮丽应季的花卉;它眷顾着滋养着生活在这里的人们,一点点变得像现在这样,它只是老了,就像人都会老一样;没人会将年迈之人干瘪的皮肤交织的皱纹归结为丑陋,眼前的班镇也绝非是丑陋的。鲁如今看到的一切,都和第一次透过车窗见到它时那么不同,原本空旷荒芜的街道和房屋有了人群的装点,从而获得了某种无比熟悉又炙热的真实。

"啊,或者说,是那种其实并不怎么样,但是放在回忆里的话就会很美的地方。"

鲁回忆起哈图曾说过这番话,现在听来,或许曾经和部队一同驻扎在此时,他便早已经有了鲁此刻的感受。

鲁走进咖啡厅,坐在了靠门的廊椅上。班也不知哪来的劲儿,一股脑儿便跳上了露台边的栅栏,因为不好落脚,它只得不停扒弄着那些本就松垮的木条,连带着整个露台都有些微微的晃动。好在哈图稍早从部队的仓库弄来一根皮绳系在了班的项圈上,鲁如今只要抓住另一端的绳结,它便无处可逃,只能在周围两三米远的地界来回打转。鲁本打算就这样牵着班在街上走走,但班似乎并不喜欢鲁这样规划的路线,总是拐向路边朝着别处巴望，后来索性瘫在原地一动不动。鲁近乎是将它拖在地上移动了好几米，最后只得放弃了散步的念头，走进了人头攒动的咖啡厅。他其实无意于去哪，但待在这，总归是最不惹眼，也最合适的。

栅栏上的动静很快吸引了众人的注意。

"哟，是大明星呢！"

韩先生从椅子上站了起来，双手不由得伸向班，像是要扑上去似的。众人跟随韩先生的目光，也都纷纷看向了在栅栏上踱步的班。它深灰的脊背微微弓起，阳光嵌进了它层层叠盖的绒毛里又缓缓化开，竟衬出晚霞般金红相间的色泽，它带着那道霞光矫健地翻越了好几根木栅，四肢优雅地弹起落下犹如悠扬的舞。鲁觉得，班能这般惬意自如，定是因为从前来过这里，或许父亲就曾坐在露台的某处，就着咖啡或茶，看着班在他身旁翻腾戏耍。

只是，这一双双眼睛的注视却也让小家伙开始紧张了起来，它踩在几根木栅上呆滞了半天，又径直跳回到鲁的怀里。

"都有总督罩着了，还这么胆小。"韩先生坏笑着说道，周围的人便也跟着应和起来，胆大些的，甚至直接起身想要迎上来抚摸。在集会上出尽风头的班，眼下已然成了班镇的赫赫有名的"人物"，它的来历，它的模样，总督的夸赞和那个神秘的"地球的味道"，关于它的话题还没等到集会结束便已经在人群中沸腾，但真的如此近距离地见到本尊，对眼前这些人来说都还是头一遭。只是他们愈是喧哗，愈是靠近，反教班更加惊惧，竟一股脑儿钻进了鲁的外套里。鲁感觉到班紧紧贴着自己小腹一个劲儿哆嗦，便索性将方才一直搭在手里的另一件外套盖在了班的身上。它一直都喜欢藏在什么下面，打盹或睡觉时总会钻进被窝，有时惊着了，也会疯了似的往沙发的缝隙，以及鲁的衣服里藏。黑暗似乎为它带来意想不到的舒适，这更像是猫科动物的天性，能为这些夜行动物营造既定的安全感。

这是近期鲁发现的班其中一个癖好。他并不清楚是否所有的猫都是这样，抑或班到底是出于什么目的才喜欢黑暗，他之所以笃定加上这件外套对班来说一定是好事，全赖这阵子对班近乎无微不至的观察，若说还有什么，那便是作为主人，他觉得自己需得尽到这份责任。

而韩先生则观察到了另外一件事——盖住班的那件深蓝色的外套。它显然不属于鲁，这样炎热的星球上只有傻子会往西服外面再套上一件外套，而且那挺阔的肩型，硬实的面料，还有每粒纽扣上鲜亮的星际联署标志，只要稍稍把目光瞥向人来人往的街道就不难发现，它和那群忙碌的士兵身上穿的一模一样。

"你怎么会有士兵的衣服？"

"啊，你说这个……"鲁愣了一阵才继续回答道，"这是哈图的。"

"哈图？就是你的那个安全员？"

鲁点了点头，下意识地用手挡住了军服上那闪闪发亮的肩章和袖印，但那早已于事无补。众人看着那个摊平在鲁的膝盖上耀眼的银质徽章，G-PM45433，这就是属于哈图的，无可抵赖。也是到了此刻，鲁才意识到那时接过哈图的外套是存在些许不妥的。

"帮我拿着。"

哈图当时爽快地脱下了外套，直接搭在了鲁的肩上。他里面只穿着一件浅绿色棉质的衬衣，且早已被不停渗出的汗水浸湿，收紧的面料贴着隆起又缓落的胸膛，衬得呼吸的起伏格外明显。哈图很早便向鲁抱怨过星际联署制服的不合理，这样里外合璧的设计显然更加适合那些寒冷的，抑或成天待在人造空间里的殖民星，像帕玛星这样经年累月都酷暑难耐的地方，这件外套所带来的折磨远远要大于荣耀和体面。平日巡逻时还能偶尔躲进阴凉中凑合，但如今已经在广场集会时站了半天，现在又得在这样的暴晒下劳作，他就再也无法忍受了。

"我觉得多邦战场会打输，多半就怪这些制服，这么热别说杀人了，都恨不得自杀了。"

鲁听罢只是笑了笑，哈图在他面前一贯如此，每天下午一进阁楼便将外套随地一扔直接瘫坐在床上,也算是懒散惯了,后来有了班,为了不沾上猫毛,他更是赤膊上阵陪着小家伙撒欢。在足不出户的那些日子里,这是鲁每天都能见到的,最寻常的一幕。加之其他士兵里也有把外套脱了系在腰上,或者干脆扣在头上用来遮阳,鲁觉得兴许是得到过长官的默许,便也没作他想。只是现在,当所有人因为韩先生而将目光投向这件属于哈图的外套时,鲁才忽然反应过来,自己做了件不那么合群的事。

军人和商人,通常占据着各个殖民星人类数量的大多数,前者负责开疆扩土,用枪火的洗礼换来租界的一亩三分地,后者则负责耕耘收获,将殖民星的财富和资源不断输送回地球家园。星际联署常在新年贺词中将这两类人称作星际探索计划的先锋,看起来是两个应该通力合作、亲密无间的伙伴,在哈图曾打算前往的苏玛德拉星或许确实是这样,驯化和饲养,宰杀和贩卖,面对那群头脑简单四肢发达的恐龙,商人和军人之间的协作精准而高效;但在更多的殖民星,特别是那些已经产生文明火种的星球,二者间的关系便会逐渐趋于复杂,甚至……变得格外微妙。

鲁曾经读过一本名为《人类征程》的纪实著作,作者是一名叫作莫亚西夫的妥奇亚贵族。他幼年便来到地球留学,并展露出在外星种族内罕有的文学和思想造诣。结束学业后,返回母星的莫亚西夫无心于帝国政务,便开始实地探访各个殖民星继续旅学。在这期间,他用文字揭露了人类星际殖民进程中的诸多弊病,而后汇集成册,便是这本《人类征程》。那时候妥奇亚帝国与人类的关系较为缓和,此书也因他在文学界的声誉得以顺利出版,但在经历了第一次反叛运动后,市面上便再难寻到此书的踪迹。鲁非常清楚地记得,书中有一章提到了一种被称作"天平症"的殖民地统治现状,而当时作者所观察的对象便是鲁所在的帕玛星。

> 帕玛人笨拙,但依旧属于开智的生物,懂得爱、家庭、合作、反抗这些基础的社会概念和情感,并已经衍生出相对粗浅

的私有制。因此在殖民初期，人类更依赖军队，因为统治与管辖是第一要务。而当殖民环境趋于稳定后，话语权则会渐渐落入到把持着经济与资源的资本家和银行家手里，因为在这一时期，敛财与掠夺成了首要目的。军队更看重绝对的统治，他们希望最大程度封锁和限制帕玛人的自由，而商人更看重绝对的财富，这时开放的市场、宽松的社会环境和自由的人口流动就成了必不可少的发展要素。这两方所追求的东西在本质上便南辕北辙，因而也极难达成完全的统一。在和平时代，这种情况尚且可以由政府来平衡，但我认为，一旦帕玛星的时局陷入混乱，军队和商人必定会在合作与矛盾中僵持，形成一盏摇摆不定，对峙的天平。

我不知道，它最终会倾向何方……但承受不幸的，永远只会是这些无辜的殖民地生物，不论他们是弱小，或强大。

鲁对这段话印象尤为深刻，而且现今回想，虽然写的是帕玛人的境遇，但莫亚西夫落笔时，似乎已经预感到自己的故乡，妥奇亚帝国悲惨的命运。无上帝国，地球的挚友，半人马旋臂的明珠，和平年代，再多的头衔与称号都不足以描述它的繁荣壮丽，而一旦战争降临，天平倾斜，死亡的阴影便如约而至。在妥奇亚星，结局无疑是商人服从了军人，数以万亿计的财富随着那颗行星的碎裂化为泡影，在那片汪洋般的星骸之中，没有昔日的无上帝国，唯有响彻寰宇的，人类野心。

如今，在这片莫亚西夫曾造访的土地上，天平再一次摇摇欲坠。自从初到班镇的那天，韩先生意外听闻了普鲁托之矛临近的事，关于妥奇亚帝国的悲剧会再度上演的传闻便甚嚣尘上，特别是多邦战场屡次受挫后，也常有人听见司令大发雷霆地提到普鲁托之矛。这个灭世的武器其实很早就被制造出来了，但在头次于妥奇亚星使用之前一直都处于绝密状态。据说星际联军的领袖为了打造普鲁托之矛，封锁了近300亿公里的公共星域，就是为了确保它的真容不被提前知晓。人们只知道军方在利用一颗罕见的 B 型次矮星[1]制造一个强大的武器，但到底是什么，具体有多强大，长期以来一直是一个谜，连星际联署商务部的高层也说不出个大概。

"制造普鲁托之矛需要机遇，可供捕捉的星核能量，合适的空间，无数人力物力……这是件需要足够幸运才能办成的事。"负责制造它的一位工程师曾经在新闻里这样描述过，"我想十个世纪都不见得能有一次这样的机会，但一旦拥有它，我们便有了统治宇宙的能力，能轻易毁灭一颗星球，这简直是神才配拥有的武器。"

这个呈标准倒三角形状的武器首次亮相便是在妥奇亚星的外轨道。人们在这颗行星的瓦解和暴裂中见识到了它的威力，也是那时候人们才明白过来，军方不惜血本研制的这个 1000 年都不会再有的造物，确实是神的武器，一个彻头彻尾潜游于冰冷银河中的死神。

妥奇亚帝国的覆灭确实捍卫了地球的绝对统治，但这样粗暴地，从宇宙中抹去某个文明的方式也带来了诸多无法被忽略的恶果，而那些同样是在为这场悲剧买单的、损失惨重的商人，通常是最先看到这一点的。

"我们是无法占领整个宇宙的。一条小丑鱼要如何统治整片海洋？再说了，它要一整片海洋来干什么？它永远永远都只会待在丁点大的珊瑚礁里不是吗？"

韩先生在得知妥奇亚星陨灭后，连续一星期都泡在商会在租界开设的酒吧里。他忙着为那个璀璨的帝国，以及存在那个帝国银行里同样璀璨的珠宝悼念，若说还有什么，那便是接近 2000 万标准星元的劳务订单打了水漂。租界的这群商人大半在妥奇亚都有生意，有些甚至在那里开

---

[1] 一种光谱类型 B 型的次矮星。这些恒星的质量大约是 0.5 倍太阳质量，并且只含有 1% 氢，其余成分大多是氦。而半径则是太阳的 0.15 到 0.25 倍，不过它们十分致密，在如此之小的直径内，积聚了大约 20%~50% 的太阳质量，因而它们燃烧的温度很高，接近光谱上的蓝色，温度大约在 20000 至 40000 开尔文之间，所以它们也十分明亮，被认为是从一颗多达八倍太阳质量的恒星消亡的历程中形成。

无人起舞　089

设了贸易行甚至私人银行。公司倒闭，资产缩水，恶性负债，股价暴跌，财大气粗的莱佛士①刚刚租下了半个妥奇亚皇后的行宫改建商场，还没迎来开业便化为乌有……那阵子商会每个人的脸上都阴霾萦绕，韩先生远不是最惨的那个。但有人惯于沉默，有人却必须发作，熟悉韩先生的人都知道他一向酒品不好，酒过三巡后便会无休无止地开始发难："我们要的是那些离我们遥不可及的星球吗？那些连呼吸都要戴着滤阀的土疙瘩有什么用，我们要的只是那些星球上的资源，劳动力，一块最好足够宽敞的土地来建立租界，银行和贸易公司。我们是来做生意的，不是毁灭宇宙的，这不是星球大战，为什么那些拿枪的人就不明白这一点呢？！"

那一次，韩先生是真的醉了。后来他直接跳上了吧台，周围都是惊慌失措慌忙躲闪的宾客，浓烈的醉意和光滑的大理石台面令他的身体不住地左右摇晃。韩先生最终只能选择牢牢抓住从天花板垂落到他肩前的吊灯来保持平衡，苍白的光线被数百颗水晶分裂成瓣，一一映在他滚烫赤红的脸上，像被生生肢解过一般。至少，在当时坐在吧台另一端的鲁看来，他活脱脱像个从天而降、烈火焚身的恶魔。

而令他显得危险的，并非单单是这副疯癫的皮囊，他方才所说的每一句，都已将自己置于悬崖上空那绷紧的钢索之上。

"没有我们，"他看着所有人，"他们的征服根本毫无意义。"

说完，他便双眼一闭，笔直跌向了吧台的另一侧，摆满威士忌和香槟的酒柜。之后，他一连消失了数日，直到某个周末，头上缝了数针的韩先生再次来到那间酒吧，爽快地向老板递上支票，用来赔偿被他毁于一旦的五瓶山崎18年②和一整排贴着"仅供收藏"标签的水晶雪莉杯。但对于那晚的言行，他只字不提，就算是亲历者问起，他也只会用"不记得了"来搪塞。有人说这阵子他一直在医院住院，也有人说，他是被

---

①世界著名的商用综合品牌，发源于新加坡，在世界各地拥有大量商业实体。
②山崎是日本三得利集团下设的威士忌酒厂，以出品口感极佳的调和威士忌而享誉世界。

那些驻军部队的人带走了，但最终这些都不过是流言拼凑的猜测，唯一可以肯定的只有，韩先生是真的讨厌那些军人。

"你和那个士兵，走得挺近嘛。"

咖啡厅内，众人早已闲聊到了别处，韩先生便顺势起身坐到了鲁的身旁，他的手搭在鲁的肩上，又用力将其搂紧，整张脸几乎完全贴着鲁的耳朵。

鲁侧过身子，看向近乎完全挨着自己的韩先生。他的脸上依旧带着与众人谈天时明朗的笑容，搭在肩上的手还不时抚摸着自己的背，只是那双眼睛死死盯着自己，显现出与这番轻逸的神色截然不同的狠劲，像是咬准猎物的饿狼。鲁总觉得，自己曾在某些热闹的餐厅、酒馆和会所也见到过这样的韩先生。当时的韩先生也像现在这样将某个人揽在怀里，谈笑风生地说着什么，这是最寻常的社交画面，因此鲁从未细想过这些。但如今看来，韩先生大概习惯于把这包装成外人看来习以为常的酒桌攀谈，一面笑着，一面在这副欢喜相后露出险恶的獠牙，他必须要让来犯的猎物知道自己走入了怎样的歧途。

"这些人叫好听点是安全员，但说白了……就是司令派来看着我们的。"

"看着我们？"

"看来你还不知道吧，前几天东星贸易的老板想要逃走，就是被自己的安全员给抓了回来。"

"他……逃走？"鲁愣了一下，脑中尽是那个年近七十挂着拐杖，唯唯诺诺的以色列人。他算是租界的一个传奇，几乎从不和其他商人为伍，反倒常常住在多邦。有传闻说，他和曾在租界照顾他的帕玛女佣相爱了；因为租界不允许帕玛人置业，所以他们索性搬去了多邦，光是房子就买了好几栋，甚至不惜血本翻新了一整条街道。

"他之前在租界为了避免追查，和那个帕玛人老婆一直是通过私设的电台联系。如今战乱，公用网络瘫痪，他们夫妻的小频道倒是派上了用

无人起舞　091

场，这个老婆呢也算是管用，不仅把他的货物仓库保住了，还找了车来班镇接他，只可惜……被他的安全员棒打鸳鸯，我听说人家也是把安全员当朋友看待的，走之前还给人留好了信件，只可惜一转头就被出卖了。今天集会他人也没出现，不知道是死是活。"韩先生叹了口气，接着又突然冷笑一声，"看来你的好朋友哈图什么都没告诉你呢。"

"这是……什么时候的事？"

"前天……不，应该是大前天的凌晨。"

"嗯。"鲁点了点头，目光渐渐落到膝前，不再言语。

见鲁陷入沉默，韩先生随即拍了拍鲁的背，仿佛是想要振作起他的精神好继续这个话题。韩先生收起了言辞间嬉笑的那部分，刻意压低的声音平添了几分阴云缭绕的瘆人——他执着于让迷途的鲁了解到自己的处境："那个可怜虫啊，估计是被当作间谍一类的处置了吧。司令一统天下的战局，怎么能被这些琐事搅扰。如果我们都像东星贸易那样要求转移资产，保住仓库和公司……他就得一边打仗一边去和帕玛人谈条件，去求他的敌人。我想这应该是司令最不愿意做的事了，多跌份啊不是吗？他那么在意自己的面子，肯定是不会同意的。"

虽然有些怪腔怪调，但鲁多少明白韩先生的意思。来到班镇的第一天，司令便下令避难所内的非军方人员不得与外界联系，之后又通过广播和巡逻兵一再向众人强调此事——他是势必要把多邦荡平的，这一点当时看来毋庸置疑，租界被毁，被赶到班镇的屈辱令他不再对这些不安分的奴隶保有任何余地。哈图曾不止一次告诉过鲁，司令激动时常会将"赶尽杀绝"这样的词挂在嘴边。其实真论起来，叛乱的势力相对整个帕玛族群来说依旧算是少数，大部分受到人类教化的帕玛人更像是被迫接受了这场战争。但这对于司令来说显然已经不再重要，他不会在意那些即将血溅当场的帕玛人可能是谁的员工，谁的下属，管理着谁的公司，谁的账户，这些都不过是他重回多邦的道路上必须清除的障碍而已。

韩先生陆续又向鲁说了几件类似的事，不过都不及东星贸易的老板出逃那般严重，大体都只是设法保护和转移资产，或者设法联络到公司成员一类。但通讯网络只属于军方，这种事若不想惊动司令，最好的办法就是让安全员代劳，毕竟这些士兵们接触到设备还算是容易，因此在刚来这儿时，抢着和安全员搞好关系的不在少数。安全员们大体也心知肚明，总归是好处的问题，一来二往之后，甚至发展成安全员会主动向商人提出交易以此索要回报；光是发封邮件就能喊出数万标准星元的报酬，有些商人会直接拿随身的珠宝首饰抵扣，暂时没钱的则统一记账。韩先生说，若不是账本意外落在了司令的助理手中，这些安全员里肯定早就诞生了不少百万富翁。如今经过司令的一番整顿，安全员们受了气，个个都端起架子，摆出副典狱长的架势，不仅是日禁宵禁，甚至连平日的议论和闲话都一并管了起来。

而鲁，从始至终都从未听闻过这些事。

这阵子他得知的唯一一件关于自己公司的事，便是地球母公司委托星际联署转发来的电文，大致说的是矿场和公司的账户资产均已做冻结处理，至于其他的等战后做统一部署。哈图将它递给鲁时，也只交代了这是通过军方网络递来的，好几个星际联署入股的公司也都收到了相同的文件——他压根不觉得这是重要的东西，这点鲁可以确信。他依稀记得当时哈图将那信封往阁楼那张书桌上一扔，随即便躺在了床上，那天他格外累，轻声嘟囔着一些琐事，不久后便打起了微弱的呼噜……如今想来，哈图成天和其他士兵混在一起，对于韩先生所说的这些不该是全然不知的，只是他既没有告诉鲁，也从未向鲁打探过什么。

"你和其他商人还真是不一样呢！"

现在想来，哈图某天倒是没来由地说过这样一句话。当时鲁正在厨房里忙活，那天他突然发现猫罐头的边缘出现了锈迹，因为担心班吃的时候会有划破感染的风险，所以决定将罐里的肉挖出来，放入一个帕玛人用来盛酱料的白色瓷盘。哈图跟在身后，看着鲁耐心地完成这一整道工序，最后还用汤匙将肉泥重新搅拌均匀，确保没有大块的肉粒，这才放在餐桌下面、班固定就餐的位置上。

"嗯?"当时鲁正招呼着班享用美味,思绪压根没怎么放在这句话上,"怎么这样说?"

"你这样的闲情和耐心,其他人可不太有。"哈图笑了笑,转而也跟鲁一样半蹲在地上,两人安静地看着班大快朵颐,不一会儿哈图又主动聊起了其他的事。哈图的思绪有着和他年纪相称的活络,就像湍急的水流从不拘泥于某片河床,总是奔向远方,他的谈话也总是充满跳跃,从不会在同一个话题上停驻太久,相比滔滔不绝的讲述,他惯于用适时的沉默来结束某件他认为过时的、或者不再重要的事。

因为哈图的沉默,韩先生讲述的这场风波于鲁而言等同于未曾发生过,他一时便不知道该如何回应。好在相处多年,韩先生倒是也习惯了鲁这样惜字如金的沉静——在租界的商人眼里鲁也算个怪人。首先他就不是自己找来这的,而是被派来的。或许在别人看来,他的行头、他的谈吐都算个四平八稳的老板,但要韩先生说,鲁不管怎么看都不是个商人,倒像是个演员,在卖力地在出演一个商人。总之,虽然不够亲近,但是远不到讨厌的地步。

"好在现在迎来了和谈,司令就算再不情愿,也只能乖乖停手。"

韩先生叹了口气,再次拍了拍鲁的肩膀。"和谈嘛,会议桌上的事,总是我们商人最擅长的,你说呢?"

"你想说什么?"

"那就要看,你想知道什么了,鲁。"

鲁正想着要如何接话,一群人欢声笑语地突然从咖啡厅的店门内窜了出来。走在最前面的是租界赫赫有名的名媛,贝阿特莉丝[①],一个高挑纤瘦的法国女人。她早几年是借着拍电影的名头来到帕玛星的,但谁也不见她真的在什么剧组待过,每天就这样流连在租界的风花雪月中。不论去到哪里,她都是人群的焦点,自然也娇惯出了谁都不怕的性格,她

---

① 即Béatrice,常见的法国女性名字。

在驻军部队的军营里竟然都可以横冲直入,因而也诞生了一种更广为流传的说法——她上过帕玛星驻军司令的床。

贝阿特莉丝穿着一件带有茉莉花刺绣的吊带丝绸睡袍,胸前有宝石装点的蝴蝶吊坠,穿过隆起的锁骨一直垂落到一对丰盈白皙的乳房中间。这对丰乳不仅把她带向西海岸成了好莱坞艳星,也把她带来帕玛星成为流连派对的交际花,只消在租界待上几日,便都能认识她。眼下她赤着脚,跑起来轻快又婀娜,像是在舞蹈,乳房也随着舞姿摇曳,隔着轻薄的绸料晕出一片淡淡的桃红。

见到韩先生和鲁,贝阿特莉丝立刻停了下来,她举起了原本紧紧攥在手心的一个精致棕褐色陶罐,后面跟着的几个人眼睛都死死盯着她手中的宝物,看起来是方才一同在里面发现的它。

"两位,猜猜这是什么?"

韩先生看着她那充满挑逗的微笑,艳丽丰盈的红唇颤动着,像两瓣花蜜饱满的玫瑰。

"咖啡豆?"

贝阿特莉丝立即摇了摇头,索性贴上前,揭开了陶罐的盖子。韩先生倒是迫不及待凑了上去仔细嗅了嗅,鼻翼在边缘停驻了片刻,脸上随即露出了兴奋的笑。

"啊,是茶叶呢!"

"中国来的好货色,冻顶乌龙①,和谈果然是喜事,不出来走走,都不知道这种破地方还藏着这样的好宝贝。"贝阿特莉丝见到韩先生难掩的喜色,又立刻收回了茶罐,一脸坏笑地看着一旁的鲁,刻意大声说道,"不过品尝之前,咱们可都得问过鲁,毕竟,这是人家父亲的存货。"

贝阿特莉丝将茶罐的另一面朝着鲁,那上面除了彩釉描绘的花鸟纹外,还有一行密密麻麻、用油性笔涂上去的潦草文字。

---

① 半发酵茶的一种,主要产自台湾南投县,茶汤清澈,呈蜜黄色,香气清纯,具有花香。

班的最爱，一次10～15粒，2瓣干茉莉花，茶杯和茶壶先用热水冲烫再泡。

看起来，这是原先咖啡厅的老板为了招待好父亲，特意添加的备注。这样便应证了鲁方才的猜想，这里果然是父亲爱光顾的地方，不然班也不会如此活泼地漫步在栅栏上。

"想必您父亲以前，一定是这里的VIP客人呢！"贝阿特莉丝看着有些发愣的鲁，估计也是被这个发现惊着了。她脸上随即露出了明媚又狡猾的笑，像是什么诡计得逞了似的，湛蓝色的眼睛连眨了好几下，声音便变得愈发纤细甜腻，开始撒起娇来："不知道我们能不能沾沾光呢？毕竟我们已经那么多天没喝过带味儿的液体了。"

鲁抬起头，原本盯着茶罐的目光随即移动到贝阿特莉丝身上。她那对摇曳的乳房，那双火热的唇，若隐若现的肚脐和腰身，这样叫人无法忽略的直白的性感，反教她手里那个专属于父亲的茶罐显得格外突兀。那手心里该是酒杯，该是鲜花，该戴满男人赠送的华丽珠宝，该明艳动人，该光彩熠熠，断然不能是这样一件旧物。这样的不相称在鲁的眼中急剧放大，又随着贝阿特莉丝曼妙的摇曳和那些轻浮的话语一点点加重。所谓班的最爱，即是父亲的最爱，父亲所爱的被这个女人当作炫耀的玩物在手中挥舞，鲁的心间涌动起一阵难以抑制的屈辱。

"快来看啊，我们的鲁老板不乐意呢！"贝阿特莉丝的话语带着嘲弄，笑也开始有些勉强，大概是鲁这般不解风情的木讷，令她渐渐失去了玩乐的兴趣。

好在，鲁并没打算继续应付众人的指摘，他知道无论如何，这间咖啡厅的露台上一会儿都将飘扬起茶香，毕竟，贝阿特莉丝也不是真的需要谁的同意，而自己，也不该做那个扫兴的人。

"怎么会呢？"鲁说罢，朝着贝阿特莉丝笑了笑，"请便。"

11

他是我见过最优雅的人,他的才情与学识,能让所有人类自卑不已!

——一本由埃门济星环的三十三王国赞助并组织的文学奖颁奖典礼纪念册。班提名了莫亚西夫的《人类征程》,这是他的推选词。莫亚西夫没有获奖。

舞会由贝阿特莉丝开场。

她在真丝睡袍外面披上了一件灰色格纹风衣,该是为了显得庄重些,从哪位男士的衣橱里借来的。宽阔的衬肩和笔挺的版型将她美艳的身形完全包裹,却又像迟放的花蕊,带着难以捉摸、待放的春姿;千篇一律的格纹在金发美人的映衬下也不再有绅士的刻板与优雅,转而变成某种极富风情的故弄玄虚;那对丰盈酥软的乳房,那薄纱下白皙妩媚的细腰都在这样刻板的格纹之下若隐若现,这些被优雅虚掩着的性感,正大大方方地等待被窥探。站在台上的贝阿特莉丝是那样随性,她的身体在此刻既是女人的丰满,也是男人的欲望,是对立的性,又是合一的美。带着这样令人欲罢不能的魔力,她登台演唱了猫王的经典曲目 *Are You Lonesome Tonight?* [①],她保留了曾在租界酒吧即兴表演时准备的惊喜,用一

---

① 是 Elvis Presley(1935.1.8—1977.8.16,网民习惯称其为"猫王")的美国经典爵士风格乡村音乐作品,词曲旨在抒发对逝去之爱的惋惜与追忆,其中有一大段采用了伴奏朗读的形式。

小段节奏缓慢的单人华尔兹来配合歌曲中那一整段伴奏朗读。

Now the stage is bare and I'm standing there,

With emptiness all around;

And if you won't come back to me,

Then make them bring the curtain down.①

歌曲的最后一段，四周的光全都熄灭了。贝阿特莉丝独自矗立在舞台中央，拽住风衣的襟口紧紧将自己裹牢，一直跟随她移动的聚射灯停驻在头顶，光凝滞成一道金色的帷幕，风中的尘沙如同隆冬的飘雪飞扬而落，一点一滴降在她金色的发梢，金色的眉眼，金色的大衣上，像是要将她掩埋，红唇间最后的音符散去时，连那仅存帷幕里的光也熄灭了。

人潮淹没在黑暗中不见一丝光亮，唯有头顶，千万繁星闪烁着微弱又纷乱的光，它们照见了每一处，却又照不清任何一处，银河的轮廓借由星云的浓淡变化被一点点勾勒出来，从经纬线尽头斜跨过整片夜空；黑暗中，群星是流动的，宛如迁徙的候鸟，在那片浩瀚辽远的天空中成群飞行，日升月落，便是它们的一季……鲁和许多人一样，忍不住抬头仰望着这片星空，在地球上想要得见这样斑斓璀璨的银河，若非在远离都市的高原深山，便只能是远离港口的大海汪洋。而帕玛星晴时居多，又不像地球覆盖着数不尽的城市村落，似乎只要离开租界便到处都是这样的景致，头顶和足下，大地和夜空，被那道贯穿天地的金色银河连接在了一起，时空跟随日夜颠倒，帕玛沙漠跟随夕阳落幕，而银河，则在月华中幻化成另一片更为宽广的沙漠，漫天群星便是那一汪汪沉浮的沙丘，偶尔几簇呼啸而过的积云，也像极了追逐着沙浪而过的浩渺的风。

那一刻，鲁再次看见了那条缠绕着整颗星球、耀眼夺目的巨蟒。如今，它匍行于黑寂的宇宙间，有了星辰造化的鳞片，成了人类仰首敬拜的、金色的神明。

---

①大意为：如今我独自站在舞台中央，望向四周却空无一物，若你终不能回到我身边，就让他们将这一切落幕。

可还没来得及仔细端详神的真容,数百盏信标灯突然同时打开,淅淅沥沥犹如雨点般明黄色的光照亮了整个广场,像是头顶的星辰随机落下了几颗。缘着帕玛人雕像周围的一圈空地上,士兵们用反光涂料描绘了一整个巨大的星际联署标志,繁星拥抱着地球,组合成一个能容下百人的舞池。外围则由不少散落的桌椅和自助餐台组成,每张桌上都摆放着一小株盆栽,也均是改良的苁蓉、短穗柳和大犀角一类,但都是成色较好的那种,有些还开着细碎的小花,据说为了从班镇的各个角落搜罗来这些装点,足足动用了三个小队。数张长桌拼接的自助餐台用白布铺陈,除却日常能见到的面包、干果和熟肉制品外,驻军部队还惊喜地准备了沙棘鼠刺身。那是帕玛星特有的一种类似河狸①的啮齿类动物,极善于在沙丘内游窜,生肉天然带有一种柚子般的清甜,就连口感也极为相似。自沙棘鼠被人类发现可食用以来,它便一直被当作一种本地水果的替代品看待,虽然并非多么罕有,但在如今这样拮据的环境里也算是难得的招待。毕竟采摘这种胆小怕事的"水果"并不是易事,不仅要深入沙漠腹地,还得借助特殊的笼具,能在这么短的时间内搜集来这么多,想必是费了不少功夫的。总之这一切虽然简陋粗糙,但也确实花了十成的用心和百般努力。

挺拔的帕玛人雕像重新被聚光灯照亮,一个戴着粗格纹渔夫帽的老人拿着他的大提琴登上舞台。鲁认出了这是住在自己小屋对面的邻居。据说他险些在撤离任务时遇难,原因便是他执意要带上手中的这把大提琴。数月前开始的星际巡回演奏会,他把帕玛星选为了最后一站,而最后一场本该是今天,在租界的大卫·波佩尔②剧场。只是,金碧辉煌的歌剧厅在战火中湮灭,享誉世界的大师成了流落他乡的难民。如今在这荒野小镇由木箱拼接的舞台上,这位大提琴家带着落寞又怅然的神情,拉

---

①是河狸科、河狸属的动物总称。躯体肥大,头短钝,眼小,善游泳和潜水,但胆子极小,主要分布于欧洲,其他地区数量较少。

②David Popper(1843—1913),被誉为大提琴之王,近代大提琴技术派创始人,捷克作曲家、大提琴家。

响了巴赫的无伴奏大提琴组曲①。悠扬的序奏在点点星光间流淌，如同一条横亘在天地间隐秘的银河。

舞会随即开始。

司令以及租界的几位长官都未到场，据说是都被总督叫去了班镇广场上最南面的一家二层旅馆，那里是总督的住所，平日里就有士兵值岗，眼下更是重兵把守。总督此番召会应该也是想和这些人一道为接下来的和谈做打算。因而早在舞会开始前，人群里就在流传一种说法——总督是忌惮之前商人买通士兵的事，担心人多眼杂会泄漏他们今晚商量的内容，所以才干脆就办个聚会，把不相干的人全都召集到一块儿拘着。鲁知道，这估计只是几个商人聊着天喝着茶琢磨出来的"新闻"，但此刻定睛观察，雕像广场虽然伴有欢腾的音乐和难得的佳肴，但在广场最外边，灯火所不能及的黑暗中，却围拢着一群持枪立正的士兵。他们挨个排开站成了一圈，是严严实实的一堵人墙，虽说符合正常的安保规格，但怎么看都带着几分看守的意味。看到这鲁便又觉得，兴许传闻是真的——这场舞会只有一条规则，便是不能提前离席。

不过忽略掉这些，缺少了一板一眼的大人物，舞会倒是比早上的集会要惬意自在得多。和在班镇的市集时一样，舞会上的众人似乎也都安分在各自的位置，舞池和舞池周围的坐席几乎都被商人、明星和艺术家们占据。有人热闹地舞蹈，有人惬意地攀谈，商人无疑是这场舞会的主力军，因为他们有真正值得庆祝的东西——休战和谈就意味着他们的财富和生意能够得到保全，甚至已经有人开始期盼着，能通过总督府即将拟定的条约再获得些什么。他们热烈的讨论有时甚至会盖过大提琴那略显深沉的旋律；而坐在更外边的政客以及公务员虽然脸上也透着从战争

---

①约翰·塞巴斯蒂安·巴赫的无伴奏大提琴组曲，是无伴奏乐曲中最早闻名于世的典范，在音乐结构、艺术魅力和思想深度上都举世无双，共有6套36首曲目，包括六种风格各异的舞曲：序奏、阿勒曼德舞曲、库朗舞曲、萨拉邦德舞曲、小步舞曲、吉格舞曲，它被誉为是大提琴界的圣经，几乎每一位著名的大提琴家都会或公开演奏或灌录唱片。

中脱离的安适，但远没有到愉悦的程度。他们多任职于租界各个市政机构，说直白点，也都是些拿着固定收入的高级打工仔，他们是看着租界毁于一旦的，大多也知道回了多邦也只有一堆残垣断壁的烂摊子和亟待管教的帕玛人等着自己。未来的苦日子摆在面前，便再也提不起任何起舞的兴致。

鲁坐在了靠近自助餐台的一张独椅上，松木材质，漆料几近脱落但结构还算牢靠，没有配套的桌子，该是按照一桌四椅布置后多出来的一张，搬回小镇又显得没有必要，这才被谁单独放在了一处。来往的与鲁相熟的宾客也有上来说话的，但因为都只能站着，话题一旦变得无趣便会找个由头离开，因为没有围桌而坐的"正式"，彼此也都不用疲于应付，反倒让这样的寒暄显得轻松。

那晚，来找鲁的人格外得多，除却在租界本就相熟的，还包括一群被孩子拽来的租界官员，他们简单地打过招呼后，便纷纷直奔主题——这帮孩子都是来看班这个大明星的。窝在鲁怀里的班睡了大半个下午，此刻倒也配合，任凭谁的手靠近，它都毫不客气地伸出脑袋蹭上去，有时候还会吐出舌头，在孩子的手心上舔几下。猫的舌头并不平滑，天生密布着数百根倒刺，舔在孩子细嫩的皮肤上虽不至血流，但总归会带来阵阵刺痒，孩子们大都一边咬牙忍耐，一边满足地享受班亲昵的舐舔。这群孩子几乎都是在帕玛星出生长大，能看到这些动物的机会并不算多，驱车路过租界公园时，鲁也常常能看到十来个孩子追着一只宠物狗嬉闹，或许孩童本来就和这些幼稚的动物亲近，来来回回这样追逐打转倒也不腻。如今在班镇，成为独一份的班就更显得金贵，难掩的兴奋令孩子们忽略了疼，就像吞下了一颗难嚼却味美的酸糖。

不一会儿，聚在鲁周围的孩子便越来越多，他们近乎是贴紧鲁的身子站着，生怕离鲁怀里的猫不够近。年纪稍小的几位还十分胆怯，手指轻轻碰到班的脑袋又迅速挪开，像是生怕被班发现，但班若是不搭理，他们便又按捺不住，跃跃欲试地将手伸向班的脊背或肚腩。几个胆大年

无人起舞

长的男孩儿却已不再满足于此,他们一边抚摸着班,一边将脸凑向班的鼻头和它对视,那股认真劲儿倒真有点像是如临大敌时的对峙,孩子们表情坚毅,嘴里不时嘟囔出许多狠话:不能眨眼,眨眼就输了……它肯定是怕我了……你好啊,我可是恐怖的人类呢!

"它不怕人类。"

或许是悝于男孩这副龇牙咧嘴的样子会吓到班,鲁刻意解释了一番,没想到孩子见猫的主人回应了自己反倒更起了劲,一边点着头一边继续追问:"那……它怕帕玛人吗?"

"这个啊……"

"帕玛人那么高大,它肯定很怕吧,对吧对吧?"

"我不知道。"鲁是思忖了好一会儿才回答的,只是才刚说罢,面前那双浑圆的眼睛里立刻显现出落寞,进而周遭的孩子也都面面相觑,最终只得低下头看着班,脸上尽是没有获得答案而流露出的失望。鲁自认为应付过这世界上各式各样的事,但孩子是个例外。他还是个孩子时,便未能从父亲那里得到过什么,一个父亲甚至一个男人会如何对待一个孩子,鲁从未有过现身说教的范本;他也没能拥有养育孩子的机会,从前的妻子倒是怀过孕,只是弄巧成拙反倒连婚姻和家庭也一并失去了。

"你并不喜欢这个孩子吧。"妻子从家里搬离时,留下了这样一句话,"或者说,你并不喜欢你现在生活里出现的一切。"

当时搬家的工人,家里的用人和妻子的律师都在场,妻子就那样僵直地站在门口,拿着行李,完全像是在逼问。那时,鲁给出的回答,和面对这群孩子的追问一模一样,对于不明白或不倾向于弄明白的事,他都会表现出这样的诚实。

"我不知道。"

说罢,鲁便转身离开了众人,妻子没再追问,而是沉默着离开了。鲁想着,或许等到所有人都离开了,这个问题便不复存在。他将自己困在这个问题之外,原因并非是怠于思考,而是实在不知从何入手。他从小便依照着母亲的安排和计划行事，学业、工作、兴趣甚至偏爱吃的食物，所有这些组成他生活的内容，全都是母亲一点一滴灌输和培养成的。对于生活，他无意探究是喜欢或讨厌。在漫长的数十年中，他的人生都如同一张满是判断题的考卷，他的任务无非是选对那个令母亲满意的标准答案，最后得到相应的肯定：嗯，你这样安稳沉静的性子，果然是最适合这个职业……就说你会喜欢那个女孩吧，她才不会像现在的年轻人那么疯……你肯定也讨厌那些去外星球淘金的吧，就跟你爸一样，早晚都没个好下场。

他只有这样一段人生，没有其他选择和参照，所以他无法判断自己是否中意自己的生活，抑或像某些醉酒的人时常大言不惭地说"那些如果当时如何如何，我现在一定如何如何"的话。他安稳沉静，因为他惯于如此，他有诸多喜好，但不知道原因，他适合这个职业，适合那个女孩……这些彰显他悲喜爱恶的一切如此根深蒂固，但又仿佛和他没有丝毫关系。

"我讨厌我的父亲吗？"鲁在某个将醒未醒的清晨，抱着班，躺在父亲的床上问过自己这个问题，他想起了母亲临终前提到父亲时的沉默，想到了父亲在面对自己时的沉默，想到了自己站在父亲墓地前的沉默……时间之河中，所有能够回答这个问题的人全都缄默不语，甚至连句谎言都没有。鲁感到了莫大的失落，就如同这些孩童一般的失落。他们和鲁一样期盼着答案，却在最有可能知道答案的人那里一无所获，最后他只能自问自答，将这恼人的思绪丢弃在黎明之前，"我不知道。"

鲁想了片刻，他决心不让这群孩子继续承受这份失落，于是他摸了摸班的脑袋，脸上泛起深沉的笑："不过我想，它应该谁也不怕。"

"真的吗？太厉害了！"孩子们瞬间惊呼了起来，方才的失落也跟着烟消云散。

"当然是真的！"

他们多单纯啊，只要得到了答案就好，甚至不会计较真假，鲁一边回答，一边这样想。

"您真是个好人，我还担心他们总这样缠着你，你会不耐烦呢！"

站在一旁孩子的母亲突然开口说道。

这是个非常典型的日本女人，样子也十分年轻，但和贝阿特莉丝比起来，又显得拘谨腼腆，穿着也格外朴素，白色的亚麻衬衣和牛仔裤，唯一的装饰就是蓬松的诗人袖①上几粒米白色的珍珠。因为对热闹的舞池提不起兴致，她主动揽了照看孩子们的活儿。约莫是觉得这样成群结队的打扰实在过于荒唐，她总是时不时看向鲁，思量着要是这个商人发起脾气，自己就第一个带着孩子们离开，但过去了这么久，鲁的脸色一直都如此沉静，甚至还主动和孩子们聊起天来。

"怎么会，"鲁看向女人，"他们都很可爱。"

"您的孩子在地球吧，租界的孩子我大部分都见过。"孩子们又和班哄闹起来，一时是撒不开的，女人索性介绍起自己，"我是租界韦恩公学的校长，叫我纪子就好。"

"这么说……"韦恩公学是帕玛星唯一一所人类学校，那些随父母迁往帕玛星定居的孩子大多都在此上学，鲁受邀参加过公学的校庆，但并未对这位女校长产生什么印象，不过要是没记错的话，眼前这位母亲，应该还有个更为人熟知的身份，"您是总督的女儿吧？之前在公学的宴会上，我记得您站在总督身边。"

鲁能如此笃定地问出口，除却依稀记得总督早年收养过一个亚裔孩子，还有便是纪子手指上那枚看起来十分古老的戒指。被双头雄鹰②雕纹环绕的血红色宝石雍容华美，但和她素白衬衫加牛仔裤的打扮实在有些不搭。鲜红的宝石如暗夜中饥渴野兽的眼，呼之欲出的怒意不能被驾驭，反衬得她更显得怯弱无助，沉甸甸的戒指活像要将她纤细的手指生吞。

---

①又称荷叶袖,通常造型为从肩膀到肘部的长袖子,肘部到腕部袖口宽松大开,袖口处收紧,因袖口经常带有荷叶边，故称为荷叶袖。

②哈布斯堡的家族徽记，在欧洲许多教堂、修道院和城堡都能看见。

鲁想着这样的装束估计也并非纪子的本意，这枚戒指没准是什么来自哈布斯堡家族的信物，依照传统必须要在这样的公共场合展露出来，戒指周围的皮肤尽是一圈圈明显凹陷的压痕，想来是佩戴了很长时间。

"不，是儿媳。"纪子连忙摇头，被鲁这样一问，她显得更加害羞，"公公早年确实在越南收养了一个女儿，不过她是个历史学家，一直待在菲诺亚星做考古研究。"

"原来是这样……真是不好意思。"鲁赶忙道歉，此刻再看向她手里的戒指，便才觉得那样厚重的指环和雕纹确实不太像为女士所铸，想必它应该属于纪子的亡夫，总督的儿子，或者用更为人所熟知的身份来表述——遭遇刺杀身亡的前地球驻妥奇亚星大使，第二次妥奇亚暴乱的导火索。

"大概是总和公公一同出现，很多人都会弄混。"

纪子约莫是注意到了鲁在盯着自己的戒指，有些拘谨地将手收在了背后，"如果姑姐也能跟着公公一起生活，大概就不会造成这样的误会。"

"这么说，这些年你一直跟着总督生活。"

"是，他希望亲自教育孩子，所以我只能跟着住在一起，公学校长其实也只是挂职而已，公公认为这样更方便我了解他的学业。"或许也是觉得这样的事实在滑稽，纪子说完随即轻声笑了笑，只是徒有笑声，笑容半点都没印在脸上，她转而又伸出手摸了摸男孩的脑袋，眼里是藏不住的愁绪。只不过男孩正和班玩得尽兴，整个身子都几乎扑在了鲁的腿上，压根没注意到母亲。

二人相继无言，孩子们的吵闹和班的嘟囔便再次占据上风，鲁见男孩着实喜爱班，便干脆架起班的胳膊，将它拎了起来，朝向男孩。

"你叫什么名字？"

"卢卡斯，大家都叫我卢卡斯。"

"多大了？"

"八岁。"

无人起舞　　105

鲁点了点头。认真瞧的话，这个男孩的眉眼确实有几分不同于欧洲人的纤细，睫毛不长，却分外绵密，眨起眼来尤为可爱。

"想抱抱它吗，卢卡斯？"

"抱……可以吗？"

男孩的脸因为兴奋迅速泛起火烧般的潮红。或许是因为幸福降临得过于仓促，他张大着嘴好一会儿都不敢说话，木愣了半天又昂过头看向纪子，眼里满是惹人怜爱的祈求。他大概惯于用这样的伎俩对付纪子，而作为母亲的纪子自然也早就知晓儿子的心思，这样一对望，母子二人都不禁笑了起来。

"你啊，真是的……"

纪子说罢，又看向了鲁，见鲁微笑着点头同意，这才允准男孩接过班。

班少说有个四五公斤，加之披着松软的长毛看着就更显肥壮。男孩毕竟还小，这样一个庞然大物哪里是双手可以撑住的，鲁才一脱手，班便径直爬向了男孩的怀里，从头到尾也近乎是男孩半身长。男孩双手托着班的两肋，小心翼翼将它纳入怀中，班也算听话并未多做挣扎，乖巧地贴着卢卡斯的胸膛，转而舔起了自己足底的肉垫。

"它在我怀里呢！"卢卡斯气喘吁吁地笑着，看起来是高兴坏了，"它几岁了！"

"嗯……我不知道。"鲁想了想，接着说道，"但应该有些年纪了，是只老猫，它跟着我的爸爸在这里生活了很多年呢！"

"这是，你的爸爸送给你的吗？"

"嗯，是的。"鲁肯定地点了点头，他无意于向卢卡斯解释班是如何被发现，如何被收养这一系列复杂又曲折的事。这就是父亲的馈赠吧，鲁心中这样想，如果早些来到班镇，父亲或许还有机会亲自把班交给自己。

"嗯……我的爸爸就没送过我什么。"卢卡斯的小嘴嘟囔了好一会才出声，但看起来明显有几分泄气，"也有送，一座很大很大的城堡，在马里博尔①的大山里，那里有马，十几匹马。"

"真厉害呀！"鲁故意提高了嗓门，显出几分崇拜，"那里一定很酷。"

卢卡斯对这样的奉承不以为然，倒是格外认真地问起另外一个问题。

"你见过你爸爸吗？"

"见过……几次。"

"噢，"卢卡斯抿着嘴，"我没见过。"

从卢卡斯提起城堡的反应来看，这个所谓的礼物，应该只是由他来继承的属于父亲的遗产，大概是领着孩子去确认这些时不知道如何解释，纪子才谎骗卢卡斯这是父亲赠送的礼物。

鲁没有立即接话，而是看向了纪子。可她只是轻轻叹了口气，顺势低眉看向了别处，便没再说什么。她不想谈论这些事，这是当然，只是这番沉默反倒让鲁更加笃定孩子还并不知道父亲离世的消息。不过这也难怪，刺杀事件发生时卢卡斯估计还不满一岁，他根本还无法理解生离死别这回事。

不过孩子总归是好哄的，眼下有班的诱惑，卢卡斯便也没沉溺在这份失落中太久，得到母亲的应允后，他便兴高采烈抱着班奔向了较为开阔的草坪玩耍，其他孩子也一窝蜂地跟了上去。他们不再缠着鲁，纪子便也得空从自助餐台拿了杯橙汁汽水。这是士兵们下午在班镇的一家五金店里搜到的宝贝，纯正的地球货，据说存放得很隐秘，是某个士兵在找装饰材料的时候意外发现的，想来是店主个人的私藏。

热闹的广场上乐曲悠扬，男女两两起舞，就连孩子也都沉浸在欢笑里，辉煌的灯火下，所有人都在认真庆祝，只是庆祝的内容各不相同；唯有餐台边的这两人一动不动，像锁上镣铐被困在这里。他们沉默许久

---

①斯洛文尼亚东北部城市，也是斯洛文尼亚第二大城市，该国重要的旅游和工业中心，建立于1254年。斯洛文尼亚在9—20世纪相当长的一段时期内均处于哈布斯堡家族统治之下。

无人起舞

才会言语两句，对话细微而断续，目光也不相对，全像是说给自己。有那么一刻鲁觉得他们就像是共在一个屋檐下躲雨的路人，喧闹的大雨声中，他们想着自己的心事，偶尔聊上无关痛痒的几句，雨停之前，躲雨的人被困在原地，而聚会结束前，他和纪子也被困在这里，是处境相当的同类，这令鲁感觉到一种亲近。无关风月，而是一种孤独遇到另一种孤独油然而生的莫名的共情，意外的相遇匆忙且短暂，因而也变得无须防备，一人开口，另一人便反应。

"或许等卢卡斯再大一些吧，我想。"

纪子靠着餐台，目光始终停在不远处的草坪上，抱着班翻腾打滚的卢卡斯偶尔也会站起来朝她招手，一脸兴奋地说着什么。那是鲁不懂的语言，听发音该是法语或者西班牙语一类。纪子也会笑着用相同的语言回应，眼神里满是宠溺，可一旦卢卡斯的视线移向别处，她的脸便会马上现出清冷羸弱的一面，像蒙上了月光。"公公一直想告诉他的，是我阻止了……我不同意这样，这是我唯一和公公做对的事，葬礼的时候……我甚至拒绝让卢卡斯出现在教堂，那些什么拍摄啊，采访的，我一概都拒绝了，所以……你对我的长相没什么印象，也是很正常的事。"

鲁点了点头，从那张椅子上站了起来，二人并排靠在餐台旁。

他记得大使的葬礼，星际联署为了彰显毁灭妥奇亚星是正义之举，不仅提高了仪制规格，还在全球操办了好几场纪念活动供民众祭奠。葬礼那天盛况空前，重新修整的斯蒂芬大教堂[①]聚集了各国政要王室，各个星球的大使均如数到场，南北塔楼和唱诗台上都悬挂着反妥奇亚人的标语，阳光透过窗棂射入圣洁的大殿，照见的却尽是复仇与灭绝的话。那阵子电视新闻循环播报的都是葬礼的画面，鲁是在租界观看的转播，塔

[①]位于奥地利维也纳市中心，有"维也纳心脏"之称，教堂塔高136.7米，仅次于科隆教堂和乌尔姆教堂，居世界第三。屋顶上有鲜明的黄、绿、黑三种颜色组成的臂章图案以及代表哈布斯堡王朝的双头鹰。

楼上铜钟①长鸣，主殿的灵柩旁站着一众家族成员，男人们颔首沉思，女人们黑幕遮面，他们停留在新闻画面里的时间最久，因而鲁记得非常清楚，里面并没有任何孩子的身影。

"你应该，还没想好吧？"鲁是过了一阵才开口的，对于是否要说出接下来的话，他犹豫再三，最终还是决定问出这个问题，"等他再大一些，具体是什么时候，你其实根本没想好吧？"

纪子听罢，愣了好一会，接着又抬起头出神地望着卢卡斯，孩子们的笑映在她的眼里，却不见半分欣慰和欢愉，反而是显露无遗的哀戚。这双眼睛始终注视着卢卡斯，注视着岁月一点点将那个婴孩的骨骼拉长，从蹲爬到走跑，从啼哭到言语。可男孩不会知道，他日益智慧的头脑，日渐强壮的身体，以至他的成长本身，也在逼迫着撒谎之人澄清自己的罪恶。十一月了，已经是倒计时了，地狱的沥青湖②中芸芸众生，不管是君王，抑或是母亲。

"我母亲从来没跟我提过父亲的任何事，直到死的那天，有几次，我觉得她差一点就开口了，但是不知道为什么又没有说下去。"鲁叹了口气，接着说道，"我也是有一天自己翻到了父亲的新闻，那时候才知道他还活着，他的工作是什么，但也是到了这里，班镇，我才知道他活得怎么样，他究竟在做什么……如果不来这里，或许永远都没办法。"

"你会因此怨恨她吗？你的母亲？"纪子刻意扭头看着鲁，问得很认真。

"这个……"鲁想了一会，笑着摇了摇头，"但总归会觉得可惜。"

"嗯……是啊……我也这么觉得，他总会知道的。他父亲这样的人物，新闻随便一搜就到处都是，他身边的孩子，随时都可能告诉他，说

---

① 指的是斯蒂芬大教堂塔楼上的铜钟，重达二十吨。一六八三年，维也纳人战胜了奥斯曼帝国的侵略，把缴获的枪炮铸成了这座铜钟。第二次大战后，人们把残片收集起来，重铸了这口大钟。

② 但丁的《神曲》中第八狱中的一处刑法，受刑者会被扔进满是沥青的湖泊中，这一层地狱主要惩罚欺诈者。

无人起舞

不定现在就在告诉他呢,对吧。"纪子也跟着笑了几声,但很快又陷入了沉寂,她的视线重新回到了卢卡斯嬉闹的草坪。孩子们将卢卡斯和班围拢在中间,就这样一圈一圈不知疲惫地奔跑旋转,像一群围绕太阳运转的行星,温暖的光印在每张稚嫩可爱的脸上,均是一模一样炙热的红。他们哪里知道什么是舞会,什么是避难所,什么是战争……如今他们眼里便只装得下那个毛茸茸长着两只耳朵四只脚的家伙,他们的世界简单到一只猫都可以成为信仰。

"可是……人们为了他父亲毁掉了一颗星球,这样的事,究竟要如何说出口啊?"

纪子的声音颤抖着,眼眶里泛起了皎洁的光,明亮晶莹,像月色凝结的白露,可下一秒,她的眼中突然窜涌进一股耀眼的红,像万丈朝霞缘着瞳孔缓缓展开,她的眼顷刻便只剩下肆意绽放似火的霞光,那属于夜晚的霜露还未化开,便已然湮灭。

广场上开始了烟火表演。

朵朵璀璨的烟花逐一在夜空下绽开。人们抬头仰望,发出一阵高过一阵的惊呼和赞叹。据说是七八个士兵研究了一下午才勉强弄出来的惊喜,因为材料全都来自照明弹和信号弹的弹药粉末,所以颜色和形状也都简单到只有一两种,大多数是近乎于白的金黄、竖直再炸开的轨迹和类似火箭发射般的轰响。不过也正因如此,这些绽开的花火比那些真正庆典上的烟花要更加明亮和持久,有些甚至强烈到让人睁不开眼,就像一颗颗升起的太阳。班镇的上空,夜幕像是被撕开了一道狭长的裂口,耀目的白昼在不熄的光明中乍现,广场上,一秒又一秒,循环着黑夜与白天。

这其实不算多么华丽的表演,地球的夜晚,这样的风景简直随处可见,甚至只会沦为演出的背景,典礼的装饰。但在这里,此时此刻,在这片被黑夜与沙漠统治的甜洲上,它却是独一无二的主角。人们停下了舞蹈和嬉闹,纷纷仰头伫立,每一朵烟花绽放,人群便会同时响起欢呼与掌声，连节奏都痴迷于此，像是突然被赋予了某种信仰，麻木而虔诚⋯⋯的面容，迎接着神的震吼，烟花坠落，光化作金色的雨⋯⋯上，这便是神的恩惠。

迎着炫目的焰火，纪子擦有些湿润的眼角，重新沐浴在光华中的她仿佛这才得到旨意，是神阻止了她继续那个话题，是神不允许她展露这份会为哈布斯堡蒙羞的悲伤。为什么要悲伤呢？还是在一个陌生人面前，除了自己的恐惧与懦弱，纪子啊，你就没有能拿得出手的东西吗？至少和大多数人一样呢，在这样人人为之沸腾的时刻，她就该惊奇，该眺望，该欢欣鼓舞才对，于是，她遵从了烟花的意志，深吸口气，微笑着赞叹道："真美啊，没想到在这里能看到烟花。"

"是啊！"鲁愣了愣，最终点了点头。他不再注视着纪子，而是睁大双眼，一同迎向那颗盛大的太阳，"我也是第一次在帕玛星看见这个。"

"租界上面是人造穹顶，所以没法儿放焰火，我曾经向公公提议过的，新年的时候带着学生去多邦城区办一场烟花秀，但他拒绝了，他说那样的话会被人以为是别的意思。"

"你指的是，发动战争的意思？"

"嗯。"纪子说罢，侧过身看着鲁，脸上带着些许惊异，"你还真是了解他，怪不得上午集会的时候，你回答得那么好。"

"不，我不了解他。"鲁回答得迅速而肯定，不知道为何，他格外害怕被贴上了解总督这样的标签，"我只是稍微了解一些帕玛人，我第一次去到负责的矿场，就发现帕玛人路过隧道有灯的地方都会垂着头，或者闭上眼睛。我询问了才知道，殖民时代之前他们都居住在地下，所以本能地惧怕突如其来的火光。后来我就让他们把地底所有的照明设备都调暗了。"

"你真不像个商人。"

"什么？"

"我说，你不像商人。"纪子看着鲁一脸吃惊的样子，不禁笑了笑，

无人起舞

焰火映照在她的脸上,晕染开一片淡淡的红,"商人一般都不像你这样吧,至少我在总督府见到的那些,都和你不同。"

"我不知道。"鲁沉默了一会,脸上露出了苦恼的神情,"但也有人这样说过我,觉得我不像个商人。"

"这样啊……"纪子低下头陷入沉思,过了许久方才继续说道,"那大概我就是猜对的吧。"

"为什么,是因为我的父亲吗?"

"你父亲?你说,那个班?"

"是,他是个大慈善家,做了很多好事,所以大家看他的儿子是个唯利是图的商人,才总觉得怪怪的。"

"原来,你一直介怀这个……可是,他是好人或者坏人,也并不会决定你是怎样的人吧。而且,我说的不同,好像并不是表面的差别,可能得和你相处一阵,才会发觉。"

"嗯……"鲁停顿了片刻,不知道该再说些什么。他或许应该问下去,为什么会这样,抑或是为自己辩解几句,例如他的企业本身就和其他人的不一样,但这真的有必要吗?不论是纪子抑或哈图,他们都是带着褒奖说出这番话的,至少他们说的时候,脸上都带着十足的笑意。那是满足的笑,似乎在庆祝自己发现了这个商人内心不为人识的宝藏,这个商人不够商人的一面,他们公开了这个秘密然后宣告胜利,他们得到了结果,却不在乎原因。在鲁看来,他们像食客在品尝自己,在大快朵颐,然后粗暴地留下一句"好吃"便扬长而去。

"对了,这只猫,你是怎么发现的?"见鲁陷入沉默,纪子便主动问起了另一桩事,"这是你父亲留下的猫,对吧?"

"是,它其实一直都在我父亲居住的那栋房子里,夜里经常会发出奇怪的叫声,我的安全员使了些伎俩才逮住的。"对于这个问题,鲁今天已经向许多人解释过很多遍,"我想,大概是之前住在这里的帕玛人撤离时没将它带走。"

"这么说，它是被遗弃了。"

"嗯……算是吧，但更像是迫不得已，帕玛人都住在地下，那里的环境显然不适合猫。"

"是啊，不然也太说不过去了。"纪子想了一会，转过头看着鲁轻声问道，"你说，他们……会不会也想过回来找它？"

"你说……回来班镇吗？"鲁没想到纪子会提出这样大胆的假设，但瞧着她的表情又那样认真，倒不像随意想出来闲扯一番，纪子看着鲁的样子，明明是在期待着他的回答。

"这太危险了。"鲁是想了一阵才开口的，"地下和地上可都布着高压网呢。"

"是啊……"

纪子听罢，倒也没再追问，只是叹了口气，重新注视着头顶的天空。烟花照亮了附近的房屋和街道，那些五颜六色的建筑和广场上的众人一样，一动不动矗立在这明暗交织的夜空下；映在纪子脸上的溢彩流光，此刻也印在每一桩帕玛人的屋顶，它们面朝着人类庆祝的礼花，听着欢愉的舞曲，像是一群不声不响，沉默的观众。"这里说到底可是他们的家呢，他们一定也很想回来吧。"

鲁愣了好一会，才点了点头算作回答。二人不再言语，只是默默看着一簇簇烟花绽开又落下。就这样过了一阵，烟花表演进入尾声，夜空被交还给黑暗，所有的灯光再次亮起，重新聚拢在广场中央那尊高大的帕玛人雕塑下方，挨着巨像右腿的那只猫被人套上了由沙柳[①]叶和卷柏编织成的脖环，上面还点缀着细碎的粉红色小花，在花环的正中央，有几个用白色漆料涂上的单词。

Celebrate For Ban。[②]

[①]极少数可以生长在盐碱地的一种植物，其幼枝黄色，叶线形或线状披针形，枝条丛生不怕沙压，根系发达，萌芽力强，是固沙造林的优良树种。

[②]译为：为班庆祝。

广场周围很快响起一阵接着一阵的掌声，人们惊奇地四处寻望，最终一一看向了草坪的方向。显然大家都明白过来，这个班指的并不是这个破旧的小镇，而是今早那只被总督摸着脑袋夸赞的猫，班的猫，也是鲁的猫，不过现在，已然是孩子们的猫了。卢卡斯享受着人们的注视，他踮起脚来将班高举在头顶，一副咬牙强撑、还恨不得将班举得再高的模样，反倒是被他抓在手里的班紧紧夹着尾巴，畏畏缩缩地看着无数双人类眼睛闪烁不停的广场；它并不知道自己俨然成了整场舞会的主角，这些人看起来也不像是在为它庆祝什么；从那双不停蹬踹的双腿来看，它眼下大概只在担心自己会不会成为舞会后的佐餐。

"啊，原来是这样，为班庆祝，公公上午确实是这样说的！"纪子捂着嘴，吃惊地喊道，"我做花环的时候，我还以为是给某个人戴的呢。"

"这是……你做的？"

"我也是受人委托，是一个士兵。"

"士兵？"鲁立刻想到了哈图，这样浪漫的事确实符合他的风格，"他叫什么？"

"他没告诉我名字。"纪子回忆了一会，突然笑了起来，"他可真是个可爱的人呢，被公公叫来的时候，手里拿着一个用铜丝缠好的圆环还有一堆树叶小花。如果不是我拦住，大概是打算带着这些去楼上开会吧……不过他确实没有告诉我他的名字，只是拜托我编好，说是会让其他人来取。"

"他为什么被……"鲁停顿了一下，他意识到了这样唐突的发问实在算不上礼貌，而且向总督的儿媳打探总督的事，不管怎样听起来都不合规矩，但那就是哈图啊，会做出这样幼稚的事的人，一定就是他。这样的思绪就像着神经扩散的癌，它摧毁了所有的礼貌、得体、规矩甚至理性，一旦坚定地认为哈图现在和总督待在一起，他便再也抑制不住问下去的冲动，"那个……总督找他，是有什么事吗？"

"是关于和谈，一起来的还有好些人。"

纪子倒不避讳,甚至开始回忆起下午那场会议开始前的细节。不仅是委托她编好花环的那位,每个抵达的士兵和官员都是一副急匆匆的模样,因为对即将到来的任务知之甚少,每个人都难免有些紧张,更别提这样懵懵懂懂,突然被叫来的。几个在租界便相熟的官员在上楼前,还特意找到她打听和谈的安排,纪子向来懂得分寸,公公没有向外袒露,她自然不会随便应答,何况自己本来也只知道个大概。直到会议接近尾声,大概是一切都确定下来后,公公才走下楼找到自己,除了吩咐她这几天照看好卢卡斯外,也将整件事说了个详尽。"他们都是由公公亲自筛选出的要护送他去多邦的人,据说部队里出过一些不好的事,所以名单为了谨慎起见一改再改,司令那边又添了几个,下午的时候才最终确定。"

"这么说……他,他们要一起去多邦?"

"嗯,"纪子点了点头,想了一会儿又突然说道,"按公公的说法……眼下,应该已经出发了吧。"

12

  他们看不上班镇，这是好事。凡是被星际联署盯上的地方，都不会有好下场。

——班在一份刻意留存的报纸上的涂写

那天的头条是总督与多邦政府的会晤，他在回答关于班镇的记者提问时特意强调，

尽管班镇是由人类创立，并且按照人类城市规格建设的城镇，

但星际联署暂时不会将班镇纳入租界的一部分，

也不会按照租界法规对其实施管辖。

  舞会持续到几近黎明才结束，班镇四周虽仍处黑暗，但地平线上已亮起灰蒙的天光，加之风沙的吹拂，远了看宛如熊熊燃烧的白色焰火。帕玛星的一天相较地球更短，烟花表演开始时已是凌晨，后来又放了好几首曲子，舞池中的众人这才尽兴散去。

  鲁怀抱着班从广场折返回小屋，身后跟着一名陌生的士兵。

  舞会快结束时，这名士兵随同一名更高阶的军官赶来。这名军官鲁倒是早就见过，是班镇专门负责要员安全的副官。他带着士兵赶到时，纪子和卢卡斯也在一旁，当时纪子刚刚从卢卡斯手里夺回有些疲倦不堪的班，小心地将它交还给了鲁。一番抢夺后，她干净的上衣也随即沾满了柳絮一般的猫毛，这副狼狈的模样，倒和在草坪上嬉闹了一整晚的孩子没什么区别。

副官先向这对母子行过军礼，才向鲁介绍站在他身后的士兵。

"45433被临时抽调去负责其他任务，可能需要几天。"他用编号称呼了哈图，约莫是觉得鲁不太可能记住自己安全员的名字，或者，压根是他自己没记住，"29837会暂代他的职务，继续负责你的安全。"

"噢，对了。"副官突然想起了什么，看向纪子说道，"想必您是见过的。"

"妥奇亚星，夫人，当时我是大使馆的保卫。"29837立直身子，大声回答道。

"噢……是那个时候啊……"

"听说就是他护送您离开大使馆。"副官接着说道，"还因此得了个奖章。"

纪子沉默了许久才点了点头。其实和29837一照面，纪子便已经全想起来了，她之所以迟了一会才开口，纯粹是为了消化那股沉积在胸口至今未能愈合的痛——这是她最不愿回想的一段岁月。夫人，大使夫人，初到妥奇亚星的时候，所有人都是这样称呼她的。当时的妥奇亚虽然还未完全走出第一次暴乱的阴霾，国王也沦为人质，但剩余的大部分王室成员都因惮于人类的实力，纷纷选择支持亲附人类的保守派。作为大使夫人的她自然身份尊崇，不仅在生活上享受诸多优待，还得到了随意出入王宫的许可。只不过好景不长，主张革命驱逐人类的激进派笼络和组织了那些长期遭受压迫的妥奇亚底层人民，复仇的怒火与日高涨，最终在一夜之间将王宫烧成了火海，高楼倾塌，地动山摇。如今回想起来，每一幕都和数日前的多邦如出一辙。

只是，在妥奇亚定居的人类数量要远超贫瘠的帕玛星，多的是来不及撤离、葬身于异乡的同胞，而反叛军的目标也很明确——不放过任何一个地球人，而她的丈夫，地球驻妥奇亚大使便是第一个目标，应该说，是这一切的开始。

"那次真是……"纪子还没说完，又再次陷入沉寂。她想要顾及这份交谈的体面,但又短暂的,陷入了那段回忆里无法抽离。

副官和鲁也预感到眼下这并非是合适的话题,便也缄默不语等着纪子说下去。好在她倒也并未耽搁太久,片刻后便扭头看向了鲁,开始一本正经地介绍起这位士兵。

"这是位心细的军人,那次多亏了他。"虽然神色黯然,但她说话的语气还算不紧不慢,"在妥奇亚机场,我记得就是他仔细检查了每一处,最后揪出了藏在停机坪附近的叛军,这些人原本想在我们上飞船后直接引爆附近的炸药,真是……九死一生的事。"

29837听罢,立刻挺直身子敬了个礼。

"我想他应该也能照看好你,和你的房子。"

"照看夫人的朋友,当然会更加尽心尽责。"副官附和道,"鲁先生请放心。"

"是。"鲁愣了一阵,他意识到自己得即刻说些什么,便赶忙朝着纪子和副官点了点头,"真是谢谢了,这样的安排很周到。"

纪子后来又将29837拉到一旁说了一会话,大部分时间都是她在说,细看的话,只觉得她脸上的忧愁更加凝重,29837倒是一脸沉静地听着,最后点了点头,又一言不发跟在她身后回到人群。

"我在想,"纪子停顿了一会儿,特意看向了副官,"明天我带几个孩子去看看班吧,让他们多在一起玩会儿,孩子们再这样拘着,对身心健康也不好。"

副官立直了身子,用余光看了一眼鲁,然后才郑重其事地说道:"日禁已经解除了,只要在班镇范围内活动都是允许的。安全方面,我会负责好的……只要鲁先生这边方便的话。"

众人很快都看向了鲁。

"当然,当然可以。"鲁没有多想便点了点头。他知道,副官方才的眼神完全就是不留余地的要求,"是,明天,对吧。"

"如果你方便的话,"纪子笑了笑,轻轻抚摸着卢卡斯的脑袋,"孩子嘛，总归是喜欢小动物的。"

"是。"鲁的目光落在了卢卡斯身上，孩子依偎在母亲身旁，那双眼睛仍盯着鲁怀中的班，但却已经因为困意不由得眨巴起来，明显是强撑着想要多看班几眼。

"放心吧，他们不会把你的房子拆了的，我作为校长可以保证。"纪子不禁笑了笑，校长的身份，好像是到了此刻才算有些用处，"都是相熟的几个孩子，在租界的时候就常来和卢卡斯做伴，对了，我记得有个女孩儿以前在租界也是养过猫的，米莎，好像是叫这个名字。"

"谁，什么？"

鲁猛地抬头，有些不可置信地重复了一遍那个名字。"米莎？"

"你见过？"纪子愣了愣，"她是卢卡斯很好的朋友，租界那么小，你见过倒不奇怪。"

"啊，或许吧。"鲁是隔了好一阵才回答的，"也可能只是听着耳熟。"

"见到了就知道了。"纪子微笑着说道，又朝着一旁的副官点了点头，"那，有劳了，明天见。"

"好，明天见。"

和纪子这对母子道别后，鲁便开始返回小屋。这一路遇到许多同行的宾客，甚至还有明明没有喝酒但依旧闹哄哄的韩先生，他的额头用女士口红涂着"和谈万岁"的标语，那件从租界穿来的睡袍和金色内裤倒让他成了今晚舞池里的王者。他拉着鲁，有一搭没一搭地炫耀着今晚的收获。

"你看吧，骚娘们就是按捺不住。"

韩先生指了指脸颊上的玫红色唇印，那便是贝阿特莉丝给他留的"邀请函"。平日里遇到这种情况，鲁多半会捧场夸赞几句，但此时此刻，他毫不掩饰自己那份心不在焉，甚至主动加快了脚步。或许是觉察到了鲁的全部心思都去了别处，韩先生撂下了几句难听的脏话便扫兴离去。

舞会的热闹看似在消退，却随着折返的人们朝着小镇各处散开，说笑、歌唱、打闹，鲁只觉得耳边尽是恼人的聒噪……不时的打招呼和攀谈让他根本无法专心下来思考，有太多问题积压在心口，但若非要说还有什么，鲁却也答不上来……带着这样的疑虑，鲁时常回过头打量跟在身后的29837。

他比哈图年长许多，但准确的年纪不好估计。残留的夜色中，依旧能看见那张脸上新伤混着旧疤，一看就是真在战场上经历过生死的；那身军服也穿得格外笔挺，不似哈图随意套在身上那般邋遢；残薄的夜色下，他本就高大的身躯犹如沉睡的远山肃穆。加之纪子讲述的那个故事，鲁便更觉得他有种异于常人的威严。

或者说，他有种让人生畏的本领。

到了小楼的前院，鲁转过身，看着29837，他正要开口时才突然意识到，自己居然到了此刻，还未和他讲过一句话，甚至，不知道他的名字。

"那个，就到这吧，辛苦了。"

29837听罢立在原地，并没有着急接话，而是看向了鲁身后那幢两层小楼。

他在打量这栋建筑。从因为藏有一层阁楼而明显高出其他建筑的屋顶，到完全处于虚掩状态的一楼房门，鲁能感觉到29837的目光精准地落在小楼的每一处，最后才回到眼前这个看起来战战兢兢的要员身上。

29837稍稍点了点头，但根本没有要离开的意思。

"按照流程，需要检查一下屋内和周围环境。"

"你是说，现在？"

29837没有回答。但光是看着他那副严谨认真的样子，鲁便已经知晓了答案。

鲁停下了步入庭院的脚步，手扶着院门的栅栏，直直地站在了29837面前。下意识间，他把自己当作了横亘在小屋和士兵之间最后的障碍。

他不想让29837走进这间屋子，至少现在不想，且没有更具体的原因，完全出于一种油然而生的强大直觉——如果让他走进这间屋子，必定会发生不好的事。

"已经很晚了,现在检查的话会打扰到其他人……其他人的休息吧。"鲁越是说下去,越不自主地开始结巴,"而且,上午已经检查过了,那个……巡检小队什么的。"

最后的那句,鲁的声音已经低到连自己都听不见了。

这毛病,从学生时代起就有——多数时候他是个好学生,但偶尔也有和同学结伴偷跑出去玩的情况。当时逃课的最后一道关卡不是任课老师,而是负责看门的保安。那是一个终日眯着眼叼着烟的古巴老人,在他面前编造谎言毫无难度。其他同伴都能说个通顺,可到了鲁这里,总是不可避免地结巴起来。其实说到底不过是些老掉牙的借口,再者,那个古巴人常常能从这些学生那里捞到几包骆驼①,吃人嘴软,因而根本没打算计较真假。但即便如此,鲁依旧会无法控制地哆嗦和结巴。这种情况多了,同学们便以为鲁是惧怕保安的凶悍,于是开始嘲笑他得了"古巴恐惧病"。鲁从未为此辩解,因为他确实畏惧着,但畏惧的并非是那个满脸横肉的古巴人,抑或是谎言被揭穿,而是撒谎这件事本身。

这样的境地鲁也并非总是遇到,他自不是完人,从小到大撒谎在所难免,保守商业机密,逃出无聊的会议,为上司顶罪,为下属开脱……但能让他犯"古巴恐惧病"的,大体都是和学生时代相似的情况——他知道自己在做一件错误的事,而他要欺骗的,是一个正在做正确的事的人,甚至是阻止他犯错的人。他曾经以为,这是纯善的孩子才会有的胆怯和心虚,是不够成熟的心灵对于施恶的排斥。他想,这些东西,应该是脱胎成人必须舍弃掉的先天的无用之美。

但随着年岁增长,他越来越意识到这大概会是相伴一生的顽疾。他虽不算做尽恶事,但也绝非是什么无害的善类,不论从法律还是道德上说,他都是个不干净的人。他攀附,贿赂,偷税,敛财,挑战法律,勾结势力……北极矿区事故宣判那天,马德哈万和整个律师团陪着他从租

---

① 这里指骆驼牌香烟,是美国著名的烟草品牌。

无人起舞

界法院走出来,有了提前的打点,那天的一切不过是形式,他当然是无罪的,但当他走下台阶,面对这些新闻记者递来的话筒和摄影机时,依旧哆嗦得像个站在冰天雪地里、垂死的人。

"我……以及……我想我可以代表麦恩锡矿业……"

那一刻,他简直不会讲话了,像个傻子愣在原地。好在身旁的律师及时接过话筒,一番解释后,鲁的反常被顺利解读成了"依旧为这起伤亡事件震惊不已"的创伤反应。

随后,鲁被助理带进了久候在法院门前的轿车里。他隔着车窗,看着人们迅速靠近,乌泱泱的人潮里,他注意到一个醒目的标语,白色的立牌,用黑色的光亮油墨写着"帕玛人肉,180标准星元/公斤",牌子足有四五米长,离地很高,得是被两三个人横着举起来的。

但隔天鲁试图从新闻报道里找到举牌子的人到底是谁,却一无所获。

按照帕玛人的标准体重计算,一个帕玛人的"售价"大概是2万标准星元。没错啊,这就是马德哈万为他谈好的补偿金的数额。2万标准星元每人,以此换来法庭上原告席上的一片寂静。不会有人关注那个帕玛女工当时是怀孕的,是远超劳工标准的高强度作业;负责举证的律师不会提到她踏空是因为赤脚,而她没有穿防滑套装,是因为怀孕无法收紧的腹部。这是鲁自始至终清楚的事,这是在那个庄严肃穆的法庭上,原告、被告、律师、法官、陪审团乃至所有人都无比清楚的事。

那天,法官变成了古巴人,律师和陪审团变成了童年那群伙伴,只是没人再敢嘲笑鲁哆哆嗦嗦的样子,每个人都西装笔挺,毫不费劲地享受着公正与正义。也是那时候,鲁才明白过来,这是他一个人的病,在他的身体里,定是住着另外一个无休无止与他对抗着的灵魂,那个灵魂在替他颤抖、哆嗦,词不达意,他在阻止鲁流畅地说话,有时候,他甚至会霸占这副身体脱口而出一些话。

"你怎么……会去做这样的事呢?哎……真是……"

那天在离开法院的车里,鲁突然不受控制地说了这句话。当时司机猛地一惊，以为是自己犯了什么错，透过后视镜看去，才发现鲁的目光茫然地看向远处，这句话，显然是他的自言自语。

那句话正是在帕玛星初次见面时，父亲对自己说的话。

那个灵魂，就是父亲吗？要是这样说，也是父亲的灵魂，在举着写着标语的立牌吧。很长一段时间里，鲁都深陷在这样的思绪中，久而久之，便对可能让自己陷入这番困境的事越来越警惕，他说更少的话，常常沉默以对，连表情也变得少了，这招倒算是行之有效，商人摆出这副面孔，只会让常人觉得那是必要的城府。

但眼下，在这个士兵面前，沉默显然不会奏效。

我真是疯了吧！一定是疯了，我刚才究竟在说些什么呀？鲁沉默着，脑子里却乱作了一团。他看着同样一言不语的29837，这个士兵既不开口说话，也没有任何下一步的动作。浑白的曙光从远处的地平线升起，一点点蚕食着漆黑的夜色，天地间那道分界线格外明显，它缓缓向着鲁和小屋的方向滑动，像倒数着的秒针。

不能再这样下去，必须得说些什么。鲁屏住呼吸，正下定决心说些什么，耳畔却突然响起一声带喘的呼喊。

"鲁！"

声音来自道路对面的庭院，是他的邻居，那个在今晚舞会上演奏的大提琴家，他身边同样跟着一位安全员。

他像是正要进门，因为看见了鲁所以特意停下来打个招呼。

"你的猫，是叫班对吧？"

鲁愣了好一阵，才朝着邻居的方向点了点头，奈何晨曦这样暗淡，如此微小的动作鲁觉得他根本没有注意到，于是又改为大声回答："是的，先生。"

"真是谢谢它了，总算能让我有个演出的机会。"

光是听邻居说话的口气，就知道他今晚一定过得十分尽兴。以前日禁的时候他便常在前院练习，曲子一首接着一首，有时候是节选的练习，有时候则是完整的彩排，鲁算是他为数不多的听众之一，有时候抱着班坐在藤椅上可以听上半响，要是哈图在，他还会在演奏的间隙起立鼓掌，也从不吝惜类似"简直比在卡内基①听到的还要好呢！"这样夸张的称赞。

大提琴的独奏虽不像交响乐的气势如虹，但演奏者的用心对待也着实赋予了韵律近乎极致的美。他是真心热爱这门艺术的，鲁能感觉得到，演出和舞台与他而言，便等同于自己的生命，所以他今晚当然是尽兴的，来了帕玛星那么久，他终于做了件喜欢的事。

"真令人难忘啊……"邻居停顿了许久，像是猛叹了口气，"没想过会是在这里演奏……在这样的时刻。"

"演奏很精彩。"

鲁回答的声音更大了些，好将内心的赞美完全表达出来。"每一次都很精彩。"

他突然想到，虽然自己已经当了许久的听众，但二人的交流也仅限于演奏结束后眼神的致意，正式交谈好像还是头一次。

"啊，突然就觉得没什么可惦记了，每次演出完都是这样。"邻居大笑了一声，"简直无欲无求。"

"但，作为听众，真希望能再听到。"

"当然，当然会有，但肯定不是现在。现在谁也无法阻止我好好睡上一觉。"邻居停顿了一小会儿，转过身看着一旁搀扶着他的安全员，一本正经地命令道，"我累了，需要马上休息，就算再打起仗来也别叫醒我，知道吗？"

接着便是几声带着咳嗽的笑。

邻居在安全员的搀扶下一点点走上台阶，屋内也随即亮了起来，灯影照出了那位艺术家矮小的轮廓，他几乎和立在一旁的大提琴一般高。

"晚安，噢，不对，是该早安了。"

---

①这里指卡内基音乐厅，该音乐厅是由美国钢铁大王兼慈善家安德鲁·卡内基于1891年在纽约市第57街建立的第一座大型音乐厅，是世界顶级的歌剧院和演奏厅。

他朝着鲁挥了挥手,又转过身向一旁的安全员点了点头,这才正式走进屋内。门被关上的那一刻,原本投照在地上金色的光也随即消散……但仔细瞧的话,这抹金黄更像是脱离汪洋的海水被挥散到了空中,衬得远处的朝霞也渐渐明亮起来。

"是啊,都要早上了……"

等到对面小屋的门完全阖上,鲁才缓缓从嘴里吐出这几个字。

完全不像是在话别那位艺术家,倒像是说自己心里的话,不知怎么地竟说了出来。

短暂的热闹就像乐谱里一小节休息,寒暄结束后便戛然而止,气氛又再次回到了和29837相视的清冷。借着亮起的天光,鲁才完全看清29837的面庞,那些在暗夜里朦胧起伏的疤痕,如今一道道都能清晰显现。横竖分布的,无疑是锋利的冷兵器所致,而左脸有一整块如泥沼般坑坑洼洼的瘢,多半是被什么化学物质烧伤留下的,坏死的组织粘连着血肉,即使是新生的皮肤也拧巴得不像话。

妥奇亚人在受到刺激时,舌下腺会分泌出高浓度的酸。不知道为什么,鲁突然想到大学旁听的星际物种学里专门有一节讲到了妥奇亚人的应激反应,这种特性被称为妥奇亚人最后的自保。

会不会是在护送纪子撤离时被妥奇亚人弄伤的,这是鲁的第一反应。纪子可是特意提到过机场的事,他孤身和埋伏的妥奇亚叛军近身搏斗……这样想着,鲁的脑海中便瞬间出现了一个被29837紧紧勒住脖子的妥奇亚人,他奄奄一息,但依旧狠狠地盯着这个人类,用尽最后一口气力朝他的脸喷洒着毒液。

鲁没有兴趣去求证这个猜想。因为在这张脸上,鲁觉得恐怖与狰狞是某种必然,若不是被妥奇亚人,也定是被别的国家的人,或者别的星球的什么人损毁。因为这就是士兵脸上会有的样子,他们沉沦于厮杀、枪火、刀锋、毒气和毁灭,他们的脸自然而然会印着属于战争的丑陋与恐怖。因为他们的脸,就是战争的脸。

29837没理由不知道这副面孔所能带来的恐惧，但他并没有刻意低头，也没有向后退，而是继续毫无表情，直直地看着鲁。

只是对鲁来说，少了夜色的遮掩，如此郑重地，清楚地相对，如此直接地面向他的脸，不知怎的，他反而不再哆嗦了。

若这张脸就是战争，那这便是它最司空见惯的模样不是吗？它强大到可以征服比它还强大的敌人，但有时候，也弱小到必须听命于比它更弱小的……

"我累了，需要马上休息。"

完全是仿照着邻居的语气。

鲁说完这句话后，缓缓松开了扶住栅栏的手，转过身走向了小屋。在登上最后一级台阶后，他停住了片刻，紧紧怀抱着已经睡去的班，即便没有回头，他依旧能感觉到来自晨曦的温热照拂在他的后背。

夜晚就这样结束了。

纪子的地狱

13

自从帕玛星被迫加入星际文明,他们就一直被星际联署认定为与人类基因高度亲和的物种,但事实真的是这样吗?好几代帕玛人吃着与人类相同的一日三餐,喝着瓶装饮料甚至是酒精,他们被动接受着这是绝对符合他们生物特性的食物,如今,帕玛星的新生儿里已经出现了明显的基因异化现象,虽然还不算普遍,但仍应该引起重视。基于此,我认为星际联署对帕玛人与人类的共生关系存在极大的高估,而这种高估的本质,或许只是为了不浪费资源在这颗星球上——他们不屑于像对待那些所谓"高级友邦"一样,为这颗贫瘠的星球专门研发一套生物适应性规范,这是绝对违反星际法的行为。

……

我们必须要重新研究并筛选出那些适合帕玛人的食物,比如我发现东南亚国家的料理中经常添加的香料和草本植物就更加符合帕玛人的生物特性,对他们的基因异化程度相对较小。

——班在一本《帕玛人研究笔记》里的论断
本书列举了多项他对帕玛人的观察研究成果,
本书并未完成,根据大纲判断大概只撰写了不到三分之一。
班去世后,本书已完成的章节已由一家妥奇亚贵族支持的出版社出版。

鲁在客厅的沙发上一直坐到天完全亮起来。

这阵子他一直盯着那扇靠近厨房狭窄的窗户，看着渗入的晨光从稀疏变得浓烈。地板上被照亮的区域，颜色渐渐从肃穆的白过渡成金黄，窗棂上木头的纹理也跟着一点点清晰，属于夜晚的痕迹被一点点擦除、覆盖。早晨的降临变成了一场由时间编排的戏剧，眼前的一切都是流动的，它们的故事跟随变幻的光影娓娓道来。

昨夜的欢愉，衬得此刻的班镇愈发静谧，鼻间沉闷的呼吸，远处风沙的起伏，任何声响都能轻易被听到，但鲁更在意的是小屋外面的院子，只可惜恰恰是这个不远不近的地方，什么也听不到。

29837一直没有进来，这点可以肯定，他甚至没有企图窥探屋内的动静——这就是鲁一直紧盯着那扇窗户的原因。

天完全亮起来了，差不多是时候去求证一下，就算真的撞见，也大可赖给自己向来不佳的睡眠和帕玛星折磨人的昼夜温差。鲁一边这样想着，一边起身，小心走到厨房的窗前。

他深吸了口气，看向外边，和他预料的一样，院子前面早已空无一人。

他真的放弃了检查……这个能手刃妥奇亚人的士兵，居然真的因为自己随便的一句话就离开了，而且说不定是在房门被关上的那一刻就已经掉头离开了。这么说，检查与否其实全凭他的心意，若真是这样，那他的一言不发，那样紧盯着这栋房子，便都是有意为之的试探。一想到这，29837突然的顺从，反而令鲁更觉不安。

但眼下，鲁已经没有精力去思考这些。他赶忙拉上遮光的窗帘，径直走向了通向二楼的楼梯后面，那个终日沉浸在阴影中的角落。

这一块区域的地板明显和整个客厅的桃木色不同，颜色要深得多，而且摸上去像浸了油般光滑，绝不是木头的触感。快接近墙壁尽头的地方，还有一大块隆起，看起来像是被水泡涨的，连地缝也跟着外掀出几道口子，被沉积的木屑和灰尘填得满满当当，远了看，就像一道道结痂的疮。

鲁对此印象颇深,主要是因为班。

那晚班从哈图的怀里挣脱走,逃进楼梯下方时,就是在这里猝然停下的。现在想起它当时的反应,鲁依旧觉得十分惊奇,它明明是使尽浑身解数挣脱了哈图的束缚,好容易才逃出生天,可是一转眼,却又如若无所事地蹲坐在那里。当时它看着众人的那双眼睛,透着一股全然不属于动物的冷静,就像是大街上随便遇到的路人,随便地对上几眼,那种散发着淡然、平等甚至冷漠的凝视。在动物世界里,这是难得一见的事。

鲁半屈着膝盖继续往里走,尽头的空间已然十分狭窄,必须弓下身才能容下,脸近乎贴到墙壁,鼻间已经能闻到十分明显的泥土的味道。

因为眼前几乎什么都看不见,鲁只得小心地用手在地上摸索了一番,最终轻轻在那几块相对坚实的木板上敲了一下,接着又是较重的好几下。

不消片刻,便有了反馈。地板下方传来了一声闷响,被鲁敲击的木板从里面朝外被推开了。那是一扇与地板嵌合得严丝合缝的门,一只粗壮的手从里面伸出来撑开了木板,接着便是一颗缓缓抬起的脑袋。

一个帕玛人。

他先是小心地打量了一眼四周,然后才看向鲁。帕玛人夜视能力极佳,越是晦暗的空间,那对瞳孔越是明亮,与他四目相对。鲁只觉得那眼眶里像是渗着光,且是极为罕有的、宝蓝色的光。

"是我。"鲁用不太熟练的帕玛语又说了一遍,"Za'zo。"

帕玛人点了点头,没有回答。倒是被他环抱在怀里的班嘶叫了好几声,约莫是在地底憋闷久了,迫不及待地窜了出来。鲁慌忙中想要抓住它,但没有成功,小家伙一个劲儿奔向了厨房的中岛,在那个供它就餐的白色瓷盘边缘不停打转,只可惜里面空荡荡的,并没有它预想的美味罐头。

"它是喜欢……外面。"帕玛人有些费力地用鲁的语言说道,"比起待在地下。"

"它就是馋了，要是在屋子里待久了，又会像刚刚那样想着下去找你。"

鲁笑了笑，主要是因为帕玛人说话时那着实怪异的腔调。

帕玛人里会说人类语言的不算少，但要论眼前这位的发音，在鲁见过的所有帕玛人里也并不算好的。帕玛人的舌头先天肥厚，几乎占满了整个口腔，人类的语言对他们来说过于细腻，很多音节需要组合在一起发音，帕玛人的舌头根本无法做到，说出来的话自然混淆不清。那些为人类做翻译工作的帕玛人，通常都会接受专门的口腔整形，靠外扩颌骨和切割一部分舌头的方式来达到理想的口音。但眼前这个帕玛人显然没有接受过这番改造，初次自我介绍时，连自己的名字说了很久才讲清楚。

尤塔，他是这样称呼自己的，但鲁知道这并不是他真正的名字。

帕玛人的名字通常很长，除却名字，还包含姓氏、族姓和属姓。例如马德哈万，这只是那位驻地球大使族姓里的一小段音节，因此若是认真计较，这颗星球上可以叫马德哈万的帕玛人大概有好几万。

尤塔说过，这是班，也就是鲁的父亲给他起的名字。所以鲁想，这大概也是取自他真实姓名中的某一节发音。

尤塔和他的家人是这间小屋真正的所有者，也是父亲的房东。正如鲁和哈图之前猜测的那样，父亲在帕玛星最后的几年，都是居住在这栋房子里，如今鲁居住的阁楼，便是父亲在帕玛星的家；至于此刻正绕着餐盘打转的班，也确实是父亲临走前托付给尤塔照顾的，这一切，都在班被哈图抓住的那一晚得到了验证。

"要是那晚……找班……不是你钻进楼梯下面……换做是别人。"尤塔后来回忆这一切时，依旧会不住地颤抖，连带着讲话也越发语无伦次，"要是这样，hadoro'zo，我死了，肯定。"

鲁清楚地记得，那天班从哈图的怀抱里挣脱后，径直冲向了楼梯后面。他想，受到惊吓的班那时想的一定是赶快逃回主人那里，而它的主人尤塔，也确实将门拉开了一条缝，想要迎回刚刚挣脱魔爪的班。第一个冲进楼梯下方的鲁,一眼便看到了那对从幽暗地缝中探出来的瞳孔。它是那样明亮,却又带着难以名状的恐惧,横在他们之间的,是一动不动的班。这个四条腿的小家伙像是知道,如果它轻举妄动,或者对着那个通往地下的木门不依不饶,这个已是不平静的夜晚,便有可能再添上几抹血光。

"还是谢谢班吧,它自己听话,乖乖站在那里,如果它还是乱动的话,他们大概都会挤进来一探究竟。"

鲁总是这样安慰尤塔,他知道,如今二人还能有这番对话,并非他一人所能造就。若不是恰巧鲁第一个冲进来,若不是恰巧班站在原地,若不是在哈图伸进脑袋探望前尤塔恰巧阖上了通往地下的门……千钧一发的时刻,若不是其间一切都恰巧这样发生,便绝不会诞生出这个结局,这个近乎是唯一的和平结局。

当他和尤塔第一次四目相对时,鲁便知道,这是他唯一想要的结局。

那晚哈图和巡逻队离开后,鲁便抱着班从阁楼回到了客厅。或许是彼此心中都装着疑问,当鲁抱着班走进楼梯背面时,木门也近乎是虚掩着的,从缝隙里还透出了几束暖黄色的光。

那个帕玛人,也在等着他。

鲁打开门,才发现里面是个径直伸向地底的洞,洞穴不算深,约莫从距地三四米的地方开始弯折,看起来那里面该是有更大的空间,黏附在洞口厚实的黏土,令鲁一下子就想到了撤离多邦时碰见的那些帕玛人的虫口。后来尤塔也向鲁提起过,住在班镇的帕玛人虽然都有自己的房屋,但多少还是有人舍不得从前的习惯,便在家的下方为自己掘了另一处地方,这样简易的虫口多半在院子的土方旁,更隐秘一些的,则会像尤塔这样选择在屋内。

当时尤塔就靠在洞口旁,蜷着身子目不转睛地盯着洞口。帕玛人的年龄主要靠身形和皮肤来辨认,尤塔的个子很高,虽然穿着宽大的衣衫,但四肢和肩颈的皮肤依然裸露在外,上面明显可以看到拧巴在一起的嫩黄沟痕，那是还未完全发育结束形成的褶皱。

他应该还不到十岁，换成人类年纪的话，算是个刚刚成年的小伙。

门被推开时，这个帕玛年轻人和鲁四目相对，瞳孔里流露的却不再是恐惧，反而有些得偿所愿的释然，冥冥之中，他知道鲁一定会来。

接着，便是理所当然会问的一个问题。

"你是谁？"鲁开门见山。

"尤，尤……尤塔。"尤塔虽然咬字不清，但回答得还算干脆。

"哦，那个，尤塔。"鲁想起了阁楼有本父亲的笔记本里提到过这个名字，那是本专门研究帕玛人习性的笔记，有几页专门提到，现在出生的许多帕玛人瞳孔的颜色会出现异常，呈现出格外鲜亮的蓝色或者青绿色；他认为，这和他们食用人类的加工食品以及日趋严重的环境污染有关——尤塔这孩子就是这样，父亲在书页的空白处备注过，"刚才就注意到了，你的眼睛，颜色很不一样。"

尤塔的眼睛眨动着，浓密的睫毛下时隐时现的蓝，像被风吹拂上岸的，一阵阵干净的海水。

"你是，班的儿子吧？"

鲁迟疑了一会，点了点头，虽然是不至于要隐瞒的事，但初次见面的尤塔立刻便能知晓，还是令人感到意外。

二人相视沉默，被抱在怀里的小家伙钻了空子，直接窜进了洞里。班显然是这儿的常客，三四米的高度竟不见胆怯，沿着黏土洞壁驾轻就熟地几次跳跃，最后稳稳落在尤塔身旁，喵的一声又朝着弯折的洞口奔了过去，看起来对眼前的二人都毫无留恋。

尤塔见状，索性向鲁伸出了手。鲁明白了意思，便也将手递了出去。帕玛人的手近乎是人类的两倍，因而尤塔直接拽住了鲁的手腕。

鲁双腿并拢在洞沿，向下一滑，直接落在了尤塔的肩上，又顺势被另一只宽大的手接住，整个身子被尤塔的双手支撑着，稳稳地放置在地上——这是鲁第一次进入虫口，进入帕玛人真正的家。

说是家，但其实近乎是个被徒手挖掘出的方形地窖，四周的墙壁都用特制的黏土贴附。帕玛星的土地沙化严重，大部分都质地松散，偌大的地洞没有这些黏土固定确实极难成形。不过这些黏土也不算难看，暖黄色的灯光照在上面，倒像是装饰了一层油亮的墙纸。

尤塔的地窖并非是完全封闭的，最靠里边的角落有处被刨开的地道，似乎是新挖的，可以通往更深的地方。除此之外，便只有通向楼梯后方的那一个出口。

这里的陈设很简单，除了中间悬挂的一盏吊灯外，便只剩一两个用来陈放食品和杂物的箱子，甚至没有桌椅和床，吊灯下方铺了一张灰色的格纹床单，算是唯一能落座的地方，也是在那里，鲁和尤塔第一次聊起了班镇以前的事。

"部队把我们赶出了班镇，但很快，他们也离开了，我们就想……他们或许只是打主意……来抢劫我们的东西，我们不知道……他们还设置了那些网，会把我们杀死。"尤塔说着这些的时候还露出了手臂外缘几处焦黑的伤痕，那应该就是被围绕班镇的高压电网灼伤的，但尤塔的表情并没有看出痛苦，他讲述着这些遭遇时脸上近乎看不出表情。如何被驱赶，如何偷偷回来，如何在地下遭受了电网的攻击，所有这些在他的叙述里，都像是这颗星球上理所当然会发生的事。

"我以为，你们是因为遭遇了同族的滋扰才离开的。"

刚来到班镇的那天哈图是这样解释的，鲁记得十分清楚。

"也有，班离开后，这样的事一直发生。不同属或者不同族的帕玛人，总是不理解，他们也不愿意收留班镇来的人。这附近的甜洲，我们都去过了，最后还是回到这里。"

就算被人类赶走了，但因为实在无处可去，所以只能回来，鲁想尤塔大概就是这个意思。哈图曾经也提到过，班镇的边境常有滋扰的帕玛人，或许也是那些无处可去，想回家看看的居民。

这么说，哈图是骗了自己的，这个小镇的居民并非是自愿离开的。

纪子的地狱　　135

但也有一种可能，那就是整件事哈图也是被"告知"的，他告诉过鲁，自己并没有出过像样的任务。或许司令是秘密让人驱赶了这些帕玛人，然后再堂而皇之地让哈图这样一知半解的新兵运送来材料，负责清理和打扫的工作。

鲁宁愿相信是后者，但不论如何，尤塔和同族的离开并非自愿，这无法辩驳。

"所以最终，你们还是被驻军部队赶走了。"

"嗯，算是。"尤塔回忆着，"他们当时就说，这里已经被强制……强制征用了。"

"嗯。"鲁点了点头，眼前尤塔一脸平静的讲述反倒令他感到难过。

他大概都不明白什么是征用吧。在人类到来前，这个星球上也许根本就不需要用到这个词，鲁不禁这样想。

尤塔犹豫了片刻，大概是觉得这样干聊实在不是待客之道，于是从那个箱子里翻找了一会，回头给鲁递了个杯子，又加进了些储存在塑料桶里干净的水。鲁认出了这个杯子和平日自己盛早餐的瓷盘是同一套，白色的漆釉一看就是从地球来的东西，尺寸也是人类的规格。哈图估计早就觉得是好东西，鲁在小屋的第一顿晚饭便拿出来用上了。

鲁接过水杯，停顿了一会才说道："谢谢。"

约莫是觉察到了鲁打量杯子时异样的神色，尤塔索性大方承认了杯子的由来。

"早几天，趁你睡着的时候，去厨房拿的，偷偷。"

鲁愣了一会，没有接话。他握着手里的杯子，想象着尤塔小心翼翼从虫口钻出来，蹑手蹑脚地走向厨房，从属于他的橱柜里偷拿杯子的情景，没准还选择了一番，挑出了其中对他而言不太大的那个，好让现居在此处的人难以察觉……但真正令鲁不安的，是尤塔用了"偷偷"这样的词。他把从自己的厨房拿走一个杯子称作是行窃，反而让此刻拿着杯子的鲁更加难以释怀——鲁无法准确概括此刻的感受，他的心脏活像是被一双手紧紧握住，每一下搏动都滋溢出鲜血。他那作为一个高等的、尊贵的人类的理智在被什么东西，从内而外地瓦解……尤塔的语气越是平淡，神色越是温和，他便愈发地感觉胸口绞痛。

"那个……"昏晦的灯火下，鲁的脸色渗出难看的苍白，"你在这里，多久了？"

"你说，待在洞里吗？"

尤塔看了看周围，有些为难地叹了口气，这里既没有钟表，也看不见晨昏，他没有时间的参照。

"大概很久了。"尤塔最后这样说，"你们的车队，进来时，我躲进了这里，不敢出去。"

"那快要，两周了。"

"嗯，可能是这么久。"

"你知道……"鲁看着尤塔，犹豫了一阵，最终没有说下去。

虽然这是个比自己健硕数倍的高个子，但一想到他压根还是个不经事的孩子，鲁便再无意问下去——你知道吗，我们正在和你们打仗，鲁原本是打算这样问的，但他也深知，不管尤塔回答什么，自己都再也无法接下去了。

"你的家人呢？"鲁喝了口水，顺便换了个话题，"我看到二楼有两间房间，应该，是有其他人的吧。"

"Ma'sa,Pa'sa，"尤塔来不及翻译成鲁的语言便脱口而出，不用想也知道，那是母亲父亲的意思，他沉默了一会，又接着说道，"还有米莎，我的妹妹。"

"他们，现在在哪？"

尤塔摇了摇头，干净的脸上第一次显露出沮丧和哀愁。

"他们带着米莎去了镇上，而我，在家里，班不见了，我在找它。"尤塔摸了摸窝在膝盖上的班，他宽大的掌心近乎可以将班团成团的身子整个包裹，这样一双大手，完全像是为班量身定做的恒温棉被，"还没来

纪子的地狱　137

得及找到它,那时候,突然,就开枪了。"

"是那个时候啊……"

鲁一下子便明白了过来,车队刚开到班镇时的巡查,接连响起的枪声,他关上车门,蜷缩在后座,尤塔说的那时候,正是他们刚刚抵达班镇广场的那个上午……如今,那惊心动魄的一刻再次以别样的视角在鲁的脑海里复活,他不再是藏在轿车里被保护的那个商界要员,而是躲在这间屋子里无处可逃的尤塔:他惊慌失措地喊着班的名字,可同样被枪响震慑的班更加不肯现身,最终他只能一头钻进虫口躲了起来,在这个昏暗的地下,听到小镇重回平静,听到门被推开的声音,听到两个人类的交谈,他们喝着父亲的酒,谈论着他不能理解的事。

他听得到吗?比如他们说到普鲁托之矛时,那些这个星球即将陨灭、帕玛人即将全部灭亡的话,鲁无法抑制地这样想,但又没有勇气去求证,说到底,他耻于这么做。

"兴许,他们都已经逃走了。"鲁故意笑了笑,好让这句话听起来足够乐观,"我听士兵说,他们赶跑了几个帕玛人,或许就是你的父母和妹妹……我们在这里也不会待太久,等我们离开,你就可以找机会出去了。"

鲁一股脑儿说了这些,尤塔却像是没听到一般,眼神空若无物地看着鲁,过了一阵才提起水壶给他的杯子里重新添了一些水,算作回应。

鲁看了看手表,天到了快亮的时刻,他站起身,犹豫了一会才说道:"我必须得回去了,那个士兵只是去汇报关于班的事,说不定一会儿就会回来。"

尤塔点了点头,将班环抱着递给了鲁。

鲁接过猫的姿势很生疏,近乎是架着一对前腿塞进怀里,班脊背上还残留着尤塔掌心的余热,软和的背毛像是层层叠叠银色的海浪。

"我不会告诉他们你在这的。"

"嗯?"尤塔没料到鲁会突然这样说,有些诧异地看着他,好半天才有了反应,"好。"

"你,需要些什么吗?我的意思是,住在这……"鲁环顾了四周,非要说的话,这里缺的东西实在是太多了,大概要将半个卧室搬过来才算够,"我可以帮你……"

尤塔想了想,朝鲁点了点头。

"如果可以的话,食物吧。"

"好,明天还是这个时候,我带一些过来。"鲁说完,正要朝外走,突然又折返回来,环抱着班的手别扭地卸下戴在手腕上的表,朝尤塔抛了过去。

"这个给你,这样你就能知道时间。"

那晚,重新回到客厅的鲁一直抱着班坐在客厅。他估摸着,沙发的正下方,应该就是尤塔的地窖,这种感觉就像他们依旧身处同样的空间,只是不再交谈而已。经过一夜的折腾,鲁的身体已经疲惫到时刻处于溺水般缓慢下沉的状态,但脑子却丝毫不肯歇息。他一动不动,却思绪万千,他想了很多,其中最主要的便是该不该告诉哈图这件事。

我不会告诉他们你在这的——几分钟前鲁才在尤塔面前这样承诺过。但鲁自己也不清楚,这句誓言里的"他们"包不包括哈图。他在说出这句话时就隐隐感觉到,不久之后他必然会在"他们"的定义上经历一番挣扎,只是当时他不知道,会是这般难熬。

当他坐在沙发上,真正开始思考这些时,心中涌起的却是一个又一个更为复杂的问题,哈图骗了自己吗?哈图知道了会怎么样?他会帮助我吗?若是帮我,他不就是帮助敌人的叛徒吗?越是企图找到问题的方向,思绪便越是纠缠,鲁觉得自己像是跌落在一张由那些问题悉心编织的无边无际的蛛网上,他不是寻找答案的人,而是这些问题的猎物。

最终,排山倒海的困意战胜了他自顾不暇的意志,在有所决定前,他不知不觉进入了睡眠。那天的梦尤其漫长,他化作了一个不停徘徊的孤魂,困在一望无垠的沙丘上,他来来回回寻找了很久,才发现自己就

纪子的地狱 139

站在那条金色巨蟒宽阔的脊背上……直到哈图和同行的军医将自己唤醒，他才得以从中解脱。

"怎么睡在这里了。"哈图拍完那张鲁和猫同眠的照片后，还不忘奚落一番在客厅睡着的鲁，"看来当猫主人是件苦差事呢！"

"没，"鲁一时也不知该说些什么，"没有的事。"

"得去和司令说说，给你派几个顾命大臣，哦不对，是顾猫大臣。"

哈图当时发出了格外夸张的笑声。显然，他还沉浸在昨晚破案的喜悦里，浑身散发着孩子气的骄傲与满足，也是在那一刻，他错过了鲁脸上那一瞬的忧愁。

于鲁而言，这句脱口而出的玩笑话在出现"司令"这个词时就已经变了味道，它仿佛在有意提醒着鲁，眼前这个意气风发的少年来自军人世家，他是，属于"司令"的人。

和尤塔的第二次见面也是在凌晨，鲁带去了一些配发的食物。虽算不上丰盛，但尤塔依旧吃得忘记了说话，毋庸置疑，这些于他而言是绝对的美味。鲁早就听闻过，近几代的帕玛人似乎都以吃到所谓地球食物为荣，像是早被地球孩子厌弃的果冻、爆米花和芝士饼干，在尤塔这代人眼中则是实打实的硬通货。

也是趁着尤塔大快朵颐的时候，鲁特意提到，他暂且不打算将这件事告诉哈图。

他说得格外认真，完全像是在对着谁发誓，但尤塔的反应却依旧很平淡，除了点头，并没有多说什么。不过说到底，所谓的做出这个决定的艰难，确实也与他毫无干系。

此后，便有了第三、第四和第五次会面，都是在凌晨时分。除了带些食物给尤塔，偶尔也会简单地聊上几句，比如尤塔的父母，鲁的父亲，哈图，或者一些班镇从前的琐事。

鲁能感觉到尤塔见到他时不禁显露的拘谨，比如他总是会不自主地坐在洞穴靠里的一侧，一旦意识到鲁在看着他，便会刻意低下头……他和哈图一样，都是有什么都写在脸上的人，稍微懂些世事世故的人，大抵都能拿捏得准。

因此，鲁并不会和他聊上太久，通常在看着他吃下东西后，便借口"巡逻队还在值夜不安全"或者类似的理由离开。尤塔会照例将鲁送到虫口，并让他骑在自己的肩膀上，这样就能轻松够到客厅的地板，也免去了攀爬时沾上一身黏土的狼狈。

今晚，是他们第六次会面。

原本空荡荡的洞穴，因为有了这几次陆续送来的毛毯、衣物、餐具和食物，空间也渐渐满当起来，鲁依旧坐在了老地方，那盏灯下的床单。

尤塔光着身子，早几天前开始，他就不再穿那件脏得不成样的帕玛人衬衫。鲁试图在小屋内寻找合适帕玛人尺寸的衣服给他替换，但哈图确实清理得足够仔细，鲁找了很多地方都没能如愿。如今，尤塔索性赤裸地盘坐在地上，他逐渐成形的健壮肌肉，宽阔紧实的四肢以及在黑棕毛发遮盖下的生殖器，都直接袒露在鲁的面前。鲁不是没有见过帕玛人的身体，即使是自己负责的工厂，也多的是不穿衣服便跑来上班的传统帕玛人，但一想到这是个刚刚成年的青年男子，他便又不自觉地将目光瞥向了别处。

"刚才，真险啊……"

"那个人，发现了吗？"尤塔的表情看起来有些自责。

"没有，应该没有，但我总觉得那个安全员像是知道些什么，可又说不上来。"

"如果那样，他一定会进来的。"

"是啊。"

鲁叹了口气，像是到了此刻才些许放松下来。

一小时前，他在29837的注视下推开房门时，听到了明显的一声地板颤动的"吱呀"声——是尤塔，鲁无比笃定，这孩子大概是听到了门前的动静，所以猝然躲进了地下。但他也有疏忽的地方——在厨房餐桌

纪子的地狱　　141

上，有几个被打开的罐头和散落的餐碟，食物的味道萦绕在整间屋子，从厨房一直飘荡到玄关。

"如果觉得饿了，晚上就自己上来拿些吃的。"

鲁记得曾经这样嘱咐过尤塔，但兴许是因为鲁经常会按量送去，所以他并未真正实践过。不过今天，大家都集中在广场和镇上，所以后勤不会像往常那样配送餐食到每间小屋，而持续了一整天的集会、布置和舞会，都让鲁无暇顾及躲在地窖里的尤塔。

可尤塔并不知道舞会的事。他只会以为这个人类今天忘记了带着食物来看他，他应该会自己上来拿些吃的吧。一整天没有任何动静，甚至连班都不在，他一定会上来看看。但如果是这样，就有可能会被巡逻队发现……这些问题一整晚都萦绕在鲁的脑海，直到29837的出现，直到他那对锋利的双眼紧盯着小屋的那一刻，鲁所有的担忧都化作了无法抑制的恐惧，那个所谓不知所以的强烈直觉，阻止他进入屋内的冲动，都并非是一时兴起的疯狂——冥冥之中，他知道尤塔一定上来过，而他一定会留下一些鲁无法解释的痕迹。

鲁在关上门之后立刻清理了桌上的食物和餐具，但他很快便发现了另一个不太安分的因素——班。小家伙几乎是在进门的第一刻便冲向了楼梯后面，一个劲地用爪子扒挠着地板。它总是不时地会想要下去找尤塔，这是鲁再清楚不过的事。因而平日里哈图在的时候，鲁都会倾向于在院子里活动，至少见不到那个楼梯，班的"归心似箭"便也不会急于发作。但眼下，鲁既无法带班离开小屋，而将它拘在阁楼，这张小嘴便会产生出更大的动静，于是鲁干脆走过去掀开了地窖的木门，将班丢了下去。

毫不意外，尤塔就站在地窖的入口。他接住了班，然后抬起头用惊慌的眼神看着鲁，那种隐隐觉得自己闯了大祸的模样，倒真的和那些嬉闹过头回到家的孩子无异。

"别出来，没事。"

鲁非常小声地说了句，还没等尤塔回答，便迅速阖上了木门。

坐在沙发上盯着窗户的每分每秒，鲁都在设想下一秒可能发生的事，都是最坏的事。29837的闯入，地毯式的搜索，三人的对峙，尤塔或许会当场被捕，而他，或许会被当作叛徒关进黑暗的审讯室，这是，概率极大的情况。不知为何，在鲁的幻想里，坐在审讯桌前的人是哈图，他穿着笔挺干练的军装，他的眼睛完全藏在军帽的阴影里，神情严肃，完全不似平日。

你和这个帕玛人是什么关系？他一定会被问到这一题，或许，会是第一道题。那么……要装作不知情吗？就像在这里的最初几天一样，尤塔于他而言只是个共处一室却不存在的幽灵。但地窖里的生活用品和刻意打包好的餐食要如何解释呢？还是……要说实话，这是小屋的主人，父亲的朋友，现在已经到了和谈的关键时候，他们也不会在这个节骨眼上为难尤塔和自己。但那时候，哈图应该便会抬起头，失望地看着自己，会用完全不属于他的冰冷口吻，问出那道鲁不愿面对的第二道题。

"为什么要瞒着我呢？"

一想到这，前进的思绪便会彻底陷入绝境，幻想中与哈图的对峙成了无从破解的僵局，他想要解释，却深知无从解释，支支吾吾地吐出几个字，然后便是无止境的结巴。在这场黑暗寂静的等待里，鲁再一次明白过来自己害怕的并不是29837，不是监禁，审讯甚至是尤塔的死……他怕的，是不诚实，这一点，从学生时代面对那个古巴人开始就从没变过。

尤塔看着鲁，似乎感觉到了他今天的神色明显不同，像是塞了一肚子的话，但是又恼于不知从何说起，于是，他索性主动开启新话题。

"那个人，是谁？"

"哦，"鲁的思绪被猝然带了回来，脑子里几近空白，过了好一阵才开口说道，"新的安全员，哈图他临时和总督去了多邦，为了和谈的事。"

尤塔点了点头。

和谈的事，鲁昨夜造访时便有提及。按照鲁的说法，能坐下来谈谈总归是件好事，越早达成和解，尤塔便能越早离开这个地窖。但不知为何，二人聊到这件事时，似乎都提不起兴致，那种迎接和平该有的欣喜，在鲁和尤塔的脸上都不曾看到。

说来，鲁一直未曾和尤塔详细谈论过这场战争。在他们琐碎的聊天里，只会偶尔提到一些既定的事实，例如史上最大规模的罢工潮，马德哈万被刺杀，租界被毁一类。因为立场相对，鲁在开口前都会仔细斟酌每一个字眼，避免出现类似暴乱、沦陷和镇压这样明显倾向于某一方的词。

谈论人类的胜利，就是在挖苦帕玛人的挫败，反之亦然。这样不可避免的对立，常常让二人的对谈突然陷入沉默。有时候鲁能明显感觉到尤塔想问些什么，但又陷入踌躇，这时鲁表现得愈是亲切，尤塔反而更加拘谨得不知所措。

这孩子大概总觉得自己是个囚犯吧，鲁这样想。被困在这里失去自由，不论从何种角度来看这都是铁铮铮的事实，一旦内心坚定地认为如此，自己这个人类看守所表现的热诚便会显得毫无逻辑；可非要说的话，自己偏偏又是班的儿子，是为自己起名字的人类的孩子，顺着这个关系想，鲁便又顺理成章成了暂住在家中远方来的客人，他的关心和照顾就全部得到了解释；而无法得到成全的，则是尤塔作为主人的颜面与立场——尤塔或许不会想到这些，他只会觉得别扭，为难和惶恐，但不知道原因。

"我们其实都是被这场战争困在这里的人。"

有一次，鲁没来由地说了这样一句。尤塔反应了半天也没回答，但露出了短暂的笑意，他那湛蓝的眼睛眯成狭长的缝，像一道与世隔绝澄净的峡湾。那时鲁便想，这或许是目前唯一能给到这孩子的宽慰。

不过此时此刻，倒有了第二件能让尤塔打起精神的事。

"还有另一件奇怪的事，"鲁停顿了一会，"我今晚遇到了一个人。"

随即，鲁讲述了遇到纪子，以及今天家里将要迎来一群孩子的事。

"米莎!"

尤塔在听到纪子特地提及的那个孩子名字时,也和鲁当时一般不由自主地重复了一遍。这更让鲁坚定,这个特殊的名字出现在纪子和自己的对话里一定不是巧合。这个女人,或许从最开始搭上话便已经想好了接下来的每一步,如今回想起他们的对话,只觉得她是在一点点小心确认着什么,直到最后才开口的。

"她说的,是妹妹吗?"尤塔愣了愣,"米莎,是和我不同的名字。"

虽然尤塔的表述很奇怪,但鲁还是听懂了其中的意思,在尤塔第一次向鲁提起米莎时,就介绍过这个名字的特别之处——为了防止小女儿出生后再被叫作尤塔,或者什么尤塔二号,班在征得尤塔父母的同意后,特意给她起了一个人类的名字。

"我不知道……但,如果是一般的孩子,好像不至于刻意提到。"

尤塔点了点头,像是接受了这个说法,但很快,又脱口而出了新的问题:"他们,真的会来吗?"

"应该会,"鲁点了点头,"军队那边也没什么意见,她是总督的亲眷,这里的人多少都会听她的话。"

"那她……她是抓住了米莎,对吗?"尤塔从未像此时这般好问,"她要来抓我了吗?"

"在我看来,不像是。"鲁叹了口气。他并不喜欢自己这样充满猜疑的口吻,但眼下,确实又什么都不甚明了。他无法用多么坚固的事实去消解尤塔的忧虑,于是只能拿出商人最擅长的那套,条分缕析地解释给尤塔听:"如果她掌握了证据,大可以直接向军官举报让他们来这里搜查,但她那样小心地说着这些事,我想……她应该也是有求于我。"

"而且,我觉得她不像是那样的人。"

这句话是隔了一阵才说出口的,语气也变得有些勉强。对一个才认识几个小时的人给出这样的判断,怎么看都绝非智者之举,但不知为何,鲁总是更愿意这样去相信。

纪子的地狱

"这么说，明天能见到妹妹。"

"我不确定。"鲁摇了摇头，失神地看向上方的吊灯。沿着电线往上，便是用黏土固定的弧状洞顶，在他看不见的另一面，是阳光倾照下空落落的客厅，对于那里即将要发生的事，他一点儿准备也没有。"如果什么都不发生，这一切反倒好办。"

独自背负着这个秘密如此之久，鲁才恍然明白，于他而言最好的情况就是无事发生。没人知道地窖的存在，没人知道这栋房子里还住着一个帕玛人，尤塔就这样悄无声息地活着，直到他们离开，这便是最理想的结局。他甚至早就彻底打消了将这个秘密告诉哈图的念头，无关乎信任，纯粹是不愿再用这个秘密拖累他人——必须小心翼翼地生活，将每一天活得和昨天一样，这就是背负秘密的人必须忍受的折磨。有时候，鲁甚至会刻意在相同的时间做着相同的事，好让每一天都过得重复，但他依旧会忍不住看向楼梯背后那个阴暗的空间，会在哈图那敷衍了事的例行检查时紧张地跟在后面，会在客厅沙发上坐着时眼睛久久凝视着地板，去扮演一个无事发生的人，并不是一件足够轻松的事。

可即便这样努力，命运的神依旧不依不饶，一场舞会，一次邂逅，一个脱口而出的女孩的名字，神这样轻松地就覆灭了他所有的希冀，又展开了全新的路途，鲁明白，自此之后的未来，就和那风沙飞扬的帕玛沙漠一般，无边无际，浑浊不清。

"总之，你先不要露面，一切都交给我。"

尤塔迟疑了许久，最终点了点头。他的脸上依旧溢满忧愁，大概是憋着许多难解的问题，这样看上去，反倒有了些成年帕玛人的深沉。他没再问下去，或许是知道在鲁那里注定得不到答案的。

沉默，是每夜地窖谈话中从不缺少的环节，到了今天，不管是尤塔还是鲁，都已经习以为常。

14

  这家人的基因，是帕玛人种里非常特殊的一支，比我研究过的许多其他种族都要久远，某种意义上，属于帕玛人的先祖一脉，名为Husada，意思是沙漠之子，蓝色的瞳孔是这一种族最大的特性。相较于其他帕玛种族，这些人对于大地的执着更为深厚，即使有了地面的房子，也依旧会为自己备好位于地下的虫口。在剧烈的沙暴天，即使我反复解释这栋房子完全可以抵挡住风沙，他们也更愿意待在地下，而且……我不认为他们是因为不安，倒更像是……着魔……或者是感到被召唤……这群人与沙漠的羁绊，远比我们以为的要深。

  但也仅限于他们，其他种族的帕玛人似乎已经在演化中慢慢丢弃了这种对沙漠的情感。

  ……

  我注意到他们中的一些人似乎可以和沙漠沟通，例如改变风向，和感知沙丘下的暗流，这是有待研究的课题，对于我深入了解帕玛星如此贫瘠和荒漠化如此严重的成因也会很有帮助。

——班在一本严重污损的旅行日志上的笔记
这些文字看起来是在恶劣环境下书写的，
字迹潦草，而且涂改极多。

纪子和孩子们出现在小屋所在的街道上，已经接近黄昏，在他们身后，是排列成两行，由八名士兵组成的小队。

虽然已经解除了日禁宵禁，街上行走的人依旧很少，约莫是昨晚过于尽兴，这会儿大多数人都还在酣睡。偶尔几个外出闲逛的人，脸上也挂着无精打采的疲累，他们看到纪子和孩子，倒是都提起精神，郑重地点头问候。纪子颔首微笑着，还刻意放慢了脚步，细致地回应着每一张看向她的脸，但她的神情依旧是拘谨的，唇间的笑意近乎凝固，她的眼眸、脸颊乃至整张脸，都刻意悬停在了某个角度，某个位置不再变化。

鲁隐隐觉得，她是不自在的，她的优雅，和总督的截然不同，像是经过千百遍的训练赋予这身皮囊的完美，是套在她意识之上华贵又繁重的壳。

看着他们渐行渐近，鲁又开始打量起院内仓皇布置好的餐桌——它被撤去了格纹盖布，从室内的餐厅移到院子里，又悉数摆上了统一的餐盘和刀叉，并非是鲁橱柜里的那些，而是29837下午从军队管理的仓库统一取来的。

令鲁非常意外的是，29837从始至终都没有提起例行检查这件事。即使是在本该巡视的时间，他也依旧在厨房和院子里忙活着布置的工作。

此刻，他正将一个巴洛克风格的铜漆宫俑瓶放在了餐桌中央，并在瓶口插上了几枝粉色和紫色嵌杂的干花，它们和餐具边缘浅紫的绘纹正好相称。同样摆放着干花的还有餐桌上木藤编织的面包篮，颜色更淡的花瓣被均匀撒在篮筐边缘，若是忽略掉附近粗糙的景致，光是这方院子，倒像极了法国南部小城随处可见的路边餐厅。

最后一朵干花，被29837摆在了餐桌主位的垫布上，这看起来是布置工作的最后一道工序。

"真厉害啊！"

鲁不由得感叹道。在今天之前，他压根不知道班镇存在这些东西，或者说，即使在这样的时刻，依旧有人得以享受这些东西。

约莫是觉得这句话在夸赞自己，29837听罢便看向了鲁，但他只是微微点了点头，并未再说些什么。按照纪子的说法，他从前便一直在妥奇亚星的大使馆工作，服侍过那么多体面的人，会做这些事其实也稀松平常，或许，眼前的这些布置还远远不及他的标准。

"真是有劳了。"鲁兴许是领会了，便继续说道，"我也没帮上什么忙。"

事实确实如此，整个下午鲁都只是抱着酣睡的班站在29837的身旁，除了在搬弄座椅的时候搭了把手，他几乎什么也没做，因而此刻的语气里也带着明显的歉意——他甚至连询问29837真正名字的机会都没找到。那个，请问你叫什么，这样一个几乎随时都能说出口的问题，鲁硬是没能找到合适的时机。

29837检查了一眼院内的布置，确认无虞后才转头看向鲁："这些都是她的意思。"

"只希望别刮起风来。"鲁点了点头，远处的夕阳沉静而炙热，活像是一片烧得正旺却寂静无声的火海。

"这里接近赤道，上方的大气在日出和日落时分都相对稳定，所以不太可能产生剧烈的风沙。"29837认真环顾了一眼残阳下的小镇，又抽动鼻子嗅了嗅周遭的空气，似乎在为刚才的推测添加一份实地的佐证，"应该没问题。"

经他这么一说，鲁才恍然觉得，班镇的早晨和黄昏好像一直都很安静，那些聒噪的风沙一般都是深夜或者正午才从帕玛沙漠的方向吹来。

"但愿，一切顺利。"

鲁小声祈祷。大门通敞的客厅，夕辉肆无忌惮地窜入客厅和厨房，地板和家具都被镀上了薄薄一层金色，只有那个不被阳光眷顾的角落，只有那里……鲁看向楼梯尽头的阴影，不禁再次呢喃着："一切顺利。"

29837点了点头，没再接话，而是看向了领着孩子们走来的纪子，今晚的贵宾已经近在眼前。

纪子的地狱

她穿着一件衬衫式的无袖连衣裙，朴素沉静的淡蓝，裙边是一层淡淡的米白色千鸟纹，除却那枚依旧夺目的哈布斯堡徽戒，还算得上装饰的便只有系在腰间的棕褐色皮革腰带，金属压扣上印着百合花的图案，纪子的腰身本就细瘦，这样束着便更显得纤弱。

"欢迎。"

鲁率先朝着孩子们喊道，然后缓缓拉开了院门。

还没等纪子有所反应，跟在她身后的卢卡斯已经朝鲁扑了过去。他该是在这群朋友们面前显摆了一路，类似班最喜欢的就是自己，和班玩了一整夜的话挂在他嘴边一刻不停，孩子们刚出现在路口时鲁便听到了。眼下，正是卢卡斯迫不及待要兑现这份荣耀的时刻。

"班！"

卢卡斯一声惊呼，双手抓住班外露的两只前腿，近乎是将它用力拽离了鲁的怀抱。鲁只得急忙撒开手，好让班安稳地落在卢卡斯怀里。他转而稍稍看向了一旁的纪子，但这样急切、甚至算得上粗鲁的掠夺，却并未引起其母亲的留意。

纪子只是站在院门前，眼神飘忽地打量着这栋小屋，细看的话，她的脸色较昨天又失了些血色，大概是也没怎么睡着的缘故。

"怎么了？"鲁不禁问了句。

"真漂亮的院子，"纪子想了一会，又接着说道，"房子也是。"

"和周围的，也没什么不同。"

"细看的话还是有的，你在这住了那么久，都没发现吗？"

这句话令鲁愣了许久，她是知道了吗？到底知道些什么？她是在逼自己开口吗？越是这样看着纪子的眼睛，他便越相信这是一次有意的试探。

绝不主动提起尤塔的事，绝不，鲁带着迎战般的意志。

纪子看着久不言语的鲁，也只是冲他笑了笑，继而又若无其事步入了院内的草坪。原本跟在她身后的士兵们并没有跟进来，而是绕着栅栏分散站开，他们面朝街道笔挺立正，一道结实的人墙将小屋的前院包围了起来。他们，应该是打算保持着这样的姿势直到聚会结束吧，鲁这样想。

"你的父亲，也曾住在这里对吧？和这家人一起。"

"是。"鲁点了点头，"还有班。"

"是啊，还有班。"

纪子看向了今晚的主角，再次担当大任的班依旧没有对卢卡斯频繁的呼叫产生回应。班，好像真的对自己的名字一点儿也不敏感。但好在经过了宴会的一整晚，它倒也习惯了孩子们这样狂烈的爱；它团在卢卡斯怀里，任凭那双小手抚摸着弯折的脊背和柔软的肚皮，只剩脑袋不停晃动打量着四周。这些天真烂漫的陌生面孔，也都直勾勾盯着它。

"这里，就是班的领地！"

卢卡斯高昂着头，刻意摆出英雄般趾高气昂的架势。孩子们很快聚拢在班的周围，七八个小人儿一下子就将本就不大的院子填得满满当当。

大概是真的把卢卡斯当作了班的代言人，围拢在一块儿的孩子们不停询问着有关小家伙的问题，多大？多少岁？怕不怕人类？听来也都是，昨晚卢卡斯缠着鲁问个不停的那些。

卢卡斯一边对答如流，一边享受着萦绕在身旁的欢闹，他脸上的骄傲和兴奋活像个小小的皇帝，因为发现了宝藏而受到臣民的拥趸。不一会儿这些孩子就在草坪上围着卢卡斯席地而坐，和昨晚一样无拘无束地嬉笑玩闹起来，好像没容得鲁有所反应，聚会便已经开始了。

孩子们围坐在院子里玩耍，由29837负责看顾，准备菜品的工作自然就交给了屋内还剩下的两个大人。鲁跟着纪子走进屋内时，只觉得不知何时，眼前这一切就突然顺理成章被安排成这样。

这些都是她的意思，29837方才的话，鲁好像是到了此刻才听明白。

为今晚准备的食物，午后没过多久就由负责看顾仓库的士兵送了过来，不仅分门别类装在了密封的陶器中，而且还垫上了厚实的蜡纸用来保留鲜味，隔绝灰尘，食物的种类并不算多，但分量用来招待这群孩子绰绰有余。除却宴会上见到过的干果、面包和沙棘鼠刺身，还有一个特制的电子锁温箱，开口由两排暗阀构成，中间是一个供输入密码的屏幕，能够被这样保护起来，里面自然不是什么寻常的食材。鲁也想一探究竟，但自它被搁置在厨房中岛后就没人再碰过，它在等它的主人吧，鲁从一开始便这样想。

如今，干果、面包一类的食物都已提前被端上了餐桌，岛台上只剩下这个孤零零的箱子。

"这个也是，今晚的？"鲁知道，眼下终于到了揭晓谜底的时刻。

"是。"

"还以为都已经准备好了。"

"这个是卢卡斯的最爱，得我亲自来准备。"

和鲁料想的一样，纪子径直朝它走了过去，娴熟地在屏幕上按下了一串数字。

"123456，"纪子小声念道，又转而看着站在箱子对面的鲁，有些难为情地笑了笑，"公公执意要为这些东西设置密码，但说到底，谁会打一堆食物的主意呢？"

"在这样的地方，可说不定。"

鲁看着纪子戴上一早备好的手套，缓缓从还冒着冷气的箱内取出了一整块切好的肉。

是牛排啊！鲁在心里默默说道，虽然依旧感到惊奇，但也算是个意料之中的答案。

牛排的肉色是鲜亮细嫩的玫瑰红，上面均匀密布着脂肪填塞的白色大理石纹，单从这些便已能看出这头牛尊贵的品相和出身，但装售的师傅应该还嫌这样不够，特意还在牛排边缘打了孔洞，用细编的亚麻绳串上了一块指甲大小的松木牌，兵库县[①]制。

[①]日文汉字。日本47都道府县之一，属于日本地域中的近畿地方，是著名的和牛产地。

拥有这般出身的牛肉，即使是在租界最好的餐厅，享用到它也绝非易事，至少鲁并未有过这样的机会。用最高超的技术锁鲜冰封，从日本小县城横穿星系来到这儿，它的风味已不是常人所能企及。这样的稀有，这样的珍贵，若用商人的眼睛去看，这块红白相间的玩意不单单是饱餐的食物，它是会消弭的华服，会腐败的红玉，是写着送入口中之人鼎鼎大名的松木牌。

　　看着这块上好的和牛，鲁多少明白了它被这样悉心呵护的原因，它是卢卡斯的最爱，那便也是卢卡斯的松木牌——哈布斯堡制，若是这样去理解，那它放进多么牢靠的箱子，接受多么严密的看护，便都是再合理不过的事。

　　纪子将牛排放在箱子旁的木砧上，箱内带出的雾气在牛排的边缘缓缓沉淀，为这块上好的和牛肉添上了一层凝霜的晶莹。她的双手沿着雪花的纹理细致地将牛排抚平，掌心和指腹轻柔按压着，倒像是在给那块难得的肉团按摩。

　　"以前，只在日料店见人这样做。"鲁看着纪子认真的模样，倒有几分那些穿着和服戴着头巾的日本大叔的气势，"是，学过吗？"

　　"算是吧。"纪子并没有停下手头的活儿，"我和他，就是在饭田桥[①]的日本餐厅认识的。当时我还是学生，周末会在店里兼职。"

　　"哦，"鲁的脑海里浮现出了她亡夫的脸，虽然长着奥地利人典型的肤白窄长的脸，但那股严肃沉稳的气质，看起来确实是会爱上日料的人，"当时是你招待的他？"

　　"怎么可能，总厨、主厨还有经理，一圈人围着他，我哪里有机会。"纪子说到这，脸颊透出了淡淡的红晕，讲述的语气也跟着温柔起来，"不过餐后他提了很多问题，店里的人大概是听不太懂，所以才让我这个学语言的来翻译。聊了几句才知道，他就在我的大学任教，不过只是短

[①]这里指日本东京的饭田桥站，位于日本东京都千代田区、新宿区与文京区交界处，是日本较为繁华的地带，周围有许多高校、公园、居酒屋和商业街。

期的。"

"东京大学？"

"是，"纪子有些吃惊，"你居然知道？"

"在关于他的新闻里看到过，好像是被授予了荣誉教授吧。"

纪子点了点头，却也没再说下去。自从遇刺，星际联署便不遗余力地在他的死上做文章，整个银河系关于他的新闻、纪录片和文章铺天盖地，对这些会有印象也是情理之中的事，一想到，因那段回忆而生出的几丝欢愉便瞬间消散殆尽，她深吸了口气，继续着手上的工序。

或许是感觉到纪子的低落，鲁索性换了话题，将目光重新投向了砧案上的牛肉。

"要做，烤牛排吗？"

这是个愚蠢的问题，鲁说完后立刻便意识到了——尤塔家的厨房连个像样的煎锅都没有，更别提能配得上这块和牛的橄榄油、香料和配菜。

"生食就好，这东西最珍贵的就是它的本味，"纪子笑了笑，将"安抚"完毕的牛肉放到了一边，心里盘算着孩子的数量，继而笃定地说道，"再加一块吧，难得有这样的聚会。"

纪子从箱里又掏出了一整块牛肉，大小和刚才那块几近相同。

"要来，选一块儿吗？"在阖上箱盖前，纪子特意抬起头询问鲁，"还有些，其他的品类。"

"啊？"被这样一问，鲁才意识到自己还没来得及去看看箱子里的其他宝贝。因为一直站在岛台的另一边，从这个角度看锁温箱，掀起的箱盖几乎挡住了全部的视线，除了不停冒出的白雾，什么也看不见，但如果现在去认真查看，好像着实不太厚道——就好像非得占到什么便宜才肯罢休。

"不用了，这样就够了。"

她应该也是出于礼貌才这样询问的，鲁这样想，语气也跟着客套了起来："托卢卡斯的福，才能在这里吃到这些。"

"那下次有机会，再请你品尝。"纪子点了点头，轻轻阖上了锁温箱，"现在，我们先处理面前的事吧。"

纪子说这话时，并没有看向砧案上的牛肉，而是继续目不转睛注视着鲁，就连嘴角的笑也在瞬间淡去，白皙的面容凝结着令人生畏的寒冷与决绝，连窗棂投下的暮光照在脸上，都不见半点色彩。

"我知道这里是米莎的家，米莎的哥哥还活着，对吗？"

15

班镇最浪漫的时分
就是黄昏
夕阳是柔软的金色
如果有云飘过就能看到晚霞
我会泡上一壶茶
假装自己在佛罗伦萨

——班写的一首诗，首次发布于一个外星文明研究论坛
是他人生中唯一一次文学创作
在他去世时曾有人提议将这首诗刻在他的墓碑上。

鲁和纪子从屋内走出来时，天边的最后一抹晚霞也烧尽了，地平线上已有了入夜时分的浑浊。残存的夕照已不见金黄的色泽，但从干燥的空气中，依旧能感受到来自那颗遥远恒星的余热。

"不早，不晚，这个时候刚刚好。"

纪子深呼吸了几下，脸上露出了满意的笑。她手里捧着一叠平置于碎冰上的和牛卷，在她精湛的刀工下，几乎每片刺身都一样大小，轻薄得像是一张张被茜汁染红的莎草纸，那些细密分布的雪花，则是降在赤色画布上纷繁的白色颜墨。

简直是艺术品！

鲁在厨房岛台上看着纪子料理这道菜时，已再三这样感叹过。纪子所用的，是自己随身的传统和刀，据说就是离开那家日料店时由当时的厨师长所赠，刀柄上还雕刻着"平野"两个字，想必是她原本的姓氏。卢卡斯平日爱吃的鱼和肉，大都是经由这把刀来料理，因为是单边开刃，开锋角度比西式的双刃刀要小，切食材时就能又薄又快，所以即使远渡重洋来到帕玛星，纪子也一直将它贴身携带。

最先为这道珍味吸引的，自然是卢卡斯。

他抱着班，穿过孩子们的包围走到鲁和母亲跟前，大概是玩得太野，脸颊上泛着不熟牛肉的透红，细小的汗珠，从额头一直滑落到下巴。

"怎么这么久！"

卢卡斯的抱怨明显带着撒娇的成分，他来到母亲身旁踮起脚巴望着盛好的刺身，又挺直鼻子仔细嗅了嗅，俨然一副迫不及待的样子。

"要让客人们先吃哦。"纪子看着贴在自己身侧的卢卡斯，眼里满是宠溺。

"当然！"

他冲母亲眨了眨眼，又看向站在一旁的鲁，非常绅士地做了邀请的手势。"请就座吧！"

为了这对母子草坪上的晚餐，驻地负责后勤的部门特意为沿街的路灯供了电。天空才刚降下暮色，小屋周围的路灯便逐个亮了起来，一盏接着一盏，像是等不及天黑就率先闪耀起来的星星。

鲁一路被卢卡斯拉着手，带向了餐桌尽头的主位，自己则顺势坐在了右侧紧挨着的位置。餐位上的叉子和勺子特意交叉立了起来，像是为了宣誓这个座位的主权插下的旗帜。

约莫是和班玩耍得累了，孩子们早已自顾自吃了起来。除却早些时候就端上来的面点和干果，烟雾缭绕下的和牛刺身也成为了他们"光顾"的重点，不过毕竟都是出身显贵见过世面的孩子，也不至于出现争抢的场景。

纪子的地狱　　157

鲁看向了坐在餐桌另一侧的纪子。作为餐桌上除自己以外唯一的大人，她早已和这些孩子打成了一片，眼下她正耐心地教授身旁的男孩使用夹牛肉片的银筷。

这样说来，今天来的都是男孩啊……鲁看着热闹的餐桌，突然意识到这件事。

都是男孩，就不可能会有人叫作米莎，是这个意思吗？她是为了避免自己当着孩子的面问出"谁是米莎"这样愚蠢的问题，才刻意做了这样的安排吧。

鲁一边想着，一边失神地看着纪子，以致当他们目光交会竟也没有察觉，就这样对视了好一阵。

"请用吧，"纪子的脸上挂着笑，"得在冰完全融化前吃完才行。"

这声叮嘱，令鲁猛然醒神，进而才意识到刚才的行为实在失礼，慌乱地点了点头又急忙瞥向了别处。

"喂！"

鲁还未来得及拿起备在刀叉盘的筷子，卢卡斯不知何时已经贴在了自己耳旁，脸上带着坏笑。

"怎么样？"卢卡斯没来由地问道，还刻意压低了声音，生怕被旁人听见似的。

"什么……怎么样？"鲁侧过头去，眼前的卢卡斯俨然是一副小大人的气派。

"你会来看米莎吗？"

鲁的眉毛一紧，明显紧张了起来。对于卢卡斯也知晓这件事，纪子几乎只字未提。

在卢卡斯的房间发现的米莎，纪子刚刚在屋内只提到了这个。但现在想来，若是在卢卡斯的房间，那米莎说不定就是由卢卡斯发现的，大概是和她的哥哥尤塔一样，夜晚耐不住饥饿从旅馆唯一的虫口钻了出来，这才惊醒了卢卡斯也说不定。

当时估计误认为是童话书里的鬼怪一类吧，鲁这样想。

但从卢卡斯此刻提及米莎的表情来看，他全然没有谈论午夜梦魇般的惊惧，反倒透着十足的关切。

鲁看着一脸激动等待着答案的卢卡斯，沉默了许久才点了点头。

"和她的哥哥一起来吧！"卢卡斯的语气完全像是在怂恿鲁这么干，就和孩童玩起游戏时，总有胆大的人发起那些危险又刺激的挑战一般。

"这个……"鲁停顿了一会，"还不确定。"

"噢……你们在那里那么久，都没有决定吗？"卢卡斯叹了口气，明显有些失望，"我可是按照妈妈交代的，很辛苦地把所有人都缠住了。"

原来刚来的时候如此激动地抢过班抱在怀里，是因为这个……鲁现在才明白过来。他突然想起方才在屋内时，总是不时能听到卢卡斯呼唤着别的孩子的名字，眼前这个男孩，大概是真的把纪子的话当作了生死攸关的任务。为了不让任何人进来，他如此辛苦地将这群孩子聚拢在身旁，红嘟嘟的脸蛋上，如今还挂着汗滴。

没能完成任务的，反倒是眼前的两个大人。

除此之外，卢卡斯无法从鲁的犹疑中看到别的，比如真正的难题或许不是如何让这对兄妹团聚，而是如何帮助他们活下去，这才是他和纪子在屋内耽搁了如此之久的原因。

"我看过昨天会议草拟的文件，他们的要求里明确提到必须在帕玛人内部进行清扫，扫除那些对他们有威胁的族群，像是明确参加过反叛的，协助参加反叛的，还有就是……班镇上的这些居民。"

纪子在屋内讲述这些时，声音刻意放得很低，因为站在院外的士兵们时不时会沿着外围巡视，透过窗户正好可以看到忙碌的厨房岛台，二人的谈话不仅小心，而且还得顾着手上的活儿，好让这一切看起来足够自然。

"这和班镇有什么关系，他们的人甚至都不知道打仗的事。"

鲁说罢，下意识地盯着客厅的地板看了一眼。

纪子的地狱　　159

但愿尤塔没在听,就算在听,他也应该不会明白清扫的意思吧,鲁思忖着。

"这是,早就规划好的事。"纪子沉默了一会儿,她透过厨房的窗户瞥向了夕阳下热闹的院子,孩子们的嬉闹掩盖了更远处的风声。若是忽略掉每个人鼻翼上那片闪亮的金属,这样的情景,大概是地球上某个傍晚,某条穿越社区的街道上随处可见的一幕。"就算没有这场战争,这里的一切也会和现在一样。"

"所以,并不是什么避难所。"鲁想起了哈图曾经提到的,来这里勘探和清理的事,电力设施更新,住宅修复,地下高压网,早在战争之前,总督就已经派他们在这里忙碌了一番。要是这样去想,那避难所的说法,大概只是想找个由头先让帕玛政府让出这块地皮,毕竟比起直接嚷嚷着要新建一个租界,"临时避难所"的提议听起来就完全是出于安全考虑的刚需。"他们一早就决定要强占班镇来建设新的租界。"

"是,"纪子点了点头,"也是为着这个,司令才下令驱赶了这一整块甜洲的帕玛人。"

"光是驱赶还不够吧,还得设下电网防止他们回来。"鲁深吸了口气。他想起了尤塔被灼伤的手臂,那些纵横的伤痕至今没有完全结痂,甚至还不停化脓,尤塔从未讲过关于他受伤的经过,但光看那些瘢痕,也能想见那一刻的苦痛与折磨。"大概还想着杀光了才最稳妥,现在好了,有了和谈的机会,正好可以做到。"

这番话全然不似鲁平时的平顺,而是带着嘲笑与不屑,再明显不过的恨意,像是指着谁的鼻子破口大骂。可若真要论起憎恨的对象,鲁在脑海中又看不清楚,他指向的敌方,黑压压的皆是人影,有司令或者是总督,大概也有贩卖人口的韩先生……而站在他们身旁的人影,甚至还有自己——至少,在那些真的有资格来指责一番的帕玛人眼中,鲁和他们都并无分别。

鲁缓缓低下头不再言语,明明是在讨论别人的过错,可最后落得一脸怅然的却是自己，或许，是因为自己根本没有立场来恨。总督的命令，司令的征伐，灼伤尤塔的高压电网，所有这些说到底，不都是为了像自己这样的人安稳美好的生活吗？一边怀念着租界香甜的空气，一边又假仁假义控诉着这些即将到来的杀戮，再没有比这更虚伪做作的事了。一想到这，鲁的脸色便更显得阴沉，像突然低落的乌云，遮蔽了天光。

而这样的神情，也同样出现在了纪子脸上。二人缄默不语，消化着那阵突然涌起的情绪，多半，是近乎相同的情绪。

鲁将冰块均匀铺撒在洗净的岩盘上，心里暗自想着，被用作盛菜的器皿，它实在过于精美，金漆点绘的云纹，款款如同散开的晚霞，这样的器物，决然不是会出现在避难所，或发生战争时会带上的东西。

或许，它早就被存放在这里，只是因为这场战争，被提前投入使用了而已，进而平日里的食物、日用品和宴会上的装点，说不定也都是为这个新租界而准备的物资。

"班镇成为租界的事，你很早就知道了吗？"

再次交谈，已是几分钟后的事，鲁将完全规整好的岩盘递给了纪子。

"是。"纪子说罢，叹了口气，这是无从辩解的事，某种程度上，这个盘子，就是摆在眼前的最直接的证据。望着它，纪子迟疑了一阵才接着说道："他们从不和我讨论具体的事，只是有一天突然告诉我，班镇清理得差不多了，会暂时以避难所的名义进行开发，所以……可以先安置一些东西过去。"

"所以，不管怎样，他们都会死。"

"公公的意思是，除却完全归顺人类的帕玛政府和几个较大的族群外，其他的帕玛人，都不会留着。司令的下属分析过，帕玛人的繁殖能力和庞大的人口基数会带来极大的管控难度，为了永远杜绝摧毁租界的人海战术，他们会……会要求帕玛政府做出承诺，帕玛人的总人口必须在三年内削减至现在的35%。"

"这完全……就是种族灭绝。"

纪子的地狱

用上这个词,鲁自己也吃了一惊。即使在妥奇亚星被毁——这个词被频繁提起的时期,鲁也极少说到这个词。那些日子关注新闻是件极有趣的事,最初的一两天,新闻标题多是战争结束和全面胜利这样的词,有些还不忘配上纪子亡夫的照片做一番缅怀;但没过几天,大概是因为新闻里某个游行集会的照片,种族灭绝这个词被第一次和这场胜仗联系起来,胜利的欢愉消散殆尽,取而代之的,是一个万亿年铸造的星球就此消陨的事实。那时候几乎人人都在谈论此事,是不是太残忍了?这是正义的复仇吗?我们这么做真的对吗?这个世界上,还有活着的妥奇亚人吗……就连不大的孩子也会咿咿呀呀地说着"灭绝"和"屠杀"这样的词。而鲁,竟也一次都未曾提过,只会附和着别人点头。在他看来,那些握着酒杯的观点,那些就着咖啡的正义感,那些沦作谈资的悔恨,都和这场战争本身一样怪异,就像是闲来无事,从某本书某个新闻里突然领悟到了什么,人们沐浴在阳光下,说着伟大而无用的话,简直不可思议,无法理解。对于他不了解的事,他惯于沉默,这几乎已是他的人生准则。

而眼前的事,却令他不由得给出了这样残酷的论断。此前,他从未细想过为什么会存在这么多租界?为什么当他第一次踏入帕玛星,在这片沙丘之上便有一块土地是属于人类的?那些遍布银河的租界都是怎么来的?占据着每个星球几乎最好的位置,绝佳的环境,甚至像帕玛星这样紧挨着繁华的首府,人类是如何得到这些的?这些土地曾经的主人呢?因为班镇,鲁第一次思考这些,从前那些毫不费力得到的生活,突然变成了一件需要细细思考寻根问底的难题——我们在这里做的,究竟是怎样的事呢?若非此刻正站在这里,若非正经历着这一切,他便永远都不可能企图寻找答案,因为在曾经那个五光十色的地方,这些问题,从来无人问起。

"你知道的……帕玛人已经妥协了。"纪子一边说着,一边将已经铺好的刺身卷挨个规整好,这已经是呈桌之前最后的一道工序,"和谈一旦达成,那个清扫的协议也会立刻开始执行,到时候这里就会变成人类的属地,公公会安排人按照租界的规格设立地下电网,每一寸土地都不会放过。"

"那样的话,不仅是米莎……"纪子看向了不远处的客厅。鲁一早便告诉了她这间屋子虫口的位置,那米莎的哥哥便应该在那下面,说不定,此刻也在竖着耳朵听着厨房二人的对话。一想到这,她的声音不由得更轻了些:"到时候,司令一定会派人彻底搜查这里,防御也会越来越牢固,这片甜洲的帕玛人都不可能活得下来。"

"这么说,必须得在和谈结束前……"鲁想了一会儿,接着说道,"集会的时候,司令提到过,和谈期间双方会依照惯例全面停火,这样想的话,现在确实是最合适的时机。"

"对,趁现在把这两个孩子弄出去,离开班镇。"纪子的语气异常坚决,关于这件事,她定是早就下了决心,"只有这样他们才能活下去。"

"如果你说的和谈条件是真的,不只是班镇,这片甜洲在未来很长一段时间内都不会太平。他们得去到一个有帕玛人生活,但又不会被发现的地方。"

"可……哪里会有这样的地方呢?"

"我倒是,知道一个。"鲁沉思了片刻,"或许,我们能救下的帕玛人,不止这对兄妹。"

"真的吗……那真是,真是太好了!"

鲁看着眼前的纪子,她的眼中满是期待。她大概,从发现米莎的第一天起就在期待着这个答案了吧。和自己发现尤塔不同,她时刻都将这孩子的命运悬在了倒数计时的钟表之上,她会被发现,会被处死,这是刻在时钟12点上的结局,因而比起简单地将其藏好,她从数十天前就开始思考如何拯救米莎,如何让时针停滞在午夜之前。

"把你牵扯进来,真的很抱歉。我也是看到了班,才抱着试一试的心态向你打探。"纪子双手扶着岩盘的四周,小心地将盘子端正,或许是觉

纪子的地狱

得突然表达那番决心实在有些冲动，她的语气瞬而柔和了下来，说话时的眼神也刻意避开了鲁，"我想，既然那只猫还在，或许……米莎的哥哥也还在这间屋子里。"

第一眼见到鲁，是在昨天一早的集会上，班的叫嚷引来了总督的注意，而纪子也隔着窜动的人群细细打量着这个将猫儿揽在怀里的商人。他明显是紧张的，但却不显于脸上，和公公的交谈反而透着莫名的沉静，像是最寻常的对话，既没有在总督府时惯于见到的阿谀，也不是一副认错乞怜的聒噪。在纪子眼中，鲁的表现，几乎是在这种时候唯一契合公公心思，也唯一正确的反应。从那时起，她心里便有了关于鲁的预设——班的儿子，竟然是这样克制谨慎的人，他如果真的知道尤塔的下落，应该也不是那么容易就能打听出来的。

"真是的，费了好一番周折。"纪子看着鲁，转而笑着叹了口气，"我这样的身份，应该也害你担心了很久吧。"

鲁愣了一会，本想说些什么，但最终却也只是跟着笑了笑。他无意向纪子解释昨晚彻夜萦绕的揣测和猜疑，一来是已经毫无意义，再者，和纪子所经历的这些日夜相比，他的苦恼，充其量算是一场无端的失眠。

"你这样的身份，要做这样的事……无论如何都是不容易的。"

二人的笑意都凝固在脸上，却不是由心而发的欢愉，或许有那么几分幸运是因为终于将这一切阐明，像两个在森林中寻寻觅觅意外相逢的猎户，但他们都深知，接下来的黑夜只会更加艰辛与残酷，眼前的相视一笑，不过是篝火旁互相默许，短暂的休息。

"鲁先生，会帮我的吧？"纪子带着请求的语气，"他们的父母都是……你父亲……你父亲的朋友，不是吗？"

虽然一早答允了纪子，但鲁在用餐时仍一直想着纪子的请求，她的那番话言辞恳切，甚至透着几分女人的柔弱——大概纪子也知道这并非是个小忙，或者说，她在内心深处早已笃信，作为总督的儿媳妇，她不会等到任何人的援手。享受着哈布斯堡的名声，公学校长的头衔，动辄数十个士兵跟随的尊崇，这一件件披在她身上的华服，在她企图"叛逆"的时刻，无一不是牢靠的枷锁。因为是总督的儿媳妇，所以身边只有总督的人，那些跟随的士兵，讨好的副官，无一不是总督的眼睛，谁又会真的向她伸出援手呢？而一旦败露，她便又会因为是总督的儿媳妇，背负上通敌叛国这无以复加的耻辱，甚至连总督都会被牵连，到了那样的局面，或许不止这两个帕玛人，纪子，总督和自己，每个人的结局都不会太好。

那，为什么呢？为什么她要做这样的事？鲁一直没弄明白。要说在卢卡斯的房间发现了一个帕玛人，立刻就向执勤的卫兵呼救似乎才是纪子会做的事，就算拥有宽容米莎藏在此处的善良，可冒险要拯救她这样的行为，还是有些不切实际的冒进……

每个人，都是在自己认为的体面下选择善良，不是吗？给睡在公园里的乞丐一些钱，给战地的难民捐款，为自己赢得人人称颂的慷慨，但若说要变卖房产，散尽家财甚至不惜犯罪来行善，大概没人会真的愿意，旁人也没法真的理解，那这样的善念便全无体面可言，它变成了某种失常、疯癫、自我毁灭的表演。

纪子好像就在做这样的事。

"要再添一些吗？"

打断这番思绪的，是突然站在身旁的29837。他手捧着原本放在餐桌中央的干果碟，里面只有所剩无几的莓干和糖制果仁，看起来是好不容易从孩子们的魔掌下拯救出来的，他特意拿着这些来询问今晚的男主人。

鲁回过神来，急忙抬起头看着他。

"啊，不用，多给孩子们一些吧。"

鲁觉得这样的迟钝，是因为自己还没有适应眼前的29837。就餐期间，这个英挺的士兵一直都做着类似侍应生的工作，不是站着斟水，就是蹲着为其他孩子清理餐盘和桌面，甚至还有孩子趁着他弯腰忙碌的时候抚摸他脸上的伤疤。他们的年纪还无法明白这些沟壑究竟是什么，大

纪子的地狱　　165

概只觉得脸上拥有这样的装饰实在个性,所以才一个劲地想要研究明白,而29837倒也配合,任由那些浑圆的小手在自己脸上捏蹭。他那一贯肃静的脸色,现在看来倒像是受了谁欺负后的闷闷不乐。

"谢谢你,"鲁突然说道,"巴特尔。"

他微笑着,念出了29837的名字。

巴特尔看着鲁,呆愣了一小会儿。

是纪子告诉他的,巴特尔很自然地这样想到,说不定也将昨晚拜托他来试探鲁的事一并说了——如果能趁例行检查的时候确定他收容了帕玛人,那当然最好,但千万不要给他带来什么不便——纪子昨晚就是这样交代的。巴特尔显然不算完美完成任务,他没能进去鲁的小屋,就无法完全确定有人藏在里面,但只消在屋前矗立的那一小会儿,他便已经确定这个商人心里肯定藏着什么特别的事,至少是在那一刻绝不能为人所知的事,某种程度上,这也算是有所进展,至少在返回班镇复命时,纪子的心里明显又多了一重把握。

"看来和我想的差不多,米莎的哥哥很可能就在那里,不过还是等明天确认了再说吧。"纪子在旅店的后门见了巴特尔,她穿着睡袍,却毫无倦意,聚精会神听完小屋前发生的一切后,缓缓点了点头,"总是要再见的。"

"如果人真的在里面,他这样的小心谨慎倒也能说得过去。"巴特尔手里捧着几个空的草料箱——巴特尔在临时调任为鲁的安全员之前,一直都在班镇的军用仓库职守,纪子也是以帮忙清点物品的名义传唤的他,所以他特意带上了这个,"总之,他确实有些害怕我。"

"真是难为他了。"纪子叹了口气,目光落在了巴特尔的脸上,晨曦渐渐浮起,那张满是疮疤的脸也映照进她的眼里,"还有你,能在这里遇到你,真是万幸。"

"举手之劳而已。"

"得有,好几年了吧,上次见面,还是在妥奇亚。"

"是，"巴特尔习惯性地做了立正的动作，"总督3个月前临时调派了一批驻军过来，说是不受司令调遣，单独负责总督府的安全，我也在其中。"

纪子点了点头，瞬而明白了公公的用意。近身的护卫要选择那些信得过的人，巴特尔在妥奇亚就是大使馆的人，又成功带着纪子逃离了灾祸，显然是绝佳的人选。

"每次遇到你，都是在这样危急的时刻。"纪子低下头，几簇垂落的发丝遮盖了她缓缓眨动的双眸，那场逃亡的绝望与苦楚，似乎又在她的心间隐隐发作，"总之，可能又得麻烦你了，在这个地方，我也很难找到其他可以相信的人。"

巴特尔沉默了一会儿，似乎经历了一番抉择才问道："你，相信那个人吗？"

"鲁？"

纪子露出了吃惊的神色。巴特尔极少发问。或许是在军营里被训练出的寡言，他惯于执行和回答，但几乎不会主动发问，特别是不会问那些出于主观意愿，或者自主思考后产生的问题。对于这个职业而言，这似乎是一种必不可少的品格。

但这次，他问了，纪子看着他的眼睛，分明是在等待着答案。

"我不知道。"

纪子抿着嘴，沉思了许久才开口："但他确实，有和其他人不一样的地方，我也说不上来具体是哪里，或许……是那只猫的缘故吧。"

这样的理由，显然无法说服一个军人。因而整个晚餐期间，巴特尔都在有意无意打量着这个因为拥有一只猫而获得纪子信任的商人。要说在他至今见过的人里，鲁并非是多么特别的一位，他受命保护过的人中，多的是鲁这样低调寡言，怯弱又深沉的人，或许是碍于自己这张瘆人的脸，这些人也和鲁一样从未有过和他聊些什么的打算，多数时候都是沉默着，只有在触及底线，或者千钧一发的时刻，才会用命令的口吻讲上

纪子的地狱　　167

几句。在巴特尔看来，虚张声势的一向居多，他无意于拆穿，更懒得去思考内在的缘由——这些人为何会如此表现，他们究竟在想什么，这是巴特尔无力追究的。和所有训练有素的军人一样，他能够像苍鹰一样死盯着目标，细枝末节都能尽收眼底，但他缺乏深入的智慧，他看不到那些无法倒映在视网膜上的思绪与情感，那些……皮囊之下的存在。

鲁大概就是个普通又平凡的商人，只是因为他父亲的关系，对这里的帕玛人有些善念，巴特尔最后只得这样总结。眼下，鲁竟然叫出了自己的名字，那至少说明他还有向自己示好的意愿，又或者说……他知道接下来要做的事，得仰赖自己的帮忙。

"还是，拿上一些吧。"

巴特尔笑了笑，径直夹起了一些干果，放在了鲁的餐盘上。他弯下腰，肩膀也缓缓倾向了鲁的身侧。

这样刻意的靠近，令鲁瞬间明白过来，为自己添菜的举动，完全是为了营造这样一个能够交谈的空间。

"好的。"

鲁将脑袋贴向巴特尔，同时又看向了站在院外的士兵。或许是因为天光完全黯淡了，他们倒也都显得无精打采起来，从这个角度看去，完全只是傻站在那里。

"你告诉纪子的那个地方，有几成把握真实存在。"

"应该存在，"鲁停顿了片刻，语气也开始有些犹疑，"不过也没真的去过，是……非常偶然才知道的。"

巴特尔思忖了一会。

"那明天，我陪你一起去见那个人吧。"

他的声音很轻，但咬字却格外清楚，像是专门训练过这样悄声地讲话。

"一起？"

"我是你的安全员，我和你一起出现不会有什么问题的。"

鲁迟疑了一会,最终还是点了点头。

"而且,那个人,"巴特尔说罢,冷笑了一声,"我也认识。"

剩余的果干全落在了鲁面前的瓷盘上,只是本该有的脆响完全被孩子们的打闹声盖过。时时响起的欢笑与嬉闹,并没有随着黑夜的到来减弱,反而更加肆意地在入夜的街头飘荡,鲁从未见小屋这样热闹过。餐边的花束,孩童的叫嚷,头顶星光与灯火交汇的光明,让它浪漫得像一台戏,有天真无邪的剧情,也有尚不能说的伏笔。

以父之名的救赎

16

  这个星球和超市卖场没什么区别,小到一粒沙,大到一个活生生的人,都是明码标价的货物,他们结伴而来,欢声笑语地买单结账,然后兴致冲冲地离开。
——由多家研究机构颁布的《星际经贸蓝皮书》里班的一段访问摘要,
帕玛星在报告中被列入十大"缺乏商业公平性"的星球,
有趣的是,它又于次年,也就是新总督上任的当年,
在同份报告中获得了十大最具"商业潜力"星球。

  韩先生大概没想到,有一天自己会被鲁的敲门声吵醒。

  他抓着小屋的门把手,呆呆地看着站在眼前的鲁,好一阵才开口说话。

  "是你啊。"

  "下午好,韩先生,"鲁礼貌地点了点头,又瞥向了站在自己身后站姿笔挺的军官,"这是巴特尔,哈图去了多邦,所以由他临时接替了安全员的职务。"

  韩先生顺势看向了巴特尔,目光落在那张伤痕累累的脸上,便猝然停住了。有那么几秒钟,韩先生近乎是完全静止的,僵硬的脸上连呼吸的起伏都没有。

  "啊,你们,找我有事?"再开口时,韩先生的目光依旧盯着巴特尔。

"是，打扰到你休息了吗？"鲁细声问道。

韩先生依旧裹着那件第一天来到班镇时便见过的睡袍，浅印着金色美杜莎头像的腰带并未将他宽肥的肚腩牢牢兜住，反而有种随时被撑断的危险。看起来是随意扎了几下便匆匆下了楼的感觉。或许是因为贴得足够近，鲁还能闻到一股从粘黏结团的绒毛里散发出来酸涩的酒味。

见鲁这样说，韩先生立刻大笑着摇了摇头，顺势拍了拍鲁的肩膀。

"呵呵，怎么会，你可是难得来找我呢。"

这是实情。从前在租界，即便是自己诚挚邀请鲁前来赴宴，这个寡言的小子也都是小酌几杯便早早离开，更别提主动造访了。韩先生曾一直以为这是出于所谓正道的清高——鲁或许是想和自己这样手段不干净的商人划清界限，毕竟担着星际联署的牌坊，总不屑于和人贩子走得太近。但后来，他渐渐发现鲁对谁几乎都是这副礼貌又恭顺的样子，遣词造句简直像在念诵一份充满敬语的公函，正式到你不得不与他保持距离，而这样刻意表达出的恭敬，或许正是为着这样的目的，委婉地拒绝和所有人亲近。

鲁刚来那会儿，帕玛星几乎没人认识他。是出于戒心，也是为日后相处做好准备，租界商会决定对他好生调查一番，当时承接这项工作的便是韩。他混迹各路门道，牛鬼蛇神都认识许多，打听一个人自然易如反掌，只是这结果让韩觉得实在无聊。

他既没有人们揣测的"老钱"家底，也非什么政要的亲信，更不是传闻中什么纵横星际商界的隐藏人物，甚至压根没离开过太阳系。这个鲁，就是个在星际联署的矿业部打工数年本本分分的公务员，工作也是近十年才有所起色，在与联署关联的矿业公司混成了高管，最终在公司授意下接了去沙漠驻守的苦差事。

"是个真正的好孩子呢！"

这是韩先生在商会餐桌上对鲁的总结，末了还有一阵不屑的冷笑，他并不愿展开讲述鲁优异的成绩和失败的婚姻，这些调查的结果寡淡无味，实在不够作为佐餐的谈资。

可就算经历再乏味，韩先生心里也清楚无比，鲁的身份本身，就是一道无上的佳肴。

帕玛星最具价值的，便是地下的矿产和地上的帕玛人。所以租界里会集的人多半也都从事着矿产开发、冶炼制造、劳动密集加工和劳动力出口的行当，其他的，则多是围绕着这些核心产业的金融、航运贸易、旅游和服务业。鲁的母公司隶属星际联署，自然能分到绝佳的矿区，整个帕玛星的北极地带，都是鲁的管辖范畴。而建成开工，则需要大量的帕玛人劳力，韩自然不愿意错过这块蛋糕。从鲁住进租界开始，韩便经常在鲁的酒店设宴款待，拿出的也都是最好的资源——几千个正处壮年的帕玛人，不仅都属同族，而且价格低廉。

"这些人不会给你带来任何麻烦的。"韩在席间说这话时信心满满。而事实也确实如此，他的劳工资源是个绝对的黑色产业，这些帕玛人要么是弃儿，要么是被拐卖甚至被绑架得来，但这几年渐渐有一种隐秘的说法是……韩先生有一个地下养殖场，通过类似肉牛场那般粗放的方式来经营，养育的过程也极度粗暴，每个孩子都被关在狭小的笼子里，仿佛是在饲养动物，一旦这些孩子发育到足够劳动的体形，即便只有一两岁，也会被充作六岁的帕玛人来贩卖，六岁是帕玛人的合法雇佣年龄。他们中的大多数会被卖往生存环境苛刻的星球，从事的也是最苦最累的基础劳作，大多甚至连身份和名字都没有，更别说收入和其他保障。非要形容的话——奴隶，没有比这个更准确的词，银河系需要廉价劳力的地方，都有他的生意。不过韩先生倒也会"定制"一些高端货，比如他打算交给鲁的这批，比起他"出口"到其他星球的劳工，这些帕玛人的品质绝对算是上成——"他们都没有多邦政府和大使馆承认的身份，不受任何法律保护，更没有家人，所以就算投诉，或者死了，也碍不着你什么事。"

韩先生从来都敢这样承诺，而他给出的价格，完全算得上是诚挚丰厚的见面礼。

不出所料，这笔交易也很快顺利达成。他自信地以为从此便多了鲁这个朋友，直到他后来得知，鲁不仅继续在多邦公开发布劳工招聘信息，还利用公司的关系向多邦政府提出了申请，为这几千个从韩先生那里买来的黑户申请了合法身份——他费时费力地将这帮奴隶变成了要发工资、要管死活的员工，算上这些额外的支出，鲁通过这笔交易捞到的好处，近乎全数回到了那群帕玛人手里。

北极地区未开化部族的遗民——关于这帮帕玛人，鲁是这样向多邦政府交代的。这样一闹，一场投诚的交易，变成了商人作秀的善举。要如何去理解这样的结果，成了那阵子无比困扰韩先生的事，不管是嘲笑鲁的愚蠢，还是埋怨他的清高，似乎都有站不住脚的地方——他并没有因为鲁的所作所为而蒙受任何损失，但也无法再以"给过好处"为由开始和鲁称兄道弟，无所失，也无所得，充其量算是白忙活了一场，这个初来乍到的新人，似乎懂得必须接下这份人情，但又不愿意占到任何人的便宜。

最终，韩先生只能将这些猜测归结为一个事实——鲁只是想借此表示，他无意于和自己为伍，甚至想划清界限，就算是这样充满诚意的示好，也只会讨来这样礼貌又残忍的对待。

他确实也是如此，该有他的地方他总会出现，该卖的情面一个不少，可只要细问一番便会发现，所有这些不过都是他的过场。

对鲁的第一次试探就这样败兴而归，可后来，为什么会一直对鲁感兴趣呢？韩先生自己也没有完全琢磨清楚，大概是鲁做了许多足够特别的事，才吊起他想要一探究竟的胃口，其中最特别的，有两件。

其一，也算得上鲁这些年在帕玛星闹出过的最大动静——北极矿区的那场导致数十个帕玛人死亡的意外。

事故发生伊始，鲁便在办公室会见了租界商会里负责紧急事务处理的专员，自己的律师以及"老朋友"马德哈万。这些人的态度也都轻松，毕竟这虽然是鲁的头一遭，但类似的事他们早已处理得得心应手，从现场处理、事故认定、认责赔偿到舆论管理，都不过是流水线一样地走一遍。可令众人没想到的是，这位自幼勤学好问的老板不仅自行翻阅了《星际劳工条例》关于帕玛星的类目，还系统研究过帕玛政府颁布的针对重大事故处理的主要法规，在会议开始时，他便直接问出了那个、最后传遍整个租界近乎沦为笑话的问题。

"所以，这个世界上并不存在任何一条法律，是真的可以帮助到这些帕玛人的，对吗？"

鲁知道答案是肯定的。这是坐在鲁对面的这些专员，律师和大使面对几十条人命依旧可以谈笑风生的底气，租界扶持下的帕玛政府，早已将如何保护人类的利益放置在无限崇高的位置。他们一面效仿人类法制的公平，一面用苛刻的刑罚将族人的利益抹杀殆尽。这些，不过是所有人都知道的事实，只是没有人会宣之于口，而鲁这样堂而皇之的发问，自然就会变成一个足够经典的笑话，最终传到韩先生的耳朵里。

"我们是完全依照本地的法律法规办事。"鲁的律师来自德国赫赫有名的律师家族，在帕玛星也待了近二十年，或许因为第一次见到客户这样发问，他愣了很久才急忙解释，"这里面并不存在任何风险，就连马德哈万大使先生……他也只是来帮助我们，将法院认定的结果以合适的方式告知受害者家属，让他们别再闹事。"

后来的事，便是所有人看过一遍一遍的标准流程，廉价的赔偿，作秀的审理，马德哈万的海滨别墅。人们除了要偶尔应付突如其来的游行，生活依旧如常。

鲁没再提出疑议，但会问出这样的问题，或许本身就意味着他内心存在疑窦。韩先生时常想，鲁的特别或许就来自，他对这个连法律都站在自己一边的舒适的世界感到困惑——他和其他人一样享受着这一切利好时，还不忘关心为何会这样。这是一种在韩先生看来既着迷又危险的本能，就像人们常说……家猫是不会憧憬原野的，因为人类的沙发足够松软，而那些还会看着窗外幻想的，便是有未驯的野性。这样一想，韩先生便觉得身旁都是些附庸阿谀之人，突然来了这样一位出格却不让人讨厌的，才显得如此有趣。

而第二件特别的事，韩先生一直未能完全确定，但他通过自己的途径多方打听，又总是得到相同的结果——那次在酒吧撒野被拘，把自己弄出来的人似乎是鲁。此事韩先生当面求证过多次，都被鲁一笑置之。

鲁能做成这件事，韩先生是完全相信的。这个矿业公司老板虽然不是租界生意做得最大的，但非要论起和政府的关系，也没几个人能真的超过他，但他会做这件事，却十分令人费解。不过这说来也奇怪，不管是多邦政府还是总督府，都从未流出过与鲁过分亲密的传闻，他在班镇生活的这些天，也不见有什么特殊的优待——初到班镇的那日，他那么着急去鲁的车前打探普鲁托之矛的事，也是想要求证这个看起来是关系户的人到底知道多少。但现在看来，他不仅没能从这些关系里占到任何先机，反而好像知道得比自己还少。

"他什么都不关心呢。"韩先生在舞会上，曾向身边的商人们调侃过整晚都不曾踏入舞池的鲁。那时候人们刚看到"为班庆祝"的标语，便嘟囔起鲁的闲话，恰逢韩先生的酒劲上来，还没等别人聊上几句就大咧咧地总结道："但哪有什么都不关心的人呢？他只是关心那些我们不关心的东西而已啦！"

韩先生将鲁和巴特尔迎屋内，深吸了口气才关上门。

今天，大概是要发生些什么了吧！他暗自想到。

鲁坐在了客厅的木椅上，巴特尔则笔挺地站在了他的身后，从这个角度看，小屋的一楼尽收眼底。说来，这还是鲁第一次造访其他的住所。

这里的格局和鲁的小屋类似，但从前的屋主似乎细心装饰过一番：好几面墙都铺上了藻绿色的厚麻织墙纸，金线勾勒的茉莉花平铺其间，从天花板贯通至棕褐色的地板；家具也皆是与之相称的风格，实木座椅和帆布靠垫，粗麻制的地毯上缝着精细的碎花。大概从前住在这的帕玛人耐心看过几部老电影,才费尽心思造就这般复古的田园。

"看起来,比我的那栋屋子可强上不少,这里……"

或许是觉得寒暄得过于生硬,鲁索性没再说下去,而是瞭望了一周点了点头:"很不错。"

他一向不善于这样评头论足的事。

"不都是一样。"韩先生显然也并不在意这些,顺势坐在了鲁的对面,一张宽大的躺椅上。它看起来像是由老式的沙滩椅改造来的,靠背是用弹簧串联的整块帆布,上面还有棕榈树的涂鸦。"放在租界,都是些要打包扔掉的垃圾。"

韩先生拿起搁在边柜上的一个玻璃杯,瞪着杯子里橙黄色的液体想了一会,大概也没琢磨明白那究竟是什么。不过最终他还是在手里随意摇晃了几下,随即一股脑儿喝了下去,从几秒后他抿着嘴努力吞咽的表情来看,断不会是什么好喝的东西。

"我们是继续聊这儿的装潢,"被吵醒后又喝了这倒霉的酒,韩先生的语气也跟着有些急躁和不快,"还是直接进入正题呢?"

"韩先生,"鲁停顿了一下,似乎是预想到真正的谈话已然开始,进而也坐直了些,"我确实有些问题,想向你请教。"

"是吗?"韩先生大笑了一声,将还余着底的酒杯砸放在了垫着亚麻布的边柜上,直勾勾地看着对面的鲁和巴特尔,"你还需要请教我吗?前几天我可是苦口婆心劝你不要和这些士兵走得太近,你不也没听吗?还把他……带来了我这里。"

"巴特尔先生这次并不是以驻军部队士兵的身份来见你,"鲁知道韩先生早晚会提到这件事,"他也不会再为难你一次。"

来的路上,巴特尔特意向鲁交代了与韩先生相识的经历,和鲁预想的一样,算不上是多么愉快——在初来班镇,那个人人都试图勾结军官的时期,韩先生也曾买通了自己的安全员来收发消息和转移资产。不过韩先生显然野心更大一些,他让安全员联络了巴特尔这个在仓库负责管理物资的士官,并允诺了10万标准星元的报酬。若不是巴特尔断然拒绝,他们的交易可能早已达成了。

"沙地车?"鲁是第一次听到这个词,但从名字来看,大概是某种在沙漠里行进的运输装备,"他要那个干什么?"

"这东西是给去沙漠巡逻的士兵配置的,可以应付高温、强风和流沙,他贿赂我,是想让我提前把他藏进车里,再将这辆车准确地安排给他的安全员,这样他们就可以假借巡逻的名义,离开班镇,去到帕玛沙漠的某处。"

"他要离开班镇,去沙漠里……"鲁站在原地想了片刻,突然惊呼,"所以,那地方,在帕玛沙漠里!"

"我想,帕玛沙漠里能让他费尽心思去的,应该就只有你说的那个地方了。"

鲁立刻明白过来,巴特尔要求和自己一同去见韩先生的原因。若是自己单独前往,韩先生自然不会开口就说出那地方的所在,必得和他迂回一番,甚至连那地方的真实性都得经过几轮讨价还价。但有巴特尔站在身后,便算是直接将了韩先生一军——他如果矢口否认那地方的存在,那便无法解释清楚他迫切想要去到帕玛沙漠腹地的原因。

"这么说,他都告诉你了,"韩先生冷笑着,一脸不以为然,"我曾经还以为,高冷的鲁先生是个多难交心的人,没想到也不过如此嘛。才和那个叫哈图的拜了把子,人家刚走,又和这位先生无话不说,怪不得呢!我以前那样殷勤你都不为所动,原来……和你交朋友,要得是个穿军装的才行。"

"我也一直把韩先生视为朋友。"

"呵,呵呵,"韩先生接连笑了好几声,"那你今天,是特意带着这个软硬不吃的人来给我这个朋友道歉认错的吗,还是……也想拿这件事从我身上敲上一笔?"

"当然不是。"鲁回答得很肯定。

"最好不是！"韩先生咬了咬牙，狠狠看向巴特尔，"就算你去找司令举报，我大不了就认下个贿赂的罪名，反正总督和司令查来查去也查出了那么多人，多我一个又能怎样，但你……你就死定了，老子上战场杀外星人的时候，你还不知道在哪个男人的蛋里游着泳呢！"

客厅内随即安静了好一会，巴特尔立在原地纹丝不动，鲁也并未急于接话，他知道这些是韩先生必要的发泄。而此时此刻，这样必要的安静，也像是两个精明的商人，互相配合着在演绎。

"说吧，"再开口时，韩先生的气算是消了些，但脸上的笑意也已全然不见，"什么事。"

鲁看着韩先生，依旧没有开口。倒是站在身后的巴特尔，从军服贴胸的口袋里拿出了一张相片，和哈图影印出的鲁和猫同眠的照片一样的材质，只是相片上的内容变成了密密麻麻的文字，且泛着模糊的蓝光，应该是对着什么仪器的屏幕拍下来的。

韩先生接过巴特尔递来的照片，举在手里眯着眼看了好一会儿。

"种族灭绝，呵呵，倒像是他们会做出来的事。"

看着纪子冒险拍下的和约草案，他得出了和鲁几乎相同的结论："35%……也就是说到最后，这颗星球上只会留下不到700万帕玛人，而且这个……这个恒定控制是什么意思？"

韩先生将照片转向巴特尔，指着相片右下角，近乎要跳出画框的一小行加粗的文字。

"全星系帕玛人的数量，会永远控制在这个范围，一旦超过阈值，哪怕是多出来一个人，那个人都不能活着。"巴特尔如实答道，"这项政策目前只针对那些有过反抗记录，并且高繁衍性的开智物种。联署的军队总量才不到1500万人，还要驻守在那么多星球，兵力严重分散，一旦都像帕玛星这样展开人海战术，就根本无法应付。只有控制人口，才能维持统治，所以……星际联署在这些星球将会陆续推行这项政策，帕玛人，维尼亚人，埃森伯克人，都有相应的控制范围，联署怕的是，他们哪天一不高兴，搭上八十二万条人命来毁掉新的租界。"

"那晚……有八十二万帕玛人，死了吗？"

"这是多邦政府算出来的数据，因为参与暴乱的只有中部和南部的几个族群，有些小村落在租界被毁后也近乎完全荒败，人数，大约是这样估计出来的，但也只是个大概。"

"那么，多吗？"

韩先生的声音有些哆嗦，那场铺天盖地的大火，仿佛又在眼前烧了起来。

鲁第一次听到这个数字时，也近乎是相同的反应。从前只知道那些帕玛人为了毁掉机场、基站和地下电网前赴后继地扑上去，但却不知道一场大火之下，竟然是那么多条人命。鲁不禁又回忆起北极矿区的那场事故，那片被帕玛人鲜血染黑的大地，至今仍刻在鲁的脑海中，他们的血液融汇在一起，淹没了坍塌的机器和残破的躯壳，如果……如果是八十万条性命呢？那焦土之下，该是流淌着一条奔流不息的黑色河流吧。

光想到这些，便足以令人颤抖不已，但这样的神情并未在韩先生的脸上停留太久。这些成群结队死去的帕玛人很快便令他想起了另一件事，一件无须慈悲为怀，只有利字当头的事。

他的脸色一点点由惊讶变得木愣，又慢慢转为平静，甚至还透着一阵不合时宜的轻松。

"那也是，没有办法的事啊。"韩先生突然哀怨地叹了口气，微微倾倒在躺椅的靠背上，"谁叫他们不听话呢，好好的都白死了。"

"也不算是白死，这些政策，倒是可以成全韩先生的生意，不是吗？从七年前开始，帕玛人就已经是银河系占比最重的劳工物种，体力充沛，四肢灵活，耐高热严寒。而且这些年，租界工会一直在秘密给星际联署施压，想尽办法阻止《星际图鉴》抬高帕玛星的评级，所以作为劣等星，帕玛人的薪酬标准也一直是全宇宙最低的，是名副其实的，公共奴隶。"

鲁看着韩先生，深吸了口气。眼下，这件过了韩先生脑子的事，已经到了必须开诚布公的时刻。

"韩先生的主要收入,应该大多来源于此,把他们从帕玛星卖到妥奇亚、斯巴圣帝尔、堪捷拉以及地球这些劳动力成本高昂的发达星球,本质上,和18世纪那些从黄金海岸①把黑人卖到北美洲的奴隶主没什么区别。"

"不敢当啊,奴隶主混得好,可都能混成开国元勋②什么的。"韩先生想必不是第一次听到这样的比喻,说不定还特意为此钻研过那段历史,觉得这样并不是什么差劲的对比,而且……他做的这些都在星际联署的眼皮底下,明面上一切都合法合规,实在无所畏惧。"我的兴趣呢,不过是老老实实赚些钱而已。"

"这是当然,恒定控制的决策一旦下达,帕玛劳工很快就会出现供不应求的状况。劳动力市场又暂时找不到更好的替代品,帕玛人的价格自然也会水涨船高,到时候,韩先生的生意自然会比往日红火,赚上比从前多一倍的钱也不是不可能,"鲁刻意停顿了一会儿,注视着韩先生不紧不慢地说道,"当然,只要你的那几个工厂能保证稳定的产出。"

韩先生的脸立刻紧绷了起来,他皱着眉头看着鲁,转而又不屑地摇了摇头。

"你说什么呢,工厂,什么工厂,那是你们这些加工制造业才有的玩意儿。"

"基因工厂。利用基因克隆技术繁育帕玛人,从受精卵的试管培养,胚胎孵育,孩童圈养到体能驯化,每个克隆帕玛人的诞生都是一套完整的流水线作业。等到他们长到成年的体形,就会贴上假冒的身份打包运

---

①英国在西非几内亚湾沿岸的一个殖民地,成立于1821年,因当地盛产黄金而得名,也是当时非洲主要的航运贸易站,很多从事奴隶贩卖的商船都是从此处运载黑人起航。

②美国开国元勋之一的托马斯·杰斐逊(英文名:Thomas Jefferson)出身自北美较大的奴隶主,他同时也是《美国独立宣言》主要起草人,与乔治·华盛顿、本杰明·富兰克林并称为美利坚开国三杰。

往别的星系，每年被你卖出去的帕玛人数量超过十万，不知道有几成来自这些工厂呢？还是韩先生，你以为大家真的相信……那些廉价的奴隶都是你从偏远的未开化部族搜罗来的孤儿和囚犯。"

鲁停住了，转而抬起头看着巴特尔，那张肃穆的脸也正朝向自己，缓缓点了点头。

"那天你不惜贿赂巴特尔着急要去的地方，应该就是那个工厂吧。我猜，大概是因为到了交货期，你担心那里管事的人既联系不上买家，也联系不上你，如果他们贸然离开工厂出来找你，那么第一站肯定会先抵达离帕玛沙漠最近的班镇，如果是这样……你的工厂，和你的整个地下生意就有暴露的风险，所以你才会——"

"够了！"

和韩先生的吼叫同时响起的，还有玻璃的碎裂声，搁在边柜上的酒杯被他一掌扇到了地板上，混着黄色酒汁的碎片随即散落一地。

生硬，粗鲁但有效，眼前的局面符合韩先生一向的做派。不论是在租界球场的咖啡厅，还是更久之前那家差点被他拆了的酒吧，不论他想要表达什么，或是阻止什么，总是能找到眼下最直接，最有效的方式。那一刻身为军人未驯的野性便暴露无遗，他清醒地意识到，所谓穿着西服打着领带那样故作姿态的体面，在欲求未满时，都是必须舍弃的累赘。

"都铺垫那么多了，还不肯说来的目的吗？"

深吸了口气，韩先生直截了当地发问了。既然已经能说得七七八八，那想必对工厂的事也是费了心思调查，自然是有十足的把握才敢拿出来讲，韩先生这样想着，便下定决心与其想尽办法遮掩，倒不如干脆些，跳过这样毫无意义的周旋，至少还能占到几分主动。"要举报我的话，你们也不会来这里，既然揣着这些把柄来找我，就是也有求于我。"

这两句说起来倒非常有韩先生平日的气势，时刻都得占住主场，明明是被人拿捏着痛处，却依旧威风凛凛，语气里的嚣张也丝毫不减。说到底鲁是很佩服的——他从未想过扮演一个好人，进而便没有诸多来自仁义道德的束缚。既然人们都觉得自己的钱不干净,那还不如行事大手大脚一些更让人称服,韩先生的内心,或许早有这样一套属于自己的逻辑。

但把柄究竟还是戳中要害的,且不论基因克隆技术的合法性,光是那个恒定控制的政策,星际联署就断然不会允许他继续这样大批量地生产帕玛人。一旦有人把地下工厂的事情捅出去,他的生意很快就会跟着完蛋。若是联署还要追查那近百万已经送往宇宙各地的黑户,他要应付的除了雇主们高额的索赔,恐怕牢狱之灾也是躲不掉的。

鲁心中十分清楚,不论自己接下来开口说的是什么,韩先生倾尽所有也会照单全收。

"很简单,"鲁露出了自信的笑,"我想买下它。"

"你要……买?"韩皱了皱眉,"哪个?"

"我知道你不止那一个工厂,其他的差不多都在多邦周围,而我想收购你前阵子一心想去的位于帕玛沙漠腹地的那家。"

"你去过了?"

"没有,不过我调查过你给它套的空壳公司。既然你早有准备,和谈之后我们公事公办也最方便。"

韩先生愣了一阵,脸上很快也泛起了近乎相似的笑意。如果上帝真有全知全能的眼,它便能清晰地看到这两张相对的脸,在这笑容的浸染下,一点点变得相似。而在他们之间,那张由完整的树墩切面制成,泛着圈圈年轮的木几上,是巴特尔及时递呈的、几页叠好的纸质合同,上面的标题上赫然写着"堪德纳斯沙漠旅行设备租赁公司收购预案"。

韩先生看着那串冗长的公司名称,愣住了许久。连那些地下工厂套着的空壳都被挖了出来,鲁对自己的了解,显然比预计的要深得多。

就像接下来谈话的进程,也和鲁预计的一样。韩先生没有拒绝,他几乎默不作声地听鲁说完了收购的全部内容,然后干脆利落地站起来,握住了鲁的手。

"它是你的了。"

以父之名的救赎　　185

"和谈有了结果，我希望马上交易。"

"当然，"韩笑了笑，"这是当然。"

直到鲁和巴特尔起身离开，韩先生都没有询问收购的细节，或者拿起那份合同看上哪怕一眼。他将二人送至门厅，半身倚靠在敞开的屋门上。

"我说，"他看着鲁即将走下台阶的背影，突然问道，"你是怎么知道这事儿的，是向那群多邦星际机场的地勤打听的吗？"

韩先生一直将地下工厂视为自己的印钞机和生命线，自然会确保它的安全。几个工厂不仅地址隐秘鲜有人烟，就算是他自己前往，也通常是孤身一人。租界里向来不乏对自己的生意诸多猜忌的人，但能准确知道工厂秘密的却没有一个。那么，鲁是如何知道这些的，便成了韩先生必须弄明白的。方才许久的沉默，似乎都是在绞尽脑汁解决这个疑惑。

"前几年因为出货量大，临时雇了几个机场的地勤来运货，除此之外，就没有外人来过工厂。"韩先生像是锁定了答案，"看来他们收了钱，不太听话啊。"

"来过工厂的外人，何止是他们呢。"

鲁回过身，看着韩先生，这个一直装淡定的男人脸上第一次有了些许焦灼。不过这也是再正常不过的事，倒霉栽了跟头，既然伤口无法避免，那就一定要找到那块绊倒自己的石头。"那些被你卖到各个星球的孩子，不都曾经在那里生活吗？"

要说发现韩先生的秘密，确实还得归功于韩先生自己。为了给那群他送上门的孩子取得合法身份，鲁安排了一场登记体检，也是在那天，他意外地发现一个帕玛人女孩指着身旁的采样仪叫嚷了半天。或者说得更准确些，她是对着仪器上"基因"的单词叫个不停，眼睛里满是恐惧，显然这个单词触及了某段苦痛的回忆，当时的她不会言语，只有哭闹个不停，也是那彻耳的哭泣，勾起了鲁最原始的好奇心。

"你居然派人教她……说话。"

听完鲁的讲述，韩先生的脸近乎完全僵住。除了彻头彻尾的愚蠢，他不知道该用什么话语来评价这样的行为。语言不通，几乎是每个客户对于这些黑劳工的基本要求。因为无法听懂，就无法理解这个世界，无法表达，就无法声张任何感受——这些试管里批量生产的帕玛人始终以为他们生来就是如此，甚至会对雇主偶尔施舍的薪酬感恩戴德。而鲁的所作所为，就像一个南方地主将《汤姆叔叔的小屋》①赠给自家的奴隶一样危险，不可理喻。或许是因为实在不知道该如何回应，韩先生反而毫不顾忌地大笑起来：“你对那些人倒是挺好的嘛，怎么不干脆也写篇文章，说说你的梦想之类的②。"

"她是因为要承接矿区工会的杂事，必须要学习语言，和我没有关系。"

"工厂已经是你的了，你想教他们什么都行，要不要再教教他们使用电脑，这样下次反抗的时候，毁掉租界会容易得多。"

"他们不会的，他们已经得到了教训，惨烈的教训。"

"你好像很笃定，帕玛人的反抗已经结束了。"

"他们同意了和谈，不是吗？毕竟，不管如何反抗，结果都是一样的。"

"是啊，有那个武器在，结果总是一样的。"韩冷笑了一声，"不过，你说做永远的奴隶和痛快地死，到底哪一个更轻松呢？"

鲁低着眉，沉思了一阵。

"只要活着，都不会轻松……但至少是活着。"

"看来，鲁老板还是有些菩萨心肠呢。"韩先生拍了拍鲁的肩膀，顺势贴近了鲁的耳朵，"不过，总是这样应该很辛苦吧，明明做着这些好

---

①又译作《黑奴吁天录》《汤姆大伯的小屋》，是美国作家哈里特·比彻·斯托于1852年发表的一部反奴隶制长篇小说。这部小说中关于非裔美国人与美国奴隶制度的观点曾产生过意义深远的影响，并在某种程度上激化了导致美国内战的地区局部冲突。

②此处的"文章"指的是美国黑人民权运动领袖马丁·路德·金于1963年8月28日在华盛顿林肯纪念堂发表的纪念性演讲《我有一个梦想》。马丁·路德·金在美国黑人受种族歧视和迫害由来已久的背景下，为了推动美国国内黑人争取民权的斗争进一步发展而进行此番演讲，演说大获成功，进一步激发了全社会对于黑人民权运动的关注和呼声。

事，却还是被那些帕玛人成天挂在嘴边骂，甚至……还要被自己的父亲举着牌子拦在公司楼下。不过你也不用太在意，你的父亲，班，他看起来是个德高望重普度众生的菩萨，但背地里还没你心肠好呢！"

"你，到底想说什么？"

"啊，别激动，也不是什么大事。"韩先生停顿了一下，嘴角轻蔑地扬了起来，"只是和令尊做过几次生意而已，他每次都领来数十个帕玛人的孩子托我转卖，算一算，现在也有不少孩子因为他……正在别的星球受苦受难呢。"

鲁看着一脸得意的韩先生，直愣愣地站在原地，从那双死盯着自己的眼睛里，鲁看见了潮水般涌动的不屑与嘲笑。

"不过还真是难以想象，租界里人人称颂的正人君子鲁，也即将步他父亲的后尘，亲手将一个个孩子送去地狱。"韩先生噘了噘嘴，松开了扶在鲁肩头的手，"我曾经对你还是挺感兴趣的，因为我不相信存在像你这样的商人，虽然第一次的生意被你搞成那样，但最终我们还是像模像样地合作了，那就……合作愉快吧。"

韩伸出右臂，或许是出于礼节，想要在告别前再次握手。但鲁依旧毫无反应，沉默着僵在门前，唯余双眼徐徐眨动，那一刻，他近乎感知不到身体和时间，所有的感官和思绪都静滞在了韩先生说出父亲名字的那一刻。从头到脚的麻木，像刚经过枪炮轰鸣的洗礼。韩先生，他一直都知道这些，一直将这枚榴弹藏在手里，家世清白的鲁，正直的鲁，不愿同流合污的鲁，不一样的商人鲁，从始至终，他都手握着轻易摧毁自己的武器，鲁的父亲是个披着社会活动家外衣的人贩子，只消得一点点这样的流言飘荡出去，便能毁掉鲁的一切。但他没有，他一直沉默至今，直到主人公亲自送上门……就为了这样当面的羞辱吗？就为了取笑自己吗？还是因为那强烈的好胜心，必须在受到折辱的最后关头扳回一局，还是说……他根本，就是在等着这样的一天。

鲁近乎溺亡在这杂乱的思绪中，直到一双手将自己拽下了台阶。

"走吧。"

是巴特尔。他将鲁带出了门前的院子，再次回头看向远处缓缓阖上的屋门，以及隔着门缝仍在窃笑的韩先生。渐渐被阴影吞噬的脸庞，竟有着恶魔般分明的棱角。

在门完全关上的那一刻，窗影过滤后的阳光瞬间将小屋拉回傍晚前的昏沉，韩先生深吸了口气，约莫是透过光束看见了飞扬在空中的细密错杂的颗粒，又不禁连着咳了几声，正要转身向楼梯走去，却发现客厅的躺椅上，正瘫坐着一个裹着深棕色床单，近乎赤裸的女人。

"下来得很不巧啊，客人刚走。"韩先生笑着看向睡眼惺忪的贝阿特莉丝。她褪去浓妆，披散头发，慵懒地伸展开身体，白皙的四肢被阳光镀上了浅浅的金色，活像幅从凡尔赛宫墙壁上活过来的油画。"不过也好，这样惹火的肉体，我还真舍不得让他们瞧见。"

"我也不想瞧见你当着鲁的面说那些话。"

"那些？你指的是关于他父亲的事？那确实是真的啊。"韩先生停顿了一会儿，又笑着补充道，"至少大致上是真的，他可是来敲诈我的恶人，我还不能给他添点堵吗？"

"敲诈你，就不会开出三千七百万标准星元的价格。"

韩先生顺着贝阿特莉丝的目光瞥向了那沓已经被翻乱的文件。显然，眼前的女人并不满足于躲在楼梯上偷听，她已经迫不及待替韩先生检阅了合同。"他的矿业公司虽然有几千亿的资产，但那都是属于星际联署的，他只不过是个高级打工仔。对这样一场明显带着威胁意味的买卖来说，他的出价已经很慷慨了，没准儿，得搭上全部身家也不一定。"

"是吗，不过可惜啊，他最后什么都得不到。"韩先生冷笑了一声，"还以为他真的有几分像他的父亲能干些大事，没想到和其他人一样虚伪，装什么正人君子，不过是嗅着钱味儿就会发狂的疯狗。"

"如果只是有利可图，他当初就会收下你送去的那帮劳工。"贝阿特莉丝从躺椅上坐了起来，将床单披盖在腿上，一对丰盈诱人的乳房，就这样明晃晃摇曳在午后的阳光下。"况且,你不觉得这件事很奇怪吗?他明明可以等到和谈结束,这个所谓的政策浮出水面,在你最措手不及的当口来找你,但他却提早了那么久,就好像……比你更着急那些帕玛人会被全杀光一样。"

"什么意思?"韩先生的脸色一沉,"他要那个工厂,是为了别的?难道是想救那里的帕玛人?"

"工厂里的那些都是试管培育的克隆人,多邦政府压根不知道的黑户。就算是那个恒定控制的计划启动,只要他们不离开工厂,也威胁不到他们什么,根本用不着谁来救。"

贝阿特莉丝说罢,重新拾起了茶几上的合同扉页,右手食指在蜡白色的纸张上摩挲着,最终落在了目录的最下面一行——附录:收购项信息公开与前期核实勘探。

"新东家看起来,迫不及待想要去到那里呢。"

"刚才提到合同的时候他也说了,会尽快核实那里的情况。"韩先生想了一会儿,再开口时,声音也低沉了几分,"他想救的人不在里面,而在外面,所以他才必须在和谈结束时完成收购。"

"在他看来,未来的很长一段时间,那个工厂对于帕玛人来说,无疑是这颗星球上最安全的地方,不是吗?"

"他要救帕玛人,这里的帕玛人,这么说,班镇上,还有活着的帕玛人。"

说罢,贝阿特莉丝和韩先生同时陷入了沉默。他们没有看向彼此,甚至在刻意避开对方的视线,二人像是分别跌落在不同的时空当中,唯一的交会便是洋洋洒洒降在头顶的阳光,那样持久的温热,令整个班镇变成了一个运转不息的巨大烘炉,它加热着灵魂,催化着意志,于无声中熔炼出数不胜数沸腾滚烫的秘密。

"哎,真是的……"

贝阿特莉丝的唇半张着,语气低得如同一阵哀叹。

17

5.12 双方约定在货物交付3个工作日内完成款项结算,乙方有义务协助甲方进行结算前的货物清点和分类,但分类标准和具体分类结果以甲方出具的最终评定报告和结算清单为准,双方可根据以下分类标准视具体情况进行友好协商。

分类	标准参照	结算价格
劳动力 Ⅲ-F型	存在明显身体残疾或认知障碍 体力低下 无附加价值 仍可进行基础劳动	2500～4000 标准星元/件
劳动力 Ⅲ-D型	无明显身体残疾或认知障碍 体力低下 无附加价值 仍可进行基础劳动	6500～8000 标准星元/件
……		
劳动力 Ⅱ-C型	健康 无附加价值 可进行基础劳动	11500～13000 标准星元/件
劳动力 Ⅱ-B型	健康 工业/农业技能水平达到星际联署用工评级中C-12级或以上	15000～17000 标准星元/件
……		
劳动力 Ⅰ-B型	健康 绝育 雄性 工业/农业技能水平达到星际联署用工评级中B-5级或以上 掌握所交付星球的语言和基础沟通	25000～27000 标准星元/件
劳动力 Ⅰ-A型	健康 绝育 性别不限 工业/农业技能水平达到星际联署用工评级中B-3级或以上 掌握所交付星球的语言和基础沟通 在班镇进行过系统基础社会适应性培训 *地球配货 高端客户预定	40000～80000 标准星元/件

特别说明：劳动力Ⅲ-F型为最低交付标准，低于此标准以下的货物不纳入交易范畴，不进行退货并将由甲方统一集中销毁。甲方确保只采用化学手段进行销毁，并保证销毁过程符合星际联署《P-23-7号决议》第二版中的战时人道主义规范。

——一份纸质的定向采购合同，
合同最后一页有激光刻印的公司章案和作为甲方代表韩先生的签名，
乙方没有注明具体的机构，也没有代表签名。

番茄牛肉意大利面，椒盐牡蛎干，整盘烤沙棘鼠和一瓶冰镇过的橙汁汽水，一旁是亮到发光的银制刀叉，尤塔坐在厨房的餐桌边，看着摆放在他眼前的晚餐，半响都没挪开过眼睛。

自打他记事起，这间屋子里还从来没出现过如此丰盛的菜肴。人类的食物虽说在帕玛星早已流行，但多是薯条、面包和午餐肉这类拿在手里就能吃上的食物，因为足够便宜。像样的餐厅也有，不过大多汇集在首府多邦，以东南亚菜和墨西哥菜居多。尤塔跟着父母去多邦商业区的一家泰国快餐店过过一个生日，经营这家店的老板是当地有名的帕玛人厨师，早年在普吉岛的豪华酒店做过餐厅杂工，在厨房忙活期间偷学了不少手艺，后来回到帕玛星开了一家小店，主打原汁原味的冬阴功汤和虾蟹酱炒米粉，口味地道到连租界的地球人都会慕名来排号用餐。这在当时可是人人称道的大新闻——虽然帕玛星的餐厅很多，但人类一般只会光顾由人类经营开设，并且厨师也是人类的那部分，这些餐厅主打的多是法餐或中餐，且装修也极为豪华，价格自然也比帕玛人开的这些"小作坊"贵上数倍不止，不少帕玛人一月的收入可能只够几碟前菜和汤羹。对比之下，这家泰国快餐店不仅美味而且实惠，老板的成功堪称奇迹，因而还上过一档叫《银河美食特快》的节目，也算声名远播，是帕玛人心目中的骄傲。

而尤塔对那顿饭之所以印象深刻，除却令人难忘的美味，便是老板极为用心的招待——他不仅亲自送上用巧克力写着自己名字的奶油蛋糕，而且和他们一家人一起吃完了整顿饭。这顿饭吃了很久，多半是因为父母一直在和老板谈天，尤塔对于具体的内容已经记得不甚清楚，只记得老板是班的朋友，而这顿饭还有一个特殊的目的——几周之后，班镇也有了一家泰国快餐厅，而厨师正是自己的父母，虽然口味比不上多邦的那家正宗，做的也是即取即食的快餐，但在班镇依旧引来了不小的轰动。年纪尚轻的尤塔每天在店里帮活，从里到外、从早到晚地忙碌，偶尔空闲时，偷偷捞起鲜红色汤锅里浮出的仿制鱿鱼圈，趁着父母不注意塞进嘴里，那样酸甜又富有弹性的口感，是他所能记住的、人生中最幸福可口的滋味。尤塔的生活自那时起就开始充斥着食物散发的美好，以致他觉得自己的记忆，应该也有一大部分是经由味蕾储存的。

眼前的这桌佳肴，却丝毫没有给他带来类似的感受——应该是发生了什么特别的事才会如此，这是他此刻唯一一想到的。

尤塔从楼梯后的虫口爬出来时，太阳已经落山，餐厅和客厅的灯光也被提前调暗，一楼的大部分空间都被浓郁的夜色蚕食殆尽，只余门外屋檐上的壁灯敞亮着，透过门缝照出了一个被拉长的人影。

是那个叫巴特尔的安全员，尤塔当下便反应过来。鲁在邀请他上来就餐时便解释过，巴特尔会负责在门外看顾，确保没人会来打搅。但看着那束阴影沿着门厅的地板来回摇曳，尤塔却丝毫无法感到安全，相反，这样幽暗的家，这样华丽的菜肴，这样郑重其事的把守，夜幕下的一切在他眼中诡谲而虚幻，如同惴惴难安的风中之烛。

"这是纪子女士特地送来的，虽然名义是犒劳我昨天的招待，但其实是希望你可以好好享用。"

见着尤塔一直对着餐桌发愣，鲁便主动解释道，"这些食物据说都只供应给高级官员，平时我们也很难吃到，她知道了你近来吃的都是分发给我的餐食，但那本来就是一人份，你还只能吃到一半，肯定会挨饿，所以这次……专门希望可以让你饱餐一顿。"

尤塔点了点头，拿起餐叉对准了淋满红色酱汁的意大利面，因为是人类的餐具，他的指甲操作起来有些吃力，好容易旋转了几圈才拎起一团。

正要送入口中时，尤塔又突然停住了。他看了看坐在对面的鲁。这个人类全然没有要就餐的意愿，甚至连双手都没搭在餐桌上，只是这样一脸沉静地看着自己。

"那个……"

尤塔张着嘴犹豫了好一阵，最后依旧只字未吐，只能将面团送进了嘴里，口中一边咀嚼一边发出了几个含糊不清的音节："谢谢你们。"

他如果要说什么，总会先开口的吧，尤塔心里这样想着，在此之前，自己只需要顾着眼前的食物就行了，毕竟鲁方才的猜测确实没有错，这些天食物的分量是远不够饱腹的。

只是尤塔没有想到，直到他吃完最后一块牛腩，面前的男人才开口说话。鲁尽可能简要地讲述了将这对兄妹运送出班镇的计划。像"沙地车""边防哨"和"基因工厂"这样的字眼，都被他替换成了方便理解的代称，而类似和韩先生的交涉这对兄妹无须得知的细节，也被鲁全部带过，这番话里的每个词句似乎都经过长久的思索和组织，以便尤塔可以尽可能理解，鲁方才席间的沉默，应该都是在为这段话酝酿着。

他甚至还设想过尤塔可能会问的问题，为什么要离开班镇，那个对他们不利的政策究竟是什么？那个安全的地方在哪？是做什么的？危不危险……如何应答，才能既不吓坏这对兄妹，又能让他们明白近在咫尺的险境，鲁自从坐在餐桌前脑子里翻来覆去都是这些问题。

但尤塔，却选择了最好回答的那个。

"米莎她，还好吗？"

或许是知道这顿饭到了最重要的环节，他放下了沾满酱汁的刀叉，规矩地挺身坐好后才发问。

虽然关心自己的妹妹实属正常，但首先问出这样的问题，鲁还是感到有些吃惊。这个孩子看起来既不关心逃跑的计划，也不在意那个骇人听闻的政策，事实上，在鲁方才一本正经讲述这些时，尤塔的脸上，一直凝固着难以形容的沉静。

如今关心起米莎来，反倒能看出些担忧的神色。

"啊，她很好，米莎的虫口位于旅店下方，空间更大，纪子女士那里的食物也比我们要充裕。"

"那就好。"尤塔低着头，想了一会儿继续说道，"那明天，就能看到她。"

"是，巴特尔会把你们一起送出去。"

"好。"

尤塔点了点头，依旧没有提出任何问题。送去哪，如何送，为什么要去那里，这些在刚才的叙述中通通被省略的细节，他好像都不那么在意，以至鲁也跟着没了继续说下去的契机。这段预想中应该足够漫长的对话，就这样突然被逼停在半途。

几乎被扫空的餐盘上只余下了搅混着食物残渣的酱料，和刚被呈上时的精致不同，昏暗的灯下，未经打扫的残局显得那样狼狈，对坐在餐桌两边的二人就这样沉默着。尤塔低着头，余光却不住地瞥向凝望着自己的鲁，有那么一刻，鲁从尤塔的目光中看到了某种愧疚，这和十数天来多次聊天的僵局不同，这一次，他明显将这样沉默的对峙归结于自己，就像是……他深知自己本可以说些什么，但却没有。

而这次，鲁也不打算就此止步，在尤塔离开前，他有必须要得到的答案。

"那个……"鲁停顿了片刻，似乎在等待尤塔重新抬起头看向自己，二人再次四目相对，言语便又被镀上了一层莫须有的厚重，"能和我说说，我的父亲吗？"

"班？"尤塔反应了好一会儿才开口。他并不知道，所谓的"说说"指的是什么，因而他能想到的，便是一件非常具体，甚至有些显而易见的事："他……之前住在这里。"

"是，所以我想，这个镇上曾经的居民，不论是谁，应该都比我要了解他。"

虽然大概率是事实，但亲口说出这样的话，特别是在这个对自己而言尚且年幼的孩子面前，鲁还是感到一阵愧疚。他和父亲只在租界的办公室里见过一面，连十分钟都不到，论起熟悉，他自然比不过作为房东的尤塔，但将这些直白地陈述出来，怎么听都带有埋怨的成分，简直幼稚而无用。一想到这，鲁不禁向前倾了倾身子，脑袋正好没过自头顶照下的灯光，他的整张脸就这样潜藏进了阴影中，眼耳鼻口都模糊不清，像一团人形的谜。

"你喜欢他吗？"

"喜欢。"

"他喜欢你吗？"

"嗯……"尤塔思忖了一小会儿，他认为有必要将这个结论阐述得更准确一些，"他喜欢这里的每个人，这里的每个人也都喜欢他。"

原本在客厅打盹儿的班，这时突然跳上了餐桌，它小心地在那些精致餐具的缝隙间穿梭，先是朝向尤塔，转而又看了看鲁，经过多日的了解，鲁知道那是小家伙在祈求关爱，它应该满怀期待能钻进他们某个人的怀里。

平日，这样的要求一般都能立刻得到回应，但此时此刻，尤塔和鲁都没有张开怀抱去迎接这个渴望被抚摸的班。他们的思绪，被困在了另一个和它相同的名字上。

"他教我们本领，教我做三明治。"尤塔主动说道，他的脸上流露出难得的轻松，想必这是件足够愉快而骄傲的事，"然后我又教会了很多人。"

"我听说,他还会带班镇上的人去外星球,是旅行?"

尤塔点了点头,随后又突然一愣:"他……是介绍工作给那些人。"

"这样啊……那些人,后来你还见到过吗?"

"没有,他们在外星球。"尤塔想了片刻,突然又说,"班对我们很好。"

"是这么回事……"

鲁点了点头。父亲对帕玛人很好,这曾是他深信不疑的事。在阁楼居住的这些天,父亲遗落的那些书和杂物里,大多都和班镇有关,班镇的设计图,班镇的电力和下水道规划,班镇的游乐场规划,餐厅的菜单,居民联络簿,旅游图鉴……这个甚至容不下一个成年帕玛人的阁楼,俨然是这个曾居住着上万帕玛人的小镇当之无愧的市政厅。鲁一直觉得,一个人,要造一座城,并为其倾注所有,若非深爱着这里、这里的人,实在无法轻易办到;而只消得在班镇街上随意逛逛,咖啡馆茶罐上的备注,旅店玄关的挂画,广场花圃上的涂鸦,以及广场上那尊帕玛人和猫的雕塑,处处都是这座小镇对父亲爱的回应,舞会那晚还有人专程来告诉鲁,这里大大小小的店铺和餐厅,几乎都有专门为父亲预留的座位——很多桌子上都刻着或印着ban这三个字母,只要稍加用心就能发现,他们将这当作趣闻分享给鲁时,该是希望能从他脸上看到一份自豪或得意。父亲曾在这里如此深受爱戴,做儿子的当然应该备感荣耀,但鲁却只是点了点头,连应付的笑容都没有。他喜欢这里的每个人,这里的每个人也都喜欢他,但这样的答案越是清晰,鲁的内心便越加难安……从前,他不是没有在新闻里看过这些,在报纸上读过这些,他根本不需要别人甚至尤塔来告诉自己,班镇和父亲的关系;而也是到了此时此刻,当他到了班镇,当他被迫不断看见和发现父亲的一切,当他一次次见证了父亲对这座小镇全心全意的爱时,他突然一下子明白过来,自己那么多年都没有勇气来到这的原因,竟然是因为单纯的嫉妒——父亲的爱是那样多那样满，可自己和母亲却不曾分到哪怕一丁点。

这样的情绪，鲁是无法与人说的，一个如今早该成为别人父亲的人，还去计较这样的事，实在是太过愚蠢。说到底，他倒宁愿……父亲就是母亲口中不停念叨的那样忘恩负义自私自利的人，这样那些被亏欠的爱，便都可以归结为命运的不公。命运总是能被轻易原谅的，被厄运中的恶人摆布，总好过被世人眼中的好人辜负。

母亲那样言之凿凿地诋毁父亲，每时无刻的诅咒，或许也是出于此吧，鲁这样想，谁愿意一边接受自己爱上的是颗光明璀璨的太阳，一边苟延残喘独自在暗夜里煎熬。不知从何起，一个被命运安排的、恶劣的、卑鄙的父亲，竟然也变成了鲁内心深处自我宽慰的必要。只是鲁十分清楚，父亲终归是这样地受人敬仰，他的恶与不堪，不过是母亲和他的自我欺瞒。

直到今天稍早，韩先生给了这些不切实际的妄念一条全新的出路。

"你的父亲，班，他看起来是个德高望重普度众生的菩萨，背地里可还没你心肠好呢。"

韩先生的话始终回荡在脑海，像一阵阵逐渐汹涌的潮汐，以致下午在镇上广场和纪子相会时，他的思绪都时常从这场至关重要的"帕玛人兄妹偷渡计划"中抽离。父亲那印在周刊封面上总是正派慈祥的脸，突然变成了一张轻薄如纸、耷拉在头骨上枯槁的人皮，而在这层脆弱的遮罩下，眼眶和颌骨构筑成了密不透风的监牢，里面，尽是哭啼的帕玛孩童。

"他就是故意这么说的，那样要强的人就算一败涂地，也不忘逞些口舌之快。"巴特尔靠着街边的路灯柱子，一边注视着周围，一边满脸严肃地分析起来。他并不是真的有多大把握，但似乎不给这件事下个定论，就永远无法回到这场会面的正题。巴特尔原本希望找个更隐秘的地方，但纪子却认为正值巡视的当口，秘密会面要是被发现才更麻烦，大大方方在广场上"巧遇"反而不容易引起注意。只不过，总督的儿媳和一个商人，只是片刻的寒暄还属正常，但在这样人来人往的地方站着久叙，怎么看都不是合理的事。"不管你父亲是怎样的人，都不会影响我们的计划，那个韩先生不管出于何种考虑，都肯定不会出卖我们。"

"是。"回过神的鲁看着巴特尔，木愣地点着头。他说的没错，不论父亲是怎样的人，他既已经离开了这个世界，那便根本无法影响眼下的行动。"只是……"

"那就先解决运送的事。"巴特尔打断了鲁，他的话虽然小声，但依旧能听出命令的口吻，"你们这样见面已经很不安全了。"

"对不起。"

这句道歉，鲁是看着纪子说的。这次会面本不在三人原本的计划里，是纪子执意如此，大概是从巴特尔那里听说了鲁离开时那副失魂落魄的样子，所以说什么都得来看看。二人就这样"相遇"在街头，相隔不过一只手的距离，礼貌而体面，但又足够听见纪子不紧不慢的声音，只是没有卢卡斯和其他孩子，没有班，便也没了能够支撑一段漫长对话的理由。

"你相信他说的这些吗，鲁？"

纪子温柔地看着鲁，语气却格外认真："你相信你的父亲吗？"

"我说过……我见到了那份藏在阁楼书柜下面的合同，我亲眼见到了。"

"可那也说明不了什么啊。"巴特尔摇了摇脑袋，"班的名字，也没出现在合同上。"

"我起初也没有多想，但是……"鲁顿了顿，没再解释什么。按照他当初发现那份合同的设想，这大抵应该是父亲从韩先生那里搜罗来的贩卖人口的物证，他和自己发现了一样的事，他或许正酝酿着如何保护那些无名无分的帕玛孩子。鲁哪怕一丝一毫也未曾怀疑过，父亲会是这份合同的参与者，在他眼中，这份合同一定是用来对付韩先生的东西。

这些事，在碰面的第一刻，鲁便向纪子说了一遍。早在从韩先生处返回小屋时，鲁便急不可耐地冲向了阁楼，随后过了一阵，又战战兢兢走下来，将那份合同递给了巴特尔。帕玛人儿童被称作货物，甲乙双方白纸黑字勾画了买卖的全部细节，来源、用途和转运地，甚至将所有帕玛人按照劳动能力和身体素质做好了分类：便宜的几千标准星元就能打发，那些会说话的，能操纵机械的，则可以卖到上万，其中最贵的一类，需要在班镇进行过系统的基础社会适应性培训。只不过，这上面并没有出现父亲的名字，或者签名。

这是前几日无意中找到的，鲁当时这样向巴特尔解释。但这些常年累月的褶痕和卷起的纸页都被一一抚平，远不像才被发现的样子，反倒像是被整理压平甚至翻看了许久所致。不过这只是巴特尔的猜想，他既没有细查，也无意去追问。或许，鲁很早就发现了这个，甚至为此挣扎了许久，只是羞于承认罢了，这是巴特尔心中的答案，但眼下，这根本不是他关心的事。

"你必须回去了，你只是出来为卢卡斯找寻丢失的玩具，还不许安全员和卫兵跟着，就更加要谨慎，现在这样，可不是找东西的样子。"巴特尔从衣服的内口袋里掏出了一颗网球大小，由积木拼接成的地球模型，一本正经地交在了纪子的手里，失物找回了，便不再有继续待在这的理由，"回去吧。"

纪子接过模型，捏在手中，却也只是沉默着。

"路上看到你们的人越多，我们的风险就越大。"作为鲁的安全员，巴特尔立直站回了他的身后，擦肩的那一刻，他刻意用力瞪向了鲁，"这些事情，没必要在这种时候讨论。"

"是，是啊。"鲁领会了巴特尔的用意，跟着说道，"你回去吧，计划不会有什么影响的。"

纪子看着鲁，笑着点了点头，可正要转身朝着旅店的方向走去，却又突然停住了。

"我不愿瞒你，鲁，或许舞会的时候，就应该告诉你的。"

纪子回过头，但却低着头没再看向鲁和巴特尔，只是语气明显多了几分急促。她也实在不知道这样的迫切源自何处，或许，只是想快一点，再快一点地将这些她已经后悔说的话说出口。"他和韩先生的生意，总督府一早就有过调查，他在租界带领帕玛人闹过很多次罢工，但其实都是在引诱那些优质的帕玛劳工离开岗位，然后再以介绍工作为由，将他们低价贩卖到别的星球，虽然没有足够的证据证明确实存在实际的交易，但那些参与游行的帕玛劳工，确实都在后来相继离开了帕玛星，而他们搭乘的，也都是韩先生经营的货船。我们还对那些劳工的雇主进行过调查，他们不是没有提出过和解和改善意见，但你的父亲作为唯一的劳工代表，几乎是想都没想便拒绝了。我们只能这样推测，他压根……就没打算让这些人继续在帕玛星工作，让这些帕玛人失去工作，才是他组织罢工的真实目的。"

鲁和巴特尔直愣愣地看着纪子，对于这样的震撼，纪子似乎也早有准备。

她挣扎过的，要不要将这一切揭晓，直到说出口的前一刻，她仍然在挣扎。为什么，为什么不顾巴特尔的阻挠一定要着急见面，为什么非要带给他关于父亲的真相？纪子至今不知道原因，但从看到鲁脸上忧愁的那刻起，她就没有打算让鲁沉沦在对父亲的希冀中，本能地，纪子不愿他这样。

鲁的双手都紧紧捏成了拳，像是在使尽全力克制着什么。有那么一刻，他的眼前浮现出了父亲的脸，在租界的办公室里，那个问题，那声叹息，那失望离开的模样。那天发生的一切都浮现在鲁的眼中，那双和班相似的眼中，正如纪子所说的那样，父亲根本没有听鲁解释，他就像是，例行公事般出现了，然后又离开了。

"你们早就知道这些……"

"是，这也是为什么，他处处和商会对着干，但却依旧可以往来租界，可以开讲座，可以上电视，就连他在公公那里的担保人，也都是韩先生。为此……总督府还派人调查过你是否经手了这些生意，因为毕竟你代表着星际联署，传出去的话影响会非常恶劣。但我知道你没有，不然你也不会仍旧处在这个位置。只是你的父亲，他在帕玛人中树立的声望和形象，公公大抵觉得即使是虚伪的，便也无害，反倒可以增加些人类在帕玛人心目中的好感，于是并没有加以制止。"

"是这样……所以，整个班镇，什么人类和帕玛人共同学习生活，根本就是个笑话。"

在总督眼里，我或许也早就是个笑话了吧，鲁这样想着，反而生出了许多不甘。

"这里应该就是他用来培养高级劳工的地方，餐厅，旅馆，剧院，赌场，游乐场，各式各样的设施和场所，一个这样简陋的小镇，却拼了命地配备了所有这些设施……这根本没有道理，不是吗？"

"你说的这些，根本算不上证据。"鲁咬了咬牙，"算不上的。"

"对，没有直接的证据，因为根本没有人把这当作需要调查的事，但如果你真的想要证据，你的房子里就有一个人证，不是吗？"

"你说……那个孩子……"

纪子没有回答，她矗立在原地，不再言语。反倒是巴特尔想了想，才给出了宴请尤塔的主意，大概是让鲁趁着这最后的机会自己问个明白。

"那不是你的错……但你必须明白，为了不活在这样的错误里，你只能做，也只有做自己认为对的事。"

直到再次告别时，纪子才又说了这句："就像……就像我一样。"

鲁已经浑然忘记会面是如何结束，自己又是如何到家的，只记得纪子安排的士兵端着菜肴敲开房门时，自己猛然从客厅的沙发上站了起来。眼前的天，就突然从午后的金黄变得漆黑，这期间的所有，竟都像平白从记忆中被抽离了一般。他像是想了很多事，却又什么都不记得，脑袋里一会儿翻江倒海，一会儿又空无一物，这样的状态一直持续到和尤塔面对面坐在餐桌前，才稍有缓解。

眼下，筵席只剩下满桌残羹，鲁才将那纸合同摊在了尤塔面前，翻开的那一页，正好是细则中的5.12。

虽然合同的大部分是用英文撰写，但那个评定帕玛人劳动力标准和价格的表格，却特意用帕玛人的文字备注了一遍，这在涉及帕玛人或者帕玛人产业的交易中倒不算什么新鲜事，当地的很多劳工合同在草拟时，都会特地将部分内容用帕玛人的文字再写一遍，这份合同之所以这么做，应该是为了方便一些帕玛人的工头来核对"货物"真实的身份信息。

尤塔的目光落在那表格上的瞬间，便抬起头惊惧地看着鲁，从他那迅捷的反应来看，他读懂了那些内容。

"按照这上面的内容，那些人，他们很可能不是去旅行，或者工作，他们是被当作商品，贩卖到其他星球。"

"不，"尤塔看起来害怕极了，"不是这样……"

"这份合同，是我在班的阁楼发现的。"鲁看着近乎暂停住呼吸的尤塔，没有片刻迟疑接着说道，"你之前，见到过吗？"

尤塔迅速摇了摇脑袋，双唇哆嗦了半天，却没吐出半个字。

这个孩子在抗拒着逐渐明晰的真相，鲁心中无比笃定，因而他没有理由放弃，他从未对一份真相，甚至极大可能毁掉自己的真相如此热衷，就像一只在红莲中振翅的蛾。

鲁拿出了一早准备好的韩先生的照片，那是巴特尔从要员花名册上影印下来的。"尤塔，你见过他吗？"

"他……韩……"

尤塔在目光落在照片的一瞬，便战战兢兢说出了他的名字。

"他就是合同里的另一位。"

"不，不是这样……"

"你在这里见过他，对吗？"

"我，Volska Mo……我没有，不，Volska MoDacorope。"

混杂着两种语言，近乎慌不择路的回答，即使是涉世未深的孩童，大概都能听出这是充满畏惧的谎言，更别提在谎言世界里闯荡半生的鲁。他见过太多谎言，以及说谎人的表情，有些精湛到毫无破绽，有些悠然得像在讲述某段历史，而尤塔的反应，恰恰是最笨拙的那种，他的举手投足都印证了一件事：班，他的父亲，就是合同里的那个乙方，那个做尽坏事十恶不赦之人，他穿着慈善家、社会学家、帕玛人的好朋友这样华美的衣裳，享受着圣贤才配拥有的爱戴与荣耀，却做着最不堪的事——只是，尤塔还没能从这样惊惧的真相中解脱，而他……而他却仿佛已经预习了千百遍。

那颗悬在心头沉重不堪的巨石，从害怕它落下，到期待它落下，如今，命运成全了鲁，曾经萦绕在脑海中父亲的那些伟大、博爱与光明，终于成了臆想和虚幻，就像他无数次在飞船上远眺那条缠绕着帕玛星的巨蟒，光艳夺目的金鳞，真相不过是一片片寸草不生的沙丘，和父亲一样，是肮脏的，可惧可憎的，死的。

得偿所愿了，不是吗？母亲常挂在嘴边羞辱父亲的那些话，甚至还不够狠毒，他并非缺少了父亲，而是远离了一个罪人。可一切幸然如愿的时刻，鲁却无法感到任何畅快，那是一种他无法解释的，心脏被狠狠揪住、不得片刻喘息的绞痛。从来到这里的第一刻起，鲁仿佛就被迫加入了一场关于父亲的解密游戏，他的书，他的笔迹和他的照片，还有他的猫。谁会自恋到将一个宠物用自己的名字命名，可即使鲁如此努力地遵循着游戏的规则，抽丝剥茧地还原父亲的种种，不论是好的，坏的，世故的，崇高的，那种绞痛都没有减轻分毫，仿佛紧紧攥住心房的，并非是父亲的正邪与善恶，而是一个完整的、属于他的过去，就像他完完整整是班的儿子，这点从来无法改变，这是他应受应得无法解脱的原罪，是好人、坏人、凡人、伟人，鲁都必为之承受。

"你真的，从来都不知道这些？"

鲁看着眼前呆愣的尤塔，语气丝毫不像在提问："这里发生的事，尤塔，我不知道你是否明白这意味着什么，但这对我来说，是必须要得到的答案。"

尤塔依旧没有回答，他的眼睛缓慢眨动着，不停游移于那份合同和鲁之间，他的表情，就和他的眼神一般充满犹疑和哀伤。

鲁始终没想明白这是为何。在他看来，尤塔显然是不折不扣的受害者，再不济，也是随着他双亲做了别无选择的帮凶，但凡见过父亲的罪行，他都该愤慨，该爆发，甚至该迁怒于自己。或许，这样的表情在他脸上存在过那么几秒，但旋即又坠入了那样比夜色还深沉的愁绪里，他在为什么而难过，就因为不愿接受父亲慈悲的幻象破灭吗？还是……这样彻底的颠覆对于一个孩子来说真的那样残忍，去接受自己的家、自己得到的来自人类的爱只是一场交易，是合同里白纸黑字写下的流程。越是这样想，对父亲的厌恶就越加浓烈，但如何去恨一个已经死去的人呢？鲁咬了咬牙，只能发下这样无用的诅咒。

"他做的那些事……是会下地狱的。"

尤塔的双臂猛然抽动了一下，仿佛这样恶毒的言语也鞭打在了他的身上，发颤的肌肤似乎被某种规律的阵痛所影响，在这样阴沉的夜色下竟也渗出了薄薄一层汗霜。

垂着的脑袋，似乎是在点头，至少对于鲁的咒骂，他并未制止和反驳。

"他对你们好，教你们技能，只是为了把你们以更高的价格卖到其他星球。"

鲁的语气愈近严厉，现在想想，这还是他头一回对尤塔如此严词厉色。尤塔的沉默，令鲁已经顾不上什么情绪或反应，此刻他脑中所想的尽是，若尤塔对父亲还有什么善念和恩情，此时此刻就必须抹杀干净，不止对尤塔，对自己亦是如此。那个高大的形象，这个和睦的小镇，都是用无数谎言和私欲堆砌出的、必须破除的幻象。他被困在其中，反复寻找和温习父亲的痕迹，企图做个像模像样的儿子接受父亲必然的指引，却不知父亲的影响早已如同虱虫悄悄爬满了他的周身，是总督的猜忌，是韩先生的怨怼，是纪子的怜悯，是那些一直在暗中凝视着自己的狡黠目光；如今，是在心口生了根的恨意，令他重获得以洞察这空幻的智慧——我再不会活在父亲虚无的阴影中，也再不是为了父亲而做这样的事。

"我曾经以为，我也该学着他，甚至是为了他，做一些善良的事。"

鲁叹了口气。夜就这样彻底黑了下来，餐桌边相对的二人此刻都隐去了面容，只剩被灯光照亮的轮廓，像两个趁着夜色仓皇显身的孤魂。

"但这和你无关，尤塔，这些……现在都已经无关紧要了。"鲁突然说道。他得到了答案，拼尽全力又如此幼稚，如今，便也必须展现足够的理性为之弥补。"眼下，最重要的是你们，过了明天，你们就安全了。"

"那个……"

一直缄默的尤塔突然抬起了头，想是被某个念头猝然击中，他抿了抿嘴，认真地看着鲁。

"你去过那里了吗，那个工厂？"

"没有，但明天就会送你和米莎去那里。"

"你也会去吗？"尤塔小声地问道，在餐桌下方，鲁目光所不及的黑暗中，那双颤抖的手紧紧抱住了蜷曲的膝盖。

"嗯，还有巴特尔。"

鲁随即看向了门外已经同样只剩一道轮廓的巴特尔，他能感觉到，尤塔的目光也正小心翼翼跟了过来。

"巴特尔……"

"是，这是他的名字。"

"巴，特尔。"

尤塔将这个名字又在嘴里重复了几遍，像是刻意要将它记牢。

轻声的呢喃和穿堂而过的风一道，顺着门廊的缝隙向外飘去，站在台阶上的巴特尔感觉到了什么，侧过身向小屋内打量，而他身后，寂静的远方，被星辰唤醒的沙丘开始层叠流转，似乎也在感应着谁的召唤。

18

  他们看不上班镇,这是好事,凡是被星际联署盯上的地方,都不会有好下场。

——班在一份刻意留存的报纸上的涂写
那天的头条是总督与多邦政府的会晤,他在回答关于班镇的记者提问时特意强调,
尽管班镇是由人类创立,并且按照人类城市规格建设的城镇,
但星际联署暂时不会将班镇纳入租界的一部分,也不会按照租界法规对其实施管辖。

  纪子靠药物入眠的习惯已经维持了多年,如今回想起来,她倒也说不清是从什么时候开始赖上的毛病。

  但有一点可以肯定,直到大学毕业,她都不是个会为入睡烦恼的人。曾租住在水道桥①的公寓离巨蛋②那样近,可即便是有热闹的比赛或演出,散场的观众们沿着街道喧沸不止,自己也依旧可以在这般聒噪中睡得安稳。

  现在想来,好像真正意义上的第一次失眠,得算在初次造访维也纳③那会儿。年轻的大公带回来一个日本女人,在那个精致又陈旧的古城里

---

 ①位于东京文京区,指水道桥地铁站辐射下的一整片繁华商业区。

 ②东京巨蛋(东京ドーム,Tokyo Dome)位于日本东京文京区,是一座有55000个座位的体育馆。同时是日本职业棒球队读卖巨人的主场,也举办篮球与美式足球比赛,还有职业摔跤、K-1赛事或音乐表演。

 ③哈布斯堡家族目前大多数族裔都定居于此,其中许多担任公职。

绝对算得上破天荒的大新闻，每天早晨推开酒店窗户，纪子不仅能看到对岸秀美的多瑙河公园①，还有广场上一排排高高架起的相机。但这还不够，或许是觉得这样守株待兔收效甚微，媒体们渐渐开始了捕风捉影的臆造——因为大公幼年一直由他那个被收养的越南裔姐姐照看，所以对亚洲女人产生了特殊的偏好，这是当时影响最广的传闻。甚至有好事的新闻节目请来了一群心理学家，将纪子和姐姐的照片放在一起对照，用一大堆专业词汇堆砌出了这段爱情故事真正的成因——病态、畸恋；他们审视着纪子，像是在审判一个亵渎了高贵血液、异域来的巫女。此事发展到最后，公公不得不以资助考古项目为由将自己的养女送往遥远的菲诺亚星，她将在渺无人烟的荒泽里待上整整十八年。

纪子忘不了那个同样长着东方面孔的女人出发前看自己的眼神，无助、恐惧、憎恨，怎么能不恨呢？因为纪子的出现，自己从父亲的爱女变成了造成弟弟心理畸形的罪魁祸首，从卢浮宫的副馆长变成即将终日浸泡在泥沼中的苦力。两个被媒体舆论同时谋杀的受害者就这样站在古堡阶梯的两端，一个提着行李，却不想离开，一个穿着睡袍，却不得安眠。是啊，不得安眠，或许就是从那一天，她吃下了第一颗家庭医生递来的药丸，仰赖那些穿梭在血管和神经的化学物质，她得以如常度过此后的每一个夜晚。

不过这样也有个好处，那就是如果不服药，她便能一直毫无倦意，帕玛星的夜很快就凉透，到了凌晨已经有了单衣难抵的寒意，直叫人更加清醒。

倚在门外许久的纪子将身上的毯子裹紧了些，目不转睛盯着旅馆后门延伸向外的窄巷。这条小路横在旅馆和对面仓库的高墙中间，宽距也不足半米，因为从这可以更快抵达班镇中央的广场，所以勉强说是条巷子；但纪子更觉得是班在规划时的失误，余留出这样一小截不宽不短的边角料。巷子终日照不进阳光，眼下更是暗得瘆人，道路的边际在黑暗

---

① 维也纳的第二大公园，面积达八十万平方米，距离圣斯特凡大教堂只有四公里。

中模糊不清，看得久了，倒令她想起常在航行时能见到的那些连颗星都没有寂寥的虚空。有时她也会透过客舱的窗户出神地凝望那些宇宙的角落，看得越久，便越深陷于某种由心而发的恐惧，同时又那样令人痴迷。虚空仿佛是贴着自己的面颊传来喃喃的轻语，一团蒙着漆黑面纱、却散发淡淡诱人香气的谜。

好在不远处那两条细长的人影一点点靠近，行进中巷子的轮廓也跟着一点点清晰，到了相去十米不到，纪子才渐渐看清楚二人的模样。

更高一些的是巴特尔，他一如既往衣着笔挺，帽缘也比寻常的士兵要低，似乎是为了刻意遮挡住脸上的疤痕；而他身旁站着的，是同样打扮得像个军人模样的鲁——他和巴特尔一样穿着制服，只是衣型明显不合他的身形，肩膀和领口都大了整一号，袖子更是需得卷上几层才露得出手臂。

那是哈图的制服，舞会那日留给自己后就一直搁置在阁楼，正好拿来当作伪装，毕竟这种时候还在班镇上行走的，就只剩下执勤和换岗的士兵，他这样的打扮才不会惹来不必要的注目。

鲁刚来到屋檐下，便被巴特尔用力推向了墙角。

"别站在光下，会有影子。"巴特尔的声音带着几分苛责，该是这一路已经叮嘱他几番类似的事，但总不见鲁有任何长进，不提这样须些经验技巧的指令，仅仅是做到表现自然地和其他人擦肩而过，对他而言都像是极难应付的差事。

"啊，是。"鲁迟疑了一阵，才贴着墙站好，"抱歉。"

"你还好吧？"

紧挨着鲁的纪子近乎能感觉到鲁身体的颤抖，声音也跟着轻柔起来。"这样的事，紧张也在所难免。"

鲁听罢，并没有任何反应，他知道这句话是纪子在巴特尔面前为自己开脱。但只有他自己知道，所谓的紧张不过是某种更复杂心境的托词而已，或者说，只是为了方便呈现给纪子，便于她理解的情绪——昨天

以父之名的救赎　209

那场谈话在一阵桌椅的摩擦声中戛然而止，巴特尔推门而入时，便只看到了正在独自收拾餐桌上残羹的鲁。他无意打听晚餐的细节，光是看鲁那副默不作声的样子就能猜个七七八八，他准是从那个帕玛人孩子口中得到了答案，多半是不太好的答案。

"那个孩子呢？"从头到尾，巴特尔只问了这一个问题，"都和他说清楚了吗？"

"他都清楚，"鲁指了指楼梯的方向，"他已经回去了。"

巴特尔对这顿晚餐的结果算是满意，至少鲁已经不再耿耿于怀父亲的往事，但他没预料到的是，鲁旋即跌入了某种更为封闭的暗潮中。他本就沉默寡言，而接下来的一整天，更是鲜有开口的时候，甚至连最简单的询问对谈都显得木愣生硬，偶尔的几声回答都带着难以形容的顿挫，简直像是将他的魂魄从天涯海角硬生生逼了回来。他没有因为尤塔的回答得到释怀或解脱，反而陷入了某种更为彻底的崩坏中。

但巴特尔向来不善于研究情绪的事，军人的素养要求他专注于那些带着目的，便于执行的事，比如此时此刻，这场必须速战速决的会面。

"车就停在广场，是马上要执勤的ZH-86274，接上米莎，就得马上出发。"巴特尔说得很快，似乎是为了刻意烘托出时间的紧迫。按照原定计划，这辆沙地车必须在日出前开出班镇，才有可能按照巡逻的时刻表交班前返回。眼下虽不见光，但远处浑浊的地平线俨然昭示着即将到来的破晓，他们出现在这里的时间比预计要晚了不少，巴特尔心里，也早有根噼啪作响的引线烧了起来。

"另一个孩子呢？"

"他已经在车里了，费了些周折。"

说话的同时，巴特尔的目光落在了鲁身上，带着不能再明显的责备。眼下，他并不打算在纪子面前详述刚才发生的一切，但看着鲁那副魂不守舍的样子，他又觉得必要的告诫还是该有的。

"别想了，这种时候可不能犯浑。"

"嗯，是。"鲁这下倒是立刻有了反应。他贴着墙站好的身子不敢挪动一下，只是将低着的头稍稍抬起。阴影中唯有束光落在他的眉下，衬出了一抹不属于他肤色的惨白。"不会了，真的很抱歉。"

纪子愣了愣，倒也没说什么，而是直接打开了半阖上的木门，从屋内照来的暖黄色的灯辉瞬间让整个门廊都亮堂起来。

"快进来吧。"

鲁点了点头，紧随着巴特尔快步走进了班镇唯一的一家旅馆。

这里是镇上少数鲁还没来过的地方。作为总督的住所，旅馆外几乎24小时都有人看守，白天则更加严些，即使是巴特尔，也绝非随随便便可以进入。按照原定计划，卢卡斯会以"拍摄日出"为由带走今夜执勤的安全员，眼下应该已经出发了有一阵子，这样才给了巴特尔转移米莎的空当。

从后门走进前厅，旅馆的一楼倒比鲁想象中宽敞，铺着粗呢地毯的客厅不仅有几张皮质沙发和矮茶几，还像模像样挂着几幅金框装饰的古典油画，虽然一看就是机器印刷的复刻品，但在这样的地方也实属罕见了。横在沙发对面的前台同时兼顾了吧台，后方是整面墙的柜子，除却最下方的一排是标注着客房号码的方格，其余的都被打造成了酒柜，几乎每个格子里都放着酒瓶，大部分都是威士忌和白兰地，只不过那些瓶瓶罐罐都堆积着极厚的灰尘，有些连瓶塞都没有，完全是空敞开着，这样想来，应该都是刻意摆放起来的装饰。

纪子让二人在吧台前稍等，自己则走向了一楼廊道的尽头，那是卢卡斯的房间，当然，也就是米莎藏身的地方。

不出片刻，纪子便又出来了。她轻步走到房间门外，又回过头向门内招了招手。

"Mota'lo，Hahshora。"

纪子温柔地笑着，她的帕玛语远比鲁以为的娴熟，Mota'lo本是出来的意思，但因为说得格外轻慢，听起来就像是充满耐心的宽慰。

门内没有回应，过了一会儿才伸出了一只细嫩的手，轻轻搭放在纪子的掌心，接着是从门内探出的一颗圆滚滚的脑袋。

是米莎，她的肌肤稚嫩光滑，且透着不寻常的麦穗的金黄色，宝蓝色的瞳孔和尤塔那双一样明亮，盯着走廊那头的鲁和巴特尔眨巴了两下，这才又看向了纪子。

"Aro'sa。"

米莎的语气里带着疑问，鲁对这个词倒不陌生，Ma'sa，Pa'sa分别是母亲和父亲，这个，指的是兄长。

毋庸置疑，她在找尤塔。

纪子摸了摸米莎的脑袋，细心地用帕玛语解释着什么，没过一会儿又伸出手指向了鲁。两人又小声说了几句，米莎才终于迈出了房门，被纪子牵着走向大堂，她半个身子都藏在纪子身后，小心翼翼踱着步子，脑袋还不时从纪子的肩膀附近探出来张望，稍微朝着不远处的二人瞥上一眼，又立马缩回去。

等到了鲁的跟前，她整个人直接背到了纪子身后，完全藏了起来。

鲁微微弓下身，轻声说道："Rusakaha。"

这是帕玛人见面打招呼时最常说的一句，但在租界其实极难听到。这个词的发音听起来不仅粗重，而且带有明显舌头搅动的粘黏声。总之因为十分不雅，大部分公司都会规定帕玛人雇员不能在工作场合使用。鲁是凭借记忆回想起的，还反复在口中搅和了好几遍。

万幸，这句现学的招呼发挥了作用。米莎慢慢从纪子身后移出半个身子，紧张地抬起头，那双不停眨动的宝蓝色眼睛，好奇地看向了面前这个高大的人影。

"Rusa——"

米莎的嘴微张着，只是话还没说完，却又突然僵在了原地，她依旧看着鲁，只是眼睛不再眨动，目光也从犹疑变得格外惊恐。

"Boruto，Lo BorutoArriHasher，Boruto……"

越是说下去，米莎的声音越是微弱，以致都不再连贯，她抓紧了纪子的衣袖，恨不得将整个身子藏进去。

鲁虽没听懂米莎的话，但瞧见另外两人都同时紧张了起来，纪子更是直接蹲下来抱住了米莎，他自然能想到，这句话一定意味着发生了不好的事，Boruto，他好像听过这个词，但不论如何也想不起来在哪里，以及具体是什么意思。

"她说了什么？"

鲁后退了一步，"她怎么了？"

"怎么连这孩子都……"

巴特尔嘀咕了半句。纪子则完全没有理会鲁，而是向米莎询问了几句，进而相互对视了一番，最终才一齐抬头看向了身后的鲁。鲁能感觉到他们同样充满疑窦的目光落在了自己身上，而且是非常具体的某处，可也只是细致打量着，并没有开口回答。

他们二人都是精通帕玛语的，如今这番表现只能说明，米莎的话多半和自己有关。

沉寂了片刻后，纪子又回过头，和一脸惊恐的米莎交代了些什么，米莎虽不至于像刚才那般惊惧，但小脸依旧在不停抽搐，往纪子怀里钻得更紧了，仿佛随时都会开始哭啼。纪子抱住米莎，无奈地叹了口气，看向鲁说道："合同和韩先生提供的证件，都带了吗？"

鲁迟疑了一阵，又赶紧点了点头，从上衣口袋里掏出了这些物件。

"交给巴特尔吧。"

"什么？"

"这一趟，就让巴特尔一个人去吧。"

"不是说一起的吗？"

"巴特尔一个人就好。"

纪子将每个字都读得很重，她似乎在努力效仿公公发号施令的口吻，好让这句话拥有服众的气势，这样的时刻，她必须果决。

巴特尔迟疑了片刻,才迅速答了一声"是",继而半跪在地上,从纪子手里接过了缩作一团的米莎,将她小心反抱在怀中,似乎是为了刻意避免让米莎和鲁的视线交叠。

"只要出具合同和韩先生的凭证,工厂的人应该就会让你进去,就算有什么问题,也至少可以先容下两个孩子。"纪子继续嘱咐道,"其他的,可以等和谈之后再说。"

"也好。"

巴特尔毫不犹豫点了点头,干脆地从鲁手中一把夺过合同,光听这样的语气,就知道他似乎很满意纪子的决定。

"不,"鲁的声音近乎在哀求,"到底怎么了?"

"看来不管怎么样,你都不能去了——"

巴特尔刚想继续说下来,却没想怀里的米莎突然大喊了起来。她该是因为过于靠近鲁所以受了刺激,不停说着鲁无法理解的含糊的帕玛语,而那张趴在巴特尔肩头的脸上,却是一种鲁绝不会陌生的情绪——那是熊熊燃烧着的、对自己的恨意。

Boruto,她再次对鲁说出了这个字,只不过,鲁依旧没能等来谁为自己解释它的含义。

"我会向你解释的,但不是现在。"

纪子安抚着米莎,显然,这个孩子只要稍微靠近鲁,便无法自控。纪子与巴特尔对视了一眼,果决地说道:"先带她走吧。"

得到命令的巴特尔只得咽下要说的话,不过这次,他倒是颇显无奈地叹了口气。

鲁僵直的手依旧悬在半空,身子则一动不动。他感到自己的身体被某种力量压制着,只能这样停滞在原地,就像急于从梦境中挣脱的人,不论如何努力地想要睁眼和起身,都无济于事——他只能这样看着巴特尔将米莎抱在怀中,一点点走向前厅尽头,那扇虚掩的、透着光的后门。

纪子跟了上来,又像方才等候他们来时那样倚靠在门栏边,她的右手掌心紧贴着胸口,似乎在尽力抚平那颗急剧膨胀的心脏。

不消一会儿,不远处的广场就传来了沙地车启动时特有的"吱喳"声响,听起来就像是巨兽的牙齿在地上刨啃咀嚼。因为离得足够近,广场附近的建筑都会跟着产生微弱的震颤,不过好在,如今居住在班镇的人们早已经习惯这样的聒噪。沙地车开始巡逻,就意味着新的一天开始,这其至都算不上惊扰,它变成了破晓的一部分,就像黎明将至的窗外,总有断断续续入耳的鸣啼。

比起长夜的寂静,这样如雷的声响反倒让纪子觉得平静,它能掩盖太多东西,奔忙的脚步,米莎的哭啼,还有那无法消解的不安。随着那声音渐渐远去,直至和晨起的风声混合变得不再能够分辨,纪子才终于放下贴在胸口的手,长长舒了口气。巴特尔带着两个孩子离开了班镇,便算是挨过了计划里最危险的部分。

班镇的道路和房屋开始有了灰蒙的轮廓,彻夜集聚的黑暗随着天边泛起的光亮缓缓消散,一天的开始,从未来得如此消沉。

"恶意,剥夺生命者,不可饶恕之罪,被神厌弃之人。"

纪子知道鲁就站在自己身后。他从前厅走过来时几乎没有发出声音,只是呼吸的节奏断断续续,细听的话,就像某个年久失修的齿轮在费劲地运转。

纪子转过头,看着鲁,脸色被渐起的天光照出了一抹苍白的哀意。现在距离日出尚有一会儿,看护卢卡斯的安全员和卫兵也不会那么快折返,眼下倒是腾出了一些时间,来向鲁解释刚才发生的一切。

"Boruto在帕玛人字典里有很多意思,不同的语境会有不同的解释,但我想,米莎的话里,它的含义应该很简单。"

"是什么?"

"凶手,或者说,杀人凶手。"

鲁听罢,垂首想着什么,过了一阵才点了点头。

"嗯。"

鲁的脸上十分平静，或许因为这并不是个会令人感到意外的回答。就算不问，大体也能从Boruto的其他释意里猜到是类似的意思，剥夺生命者，不可饶恕之罪……这些甚至还带有些诗意的形容，总归不如凶手这个词来得简单直白。

当然，这样的平静，或许也缘自他对于这个身份的默认。

"所以……米莎早就知道了。"

"大概是因为有几分相像，才对你说出那样的话。"

"你说，我和父亲？"

"她提到过……班说很多帕玛人会死。"纪子不知如何模仿米莎当时的口吻，在和卢卡斯成为朋友后，她便提到了很多班镇的事。那天，她带着稚嫩又害怕的口音，重复了好几遍这无比残忍的话，像在跟卢卡斯倾诉一段可怕的梦魇。"你的父亲时常把米莎带在身边，我想或许是觉得米莎还不更事，所以说话和做事反而没有避讳她。"

鲁点了点，旋即叹了口气，尤塔曾提到过，米莎出生时父亲已然病重，长时间待在阁楼里无法行动，因而非常偏爱妹妹，还特意给她起了人类的名字。要是这样说，她偶尔能听到些什么，倒也不算意外。如今看来，父亲的偏爱，大概早已是米莎的桎梏，她战战兢兢，享受着仇人的施爱。"都称作杀人凶手了，她大概和尤塔一样，都在心底恨透了我的父亲吧。"

纪子愣了愣，诧异地看着鲁。

"刚才，我们耽误了很久，就是因为尤塔拒绝离开，他说……他不愿意和我一同前往，我想和他解释，反倒让他更加激动。"鲁的脑海中回忆着当时的情景。尤塔那张在夜色下狰狞暴怒的脸，有那么一刻就像受饥发狂的野兽，浑然不见丝毫人性，他近乎是暴力地将鲁推下了沙地车，若不是车轮本身的噪响掩盖，这样的动静恐怕能惊醒街边不少沉睡的人。"明明，才过了一个晚上。"

"啊，是这样……"

纪子想说什么，却又停住了，垂着头思忖了良久，再次与鲁相望时，眼中漫溢着惆怅。"我也曾参与过妥奇亚难民的营救项目，他们看到我……总之，这是难免的事。"

对于事情的细节，纪子并没有详述，公公费尽资源和金钱打点才让此事鲜有人知，她实在无意于人前重提，可经年累月，那份难堪依旧深埋在心底，偶尔想起便又是一番心潮汹涌。那阵子，是纪子跟随星际联署教育部出访阿莎比索星，那时妥奇亚星才消陨不久，大量妥奇亚人流离失所，整个宇宙，也只有像阿莎比索星这样的劣等星愿意公开接纳这些连身份都没有的贱民。目睹这些的纪子实在无法消解积蓄在心中的愧疚，因而在留停期间，她秘密资助了不少帮助妥奇亚人的星际社团。可纸不覆火，善款出自前大使夫人的事情还是不胫而走，整整两天，数千名妥奇亚人包围了纪子和联署官员居住的酒店，他们用自己的鲜血在残破的妥奇亚旗帜上撰写着复仇的标语，唯一的诉求，就是要纪子替夫偿命，后来的场面逐渐失控到连当地的警察都无法平息，必须劳烦军方来营救。

巴特尔应该是听说过此事的，想到这，纪子瞬而也明白了他方才为什么没有主动提起尤塔的事，除了担心时间紧促，再有，便是为了让纪子免于陷入这样徒劳无用的伤怀中。

"希望你能原谅我，鲁。"纪子停顿了片刻，继续说道，"方才，我就算向你解释米莎说了什么，甚至给你时间和机会去说什么，做什么，大体也都是无用的。"

"所以，不论如何弥补，他们……永远都无法原谅，对吗？"

鲁并不知道纪子究竟经历了什么，但依稀能从这只言片语中听出故事的大概。背负上深重的仇恨，连赎罪的机会都无法被给予，这样的事，身边再次发生了，仿佛宿命一般纠缠着自己，此刻两个矗立在残夜中的人影，于孤灯下交叠在一起，他们的脸上，是一模一样无法消融的伤愁。

以父之名的救赎　217

"或许是吧。"纪子凝望着远处缓缓绽开的白色霞光，微微昂起头，"但恨意，不就是那些渴望赎罪的人应当承受的吗？在恨意中活着，也是赎罪的一部分，不是吗？"

19

这里!

——一幅波提切利①绘制的《神曲》②地狱像,
班在十壕中圈出一个圆点,标注为自己所处的位置。
在《神曲》中,十壕是为欺诈者所造的地狱,
因诈欺的方式、性质、对象不同而被分为十个区域,各区域之间由石桥相连。

沙地车的车辙声由远及近,明显在朝着小屋的方向靠近。

鲁最初听到时声音还很模糊,以为只是不太寻常的风声。入夜后的班镇,不时便会有带着沙土越过山峦的疾风穿街而过,发出各种各样如浪如涛的回响。今天这番声音倒不见风的尖啸,反而沉闷浑厚,仿佛连大地也跟着颤动。

鲁猝然从阁楼的床上坐了起来,怀中本来安睡的班也跟着一惊,蹿上了狭长的房梁向外眺望,居然又是一轮崭新的朝霞。

---

①15世纪末佛罗伦萨的著名画家,受尼德兰肖像画的影响,波提切利又是意大利肖像画的先驱者,著名代表作是《春》和《维纳斯的诞生》。

②著名意大利诗人但丁·阿利吉耶里创作的长诗。这部作品作者通过与地狱、炼狱以及天堂中各种著名人物的对话,反映出中古文化领域的成就和一些重大的问题,带有"百科全书"性质,从中也可隐约窥见文艺复兴时期人文主义思想的曙光。全诗为三部分:《地狱》《炼狱》和《天堂》,以长诗的形式,叙述了但丁在"人生的中途"所做的一个梦,其中《地狱》篇详细描述了地狱中的各类景观,人们因所受罪责的不同而被困在不同的区域内。

从纪子居住的旅馆折返回来，鲁就一直和班待在阁楼里。按常理这样折腾了一整晚，都该感到疲累，但鲁却没能涌起丝毫困意，在床上翻来覆去了好一阵，反倒越发精神起来。期间他也有过下楼去做些什么的念头，或者干脆出门去走走，可每当想迈出步子，却又退却了——尤塔和巴特尔的离开，令整栋建筑突然变得灰暗而寂静。鲁只觉得楼梯下方，那个失去了尤塔的虫口，就如同黑洞一般榨取着四周的光明、声音和空气，即使在阳光笼罩的正午，它依旧灰暗、阴森、破败，像一个草草收场的悲剧故事。

于鲁而言，在阁楼之外的世界，近乎空无一物，本能地，他不愿面对这些。

即使是待在阁楼内，鲁也不再翻看父亲的物件。他对那些杂物早已做过分类，按照计划，今天该是"回顾"几个旧的行李箱，但现在，他不仅没有这样的兴致，甚至还花了几刻钟将那些原本堆在床边和桌上的书页卷宗全都挪去了柜子下方，塞不进去的，就靠着柜角胡乱堆砌成一团，本就不太稳当的柜体，如今就像个蓬头厉齿的老人，站在一堆肮脏的垃圾上。

就和，他那个病入膏肓的父亲一样恶心，难堪，苟延残喘。一旦有了这样的联想，他便更加不愿将目光投向这个充斥着父亲痕迹的方向。

于是，打发时间的唯一选择，便又回到了小家伙身上。

"班。"

鲁倚在床缘，轻轻抚摸着它毛发柔顺的背脊，小心呼唤着它的名字，奇怪的是，呼唤这个熟悉的名字，却丝毫没能令他联想到那个熟悉的人。父亲的形象仿佛被小家伙层层叠叠的绒毛遮挡，只有掌心拂过的柔软令鲁感到慰藉，此时此刻，这几乎是他能拥有的唯一慰藉。

班还是和往常一样，对这个名字没有丝毫反应，哈图也尝试过训练它对"班"这个字的印象，但从未成功。过了这么久，鲁早已对此不抱希望，猫大概就是这样吧，它永远有属于自己的野性和倔强，就算人类赔上几千年也无计可施，又或者……

"你是因为讨厌这个名字，所以怎么叫都不搭理吗？"

这是鲁第一次向班提问，当然，他也并不期待班会真的回答。前些日子来小屋做客的卢卡斯也曾抱着班问个不停，并且从班的诸多反应中猜测出它的回答，例如喵一声是对，两声是不对，摇尾巴是开心，如果摆弄爪子则是不开心。整个互动更像是卢卡斯在自问自答，虽然觉得有趣，但说到底毕竟是不更事的孩子才有资格做的事。

"肯定是的，"鲁自顾自地点头，"对吧？"

本来蜷在鲁腿边小憩的班晃了晃耳朵，看了一眼鲁，然后才发懒地叫了两声。按照卢卡斯的逻辑，它便是不太同意鲁的判断。

鲁的眉头皱了皱，像是感到了一丝挫败，但也并没有真的当回事，倒是因为问出了口，立刻就有了打发时间的新趣儿。班镇好玩吗？这里还有别的猫吗？猫罐头不腥吗？为什么你吃得那么香？戴着这个滤阀会不舒服吗？一整天都无人打扰，因为巴特尔未归甚至连午饭都被略过，这样冷不丁的自问自答，便成了度过这漫漫长日的法门。

"你孤独吗，班？"

这是鲁问的最后一题。班似乎也有些腻烦，无精打采地摇了摇尾巴算作回答，随即又翻了个身缩成一团，将头埋进了白色绒毛覆盖的肚腩下面，问答游戏到这便结束了。班应当是困了，鲁也没了兴致，反倒是渐渐深沉的夜色让他开始担忧另外一件事——巴特尔还没有回来。

按照最初的约定，傍晚前，巴特尔就应该返回班镇。他不仅要履行安全员的职责来鲁的小屋例行检查，更重要的是，必须及时将沙地车交给下一位夜间巡逻的士兵。在军人的世界里，效率和准时向来是最为基本的准则，巴特尔作为老兵自然会恪守。如今他还未归来，便只能说明——一些意料之外的情况出现了，并将他留在了那片沙漠里。

沙地车没有按时回来，这在班镇倒也不是头一回。帕玛沙漠是宇宙间远近闻名的险要之地，遭遇流沙，或者机器故障都属实难免。哈图也曾津津乐道聊起过，几个士兵被流沙卷入地下，几分钟后又奇迹般地在百多公里外的另一片甜洲钻了出来，简直像是沙漠版的虫洞。

这样的事虽说发生过，但总归是小概率的意外。赖于沙地车的坚实耐用，以往这些情况不仅没有真的伤及性命，而且士兵最终也都安全归来，哈图甚至一直嚷嚷着想要体验一次。

运气不会这么背吧，鲁和纪子分别后就一直这样祈祷着他安全归来，这趟本就意料之外的旅程，实在容不下更多的意外。然而，随着天色一点点黯淡，巴特尔的晚归成为了现实。

入了夜，鲁便被心头的不安影响得也逐渐焦躁起来，他时不时透过阁楼的窗户眺望街道和更远处的小镇广场，除却偶尔有人闲逛，传出几句人声，其他也都和往常一般寂静，非要说的话，好像往常巡逻的士兵少了很多，通常到了夜晚，四下列队行进的士兵都会变多，不知道是不是因为和谈，连班镇的保安也跟着松懈了。

总之，也瞧不出什么异常，一整晚过去，甚至连上门来寻问巴特尔的人都没有，也正因为如此，鲁才对黎明时分沙地车的胎响如此敏感——声音是由远及近的，这就说明这辆车并非和往常是一样去往沙漠巡逻，倒更像是刚刚回到班镇，缓慢地缘着一幢幢住宅分割的街道驶向广场。

他回来了，鲁本能地这样想。

从窗台望去，那辆沙地车平稳前行着，距离小屋也越来越近。借着逐渐明朗的天光，鲁能清晰看见覆盖在车顶一块块蜡黄油亮的污垢，快到跟前时，却又发现那并非真正的尘土，更像是被高温烘烤后褪色的金属；一直发出那般声响的，则是被轮带牵动的八个金属转轮，它们的运作伴随着细腻的挤压声，轮轴的缝隙里，被碾碎的沙尘如同薄雾不断渗涌，缘着两条平行的车辙印朝外均匀挥洒着。这还是鲁第一次这样近、这样细致地打量着沙地车，这个所向披靡、曾为人类征服帕玛星立下赫赫战功的装备，此刻看上去是这样伤痕累累，像个迟暮的战士，披着边外的风沙蹒跚走来。

班蹲在窗台上，身子笔直，脑袋缓缓跟着沙地车的行进由右向左转动，没一会儿又伸出脖子，对着已经开到小屋院前的大家伙喵了两声。

喵——喵喵——紧接着又是更尖锐的两声，那是班索要罐头或者怀抱时，才有故意拉长音调发出的声音。

不过，那辆沙地车并未因为班的呼唤而停下，它径直穿过前院的街道，开始继续朝着广场进发。

这是鲁预料之中的事，就算车里的人是巴特尔，他也没法儿直接将这样的大家伙搁置在小屋门前和自己打招呼。而且……就算要告知护送的结果，他心目中的对象也断然不会是自己，而应该是广场那一头，旅店里或许同样焦急不安的纪子。

他叹了口气，正要重新阖上遮光的窗帘，却猛然发现耳边那样规律的车辙声并未随着那辆沙地车的远去而消散，反而，愈发清晰而强烈……他看向了街道的另一侧，两道平行的车痕延伸到城镇的尽头。每天清晨，从帕玛沙漠吹来的风沙总会在那里汇集，有时会浓到形成一道浑浊苍黄的雾墙，看起来就像自然形成的边界，横亘在甜洲与沙漠之间。

而此刻，那道墙的正中，出现了一团巨大的阴影，它似乎在缓慢靠近，轮廓也一点点变得清晰。它仿佛比浓雾本身还要高大，锋利的轮廓切割着雾墙的边界，大量被分隔的扬尘向道路两边倾洒，而那些规律的，大地的震颤声，也更加清晰地扩散开来。

这样剧烈又绵延的响动，显然不是平日里会有的。随着震颤声的加剧，附近不少住客也都走出院门来看个究竟，也包括住在鲁对面的那位大提琴家。

老人脸上挂着被吵醒的不悦，一小步一小步走下台阶来到院前。他先是注意到街道上清晰的辙痕，然后又缘着痕迹一点点仰头看向了那道已经被冲破的浓雾——一辆约莫五六辆沙地车体格的巨型装甲车正在行进，它的高度基本和周围的小楼齐平，边缘则近乎完全贴着小院的围栏，偶尔还能带出几根外突的木条。它们被卷入装甲车的轮带中，很快就被碾成了粉末，和溅起的尘土一道向四周飞散。

而在它的身后，是一辆跟着一辆的沙地车车队，接着是经过改良的步兵战车、通信车、架桥车和运兵车，不见尽头的车队从街道的一端绵延至另一端，它们的前行彻底击碎了黎明的静谧，人们纷纷走出小屋，驻足张望。鲁也跟着下楼，推开屋门的那一刻，浑浊的扬尘便朝他扑面袭来，他能感觉到鼻腔和眼眶阵阵的刺痛，但眼下却也全然顾不上这些，他抱着班，站在院前的台阶上，视线彻底被黑泱泱的车队遮挡，就连朝阳的光都无法渗入。他所感受到的，只有从脚底贯穿全身无法平息的震动，仿佛有什么东西，在脚下的沙土中被瓦解、粉碎，连大地也无法承受这样的浩荡。

自记事起，他从未见到这样的阵仗。

待到最后一辆通讯车也开进广场，整个街道被一道道车辙切割出无数交叠的线条，被踏平压实的地面，印满了轮带规整的纹路。算下来，整个过程持续了约莫半小时那么久。

人们渐渐走出了院门。有个别胆大的往车队前进的方向跟了过去，似乎想一探究竟，而大多数人，只是三两聚集在路口议论着。

发生了什么，这些装甲车是哪来的，为什么会这样……话题总归围绕着这些。鲁并没打算凑上去，他心里很清楚，在这样的闲话里是不可能找到真相的。

另外就是，越是这样大的动静，就越不可能和他们的计划有关。毕竟为了两个帕玛人的孩子，无论如何都犯不上，而且这么多沙地车停进了班镇，反而更利于掩盖那位"迟到生"。鲁笃定地深吸口气，将班搂得更紧了些，准备返回屋内。

或许晚一些，去问问纪子吧，他心里这样想。

"喂，鲁！"

鲁正要阖上门的那一刻，听到了邻居的喊叫。他回过头，发现那位年迈的提琴家已经站在了道路中央。

鲁以为车队又有什么新的动静,顺着老人的目光看向了广场方向拥挤的街道,却只发现交头接耳的人潮聚得越来越密,于是他只好礼貌地问道:"怎么了,先生?"

"那不是,你的安全员吗?"

邻居伸出手,指了指人群汇集的中心,那里确实有个穿着军服的高大身影,"他刚刚,从一辆沙地车上跳了下来。"

为了避开人们的打量,那个士兵刻意压低着帽缘,但突然从两三米高的装甲车上一跃而下的行为实在瞩目。在他刚落地的那一刻起,他便已经成了聚集目光与盘问的风眼,士兵只能一边大喊着什么,一边用手将周遭的人潮一点点拨开。

鲁根本无暇接话,而是直勾勾盯着那个朝自己方向走来的士兵,他被帽缘遮盖的脸,也在晨曦的照耀下一点点变得清晰。

巴特尔,巴特尔,鲁默念着这个期待已久的名字,连日的胆战心惊,终于要画上句点。

尘土侵蚀的污垢,坑洼的还未愈合的伤口,干涸的血痕,当那张脸出现在面前时,鲁只能看到这些,他的眉眼,他的鼻梁和脸颊,所有的细节和轮廓,竟然全都被这些残酷的创伤所掩埋。

"我回来了。"

士兵站在鲁面前,逆着光,不停喘着气,"我回来了。"

窝在鲁怀中的班,最先听出了端倪,它先是喵喵地叫了起来,继而又伸长了前肢,似乎急于够到那具熟悉的身体。可这样激烈的扑腾却丝毫没有影响到鲁。他静滞在原地,一动不动,仿佛还在努力从那张再熟悉不过的脸上找寻着什么。

"哈……哈图……"

过了许久,鲁的嘴唇颤抖着,缓缓说道。

恨之刃

20

甚爱必大费①。
——阁楼的老式旅行箱内存放着一件绣着白鹤图纹的横须贺夹克②，
这句话用金线缝在左手的袖口，
看起来并不像衣服原先的设计，而是后来添缝的。

总督在多邦遇刺身亡的消息，很快传遍了班镇。

要说消息的源头，还得是那群跟随车队，从多邦撤回来的士兵，他们中的大多数都一直在前线，这次是依照司令的命令全数撤回。天气炎热，数万人浩浩荡荡的队伍也没法儿拘在一处，司令便下令除了轮流值守的以外，其余都自由活动。于是，本就不大的班镇被瞬间填得满满当当，广场、咖啡店、街角，但凡有处阴凉，随处可见五六成团的士兵在那休憩闲话。司令有过指示，既不能闯入要员的居所，也不能随意与要员交谈，最开始士兵们倒也遵守；可奈何这么小的地方到处都是人，不少士兵都是挤在要员房前的屋檐下遮阳，这样抬头不见低头见，说几句

---

①出自老子的《道德经》第四十四章，意思是过分的爱和欲望，或者为某个事物倾注过多，都必将会承受相应的代价。

②源自日本，是一种经过日本传统刺绣工艺改良的美军制服。二战结束后，日本神奈川县的横须贺市成为了驻日美军军港，因为当地盛产刺绣的绸缎制品，所以不少驻守在横须贺的美军便拿着自己的制服、棒球服请工匠加工，作为手信带回美国赠与亲友，横须贺夹克因此流行起来。

话实在难免。很快，不能交谈的规定就成了一道摆设，关于总督遇刺的细节，也就一点一点散播开来。

有自觉身经百战又爱显摆的老兵侃侃而谈，说自从总督来到多邦后，就有遇刺的先兆。开始只是一些很小的状况，比如帕玛政府和暴乱军非常干脆就同意了总督拟定的谈判议程，甚至有负责递送议程的士兵说，帕玛政府的人根本没将那份文件翻译成帕玛语就给了暴乱军，而对方想也没想直接同意了。再来就是不停发生的小骚乱，比如总督在抵达租界废墟时几个帕玛人曾试图扑向他乘坐的轿车，下榻的住所也发生了可怕的入侵事件。而最重要的一点，则是和谈的地点一再变化，在和谈的当天更是临时从原先的市政厅改成了多邦中央银行的金库，理由是市政厅的主体结构在战争中受损，随时有倒塌的风险。

"这样的理由怎么听都是扯淡，前脚都要进去了，才说楼不结实，早干吗去了！"虽然是无用的马后炮，但聊起这些的老兵依旧振振有词，"总督当时就应该立刻意识到不妙啊，中央银行在帕玛人的主要聚集区，而金库那种地方，易守难攻，根本就是实打实的陷阱啊！"

类似的言论很快在小镇疯传，总督遇刺的故事也借由前线士兵们的描述被逐渐还原。因为种种变故，总督赶到金库时随行的士兵只有不足二十名，和谈几近尾声时，反叛军头目借着握手的时机，用匕首划破了总督的喉咙。与此同时，多邦城内的叛军也配合发动了针对人类士兵的围剿，驻军部队损失惨重，最终只有不足两万人在装甲的掩护下突围。

士兵们叙述起战况的惨烈总是滔滔不绝，事无巨细地列举绝境的艰辛，甚至会用上躲避蝗虫和洪水这样夸张的比喻，但对于和谈现场发生的一切，他们能说道的却很少。每当聊到这里，几乎所有士兵都开始加入猜测，不过，他们倒是会提到一个相同的名字。

"哈图，对，就是哈图，他是唯一一个从金库里活着走出来的人。"

"可这新兵蛋子估计是被吓破了胆，一路上什么都不肯告诉我们呢。"

"据说，哈图为总督报了仇，杀死了叛军的头目。"

"那算是立了大功吧！"

关于哈图的流言，伴随着总督遇害的讨论一并在小镇扩散。默默无名的新兵，突然成了杀敌的英雄，自然会沾惹上不少关注，一下子成了焦点人物。姓甚名谁、战功履历、家乡在哪，连带着在联署当议员的父亲，在军工集团任高级顾问的母亲，以及家族里最响当当的，在苏玛德拉当总督的叔叔，也全都被刨了出来。

但凡在星际联署待得久些的，都或多或少对哈图的家族有些印象。星际联署位于月球的总部大楼一层，有一整面为纪念星际扩张时代英雄而设的、刻满名字的功勋墙，这其中就包括哈图的爷爷——他曾经只是个白手起家没身份没背景的新兵，因为在一场交战中手刃了不听话的星球首领而得到长官的赏识，在部队里混到了副官，后来回地球又当上了高级参谋。整个家族才因此发迹，不仅哈图的父母和叔叔，有着相同姓氏的亲戚有不少都在星际联署或者殖民星的部队当差，倒也名副其实变成了个军人世家。只不过虽然人多势众，但大都是些芝麻小官，也再没有什么大的建树。

这样借着机运、舔着功勋，利用裙带关系发展起来的家族，在那些真正的"世家"眼里自然是不入流的。因而哈图家在星际联署，一直有种高不成低不就难言的尴尬，就连当上苏玛德拉总督的叔叔也常常调侃，过去了那么多年，那个刻在功勋墙上的名字，依旧是整个家族唯一拿得出手的东西。不过如今，时运好像又一次眷顾了他们。

"他们家怎么总是能捡到这种便宜？"人们常常以此来作为哈图这个话题的定论，甚至到了最后，已经鲜有人关心他究竟是如何做到这一切，最终又如何生还的。士兵们对于哈图的印象，其实也只有他刚从废墟里钻出来的样子，浑身都被鲜血覆盖，不只是暗红色的血，还有属于帕玛人的黢黑的血；它们和废墟的尘土混杂在一起，变成了一层厚重油腻包裹着哈图的壳，他的身形、脸和五官都被埋没得无法辨别，只剩下一双瞪得老大的瞳孔，狠狠地怒视着前方。参与营救的士兵说，当时的哈图

恨之刃　　231

根本已经失去了神志，浑身颤抖不停，见到活物就立刻扫射，还差点误伤了几个想要上前搀扶他的队友。

因为无法得到哈图本人的印证，这样的事越传越玄乎，到后来甚至开始出现"确实射伤了人""射死了人""不停对着地上的尸体开枪"这样的描述。总之，就跟彻底疯了一样。

哈图不是没有解释的机会，也不是没有听到过这些把他描述得如同恶魔一般的词句，但他却从来没有试图纠正过。直到人们渐渐觉得，当时的他大概真的是因为失去理智，所以浑然忘记了当时发生的一切。

其实，哈图什么都记得，他甚至已经可以足够平静地讲述这些，但只有对着鲁的时候。

"我看着他们，看了很久，才发现，他们是人类。"

哈图回来后被司令约谈了一次，之后就一直没被安排任何活儿，连士兵的例行集会都不参加，整整两天时间，几乎都待在鲁的小屋里。据说是他的叔叔得知了哈图的遭遇后特意联系了司令，希望考虑到哈图的功绩和贡献，按照要员的标准保证他的安全。按理说，部队并没有把士兵转为要员的先例，而立了功就要保护起来的说法更是毫无逻辑可言，但帕玛总督的死和重新复杂起来的战事已经让司令焦头烂额，面对另一个总督的"建议"，他也实在无心追究什么规矩不规矩，既然官大一级，那就只能客气地照办。

"那你就好好待着吧，想怎么样都行。"司令对哈图只交代了这样一句，就让他离开了。哈图后来复述给鲁听时，还不忘揣度一番司令那皱着眉头，复杂又无奈的表情。

"他大概在想，为什么要把这种难伺候的关系户放到我这儿来。"说到这，哈图冷冷地笑了一声，口气变得前所未有地低沉，"可能还在想，这个新兵不会真的以为自己杀了个帕玛人就有多了不起吧，他最终不是也没把总督救出来吗，只是自己活着出来了算什么本事，保不齐是一直躲在谁的后面磨蹭到了最后……说不定连那个首领的人头都是捡现成的。"

自从回到班镇,哈图便经常陷入这样反复的揣测,有时候他会嚼着口中的饭菜,突然就从餐椅上直挺挺地站起来,一本正经地分析起旁人的想法,对象有时候是司令,有时候是其他士兵,有时候是那些看热闹的要员,有时候,甚至是餐桌对面坐着的鲁。

"你应该,也觉得我很懦弱吧,就只知道躲在这里不出去,没有哪个军人会因为经历了一次战场,就像我这样。"

这并非是他第一次吐露类似的感受。自打回到这间小屋,哈图便总是隐隐觉得鲁的注意力始终在别处——鲁照例会问候,会询问战场的事,会关心他吃得如何,还需要什么。可这些时刻哈图看向鲁的脸,温存的面容下,思绪却又藏得深不见底,有时候只是对坐着用餐,鲁便会突然发愣地盯着别处,似乎是他的灵魂在下意识地避开自己,独自思虑着什么,或许关于自己,或许不是……一想到这,哈图便忍不住加重揣测。

"怎么会,不是这样。"

鲁看着哈图,脸上流露出了格外明显的自责。"你不用去想这些,只管好好在这里休息就好了。"

鲁确实感到自责,一方面是自己心中确实藏着其他忧心的事——已经第三天了,巴特尔还没有回来,而整个班镇,好像并没有人真的关心这件事……总督被刺和撤军行动,那么多士兵死去、失踪,那么多装备被遗忘和丢弃,便不再有人在意巴特尔,他就像汇入沧海中的一滴水珠,彻底被遗忘了,甚至连上门来询问的人都没有。如今,只能庆幸两个孩子已经离开了,若是再晚一天,拖到现在街上到处都是士兵的局面,就更加难办了。鲁只能一边期盼巴特尔的消息,一边安慰着自己。每当想到这些,他都会情不自禁看向帕玛沙漠的方向,浑浊的地平线上,只有浩渺无垠的烟沙。

而另一件让鲁深感自责,抑或说担忧的事,便是哈图。从院外相见的那一刻起,归来的哈图脸上便长存着厚重的阴霾。他无意于在鲁面前

恨之刃

隐藏这份低落，却也不是刻意卖弄的垂头丧气，也没有复杂或疯狂的演绎，更多时候，他都不言语，独自沉浸其中。鲁有时候能清楚感受到他正被什么包裹着，一道道看不见的墙，一个完全由情绪铸造，生人勿进的时空。而他需要鲁做的，只是为他提供一个更为具体的、四壁高起的屏障，来隔绝更大范围的人群和无孔不入的噪声。

而在这样的自我封闭中，哈图仅仅允许一位朋友来叨扰——班。他会把班抱在怀里，一坐就是数个小时，有时还会贴着班的耳朵，认真地呢喃着什么，但转而又很快陷入安静。

鲁甚至不觉得那样安静的哈图真的在思考什么。他好像只是想把自己关了起来，想逃离除自己以外的一切，而在他少数回到现实的时刻，也总是会溺于他人的思潮中，他好像迫于从其他人那里寻找到某种解释，但又惮于不能如愿。

"我不知道该去哪。"见鲁面露难色，哈图也跟着叹了口气。他只想待在这，跟着车队回来的路上，他便已经坚定了这样的想法。如今算是如愿了，他却又开始不明所以地计较起这些那些。一想到这，二人的表情便都有了相同的难堪。"我不想遇到别人，不想听他们说话，光是听到，我都会不好受，更别提还要去回答。他们随便怎么样想都好，只要不让我知道就行。"

鲁不知道该如何回答这样的话，只能点点头。如果不能真的领悟，至少可以先认同，这是鲁认为自己极少数还能为哈图所做的事。

朝夕相处的两天，其实二人像样的对话少之又少，仅有的对话，也大多如同方才这般零碎而散乱。

"以前，部队里的所有人都不喜欢我，说我不是军人，是公子哥、关系户，现在，就算我做了军人该做的事，他们还是这样觉得。"

"什么是，军人该做的事？"

"我杀了人，鲁。"

"嗯……在战场上，这是难免的事。"

"帕玛人，到处都是……帕玛人，他们怎么会……那么多啊……简直到处都是。"

"所以你能活下来，很不容易……"

"我恨他们，鲁。"

"他们？"

"帕玛人。"

"为什么？"

"因为……"

哈图猝然抬起头，看着鲁，犹豫再三却还是没再说下去。这样没头没尾的对话，构成了这两日鲁和哈图几乎所有的交流，每一次鲁都能感觉到，哈图期盼着能从自己口中听到些答案或线索，他还是从前那个稚气未脱的孩子，还是和从前一样好奇，尽管如今他为之好奇的东西，也让他为之痛苦。

鲁拍了拍哈图的肩膀，重新为他整理了一下军服的领口，嵌在领角的两枚金色纽扣被旋转到了同样的角度，铜色的星际联署徽记，已经带着属于旧物的哑光。

之前那件穿去和谈的军服，鲜血和泥污已经混淆干涸，以班镇的条件实在难以清洗干净。于是带着哈图回到小屋的第一刻，鲁便拿出了如今的这件亲自为他套上，也算是物归原主。

"我……"当时，哈图重新看到镜子里干净笔挺的自己，愣了半天，"这件是……"

"舞会那天，你嫌太热丢给我保管的。"

"啊，是那个时候。"

"嗯。"鲁点了点头。他心里想着，或许什么时候能有机会告诉哈图，这件衣服还帮了自己一个小忙。

不过现在，这件制服还得先帮哈图一个小忙——半小时前，司令的副官来传话，说司令和纪子小姐可能会过来。这还是两日来，小屋迎来的第一拨客人。

因为巴特尔的事，鲁不是没有想过去找纪子商量，但总督遇刺，司令虽然没有明令恢复宵禁，但一切都较之前严格了不少，街道上四处都是巡逻的士兵，更别提一向重兵把守的旅馆周围。何况自己的公公刚刚遇害，此刻的纪子身边也该是被大把的人围着，就算去了，想必也根本没有说话的机会。鲁偶尔也会想象旅馆里的情景，纪子独自坐在那张旧式的皮沙发上，身旁则站满了穿着各色制服的人，司令的副官，星际联署的驻派议员，总督府的管事，大使馆的参赞，租界警察局局长……那些记忆中与纪子交谈过的人，都在鲁的脑海中矗立成一道道聒噪又阴暗的围墙，被困在中央的纪子一言不发，却下意识地用手指摩挲着那枚殷红的宝石戒指，冰冷的切面，映照着她苍白的脸。

"振作起来，振作起来。"

鲁看着哈图，刻意将这句话连续说了两遍，第二句明显更大声了些，就像，还期望着其他什么人能听见。

哈图明白鲁的用意，他是担心自己在长官面前还是那样沮丧颓败，前言不搭后语地讲话，本来就是被人议论的关系户，如果还整出这些矫情的毛病，自然会引来奚落和不齿——他不能永远不走出小屋的门。

"好。"

哈图认真地点了点头，脸色虽仍旧沉郁，但总算多了些思虑后的成熟。

除却为哈图整理好军服，鲁原本还打算将客厅和餐厅简单收拾一番，但他才刚开始挪动餐椅，窗外就已经传来了由远及近，整齐的跺脚和呐喊声，应该是路边的士兵们见到长官时，惯有的立正和行礼。

他们比预料中的，要早到很多。

鲁推开屋门时，纪子刚刚走进屋前的院子。她穿着非常单薄的丝质衬衫，肩上则披着一件纯黑色的布雷泽①西装，粗剪的毛呢没能好好打理显得杂乱不堪，领口到肩袖又格外宽大，明显不是她的衣物，倒更像来自某个脾气不好却佯装绅士的男人，强行将这一抹厚重的黑色扣在了纪子的身上。

她应该穿点黑的，那个人大概是这样想的。

纪子的神色比鲁预想的要好得多，至少没有泪水和呜咽造就的哀戚，一双眼眸低垂着，除却几分疲惫，便再也看不出其他。

紧跟在她身后的，就是鲁第一次得见的司令。他似乎是有意不常现于人前，就连在广场集会那日，都没有看见他的身影。如今总督亡故，按照殖民星战时部署的章程，他会暂代总督的职责，直到星际联署重新委派。但眼下的战局，联署显然不可能再派什么人来，也没人会愿意接下这烫手的山芋。

如今，帕玛星上所有人类的领袖，就站在鲁的面前。

鲁记得他的年纪比总督小不了多少，但却丝毫不像个几近耄耋的老人，至少没有那种年岁洗涤的老派和中正，反而是一头粗密挺直的短发，搭配规制笔正的军装，细看那张脸的话，便是那种瞬间能和军人扯上关系的长相，凌厉宽硕的眉峰和外凸的下颌，他身形的每一处，仿佛都是为了一再强调和彰显正统军人的肃杀与威严。

哈图立即向他行了礼，反倒是鲁愣了好一阵，才缓缓地朝纪子和司令点了点头。

"你，你们好。"

司令没有回答，只是朝哈图和鲁扫了一眼，便扭过头去，朝着身后跟随的士兵使了个眼色。拢共十六人的队伍，立刻分化成两排向小屋两侧踏步走去，穿过前院，立墙，再绕到后面，结结实实将这栋建筑包围了起来。

---

①即 Blazer，一种起源于19世纪中期英国海军的西装款式，通常是藏蓝色上衣配上金色纽扣，如今演变出了各式的纹路和搭配，是兼具实穿性和商务性的经典版型。

鲁不是第一次遭遇这些，前些日子在院子里宴请卢卡斯和那群孩子时，随行的士兵们也是如今一模一样的阵仗。但不知为何，鲁还是感到了一阵不安。他本能地紧握住了台阶的扶手，目光也从一言不发的司令移动到了纪子身上。

多日不见，再次四目相对，鲁却觉得那双眼睛有一种前所未有的陌生、迷茫、失落和惆怅。这些重叠的情绪如今通通被一层厚重的冷静包裹着，就像一层无法穿透深不见底的迷雾。

"我有些事，想找你谈谈。"

纪子上前了一小步，停在了院子正中。

"啊，好的。"鲁想也没想便回答道。

"不，不是这样。"

见鲁立即点头答允，纪子的脸色反倒开始有些难为情。她稍稍抬头，看向了鲁的身后。这次，她的目光精准地落在了那个站得笔直，右手高抬在额头一侧，依旧保持着致礼姿势的士兵。

"我要找的是哈图先生，有些事，我想只有哈图先生才能为我解答。"

21

但它注定拥有残酷的命运。

——班在一张帕玛沙漠风景照背后的撰文
这张照片和小屋客厅的那张班与帕玛人露营的合影拍摄于同一天,
两张照片背后的文字组成了一句完整的话,
即"今天它温柔得很迷人,但它注定拥有残酷的命运"。

"和谈那天,究竟发生了什么?"

纪子在客厅沙发上坐定的那一刻,便开口向哈图问道。油然而生的急切让她不禁加快了语气,平日藏匿在语气中温柔,也于这阵字里行间刮起的疾风中消殒——她想要知道答案,不顾一切地想要知道。

公公去世的消息,最先是由司令办公室的一名负责通讯监控的中士传到旅馆的。他早年就读德累斯顿①工业大学时,受过哈布斯堡家族设立的教育基金的资助,还作为学生代表在维也纳被公公接见,如今在司令办公室任职,也有成全公公"安排"的意味。至少用公公自己的话说"你不能完全相信一个军人,即使是友军"。

---

①德国萨克森州首府和第一大城市,是德国重要的文化、政治和经济中心,也是德国重要的科研中心,拥有德国大城市中比例最高的研究人员,是"德国硅谷"的核心。德累斯顿工业大学则是德国著名的理工类大学,居2022QS世界大学排名第194位,在材料科学与工程,纳米科学与技术(含纳米电子)专业领先世界,培养了一大批高端技术人才。

恨之刃　239

这个叫作迪姆的中士来见纪子时，连制服都套得不甚齐整。这个时间还未到他轮值，是因为接到了司令直接的命令而不得不从床上爬起来，他在赴岗前匆忙来见纪子，也是出于某种不好的预感——军人总是在这种事情上有精准的第六感。

"来传话的人说，和谈被迫中止，还发生了冲突，好像是总督遭遇了什么事。总之，司令要求我们所有人都立即集合。"

他只说了这样一句模棱两可的话便离开了，或许是认定常待在总督身边的纪子能听出其中的关窍，因而无须再解释什么。而纪子也确实没再拦下他询问。

无非是受伤，或者死亡，纪子心中清楚无比，而且某种程度上，纪子更倾向于相信是死亡。没人愿意做带来绝望的那个人，或者说，人们总是倾向于给希望留一些余地，即使是飘渺的希望，会有这样的想法，纯粹是基于经验……许多年前，她也是在大使馆一楼的会客厅等来了类似的消息——大使在前往妥奇亚皇宫的路上遭遇了意外，我们将立即安排您撤离此地——那时候的纪子瞬间便慌了神，激动抓住身边的每个人问个不停，到底发生了什么？到底是什么意外？我的丈夫现在在哪？

而她等来最终的答案，是在普鲁托之矛的副舰甲板上。她跟随护送队伍从撤离的飞船下走下来，开门的一瞬，视线瞬间被直射入眼强烈的光吞没，瞳孔的刺痛过了好一阵才消退。纪子勉强睁开眼，发现一层幽蓝的光雾飘浮在远处，渐而又缓慢向四周扩散，直到将普鲁托之矛和周围的其他舰艇全部包覆，变成一颗透明的、湛蓝色的球体。后来纪子才知道，那是普鲁托之矛启动前必须开启的遮罩模式，用来隔绝普鲁托之矛发动时的反冲，以及目标行星瓦解时不可避免的冲击。一旦这台武器启动，这个蓝色的球体，就会变成附近星域内唯一安全的地方，妥奇亚星上的人即使乘坐飞船离开，也逃不出行星崩裂的冲击……那个时候，纪子并不知道，普罗托的矛锋所指之处，一颗星球被毁灭的命运已经被加诸她和她的丈夫身上，那一刻，是所有由她承受的恨意的开始。

那时纪子被迎接至甲板的下沉广场，没一会儿，巴特尔便带着一个星际联署的官员来到她跟前。

"我很遗憾。"

官员只说了这几个字，随后立即低下了头，身旁的士兵们也都一一摘下了帽子，他们默不作声，就像串通好了一般，心领神会地演绎出这样必要的氛围，于是，答案就不言而喻了。

"联署对大使的遭遇非常震怒，不过请您放心，我们会竭尽全力保障您的安全，并且……我们也会让妥奇亚人付出惨痛的代价。"

他们始终没有解释真实的起因，没有解释意外发生的细节，甚至连讨论起现场情况时都会刻意回避。可为什么，为什么她的丈夫会在那一天被突然要求去皇宫？为什么他的车会开到动乱发生的街道？为什么他会成为暗杀的目标……所有这些，纪子都不知道。他们只留下了这样一个结果，郑重其事地交给纪子。她不能发问，不能申辩，只能做在他们看来，所有失去丈夫的女人该做的事……流泪和消化。

而这样的事，才短短几年，便在纪子身上再次上演。

"我很遗憾。"

当司令委派的那位副官脱下军帽，对纪子说出这几个字时，纪子的注意力落在了把旅馆一楼大厅塞得满满当当的众人身上。这些都是由司令精挑细选，可以第一时间知道消息，并且"稳定"和"照看"纪子母子的人。他们围绕着沙发旁的地毯站成一圈一圈，每个人都低着头，发出低沉缓慢的呼吸，但纪子知道，他们不过是准备就绪的观众，合力将气氛逼向了那个庄严肃穆、为纪子精心设计的情节，他们在等待她的颤抖，她的眼泪，她痛苦的沉默，她优雅的崩溃。

纪子感到的，却只有恶心。

或许是早已从迪姆的传话中猜到了结果，噩耗传来时，纪子的脸上并没有惊惧与哀痛。她细细地打量过每一双低垂的眼睛，发现所有的眼睛似乎也都在悄悄看着自己，他们在等待一个接二连三失去丈夫和公公

恨之刃　241

的悲情女人再一次跌入深渊。

只可惜，在深渊徘徊太久，纪子早已深谙其中的苦痛，她早已不屑于表演这些，不屑于成全这份为她量身定制的悲怆。

"我知道了。"纪子当时只是这样冷冷地答道。

"请您节哀。"

纪子没有接话，只是点了点头，随即看向了被众人遮挡的走廊，过了一会儿才又开口："这件事，暂时不要告诉卢卡斯。"

"当，当然。"

副官愣了几秒，似乎也惊诧于纪子那番不合时宜的冷静，但司令交代的事还是要如实传达，于是他只能硬着头皮继续说下去："那个……司令对此事非常震怒，他会竭尽全力保障您和孩子的安全，同时会尽快制定下一步的对策……普鲁托之矛，这几天就会抵达。"

这个名字，这张人类无往不胜的底牌，这个于纪子而言充满诅咒的杀人凶器，再一次出现在了她的耳畔——他们要借着公公的名义，毁掉帕玛星。

星际联署的法律提到过，殖民星政府势力参与杀害该地的人类最高领袖、军事最高指挥官，或间接导致其死亡，都会被立即视为宣战，并直接触发所谓的GT-6级响应，即全面颠覆型战争。这种战争模式允许军队对该殖民星，或者殖民星的部分地区实行种族灭绝。但宇宙是这样辽阔，人类驻军虽然庞大，但分散到各个星球也都算不上什么规模，如果遇上妥奇亚这样能一较高下的文明就更是难办。而星际联署既然要维持人类宇宙中统治者的地位，就势必不能一直深陷在战争的泥潭中，普鲁托之矛便是针对这一情形设计的终极武器。

自从总督遇害的消息传遍班镇，人们就开始讨论起帕玛星会不会走上和妥奇亚相同的命运。但熟知星际联署运作的人很快就能发现，真的要对帕玛星发动GT-6级别的战争，还是有许多必须要弄明白的地方。首要的便是总督的死因，帕玛政府虽然在场，但是否参与了预谋杀害总督，还是同样被反叛军诓骗就成了为事件定性的关键。其次就是，针对GT-6级响应的解释里，并没有明文规定必须连带着摧毁整颗星球，妥奇亚人是难缠的对手，可帕玛人还算是好捏的柿子。如今许多殖民星都爆发了反叛运动，在这样的当口，到底是增派武器和军队来镇压扫荡，还是用普鲁托之矛一了百了，确实是件需要多方商榷和权衡的事。

这两天，班镇全然没有了往日的喧嚣，或许是担忧帕玛人入侵，一入夜都鲜有再出门的。但在那样的寂静之下却又弥漫着挥之不去的窃窃私语，要员、士兵，班镇的每个人的神经仿佛都束在被烈火烹煮的高炉之上，人们的脸上，是愈演愈烈的焦躁与不安。

"司令希望我可以作为家属，就总督遇害一事发表一篇声明。"

纪子见哈图迟迟不语，又接着说了下去，其间还特意与司令对视了一眼——她想让这个男人明确感受到自己的不满，并且这份不满，从未改变。那份由司令找人拟写，又由他亲自送来的声明第一次出现在纪子眼前时，纪子甚至没有伸手去接。她知道那上面写着什么，也知道司令要用它来做什么，当她宣读这份声明的镜头出现在全宇宙亿万张荧幕前时，她对帕玛人的控诉，她对家族遭遇的哀叹，甚至是她搂着卢卡斯的模样，都会成为眼前这个男人"替天行道"毁灭帕玛星的理由。

"我必须了解清楚事情的经过，才知道我应该对着镜头说些什么。"

哈图听罢，依旧有些不知所措，他看着纪子，缓缓说道："可是……我……"

"我已经把你在指挥室交代的那些都告诉她了。"

或许是觉得哈图结结巴巴的样子实在碍眼，司令直接接过了话茬。他端坐在纪子的对面，一个人占据了一整张沙发。"但是，她还是执意要为着这点事，亲自和你确认一下。"

司令说罢，冲着纪子冷笑了一声，今早，他冲进旅馆见到纪子时，也是这样的神情。

他是不愿意去那儿的。他在租界就曾放过话，和叫哈布斯堡的人处不来。声明的事纪子迟迟没有允诺，他本想直接由自己宣读，但联署的特派员分析过后，还是认为只有纪子出现在镜头前，才能将GT-6级响应在舆论上的压力降到最低。说实话，他最烦的就是这帮拿笔杆子的文官。一天天拿着表格和数据在自己面前晃荡，一旦自己稍有些意见，便会立马搬出星际联署的招牌来镇压。在这些特权面前受了气，这才冲到了旅馆，拿有令牌的官差没办法，就只能治一治这些失了势的贵族。

旅馆在总督遇害后就一直处于戒严状态，没有他的命令，纪子和卢卡斯便只能待在里面。虽说是为了安全着想，但总归还是不希望这对母子乱跑，说出些不得体的话来。

他走进旅馆时，纪子和卢卡斯正在一楼的餐桌上用餐，几位士兵围簇着，把早上照进来的阳光都遮去了大半。按照总督在时的惯例，依旧是两份前菜，两份主食，配着羹汤和冰镇的水果，而那份早就递来的声明，就压放在盛放水果的玻璃盏下，冰块融化的水滴缘着器皿的边缘不停落在上面，又瞬而化开，稿纸上的文字已经模糊得不成样子。

或许是因为那些丰盛的食物，或许是纪子恬淡地使用汤匙的模样，总之，这间屋子里正在发生的一切，都如同浇灌而下的汽油，将他那颗压制着怒意的心彻底点燃。

"你到底想要什么？"

他用手径直锤向了餐桌的一角，朝着纪子吼道。盛放精致的菜肴和水果瞬间腾跃到半空，又跟随引力落下，重新回到容器里后，只余下了残羹般的狼藉。

卢卡斯浑身哆嗦了一下，迅速跳下餐桌，钻进了纪子的怀抱。

纪子一只手扶抱着卢卡斯，一只手放下汤匙，不紧不慢地从餐桌边站了起来。

她注视着面前的男人，没有丝毫惧怕。在她数次拒绝配合宣读那份声明时，她就知道会有这样一刻，某种程度上，她也正是为了这一刻。

这几个日夜，即使靠着加大剂量的药物，她也无法安睡哪怕一刻钟。

厄运以近乎完全相同的方式再次降临，带给她的竟然不是那无比熟悉的恐惧和悲痛，而是一种夹杂着生机的、难以描述的兴奋。丈夫的死，妥奇亚的覆灭令她一败涂地，令她独自背负着一个种族，一个文明的仇恨如此之久，如今，上帝终于在她的手中重置了一副牌，让她有机会改写发生在她身上的所有……这一次，她还有机会做些什么，她还有要拯救的人，还有朋友，还有时间去阻止那些，不应该发生和存在的一切。

"和你一样，真相。"纪子说道，"我想要真相。"

"可是，我已经给过你了。"

"那都是你的人告诉我的，如果你想让我把真相亲口说给其他人听，那你就得先让我亲耳听到真相。"

"你想见，那个什么哈图？"

司令倒也不傻，立刻便明白了过来。总督虽然死于反叛军首领的刺杀，但根据这些日子的多方调查，几乎可以断定这是一场帕玛政府参与的有预谋的暗杀行动，现场拍摄的照片，和之后搜集的人证物证都可以证实，唯一的所谓残缺的真相，便是和谈现场，即多邦中央银行金库里发生的一切……如今，那段历史在世界上仅有的证人，便是唯一从金库活着走出来的哈图。

"他现在有当叔叔的总督罩着，我可请不动。"

"那我就去见他，"纪子的态度非常坚决，"他既然是你们认定的为总督报仇雪恨的英雄，那我也应该去向他致谢。"

"这么说，见了面，你就会心服口服地读那份声明吗？"

"是，"纪子点了点头，"如果那就是真相的话。"

"好，我答应你，哈布斯堡这样高贵的名声，希望不要毁在你一个女人手里，"司令扬起了嘴角，"我们一起去。"

他是得意而自信的，至少在纪子面前，他可以一直如此。这里是帕玛星，不是几个世纪前的欧罗巴大陆，虚无缥缈的姓氏不过是件华美却单薄的衣裳，这个失去了丈夫和公公疼爱的女人，失去父亲和爷爷庇护的孩子，无法因为这个姓氏而得到任何权力，没有王国继承，没有王座延续。如今他们所能依靠的，便只有人们倾注在这对孤儿寡母身上的同情。而同情，都是短暂的，甚至可以被轻易改变，因为比起良知，人们更在意鲜活的肉身，而这，恰恰需要他麾下的千军万马来守护。

"那天发生的事，你看到什么，都如实告诉她。"

司令的言辞间充斥着军人不该有的戏谑，但对于哈图来说，却依旧是如山的命令。他沉思了片刻，昂起头看向纪子，语气低沉地讲述起来，他的语气是那样平静，平静得像个胸有成竹的学生，复述着预习过的课文。

"那天，因为临时更换地点，和谈比预计开始的时间晚了半个小时，总督入座后，帕玛人总理杜隆坦桑才带着叛军首领……"哈图明显停顿了一下，他下意识地瞥了一眼司令，随后又继续说道，"和谈开始后，总督派人宣读休战协议，以及其他的条约内容，其他人几乎没有讲话，不管是杜隆坦桑还是那个首领，都没有提出任何疑问，他们在文件上签字后……杜隆坦桑提出握手留念，之后，就是……"

"他们没有提出任何异议？"纪子打断了哈图。

"是。"哈图回答得很肯定。

"杜隆坦桑先生也没有？"

"完全没有，除了念文件的那个，在场的根本没人讲话。"

"所以，他们完全同意条约上的内容，并且在休战协议上签字了。"

"他们……"哈图思忖了片刻，对于"完全同意"这样的描述，他实在缺乏判断的能力。至少在他眼中，杜隆坦桑和那个首领只是一直默不作声地听着，即使是那些在哈图看来也非常苛刻……甚至不道德的条款被提及时，他们也没有流露出丝毫的诧异，在未来五年内逐步将帕玛人人口数量削减至当前水平的35%。哈图在听到这句话时，都已经下意识抬起来枪托，他总觉得那群端坐着的帕玛人一定会立刻站起来破口大骂，但听完了一整段，也不见他们有丝毫反应。削减多少人口，缴纳多少罚款、割让多少土地,那些冰冷残酷的数字一一出现,可他们的脸却依旧保持着难以言喻的平静,就像无风的海面不见一丝波澜,反而让人感到危险。

"他们确实签字了。"

哈图无法完全理解这样的事,于是,他只能选择回答他亲眼见到的部分。

事实上,没有人可以理解这样的事。纪子见过停战协议的初稿,公公在撰拟时便已经让人用不同颜色来区分重要性、达成率不同的条款,甚至在很多条款下方都标注了替代方案和可供迂回的空间。虽然是绝对强势的一方,但公公也做好了不能完全得偿所愿的打算。

最好的谈判,应当是双方都有些许的不满意——这是公公常常挂在嘴边的话。他是资深的谈判专家,总是习惯提前计划谈判桌上可能发生的一切。帕玛政府提出三方停战和谈后,他几乎就没离开过二楼的房间。那半个多小时的集会讲话,应该是他唯一的一次外出。那两天他会见不同的政府官员、银行负责人、军官、军火供应商、社会学家、企业家和翻译,为每一种可能发生的意外预备方案……只是,这样伟大的谈判家,既没有预料到所有的条款会这样轻松地通过,也没有想到最大的意外,竟然是自己的死亡。

"对方签署了协议,然后在握手时一刀刺死了总督。"纪子停顿了片刻,"是这样吗?"

"是的,是这样。"

"这根本说不通。"

"是……"

哈图无力辩驳,或者说,他已经不打算再为此做出解释。作为唯一从中央银行金库活着走出来的人,他自然被赋予了讲述这一切的使命。不管对面是长官、司令,还是鲁,都不外乎是一副一模一样不可思议的表情,有时候他甚至分不清楚,那样的不可置信到底是因为总督的死,还是因为活下来的，是这样乳臭未干的自己。如今，他已经连这个都懒得搞明白了，他只需要站在原地，等待着盘问他的人得出自己的结论，那些措辞不同，但相差无几的结论。

"这根本就是一场针对总督，蓄意的谋杀。"

这是纪子的结论。

"你说的没错，所以它构成了GT-6，这是赤裸裸的对人类文明的挑衅。"司令突然接过了话。他的语气急速却又坚定。于他而言，这就是不可辩驳的真相，而他迫切地希望，谈话就终结在这里。"他们只有一个下场，就是彻底地，从宇宙文明中被——"

"司令！"纪子回过头，终止了面前这个男人的畅想。

那一刻，屋内安静到了极点，就连鲁也屏住呼吸，静静地看着司令。被一个女人，一个此刻已然无权无势的女人打断，司令的脸上最先呈现的竟然是片刻的恍惚。他不敢相信纪子敢这样做，因为即使是她的公公，也极少这般粗鲁。接着自然是愤怒，转瞬即逝的愤怒，他狠狠盯着纪子那双眼睛，又重新在唇边挂上得意的冷笑的位置。他那无人可以撼动的威严迎来了不自量力的挑战者，这反倒激发了他的兴趣。

"确实有人想要杀了总督，但不见得是帕玛人。"纪子并不在意司令脸上的变化，这番话，她十分笃定，自己不论如何都会说下去，"他们主动发起和谈，接受了所有条件，如此诚意地想要投降，却只是为了引诱总督前来，然后杀死他……可这么做，除了引发你口中的GT-6，让普鲁托之矛可以名正言顺悬在他们头顶，便不再有任何意义。"

"呵，"司令，依旧是那副冷笑的表情，"你到底，想说什么？"

纪子没有立即回答，而是转过身去，径直走向了站在楼梯口的哈图。她停在了这个士兵前方不足一拳的地方，昂起头，看着那双被脸部肌肉牵扯着、不停颤动的眼睛。

"你是唯一活下来的人，你来告诉我们。"

"可……我已经都告诉你了。"

"出发去多邦那天,我们在旅馆见过。"纪子停顿了片刻,"你当时晚来了,把手里的花环交给了我,for ban,还记得吗?"

"我……记得。"哈图哆嗦着回答道。其实,并不需要这些提示,从纪子出现在院子里的那一刻,他脑海里便涌起了那天的情形,纪子接过花环时的诧异和疑惑,以及最后目送他走上楼梯时的笑,都透着十足的温柔,而这样的温柔,在如今这张纤瘦苍白的脸上已是荡然无存。

"你当时告诉我,你是被司令叫来的。"

哈图张着嘴,却迟迟没有说下去。他下意识看向了纪子身后的司令,四目相对,他却没能从司令的眼中感觉到任何急迫,好像从纪子打断他的那一刻起,一种难以捉摸的从容就开始在他的脸上浮现,他像是在听一场戏,带着事不关己的惬意。

"是……"哈图点了点头。

"公公非常看重和谈,带谁不带谁,向来是他说了算,除了官员,随行的士兵也都是他亲自指派。作为总督,他有对所有驻军部队的调任权,根本不存在被司令叫来这回事。"

"可……"哈图的双唇颤抖着,"我真的是……"

"你那天出现在那里,并不是来见总督,而是来见司令的,对吗?你甚至根本没有走进去那间书房。"

"我……"哈图的视线不停在纪子和司令之间巡回,对于这个问题,他根本没有答案。关于那天他所能回想起的,只有在旅馆二楼昏暗的走廊持续三四个小时的傻站,一同站着的,还有几个同样默不作声的士兵,哈图对他们毫无印象,却又感觉在哪里见过。直到书房的门打开,总督和司令一起走了出来,他和其他几个士兵一道抬头行礼,看着司令在总督耳畔小声又急切地说着什么,总督却从始至终一副毫不在意的样子。不过,他最终倒是停在了自己面前,从上到下稍稍将自己打量了一番。

"你是,那个猫主人……鲁的安全员?"

"是。"哈图想也没想,立即答道。

恨之刃   249

"嗯……"总督点了点头，又思忖了一会，朝着身后的司令说道，"就这样吧。"

这就是哈图经历的全部，随后他就被告知要前往多邦，在和谈之行中负责总督的安保事宜，他努力回忆着当时发生的所有细节，却也只能想起这些。在他看来，这些不那么重要的事，在纪子的逼问下，却都变成了某种至关重要甚至命悬一线的存在。

"够了。"

听出关窍的，是司令。这次，他直接从沙发上站了起来，一道冗长的背影从他的军服下方猝然拉开，越过整个客厅径直延伸向纪子的方向。

像所有步入舞台的角色，他郑重地朝前迈了一步，他在告诉纪子，真正的对手戏才刚刚开始，而方才种种在他眼中，不过是走过场的铺垫，纪子所有对哈图的盘问，终归瞄向的也都是他。"为什么要为难一个新兵呢，纪子，你应该把问题问得再简单一些，还是说我直接告诉你答案呢……哈图，并不在总督最初提交给我的护卫成员名单里。"

"不过这么说，"司令笑了一声，故意压低了语气，"你是看过那份名单了。"

纪子愣了愣，眉头不禁一蹙，双唇发颤着不作声，她能感觉到危险在降临，仿佛嗅到血腥缓缓逼近的野兽，它隐去了真容，蛰伏在暗夜中。

"那份名单，在那天的会议上确定后，就直接到了我手上；据我所知，你的公公应该还不至于对你言听计从到……连护送他的士兵姓甚名谁都向你交代，所以，你是看了放在我那的名单了，对吗？"

司令抿着嘴，脑中盘算了一阵，不禁又发出了几声嘲笑，"是那个通讯兵吧……你们一家老小培养他这么多年，又安插在我身边这么久，到了今天，他总算是做了点贡献。"

迪姆，他说的是迪姆……纪子立刻明白过来，她方才咄咄逼人的质问暴露了这一点。不过司令的话似乎也在有意告诉纪子，他老早就知道身边有这样一双不安分的眼睛，或许有好几双，不过他早就不在乎了，于他而言，都是些连皮毛都未曾划破的伤口。

不过眼下，纪子倒也顾不上这些了。

"这么说，哈图确实是你偷偷安插的。"

"当然不是，"司令的回答没有片刻迟疑，"所有这些，都只是为了保障总督的安全。"

"那为什么，为什么只有这个根本不在随行名单上的人活着回来了？"

"纪子小姐啊！"司令沉默了片刻，再次发出了冷笑，"不如你直接把你的猜测说出来吧，也让在场的哈图和鲁先生弄明白，你究竟想问什么。"

纪子没有立刻回答，而是先看向了鲁和哈图，尤其是鲁……在他的小屋里，此刻正在发生一件看起来和他毫不相干的事，他被迫成为了旁观者，记录者，以及如司令所"暗示"的那样，有朝一日他还要成为纪子接下来所说的这番话的传播者。也是到了此刻，她突然觉得自己才是真正站在舞台上的演员，和司令的这场对手戏，不过是心照不宣照着剧本说出既定的台词，对于接下来纪子要说出口的话，司令或许早已烂熟于心。

她看着一脸茫然的鲁，她知道自己终于无法在这最接近真相的时刻停下。

"是你派哈图杀了总督，对吗？"

这句严厉的指控，让整间屋子彻底跌入了无声的地狱。和她预计的一样，司令的脸上几乎没有任何情绪的变化，反倒是作为观众的鲁和哈图，都流露出了意想不到的惊异，没有人再开口，他们就这样看着纪子，仿佛发出声音，把这句话带来这个世界的她，已然犯下了无可饶恕之罪。

我别无选择，纪子在内心告诉自己，除了说下去……别无选择。

"刚来班镇的时候，我就听总督提起过，因为好几个星球都爆发了战争，星际联署早已明确不会派兵增援，而帕玛人人多势众，你知道这样耗下去，最终只会耗尽你的兵力，甚至变成光杆司令，所以你想调用普

恨之刃　　251

鲁托之矛一了百了，但总督都以不符合GT-6的级别的理由拒绝了，特别是……特别是启动和谈后，总督要求你在和谈结束后立即负责条约里的恒定控制，这会让你卷入一场长达数十年、耗费无数精力和人力的屠杀，而因为担负着骂名，你不会被重用，什么也捞不到，甚至有可能永远都被困在帕玛星，干着最脏的活，却成为众矢之的……对你而言，帕玛星无论如何都绝对不能继续存在，只有它消失在这个宇宙，你才是胜利者，你才能带着战功凯旋，所以你需要他死，在和谈达成前死，这样你就有了完美的调用普鲁托之矛的理由，而所有的账，都可以算在……死人的头上。"

纪子内心的苦痛在那一刻达到了顶点，却也在同时，涌起了一阵莫名的畅快。

她的脑海中浮现出最后与公公交谈的场景。那时候他刚刚结束另一场为和谈准备的漫长会议，熙攘的人潮挨个退出旅馆后，他才步履轻缓地从楼上走下来，衬衣的领口十分松垮，罕见地去除了领带，楼道间昏沉的光影肆意在他额头的皱纹间穿行，交织出一道道深邃的沟壑……他是那样老啊，纪子头一回这样觉得，华贵的身躯不再有体面的装点，原来竟是这般难掩的疲累。

他来到卢卡斯的房门前，自己的孙子正在蹩手蹩脚地为自己套上收腰的羊绒格纹西裤，这身从伦敦萨维尔街①运来的西服套装还附有一条紧贴衬衣的肩带，穿着的过程对于一个孩子来说实在是繁琐，不过外公要求他在任何公开场合都必须这样穿着，这当然也包括一会儿到来的舞会。

公公看着穿衣镜里那样丁点大的小人儿，虽然动作还是笨拙，但已经可以脱离母亲的帮助独立完成全部的程序。他笑了笑，紧接着又不知为何叹了口气，再次转向纪子的脸，又变回了一如既往的严肃。

"照顾好他。"

---

① 即 Savile Row，位于英国伦敦，是世界著名的男装定制圣地，汇集了几乎世界上最好的男装裁缝和珍稀面料。

根据公公的脾性，他会突然跑来交代这些，通常都意味着自己要远行。

"您要出发了吗？"

"是，下午和你交代的那些，都记住了吧。"

纪子迟疑了很久，才终于点了点头。现在想来，好像就是从那一刻起，她的心开始发紧，被什么揪住似的不得安息，只是因为那时候心里还装着躲在卢卡斯房间下面的米莎，相同的情绪交织在一起，反而混淆了具体在为什么紧张。或者说，是因为公公的离去能成全米莎的安全，所以她选择对公公的危境视而不见。

"如果……您真的怀疑对方和谈的诚意，或者……司令的诚意……其实您可以先找人调查清楚，不用立刻就去。"这句话在纪子心里翻来覆去了一下午，终于鼓足了勇气说了出来。但尽管如此，她还是停顿了很多次，去评判公公的决定，或者提出建议，向来是她不擅长的事，何况公公一直不喜欢纪子关心除了卢卡斯以外的事。

不过这次，公公倒也没有太大的反应。或许是过于沉醉观看镜子里手忙脚乱的卢卡斯，他近乎有一分钟都未曾言语，过了好一会儿才深吸了口气，缓缓说道："棋盘上的棋子，即使算计好了往后的十步，下一步还是有被吃掉的可能，而就算明知道会被吃掉，它还是得为了整盘棋，走出那一步。"

他回过头，看了一眼纪子。"所以，我从不去想，你一直在想的那件事。"

"嗯……"纪子思忖了一会，想接着说什么，但又只是笑了笑，语气变成了温和的安慰，"不用去想这些了，有那么多准备，和谈会顺利的。"

公公没有应和，而是将目光重新投向卢卡斯。他已经穿上了挺阔的格纹西服，余下的就是调整好每一颗扣子，再穿上鞋，这是出发去舞会前的最后工序。

"和谈结束后，你就带着卢卡斯回地球吧。"

"什，什么？"

纪子抬起头看着公公，有些恍惚地问道："回地球？"

公公以前从未应允这样的事，作为他独存在世间的血脉，卢卡斯从未离开他超过一周。

"你不是一直都不希望他和战争扯上关系吗？"

"是……"

纪子点了点头。当初公公来帕玛星任职时，便是为了卢卡斯的将来。这片土地资源富足又便于管理，卢卡斯若是在这里长大，在自己身边享受帕玛人的崇拜，日后便有足够的资质再次成为这里的总督，所以，公公是绝对不会同意普鲁托之矛将这里毁掉，他想要的从来不是毁灭，而是臣服。因为只有这样，卢卡斯才有将来，才不用只担着一个高贵的头衔去那些真正的执政者手中要饭，他可以再次成为地主，就和他的先辈们一样。这是公公当初的规划，但如今，他似乎已经不再执着于此了，或许，他是真的意识到自己老了，他那样浑浊不清的眼睛，根本无法看到更远更宽阔的未来。

"他应该活在爱里，而这儿，只有沙漠和仇恨。"公公的眼中突然闪耀着剔透晶莹的光，像是穿透了镜子里的卢卡斯，来自另一个世界似曾相识的凝望，"自我之后，他们会怎么形容呢？又一个哈布斯堡家的亡魂……"

公公说完这样的半句话就匆匆离开了。纪子原先以为他特地提前下楼，是想临行前再和孙子说上一会儿话，但又不知怎的就打消了这个念头。待到穿戴整齐的卢卡斯扭头，走廊上只剩下了温柔如常、冲着他微笑的母亲。

纪子想，或许是那时的某个瞬间，公公预感到了如今的生死相隔，可他偏不愿照着小说电影里的桥段……那样庸俗而悲壮地与卢卡斯诀别，他不愿意屈从于命运的选择，但又不得不走上命运铺陈的道路，所以没有告别，说不定就不会别离——他兴许就是这样倔强地以为吧。

如今，纪子替又一个哈布斯堡家的亡魂说出了那令她惴惴不安的命运，那一刻，积压在心口千钧的痛苦转化为一种莫名的轻松，她掀开了层层叠叠的伤疤，让新鲜的伤口得以呼吸。这是最容易想明白的事，也是公公或许早已想明白的事，自己的死，帕玛星的覆灭，唯一能得到好处的人，此时此刻就衣冠楚楚地站在自己面前。

"不，不是这样！"

哈图不再顾及士兵的礼仪和规矩，声音从最开始急促逐渐趋近于嘶吼，"不是这样！"

"那你是如何活下来的？"纪子扭头逼问，"为什么只有你活了下来？"

"我……"

"据我所知，你连一场像样的仗都没打过，不是吗？"纪子瞥了一眼站在哈图身旁的鲁，她能感觉到话音落下时，鲁的身体明显颤动了一下。一场仗都没打过，这句话正是出自哈图最信任的鲁，因为是最信任的人，所以是最不容置疑的铁证。纪子的语气是这样肯定，压根没有给哈图辩驳的机会："可为什么最后是你，为什么你成了唯一的当事人，唯一的人证？你说的真的是真相吗，还是有人……告诉你该说些什么？"

"不是的……不是你想的那样！不是的！"

"纪子小姐！"鲁扶住了哈图不停颤抖的肩膀，将他硬生生拽向了自己身后。他没想过自己会这么做，以至于他根本不知道，这样粗鲁的打断后，自己该说些什么……冷静点，纪子，别这样，纪子，你们都是我的朋友啊，纪子……这样的句子就堵在喉咙的顶端，却又被理智压入了肺腑，那个威严的司令就站在他们身后，他实在无法用这样的口气和纪子说话，至少在外人眼中，他们可从来不是什么亲密到可以说出这些话的朋友。

"请您冷静……"鲁的声音低到几乎无法听见。

纪子听到了，她看着挡在哈图身前的鲁，停顿了几秒。时隔多日再次对望，曾经如同初樱干净皎洁的眼眸，已尽是熊熊燃烧炙热的红莲，

恨之刃

鲁能感觉到她眼中稍纵即逝的克制，她最后的温柔，是止于不将这样难遏的怒火洒向这位并肩作战过的朋友，所以她深吸了口气，转过身去，面向了面色铁青的司令。

"他的任务是什么？他能得到什么？这样的把戏，一次还不够吗？这样的事，一次还不够吗？"

"不，不是的，不是这样！！！"

哈图喊得这样大声，可不论是纪子抑或司令，似乎都并不在意这个新兵声嘶力竭的申讨，他们彼此对望，完全像是在另一个时空中对峙着。

"为什么他可以活下来，为什么总督会死？"

是了，是时候了，不该再有任何疑问了，纪子的眼神从未如此坚毅。"为了毁掉帕玛星，为了保住你的地位和你的功勋，你派他去，告诉他如果和谈顺利达成就立刻杀了总督，这是唯一合理的解释，不是吗！不是吗！！！"

纪子的话在一阵近乎破碎的尾声中落下，像一阵厚重的潮汐拍打在空荡无人的海滩，衬得四周是这样沉寂。她的控诉，鲁的劝阻和哈图的喊叫，都在那一刻戛然而止，三人于回荡的余音中呆滞着，茫然地互相对望。

而这样短暂又脆弱的平静，旋即又被几记沉闷的掌声粉碎。

"你终于，还是说出口了。"

司令十指合握，放肆地大笑了几声。"说得这样言之凿凿，我还以为是多确切的证据，原来也都是些毫无根据的猜测而已。"

"你，"纪子迟疑了一阵，眼前的这个男人，显然一点儿也不担心这样的指控，"你什么意思？"

"你好像，很怀疑这个士兵的能力。"

"难道不是吗？"纪子停顿了片刻，下意识地看向了鲁，继而说道，"他不仅没有参与过真正的战场，甚至连个人都没杀过。"

"哎……这样吧。"司令并没有直面这个问题，而是笑着摇了摇脑袋，明明是无可奈何的表情，语气却又是那样得意，"不如我来帮你问问看。"

他径直走到哈图的跟前，双手紧扣住新兵的肩膀，用力拍了拍。从哈图频频咬牙的样子看来，那几掌的力道并不是常人可以轻易承受的——从前的教员和长官也会偶尔将这招用在自己身上，通常发生在测验或者任务开始之前，像是要通过这样的施力来达到某种特殊的鼓励。但哈图非常确定司令并不是在为他加油，他每次落掌，指头都紧紧扣住了肩胛，简直像是要顺势将自己原地提捏起来，自己被他完全控制了，这或许才是司令的意思，哈图只能领会到这。

"45433。"

"是，"哈图听到了自己的编号，猝然立直，"长官。"

"你杀过人吗？我说的是，帕玛人。"

"我……"哈图嘴唇颤抖着，"杀过。"

"在参与和谈的护送任务之前，你杀过帕玛人吗？"

哈图的四肢突然抽搐了一下，仿佛一道急促的电流顺着那双扣押在肩上的手被注入了身体。他抬起头，瞪大了双眼看着面前的司令，这样近的距离，反而无法看清那张脸确切的样子，目光所及，只有铺天盖地无法避及的阴云。

"杀过吗？"

同样的问题再一遍袭来，像是从那云中倾洒而下的暴雨。

终于迎来了这个问题，这个时刻，这场躲不掉的暴风雨。哈图依旧保持着那样挺拔的站姿，一双紧握的拳头，压制着风雨中摇摇欲坠的身体，他不再颤抖，不再犹豫，最后低下头，不再看向任何人。

"杀过。"

"在哪？"

"在……在这，班镇。"

"什么时候？"

"第一天，撤离多邦来到班镇的第一天。"

"你杀了谁？"

"两个帕玛人。"

哈图的回答完整，迅速，没有片刻迟疑，甚至无须经过回忆。在等候这个问题、这场风雨降临的每一天，那些在班镇度过的阳光明媚的日子，他已经预习了无数遍——有时是抱着班在阁楼小憩，有时是在无人的广场巡逻，有时只是不经意抬头看向了焦黄色的天空，在无数个正常不过的时刻。他无数次不受驱使地跌入这场风暴的前奏，先是心脏隐隐作痛，然后是四肢不受控制的发颤，会觉得冷，觉得牙酸，觉得周围的一切都突然灰暗了下来……日复一日的平静美好都变得不再真实，就像裹在受尽折磨的心房外一层华丽甜腻的糖衣，随时都有可能褪去。

在来到班镇的第一天，我杀死了两个帕玛人——这句话就像被灌注魔法的咒语，每分每秒在他的潜意识里低吟。尽管他如此刻意地遗忘，如此刻意地伪装，如此刻意享受着如常的生活，但只要稍有不慎，哪怕一个念头，他便会立刻被拽入那段不断重复的画面里，每时每刻，又无边无际，就像地狱。

举枪，射击，命中，目标倒下，尽管那几秒钟的经历在脑海中上演了千百遍，哈图依旧没能为这一切的发生找到合理的解释。他只记得和那两个帕玛人目光相对后，自己的身体就径直僵在了原地，仿佛有一种远古的魔法将他的意识彻底囚禁，他既没有抬手举枪，也没有开口呼喊，那几秒钟，他什么也没做，也什么也做不了……等到他完全恢复意识，那两个企图逃走的帕玛人已经倒在了地上，他的手掌还能感受到射击的后坐力带来的酸涩的摩擦，枪声的回响还在自己的耳边震荡——刚才的一切，都完全出自一种强大的，无法自拔的本能，但除了哈图，没有人会这样想，或者说，相信哈图以为的这些。簇拥上来的一个队友很快便对着通讯设备报告着自己击毙帕玛人的消息，而那两个倒在地上的帕玛人，依旧用那样惊恐而哀戚的目光看着自己，他们用奄奄一息的声音说着……

"Boruto,"

司令似乎很满意自己的发音，进而又重复了一遍，才转头看向纪子，"他们称45433是Boruto，你学过那帮人的语言，自然知道是什么意思。"

"Boruto……"

纪子的声音很轻，几近于在默念，而就在她身侧，有一个低沉而熟悉的声音，将这个代表着"恶意，剥夺生命者，不可饶恕之罪，被神厌弃之人"的名词重复了一遍。

他们没有交换眼神，没有对谈，就这样沉默着，或许也正因为这样相继的默契，他们反而更加确信对方心中也有了一个相同的答案，关于另一桩故事的答案——米莎那晚所喊的Boruto，并非是冲着鲁，而是冲着鲁身上那件军装，冲着领口下方清晰的45433的胸章，冲着哈图。

纪子曾向鲁解释过，Boruto虽有那么多意思，但若是用在人身上，其实是说话的人在斥责对方犯下了重罪，所以她才会理所当然认为，米莎指的是鲁的父亲；另外就是，年幼的米莎其实对死亡并没有完整的概念，纪子曾经多次询问米莎父母的去向，她都只能说到父母催促她躲起来为止，再往后的回答要么表达的是帕玛语里的"离开"，要么则是更为含糊其词的呢喃……如今看来，她应该是在暗处亲眼目睹了双亲倒地，她只是不明白那究竟是在做什么，不明白那就是死亡，因而她只记住了那个更为具体的目标，那个被父母称作罪人的人，那件，写着45433的制服。

"凶手。"

鲁脱口而出，语气比方才都要镇定，但听起来却并不像是单纯在回答一道翻译题。于鲁而言，这完全是出自本能，他感到自己需要念出这个词，来完成某种可以让灵魂安息的、必要的宣判。

哈图猛然抬起头，转向了身后，他没想到说出这个词的会是鲁，会是这个唯一有可能站在他身边的人。

鲁还是站在他的身边，只是低着头，脸也侧向了更远的另一侧。那里只有被楼板隔断的白日下的阴影,没有任何事物值得他的目光流连,于是,便只剩下一种可能——鲁不是为了看清什么,而是为了避开什么,也是在那一刻,哈图突然朦胧地感觉到,鲁原本紧贴着自己的身体仿佛也更远了些,甚至那双原本挡在自己身前的手,也悄悄背向了身后……他在离自己如此之近的地方,一点点远离着自己,像背离引力仓皇逃逸的流星。

"呵,连鲁先生也知道这个词吗?"

司令满意地大笑了一声,他显然观察不到在他跟前上演的情绪,只不过是一个懂外语的商人,识时务地接过了话茬。他连续拍了拍哈图的肩膀,顺势用手掌轻轻擦了擦外肩上星际联署的徽记。"敌人口中的凶手,可不就是我们的英雄,而且纪子啊,你真的应该好好感谢一下这位英雄,因为他不仅替你公公报了仇,还差点替另外一个人报了仇。"

司令停顿了片刻,旋即来到纪子跟前,他的脸近乎是贴在纪子耳畔说道:"你的丈夫。"

他的声音如同穿堂而过的疾风,呼啸着谋杀了原本的安静。

"卡尔……"纪子艰难地念出了丈夫的名字。这个在很长一段时间都被公公列为禁忌的词,她再次说出口了,那么简单的拼读,却是如此生涩,仿佛是上辈子的记忆。

"45433。"司令提高了声调,完全是命令的口吻,"刺杀总督的人,那个组织叛乱的头儿,你看清楚了吗?"

"是……是,长官。"

"说出他的名字。"

"可……"

"大声地,"司令没有给哈图思考的时间,"说出来。"

"莫……莫亚西夫。"

哈图胆怯又低沉的声音,并不影响这个名字能刮起的风暴之剧烈——那个写《人类征程》的作家,那个消失的妥奇亚贵族,那个被父亲称为挚友的人。鲁的脑海中瞬间串联起了无数回忆。他想起了阁楼上那片莫亚西夫赠予父亲的奇金羽毛，还有那句刻在羽毛背面"历史还没有结束"的话，原来……莫亚西夫就在这里，原来他口中还未结束的妥奇亚的历史，就在他脚下这片沙漠上延续。

"45433。"

司令的发问还没有停止。"他放你走时，说了什么？"

哈图的身体猝然颤抖了一下，蔓延全身的苦痛，突然汇集到了一点，到了它最深又最初的根。他没有杀死莫亚西夫，他只是被几个帕玛人拽着按在地上，被莫亚西夫拎起整颗脑袋，在总督的尸骸前，在无数新鲜的尸骸前接受最彻底的羞辱。

"可是……你答应过……"

"回答我的问题，"司令的话带着十足的怒意，"不然我保证你叔叔，你整个家族什么好处都捞不到！"

"他……他说，告诉人类，这只是开始。"

哈图遵从了司令的命令，再次重复了这句他不愿面对的话。他只不过碰巧是金库里最后一个站着的人类，因而被选中成为那个带话的骡子，这才是……他活下来的原因，而所谓的英雄，所谓的为总督报仇和杀出重围，不过是自己那位高权重的叔叔和司令合计好的说辞，毕竟……因为这种原因而活下来，于他的家族而言实在是承受不起的耻辱。如今，反倒成了司令用来要挟整个家族的把柄。

与此同时，司令抓起纪子的手，又从制服口袋里掏出了一片闪耀着幽暗光泽的金属，将它放在了纪子的掌心。

黯淡的青铜色泽，绮丽的水波纹理，那毫无疑问是奇金羽毛，是已经不复存在的妥奇亚王室的象征。眼前的它是那样陈旧破败，全然不见嵌于冠冕上的华贵，只余下了那不朽金属独有的锋利，干涸于羽翼间的血红露着凶光，像是述说着锋利的、生生不息的仇恨。

"这就是杀死总督的凶器。"司令冷笑了一声，从纪子惊恐的眼神来

恨之刃

看，她显然已经知道了这是何物。"你看，那个落难的王子对你们全家可是恨之入骨啊！不仅煽动这帮帕玛奴隶造反，还想亲手杀了你的公公，这样一位足智多谋，能说会道，又不顾一切的哈姆雷特，难怪能取了总督的命……纪子啊，你觉得这个理由，够不够充分？"

"是他……杀了总督。"

"现在你得到真相了，堂堂帕玛星的总督，被仇人的后代设计杀死了。经典的复仇小说，你觉得怎么样，是你想要的真相吗？还是，要让全宇宙都来看你公公和你丈夫的笑话？"司令刻意停顿了片刻，仿佛在得意地欣赏纪子眉间涌起的痛苦与哀怆，"不过，没有人需要真相，没有人需要知道发生在哈布斯堡家可悲又可笑的故事。只要你愿意，你的公公，就可以是为了争取人类的利益而死，是帕玛人违背和谈精神，是帕玛人罔顾道德滥杀无辜，而总督他，就可以死得荣耀，有尊严，死得其所……我想现在，你应该知道，你的致辞要怎么写了吧？"

纪子没有回答，她消瘦的脸上，最后一丝血色也褪去了，只剩下无垠的苍白，像铺陈在残冬烈阳下，逐渐融化的冰雪。

她连鲁都没看一眼，便疾步奔向了门外。她想离开，马上离开，这样强烈的愿望驱使她忽略了所有必须遵循的礼仪，必须恪守的优雅，可来到院子里她却发现，方才随行的士兵组成了一道高耸的人墙，已经将整个小屋彻底围了起来，她能感到窸窸窣窣的议论声从另一侧传来，但士兵们的间隔是如此严密，她根本看不见外面。

纪子咬着牙，继续朝着院外走去。院子外缘栅栏边，一整排领首直立的士兵突然整齐划一抬起了枪杆，尽管离得如此之近，他们却没有退却或让行的意思。

"让开，马上！"纪子用颤抖的声音命令道，"你们知道自己在做什么吗？"

士兵们沉默不语，纹丝不动，但是纪子的身后，传来了那阵熟悉的、令人发怵的笑。

"他们当然知道，"这声音越来越近，直到那个高大的阴影与自己几乎并行，"可是，你知道你在做什么吗？"

"你，"纪子仍然无法抑制住身体的抖动，她紧紧扣住宽大的西服衣领，用力地呼吸着，"你想怎么样！"

司令笑着摇了摇头，猛地抬手抓住纪子扣着衣领的手，又顺势一把掀开了那件宽大的布雷泽西服。

"不，不要！"

纪子下意识地想要去抓住它，却发现双手被司令紧紧扣住。

西服掉落在院中干燥的泥土地上，溅起的灰尘又迅速落下，洋洋洒洒在丝绸的内衬上铺落了一层，一个不寻常的红点，从内衬口袋的深处透出忽闪的微光。

司令弯下腰，掀开扣上衔纽的口袋，取出了那部正在运行的录音器，不断读秒的屏幕上，显示时间已经积累了近两个小时。

"呵，"他冷笑着按下了屏幕下方的终止按钮，"从我闯进旅馆的那一刻开始，你就计划好了，让那个新兵亲口承认是我派人杀了总督，然后再将这个录音递交给星际联署，是吗？"

纪子低垂着头，依旧没有回答，如今只剩下单薄衬衫的她，看起来是那样瘦削，光滑细腻的丝缎紧贴着她的肌肤，脆弱又无用的防守。

"总督也太小瞧我了，他在我这有个通讯员迪姆，我就不能在你们那有个什么吗？"司令将录音器扔在地上，直接用军靴踏了上去，厚实的胶底鞋跟反复碾过塑料外壳，没几秒钟就传出接连的脆裂声响，几簇一瞬而过的火花过后，机器便已经彻底粉碎。

"我陪了你这么久，就是想看看你到底打算玩什么把戏。"

不屑的语气，是胜利者向失败者下达的通牒。

那一瞬间，纪子感到了从未有过的寒冷，她用双手紧紧环抱着自己，却丝毫感受不到来自肌肤的体温，感觉不到脉搏跳动、血液流过，甚至是自己的心跳都微弱得断断续续……她必须那样用力才能呼吸，那样用力才能站着，那样用力才能看见和听见，她觉得自己就像一具行将就木的残骸，在努力扮演着一个活物，努力假装还活着。

纪子想起她曾在书上读到过，失去所有的感觉就像失血过多，在经历了痛苦挣扎后便只剩下等待死亡的平静，介于生与死之间的平静，在这样的平静下，所有情绪都会瞬间失色，就连被本能左右的恐惧都无法存活……如今，纪子只能感觉到平静，高耸的人墙，嗤笑的司令，这些威胁她的，令她害怕的，与她为敌的一切都变得这样寻常，这样黯淡。

"我会按照你的意思，在媒体面前致辞。"

纪子的语气恢复了往日的温存，只是灰蒙的眼睛里，没有一丝亮光。

"这样最好。"司令满意地点了点头，但这样胜利的满足却并未持续太久，反倒是立马皱着眉毛思忖了一阵，又突然轻声叹了口气。

自己胜利了，却是毫无意义的胜利。面前这个女人已经按照自己的计划一败涂地。可对于他这样久经战场之人，胜利的香甜向来短暂，也不值得流连。相反，它会瞬间洗刷掉征斗的欲望，对于十足的弱者，他毫无挑衅的兴趣，反而，会诞生出片刻的同情，尤其是对这样一个在异国他乡，顷刻间一无所有的女人，她已经做了她所能做的全部，这是值得佩服的，她只是不知道自己对抗的力量有多么无可撼动。

"我确实派了刺杀小队。"

或许，不仅仅是出于同情和怜悯，无可战胜的绝对实力是那样高傲，它甚至不在乎暴露弱点。

纪子愣了愣，抬起头看了一眼司令，又面无表情地重新垂下头，对于这句久候的话，如今她已丝毫提不起兴致。

"但里面不包括哈图这个队长，选他……只是为了打消总督的顾虑，你猜对了过程，但猜错了人，我问了那个小子很多遍，他没理由撒谎，杀死总督的，确实是莫亚西夫，也是莫亚西夫，故意留了他条命，来向我们挑衅。"

"是……是吗？"纪子的语气，清冷得像寒夜的风。司令和纪子并排站着，他们的面前只有士兵们围筑的人墙，在这样密集的阴影之下，秘密找到了适合生长的土壤。

"不过……你说的没错，这样的事，确实不止一次。你丈夫，确实是被联署安插的一名副官杀害，并赖给妥奇亚人的。据我所知，你丈夫一直奔走牵线希望稳定双方的关系，让局势一直处于不上不下的阶段，这是……军人最忌讳的，妥奇亚人永远不会服从人类，这是注定的，所以普鲁托之矛的发射也是注定的。人类需要给所有文明一个教训，他们需要一个理由，而你的丈夫，不幸被选中成为了那个理由。"司令瞥了一眼纪子，"我听人说，这件事你暗中调查了很久。"

"是啊，拜托了很多人，查了很久。"纪子沉默了片刻，苍白的脸上露出疲惫的一笑，"原来你早就知道。"

"其实这并不是什么秘密，联署高层，很多都参与了决策，和他们亲近的人，大抵也都知道。"

"连公公，也知道吗？"

司令愣了一下，并没有立刻回答，反倒是抿起嘴来，像是在细致地咀嚼着什么，过了一阵才说道："联署是不会允许妥奇亚帝国继续存在的，就像帕玛星也是一样，就算明天你真的把这段录音递给联署，事情也不会改变，叛乱的殖民星逐年递增，打仗是打不完的，人类需要杀鸡儆猴。"

"所以，帕玛星一定会被毁掉。"

"目前发生叛乱的殖民星里，它是唯一的劣等星。"司令停顿了片刻，"我也没想到杀死总督的会是莫亚西夫，这也算是这群愚蠢的帕玛人走了歪门邪道，自取灭亡。"

"嗯。"纪子生硬地点了点头，"你现在，可以正大光明做你想做的事了。"

"其实，你配合一些的话，就不用像现在那么狼狈。"

"是吗？"

"当然了，没人会看到你的狼狈，联署那帮人顾及面子，自然会命令我把你照顾好。"

"那我们，什么时候可以离开这？"

"普鲁托之矛已经在路上了，由你对外公布总督死讯之后，很快就可以启动GT-6程序。"

纪子沉默了片刻，点了点头，她拾起地上的西服，没有披上，只是攥在手里，径直向前方迈了出去，不知为何，她就是如此确定面前的士兵此时一定会让开，这道人墙，班镇的墙，维也纳的墙，乃至这世界上所有的高墙，都已经无法再困住她了。

……或者说，都已经饶过她了。

她走出了院子，走向了班镇狭窄却坑洼的街道。临近正午的烈阳烘烤着破败的小镇，人们打量的目光和迎风吹拂的沙尘一道向她袭来，那样嘈杂，那样聒噪，那样刺痛和灼热。当她走出鲁的小屋，当麻木的平静过后，所有的官能重新复活，她所感受到的世界，突然不再有任何美好的部分，班镇，班镇的一切从未如此令她厌恶。

她越走越快，近乎在奔跑，但她依旧听到了耳畔的风声之中，夹杂着那样深沉的一句哀叹。

"哎，真是的，又一个哈布斯堡家的亡魂。"

22

Oh I've been too long in the wind,

Too long in the rain,

Takin' any comfort that I can。[1]

——班镇唯一的黑胶留声机被放置在咖啡店的吧台，
猫王的 *LovingArms* 被标注为"班的最爱"的唱片，
此歌的副歌部分甚至被人用不同颜料喷绘在了咖啡店的芒萨尔式[2]屋顶上。

  士兵们跟随司令散去后，小屋在一片寂静中迎来了又一个午后。

  午后，于哈图而言，曾是一天之中他最期待的时刻，至少初到班镇的那些日子绝对是如此……会这样想，倒不是因为躲在鲁的阁楼就有多么快活，毕竟鲁除了偶尔和他聊天，更多的时间都在倒腾他父亲的那些物件，哈图之所以期待下午的到来，纯粹是因为那是一天当中唯一的空当，他得以暂时忘掉自己士兵的身份，进而忘掉很多烦恼的事。

  因为家族的"特殊照顾"，哈图从未被安排过什么正经的活儿，即使是每日轮值巡逻的差事，他也一直固定在班镇附近非常小的范围，最远也不过甜洲和沙漠的交界处。那里离地下电网如此之近，根本不可能会

---

[1] 来自 Elvis Presley（即猫王）的歌曲 *LovingArms*（爱的臂弯），歌词译为：我在雨中矗立太久，我在风中飘摇太久，我只能尽力抓住能带给我慰藉的一切。

[2] 一种有两道斜面的屋顶，这种屋顶通常装设老虎窗并且在端头带有斜屋脊。

有帕玛人来,所以这所谓的巡逻,其实和闲逛也没什么两样。

"还是哈图懂得享受啊!"

路过的士兵偶尔会这样调侃哈图。他们从高大威武的沙地车车顶探出半个身子,还潇洒地脱下帽子,像是故意要让哈图瞧见他们犹如英雄出征般的骁勇神采。有时候哈图甚至觉得,他们是专程绕路来到自己的巡逻路径上施加嘲讽,因而每次听到沙地车行进时的轰隆作响,他都会感到紧张,于是只能加快脚步避开这样的相会。但他也知道,自己这样慌忙逃窜的背影在那些士兵的眼中,不过是另一种值得嘲笑的狼狈。

好在,他是听不到这些的,自然也不需要理会。而在军营,在起居的营帐,在集中用餐的食堂,在那些他不论如何都避不开的地方,分针和秒针仿佛总是走得格外缓慢,时间也因此变得更加难熬。

士兵们最常拿来形容哈图的一句话,便是"开第一枪的人"。他杀了那两个帕玛人,因而得了这个名头,但这显然并不是什么褒奖。帕玛星的叛乱还没有升级为全面战争,无差别地射杀平民实在是有违人道,不仅给驻军部队跌份,万一传出去还会引起舆论哗然。考虑到要员里就有资深的新闻记者、作家和媒体人,司令那天来到现场后,便立刻下令不得对外宣布,甚至连总督也要瞒着,继而又派人偷偷处理了尸体,清理了血迹,对外只说是开枪驱赶。

哈图原以为这件事很快还是会尽人皆知,毕竟在场看到的人不在少数。但在共荣辱这件事上,司令的部下们还算是实打实的团结,至少除却军营里的人,哈图目前还没有发现其他人知道此事。不过关系户添了乱子,私下的牢骚还是止不住的。

"小屁孩,可别再瞎闹了,我花了一整晚才把尸体扔进沙漠里。"

那位负责处理尸体的老兵在某次午餐的间隙撞见了哈图,也不忘笑嘻嘻来上这样一句。其实不论是言语还是口气,这句话都不算是真的在抱怨或计较什么,说是玩笑也未尝不可,但哈图依旧觉得刺耳。在这件事上,哈图有独属于自己的困惑——他滥杀无辜,理应受到责骂甚至惩罚，但所有人责备他，似乎并不是出于同情这两个无辜的生命。老兵可以这样挂着憨笑描述抛尸的劳累，就意味着对于那两个帕玛人的死，他几乎没有任何感觉，说白了这只是差事……是的，在所有人眼中，哈图的罪过并不是杀了人，而是办砸了一件差事，而目的则是出于某种"争功夺利"的自私，那个"开第一枪的人"的头衔，便是带着这样十足意味的嘲讽。

"这么急着出名吗？"

那天赶来的司令，就问了哈图这一个问题："你们家的人，都是一样的吗？"

"不……不是，我不是故意的，我也没想到……"

"够了，这件事，任何人都不能知道。"

哈图当时还处于浑身发颤不能自已的程度，但不论他如何解释，司令都没有再说什么。周围的士兵开始埋头处理尸体和血迹，没再搭理哈图的胡言乱语——因为司令先入为主的论断，所有人都默认了哈图这样做，是想要效仿他的"父辈"树业立功，或者说……投机取巧地想要一朝成名。

如果说最初来到军营的哈图只是因为"关系户"的身份被大家敬而远之，那么自那天起，真正的嘲讽、排挤和边缘化也就顺理成章被放在了明面上。面对这样的疏离，哈图不再解释，不再争辩，他沉默着扮演所有人眼中那个急功近利的自己，规行矩步地忍受着随之到来的一切。他把这当作是自己误杀两条生命的惩罚，而上帝出于怜悯，给了他每天几小时的喘息——在那栋小屋里，在阁楼的床上，他得以暂时卸下枷锁，做回真正的哈图。

他永远都不会知道这些，对吧，哈图无数次看着鲁投向自己带着笑意的脸，一遍一遍向上帝祈祷，这一切太美好了，请无论如何不要将它夺走啊！

但宇宙太大了，在这个连教堂都没有的异星小镇，神也有力所不能及的时候。

　　自纪子和司令离开后，鲁一直坐在沙发的正中没再说话。哈图能感觉到，他此刻的沉默与以往的寡言少语不同。从前鲁安静地在自己面前倒腾旧物时，哈图总是能轻易从他脸上看出表情的变化。打理脏乱衣柜时的不屑，研究班镇设计图的惊诧，以及阅读父亲随笔时的沉醉，他在做着什么，想着什么，哈图都能从那张脸上猜出大概。但现在坐在他面前的鲁，整张脸上却只有大片大片的留白，兴许早有千千万万思绪流淌过他的脑海，但这都是避开哈图的，在那个被隐匿的世界里，并没有哈图的一席之地。

　　"我不是故意要开枪的……当时他们就站在我的面前……我真的不知道自己为什么会开枪……那个妥奇亚人把羽毛丢给我，让我滚……我不知道……我根本不知道我应该怎么做……"

　　哈图不是没有试着向鲁解释一切，但尽是这些支离破碎的话，连他自己都听不下去。经过司令和纪子的逼问，苍白的事实已经显现，他误杀了手无寸铁的帕玛平民，又在战场上做了逃兵，所有这些都足够说明他是个软弱无用，意志薄弱，极不合格的军人，这无从抵赖。

　　但……那又怎么样，我本来也没想过要当个多么优秀的军人，哈图的内心不止一次这样告诉自己，但他还是依旧这样滔滔不绝地解释着，重复着这些前言不搭后语的话，他的不情愿，他的不自知，他的不诚实。他想的是，或许，面前的这位老朋友，会在突然的某个时刻抬起头，告诉自己，没事的，但你还是那个哈图。

　　他知道自己压根没有这个资格，但他就是如此迫切地想要得到片刻的释怀，得到肯定，得到爱，就和从前的那许多天里，他从这栋小屋里得到的一样多。

　　可从始至终，鲁什么也没说，什么也没做，哪怕一句简单的安慰都没有，他只是坐在那里，面无表情地看着哈图。

　　"连你都瞧不起我吗？"

哈图的双唇颤抖着，双眼瞬间被纷繁的血丝染红，语气近乎于哀求。

"连你都觉得，我做了不能饶恕的事吗？"

可即便如此，鲁依旧没有回答。

那一刻，哈图知道自己被逼到了无路可走的绝境，而鲁的沉默，便是最后那道深不见底的悬崖。哈图想起了带着鲁逃离多邦时，透过车窗看到的景象，失守的租界在滔天的烈火与不绝的哭喊中坍塌，当时的它已经那样痛苦，那样绝望，却还要面对一辆辆离它而去的车，弃它而去的故人，而那些车里的人，也都和鲁现在一样沉默着，一言不发。

那些房屋倒塌的声音，地面撕裂的声音，那是它在求救啊，不是吗？

可那些爱过它，称赞过它，拥有过它的人，他们全都听不见，在它最绝望的时刻，他们什么也没做，只想着离开它。

"我做错了什么？"

哈图站了起来，那张褪去了痛苦与恳切的脸，只剩下彻底的疯狂。

他站在了鲁的面前，用身体挡住了鲁全部的视线，他就是要让鲁无法忽视地看到自己，看到自己这张站在万丈深渊跟前，绝望、愤怒、歇斯底里的脸。

"难道，我就应该死在多邦吗？还是直接被那两个操蛋的帕玛人打死？

"那么多人，他们为什么偏偏要出现在我面前？为什么要试着逃跑呢？为什么？

"那么多人，为什么偏偏要选我去多邦和谈？为什么要逼我去杀人？为什么又让我活下来？让我活到现在，活到你们所有人都瞧不起我！

"他们都该死，所有帕玛人都该去死！他们本来就是人类的奴隶，生生世世都是奴隶！为什么还要反抗！凭什么反抗！这就是下场，普鲁托之矛就是下场！

"我恨他们，我恨这颗星球，恨这颗星球上所有的人，如果不是他们，我根本不需要经历这些！根本不需要！！！"

恨之刃

面对这样的逼问,鲁深深叹了口气,他挣扎过的,要不要就把一切都和哈图说个明白,尤塔的事,父亲的事,巴特尔的事,但……究竟要如何开口呢?巴特尔会面临什么?他们会去找那两个孩子吗?这样会危害到纪子吗?每当鲁想要开口,都会有无数这样的问题抵达他的脑海,阻止他说下去。或许最好的坦白的时机,就是在发现班的那一晚,在一切都还足够单纯的时候"嘿,哈图,这下面住了一个帕玛人,我们一起帮帮他吧!"若是当时将这句话说出口,事情又会发展成什么样呢?而事实上,鲁根本无暇思考这些,因为往后的每一天,这个故事都在加进新的人物,变得更加复杂,更加危险,更加难以详述,如今,还加上了一层对哈图的恨意。他无法忽视哈图是杀人凶手的事实,但也无意解释更多,于是便只能在哈图那一轮接着一轮的发泄下,一次又一次地选择沉默。他不奢望哈图能明白自己的无助,但他真的很累了,不能承受的疲累,让他没有多余的力气去照顾哈图的苦痛,尽管,他分明看在眼里,这个孩子是如此急切地渴望被拯救。

直到他的急切,化作火苗,点着了那无法再遏制的怒火。

必须要说些什么了,鲁心里很清楚,于是他透过哈图那张被怒意彻底统治的脸,看向了这间在午后的阳光下一如往日恬静温暖的小屋。

"你知道,你杀的那两个帕玛人,他们是谁吗?"

"我一点也不在乎。"

"他们,就是你脚下,这栋房子的主人。"

听到答案的哈图明显呆愣了一阵,但他那被燃烧殆尽的理智,已经让他无法再认真去思考什么,即使是片刻的冷静,都会带来莫大的难以承受的痛苦。

"那,那又怎么样?"

"我以为,你很喜欢这儿。"

"我不喜欢!我告诉你了,我讨厌这里,非常讨厌!"

"哈图……"

鲁停住了，他在犹豫着要不要说下去，但终于还是停住了，他侧过身去，不再看着哈图。

"你走吧，哈图。"

鲁的声音是那样轻，轻到似乎连他都希望这几个字在抵达哈图的耳廓前，就能被风吹散到别处去。

但显然，哈图听见了。

那静滞的几秒钟，鲁能明显感觉到，哈图的身躯在颤抖，就像有一整座城，一颗恒星，在他的身体里轰然碎裂。

下一刻，一双手便牢牢扣住了鲁的肩膀，用力将他的整个身体扳向了前方。

"我告诉你，"那声音，像是野兽在低吼，"我走了，就不会再回来。"

鲁的面前，是一双血丝密布的眼睛，瞪大的眼眶里，盛满了无法扑熄、呼之欲出的怒火，它燃烧得那样快，那样炙热，仿佛一瞬间，就将这双眼眸里曾经他所熟悉的一切，都烧成了灰烬；但这还远远不够，它似乎还在不断扩散，不断升腾，像是脱去镣铐不受控制的恶鬼，它势必要焚化掉每根血脉每条神经，毁灭所有心智所有意志，直到在那烧尽的皮囊中，脱胎出属于它的，新的肉身。

面目全非的哈图，正是那只恶鬼。

他松开了双手，头也不回地朝屋外走去。饮酒攀谈的客厅，分食盒饭的餐桌，伸向阁楼的楼梯，还有趴在玄关鞋柜上蜷成一团酣睡的那个小家伙，屋内所有的一切都在他的视线里快速倒退着，渐渐失去形状，失去色彩，失去光影，如同灰烬一般苍凉而浑浊。

他用力拉开了门，门板与地面摩擦发出的吱呀声惊醒了睡梦中的班。

"喵。"

班用惺忪的睡眼慵懒地看着哈图，随即又伸长了脖子，开始等待和往常一样的抚摸。

只是这一次它等来的，只有几秒钟后，门板发出的更为猛烈的撞击声。

"我也恨你，鲁。"

那扇门彻底关上前，他留下了最后一句。

23

信，望，爱，审慎，节制，坚忍，公义。
——这七个词语代表人类最高的品质，
其中"信""望""爱"是三超德[1]，
而"审慎""节制""坚忍""公义"是四枢德[2]。
在班镇的设计草图中，班原本计划将它们按照西斯笃四世陵墓[3]的图纹和规制，
统一镌刻在广场帕玛人石像底座上，
但最终并没有真正施行。

那天稍晚，班镇恢复了戒严，且比刚来班镇的那几天还要严格。

按照司令的指示，所有要员都不能擅自离开居住的房屋。原本在班镇四处游窜的那些士兵也不再闲着，而是重新编排到班镇的各个地点执勤。这几日的街道上不仅时刻有行进的巡逻队，每隔几米还有固定值岗的兵哨，轰鸣的引擎声更是从早到晚没有停歇。鲁经常能透过窗户看到货车载着一箱箱贴着封条的物资经过，但也不知道运往何处。他能感觉

---

[1] 最早记载于《哥林多前书》，原文为"如今常存的，信，望，友爱；这三样，其中最大的是爱"。其中的"爱"拉丁文为cartitas，代表神对人的慈悲，以及人对神的崇敬爱戴，爱被认为是三超德中最重要的。

[2] 由哲学家柏拉图提出，是他认为一个理想之人应当匹配的四种品质。

[3] 指的是教皇安东尼奥·德·波莱奥罗（1484—1493）的陵墓，他的陵墓石像中，三超德环绕于教皇头顶，其余四枢德居于下方，每种品德都配有相应的雕刻绘画，例如"信"是十字架和圣杯，"节制"是被稀释的葡萄酒，"公义"则是利剑和天平。

到周围的事物都在严格遵照着某个计划按部就班地行动,像是一个个规律运转的齿轮,而整个班镇,就是那台搅动着这片沙漠,日夜不眠的机器。

戒严的第二天傍晚,有人推开了小屋的门。

是个鲁从未见过的士兵。

"你,你好。"鲁的脸上带着失望。

士兵看了一眼鲁,稍稍点了点头,然后便开始在手持的屏幕上不停划动,直到那串冗长的名单上出现了鲁的名字和照片,他稍微核对了一番,然后抬起头面无表情地说道:"撤离编号是TG2017-P,属于第二批撤离的人员,你将被安排撤离至普鲁托之矛第四十三副舰的滞留区,然后立刻送往阿森纳德中间站。"

"阿森纳德?"鲁愣了愣,在他的印象中,那似乎是星际联署的某个大型军事基地。"不是,直接返回地球吗?"

"编号结尾不带字母的人会在轰炸任务结束后跟随驻军部队统一返回地球,你的编号里带P,就是要被立刻送去阿森纳德,立刻送去,意思就是,你连普鲁托之矛的烟花秀都看不到。"士兵脸上透着十足的嘲讽,他显然知道阿森纳德是什么地方,那里的军事法庭冗长繁复的审理和监察机制,可谓是每个在战场犯过事的人的噩梦,"Pending①,懂?"

"可——"

"联署已经开始进行星域封锁,撤离计划就在这几天,请务必待在屋内做好准备。"

士兵没打算给鲁继续询问的机会,将附有撤离编号和计划的文件递给他后便扭头离开,随即奔向了自己的邻居,同样的话在相去几米远的地方再次重复。

鲁发现有不少已经被通传过的要员依旧半掩着门站在门内,像是初次到访一般好奇又警惕地向外眺望。这其中就包括住在自己对面的那位

---

①译为:待办,待处理。

大提琴家。可当他发现鲁正打量着自己时,并没有像往常投来迎合的笑意,而是火速阖上了房门——也是自那时起,鲁便再也没有见过任何人,当然也包括哈图。

因为并没有交代具体的撤离时间,士兵口中的"准备"也就变成了毫无目的的等待,无事可做,无人可见,军方又一直不肯开放通讯网络,渐渐地,日子变成了某种纯粹的时间消耗。有时候鲁会猝然惊醒,以为是睡过了一觉,却发现天色毫无变化,大概只过去了几十分钟甚至更短……鲁无法知晓准确的时间,也是把表赠予尤塔后,鲁这才发现这栋屋子里竟然没有任何能用的时钟,他只能依照每天固定会发生的事来校准一天当中的各个时段,例如正午和傍晚会有送餐,巡逻的列队每小时经过一次,以及由于电力供应紧缺,入夜后就会开始逐步限电,到临近午夜时所有要员的房屋都会统一断电。

鲁通常会刻意开着书桌上的台灯,然后躺在床上,目不转睛地盯着那颗已经发黄的灯泡。由于电力逐降,灯丝上凝结的光也跟着从明到暗,就像日月轮替。那时候他会想很多事情,纪子,哈图,尤塔甚至还有父亲,但每一个人在他脑海里的影子,也都和那盏残灯一样浑浊。他发现自己无法深入地去想其中任何一位,因为他们全都是这样突然地出现,又这样突然地不见。一旦开始思考前因后果,哪怕只是去猜测他们的结局,鲁便会感到一阵莫名的心慌和胸闷。他觉得自己是那样了解他们,又那样知之甚少,有时候这些故人甚至会在他脑中自顾自地说着什么,可鲁想要认真去听,却又只剩下含糊不清的呢喃。这种煎熬的思绪如果不在灯光熄灭前、彻底的黑暗到来前及时斩断,他便无法安眠。

灯光完全熄灭,就说明帕玛星又结束了一个昼夜,鲁总是会撑到这时才入睡。那一刻开始,平日被噪声掩藏的巡逻队的踏步,机器的低鸣,风沙的吹拂都会变得格外清晰。一切都是那样富有节奏,反倒让整个班镇迎来了比白日更为纯粹的寂静,就像阖眼睡去的泰坦巨人,规律又深沉地呼吸着。

只是今晚有些奇怪。鲁侧躺在阁楼狭窄的床边，耳畔总是能不时传来丝丝缕缕、又难觅踪迹的杂音，已熄灯了有好一阵都没消散，甚至连睡在枕边的班都察觉到了什么，开始用那对幽亮的瞳孔盯着阁楼的窗户。

"班。"

鲁抬起头，试着喊了小家伙一声。但和往常一样，它对自己的名字毫无反应，反而支棱起原本蜷成一团的四肢，竖起耳朵，仔细观察着窗外的动静。看它那副整装戒备的样子，鲁便也从床上坐了起来，借着窗外的星光小心地挪向窗缘。

虽然失去了电力带来的稳定光源，但帕玛星的大气本就稀薄，有晴朗夜空的无数繁星照耀，小镇不至于完全陷入漆黑，反倒能看到许多从前一直被忽略的光点。比如小镇广场的位置，路灯被设计成了常亮，透过那片柔和的光依稀能看见帕玛人雕像昏暗的影子；搭设在小镇边缘的一整排塔楼状的探照设备，主要用作沙地车引航和哨岗的区域监控，它们发出的是类似灯塔那般弧形移动的笔直光束，刺眼而明亮；还有便是更远处，防护电墙上那些鲜红的警戒信号在一闪一闪。

鲁眺望着那些光点，视线由近及远，直到望向尽头那片浑浊的沙漠。班镇数十天的停驻，帕玛星的夜于他而言已不再陌生，甚至是这样一遍遍看着，越发觉得它适合这样的幽暗、孤独、寂寥，像个沧桑又寡言的老者——一个即将走向死亡的老者。

鲁将视线慢慢收回，想要去寻找那杂音的来源，一个意想不到的问题，却在目光转移时突然击中了他的神经。

那些电墙上的红点，它们以前就是这样一闪一闪的吗？

鲁彻底愣住了，他开始回忆趴在这扇小窗前远眺的每一个夜晚，每一个储存在记忆中班镇的夜晚，他见过太多的光亮，烟花、篝火、成排的车灯甚至还有侦察的飞行器……但唯独没有这些不停闪烁的红点，它们的间隔是那样规律整齐，连成的弧线正好勾勒出班镇完整的边界。这样的景致，放在夜里，实在是叫人难以忽略。

眼下，不仅多了这些纷繁的红点，甚至连平日里几乎与夜色完全相融的电墙都有了模糊的形状。

兴许是为了撤离所做的准备？还是……出现了幻觉？

鲁一边这样猜测，一边探出头去想要瞧个真切，就连班也跟着趴在了窗边，发出了阵阵低沉的咕噜声。

可还没等他看清那些若隐若现的网格，一道耀眼的白光便犹如突如其来的闪电在电墙的顶端炸开，很快，便是传递到耳膜剧烈的爆破声；鲁的视力还没从那道刺目的强光中完全恢复，第二道、第三道光又很快劈射下来，间隔越来越短，并慢慢朝着周围的电墙扩散，很快，整个边境都犹如在经历一场凶猛的雷暴，闪电交织绽放在电墙的四周，伴随着飞溅的火花和震耳欲聋的爆炸。

沉寂在夜色下的班镇，也在这样的一明一暗间消失显现。

原本萦绕在鲁耳边的杂音，不仅没被闪电的躁动淹没，反倒越来越具体。比起空气中的电光石火，这些声响更像是来自地面，甚至是地底……鲁能明显感觉到伴随着这些有规律的、沉闷的轰隆声，整个班镇仿佛都在有规律地轻轻颤动。

鲁还没来得及思量，远处就已经出现了几声惊慌的喊叫。

"他们来了！"

"帕玛人，是帕玛人！"

租界那晚的噩梦，几乎已经和租界一同被遗忘的噩梦，在那声喊叫后重演了。

黑暗中迸发出越来越多的尖叫与呐喊，它们和士兵集结的号令一同交织混杂，彻底瓦解了夜晚的宁静，更近一些的开门声、玻璃碎裂声、喇叭粗糙的警报声，还有远处断断续续的枪声、火花的嗞裂声、电墙的坍塌声，耳边的一切都是那样似曾相识，熟悉到鲁近乎感觉不到恐惧。他依靠着窗台一言不发，倾听着耳畔袭来的阵阵嘈杂，就像是一场时间的魔术；这些熟悉的声音混淆了现实与幻觉，一切又回到了离开租界的

恨之刃

那一天，回到了没有班，没有哈图，没有纪子和尤塔的开始。鲁能感觉到自己灵魂的一部分，是如此眷恋和享受着这份莫名的"亲切"，它正透过鲁的眼睛，鲁的耳朵，沉醉在这大厦将倾的前奏之中。

他们来了……阴暗的灵魂低语着，鲁想起了莫亚西夫要哈图传递的那句对人类的警告，这只是开始。即使明知他的命运，帕玛星的命运已经走到尾声，但他依旧有勇气这样说，鲁竟然从中生出了几分敬畏，那个被父亲称作"带给人类自卑的人"，似乎打算在这片即将消殒的土地上给人类最后的一击。

这只是开始……如今，真的开始了。

街边的路灯在一瞬间亮了起来。塔楼的探照灯也不再规律巡回，而是分别对准了班镇的各个区域，班镇从夜晚的裂隙中抽离，重新暴露在人造的白昼之中。

阁楼的窗户正对着帕玛人入侵的方向，那里的电墙已经破损了几面。借着不停炸开的强光，鲁能清晰地看到从电墙断裂的缝隙中前赴后继涌入的人影，当然更为触目惊心的，还有更多高挂在电墙上、被高压电击得支离破碎甚至燃起大火的尸体。鲁想起了离开多邦的车上，哈图向他描述过帕玛人毁掉租界的"人海战术"，用人肉来突破人类的防线，用一条条人命来消耗人类的弹药……从前听到时总觉得匪夷所思，如今却都一一在眼前应验。他们是这样义无反顾，甚至算得上热血沸腾，被碎裂的尸骨和黢黑的血摧垮的电墙一扇接着一扇倒下，就像是某种用死亡来完成的艺术。

虽然耳边的声势浩大，可当鲁环顾着小屋的四周和整条街道，却连一个人影也没看到，偶尔有从某栋小屋透出的光亮，但也很快又熄灭了——这些住户应该都躲在自己的屋内，或许也和鲁一样，正透过某扇窗户观察着外边的一切，在他们看来，怎么可能会发生，但终于还是发生的一切。

他们进攻班镇的可能性很低——从抵达班镇的那天起，总督办公室的人，司令的副官以及那些什么都爱分析一通的租界官员都在有意传播这样的观点。支撑这个论断的原因，无非是横跨沙漠千里迢迢的路途，易守难攻的地上和地下电网，以及得不偿失的收益。

但帕玛人真的在意收益吗？鲁很早就这样怀疑过，毁掉租界会有什么收益？与人类为敌有什么收益？经济崩溃，市场封锁，城市陷入混乱，甚至到如今连赖以生存的星球都保不住，如果按照社会经济学的观点，从刺杀马德哈万的那一天起，他们在做的每一件事，除了自取灭亡外，便没有任何实际价值。强大如昔日的无上帝国妥奇亚，尚且还能从与人类的博弈中获利，若不是人类未雨绸缪制造那个毁天灭地的武器，妥奇亚人说不定真能获得更加独立而优渥的发展条件。但帕玛人，他们的文明是这样弱小，这样依赖人类，鲁能想到的迄今为止他们所有的抵抗，本质就是在螳臂当车。这是一个如此单一的市场，廉价的劳力，和稀有的矿石，鲁记得大学课本里曾这样直言不讳地写道：

> 帕玛人在《星球图鉴》中的认证身份在很长一段时间都是高等智慧动物，直到第三次实地勘探中在帕玛星发现了帕玛岩这种具有超高商业价值的矿材，事态才逐渐变化。为了便于集中开发和利用帕玛人开采作业，包括星际矿业协会在内的五十多家贸易、金融和科研机构联名向星际联署施压，要求重新审定帕玛人的物种分类，将他们从动物种调整为人种。可以这样说，若非帕玛岩的商品属性，星际联署几乎不太可能承认帕玛人是具备文明属性的物种。

换句话说，没有这些生长在地幔上层的高级材料，他们如今应该还是一群穴居的野生动物，没有货币，没有政府，没有城市和交通，甚至各个部族间都不知晓对方的存在……如果这一切都是由人类赐予，又可以被人类轻易毁掉，那么除了顺从之外，其他任何行为似乎都不存在任何收益，甚至都不合理。

或许，这才是人们会坚信那番论断的原因，也是基于同样的理由，人类，得以带着自傲的双目俯瞰这个弱小的、落后的种族。即使是人群中的一小部分，兴许也包括鲁这样的人，他们的眼中明明带着怜悯，带着慈悲，但依旧无法更改这样坚不可摧傲慢的基石。当我们来到这，当我们发现他们，当租界的高楼每夜霓虹万千，我们都是这样自负地认为，我们是来拯救他们的，帮助他们的。

这样自负的妄想是如此坚固，以至于租界被毁都无法彻底毁掉作为宗主的孤高，或许也有过片刻的悲怆吧，但都被遗忘在了那条漫长又曲折的沙漠公路上——小小的挫折，鲁至今记得总督在集会讲话时的用词，当时他说得是那样自信，每个听众的脸上也尽是同样的自信。是到了什么时候呢？鲁不禁去想，人们的脸上才开始出现惊恐、慌张和无所适从，这些失败的人，逃难的人，无家可归的人才应该有的样子，他们才学会了关灯，学会了锁上门窗，学会了躲在不容易发现的角落，学会了龟缩在黑暗中，惆怅地接受这样的事实。

天呐，他们来了，不只是叛军，还包括我们数年豢养的帕玛政府，怎么会这样，这怎么可能呢？

如今班镇中的所有人，这颗星球上最后幸存的人类，或许都被困在这个巨大难解的谜团中，有些人躲在角落苦思冥想，有些人拿起武器奋起反击。而鲁觉得，自己好像不属于他们之中的任何一类，他无意于去为此设想或反抗，比起这些，他只是单纯地希望一切快些结束。

哈图离开的那天，应该就是他猛地关上门的那一刻，鲁突然感到心脏经历了一阵急速的坠落。那几秒钟里，班镇经历的所有都在他的眼前如同云烟一般消散了。跌落平地的心，从前满揣着担忧、顾虑和谎言的心，突然变得空洞而破碎，什么也装不下了，鲁因此感受到了从未有过的轻松，他不想再保护谁，拯救谁，找到什么答案，或得到什么救赎，这些数十日来禁锢着他层层叠叠的枷锁，都在那一天化作了空幻，自那之后，他内心渴求的就只有一件事——让我快些离开这儿吧，离开这间小屋，这个小镇，这颗星球，我只想快点离开，不管以何种方式，哪怕……是死亡。

不过，不论是众人真实的恐惧，还是鲁阴暗的期待，都没有持续太久。边界渐渐平息的枪声，让鲁意识到他今晚大概率不会和死神相逢。帕玛人猛烈的进攻在捣毁了四五个电墙后便开始慢慢减弱，他们不再一拥而上，而是开始朝边境的其他地方分散，可汹涌的人潮一旦瓦解，手无寸铁的帕玛人便会立刻失去数量带来的优势，他们再快，也快不过枪口射出的秒速半公里的子弹。鲁站在阁楼，能清晰地看见人类军队慢慢夺回了边境的缺口，枪声也从最开始的杂乱无章，变得断续而精准……接下来要做的，应该就是将整个班镇清理一遍。

边界上原本簇拥成团的士兵们很快分化成一个个小队，伴着逐渐嘹亮的号令和清晰的步伐，他们开始向小镇内部行进。枪声又陆续在远处的巷道和街角响起，不过也只是寥寥几声，与之前在电墙下的阻击相比，已经非常稀微了。

照这样下去，应该很快就能肃清所有潜入的帕玛人，果然，在这一点上，那些经验丰富的评论家算是没有估计错，像发生在租界那样的袭击，几十万条白白牺牲的生命，帕玛人自己也无法再经受了。今晚的突击虽然迅猛，但显然缺乏必要的后续力量甚至是指挥，更像是叛军中某一小股势力不计后果的一意孤行。

莫亚西夫，鲁的脑海里蹦出了这个名字。

会是他吗？他是如何领导这群帕玛人反叛的？他现今这样势单力薄，是因为不再被帕玛人信任了吗？还是，帕玛人终于意识到，这样的抗争没有任何意义，就算人类已经无望重新掌管整颗星球，他们也不会把它交还给帕玛人——而是将它毁掉。

承受不幸的，永远只会是这些无辜的殖民地生物，不论他们是弱小，或强大。

鲁再次想起了《人类征程》里的这句话，在知道莫亚西夫才是反叛军的首领后，鲁就不止一次想起这句话。既然他这样了解人类，既然早已预感到那注定的结局，为何还要这样做呢？为何还要义无反顾将帕玛人带入毁灭的炼狱？

还是说，就算要入地狱，他也要带着这个星球上所有的人类一起？这看起来像是一个被仇恨驱使的妥奇亚王子会做的事，所以今晚……就是他的最后一搏吗？此时此刻，他就在这里吗？他已经死了吗？如果没死，他在奋力地逃跑吧，还是悄悄藏在、已经灯火通明的班镇的某处，一想到这，鲁不禁又将视线从被火光照亮的边界移回了楼下依旧安静的街道。

几乎在同时，班突然大声喵了起来。

小屋的正下面，真真就有一个矗立在院中的人影，高大的身形，被一个巨型的斗篷遮盖。他是什么时候出现的，鲁根本没有察觉，但从他那镇定的模样来看，绝非偶然的停驻，反倒像是已经站在那很久很久……他几乎一动未动地站在原地，从帽缘内探出的一双幽暗的眼睛，正毫不掩饰地凝望着鲁。

是了，淡淡的、宝蓝色的光泽，即使是背着光，即使被厚重的斗篷遮盖在阴影中，那剔透澄澈的蓝还是依旧耀眼夺目。

"尤塔！"

鲁几乎想也没想，就喊了出来，接着又是更大的两声："尤塔，尤塔！"

寂静的街道，开始回荡起这个名字。

斗篷下的那个人听到呼唤，并没有回应。他像是迟疑了几秒，才赶紧拉下了遮帽，转过身，撑着栅栏一跃而去，迅捷地翻出院子，沿着街道朝小镇尽头的方向奔去。

"不，不要！"

鲁一边呼喊着，一边冲下了楼，当他来到屋前，推开大门时，却只看到了空荡的街道。

是尤塔，一定是他，肯定是他。鲁的内心前所未有的笃定，那一刻，他的心如同浴火，他这样强烈地感受到，某些已经死去的东西，正跟随着他上扬的呼吸在胸口膨胀、复苏，就像被惊雷唤醒的虫蚁，被风雨剥开的花蕊，那是无可抵挡的意志。

鲁不再犹豫，他迈出了院子，朝着人影消失的街道奔去。

在鲁的耳边，熟悉的街道、小镇乃至这个世界是那样寂静，静到能听到自己的心跳，气流穿过滤阀的呼啸和步伐交替的摩擦，但他也十分清楚，这样的平静之下，无数双眼睛正在幽暗的窗边，虚掩的门内窥探，他们或许还在窃窃私语，在讨论着这个发了疯的商人，违背了禁令跑出来，追着一个帕玛人而去。是啊，或许那都不是尤塔，只是一个慌不择路的帕玛人，可就算是他，找到了他，又要和他说些什么呢？告诉他头顶高悬的普鲁托之矛将落下，告诉他他的父母早已死在了哈图的枪下，还是，向他陈述父亲的罪过，抑或是向他打听失踪了那么多天的巴特尔……都复活了，所有他以为已经放下的执着都在脑中逐一复活，越是奔跑，他越能清楚地感受到那股强大的炙热，感受到加速的心脏，偾张的血脉，收缩的肺和急促的呼吸，感受到体内的惊雷和风雨，无可阻挡，无可违逆，当春天降临时，万物只有生发。

可不管再怎样努力奔跑，他的前方始终空无一人。他穿过一栋栋相似的房子，一条条被路灯照亮的街道，步伐越来越快，直到灯光渐渐变得细微，建筑也渐渐变得陌生，附近不再有完整的房屋，全都是半埋在沙土里坍塌的屋顶和梁柱，道路也被沙土蚕食大半，他像是突然步入了某个经年荒芜的废墟，再往前，连光明都不再有了。

鲁停在了最后一盏还勉强亮着的路灯旁，眼前除却黑暗，便只剩不远处一整排闪烁的红点，高耸的电墙仍在全面戒备。

这里应该就是小镇的边境，甜洲和帕玛沙漠的分界，夹杂着尘沙的强风吹拂在他的脸上。这样狂暴的速度，鲁还是第一次经受，只这样站了几秒，他便感觉到脸上像覆盖了一层厚重的膜，用手拨弄时，感觉像在摩擦一张粗糙的砂纸；更细的颗粒透过睫毛落入眼中，只睁了一会儿，鲁便感到阵阵刺痛，血丝爬遍了眼白，接着便是难以抑制的泪流。哈图曾经向他介绍过班镇生存的准则，其中就包括离开小镇范围行走时，护目镜几乎和鼻翼上的滤阀一样重要。最初鲁听到这些时也不过一笑置之，首先是自己压根没打算离开小镇，其次就是想着不过是风力更大了些，眼睛难道就会彻底罢工不成……如今和帕玛沙漠真正打了照面，他才知道这样的规矩丝毫没有夸大的成分。

风沙早已抚平了地面的足迹，鲁努力朝四周看去，也并没有发现任何人影，或许他根本不在这，又或许……他只是不想见到自己，这样的怅然很快被眼部酸涩的疼痛所取代，因为迎风这样用力地探望，他感觉到两只眼睛都似乎肿了起来。

于是，他只能闭上眼，双手盖住了眼周。胀痛的瞳孔被泪水浸染，难忍的酸涩令他整张脸都跟着抽搐起来，越是揉擦，越是无法抑制，这样的阵痛一直持续着，直到某一刻，风突然弱了下来，鲁才鼓起勇气重新睁开双眼。

光明重现的那一刻，尤塔，就站在他的面前。

阔别多日的脸上，已经被风沙浸染出一层淡淡的蜡黄，嘴唇和脸颊周围，密布着干裂的痂，唯有那对碧蓝的瞳孔，依旧是那样清澈无瑕。

"风，会杀死你的眼睛。"

尤塔的声音十分低沉，而且带着明显的喘息——他在努力对抗着冲击自己脊背的风，对于高大的帕玛人来说，这样逆向的站立是不容易的。

他是因为这个才现身的，鲁这才恍然大悟，正是这副高大的身躯挡在面前，才让自己有了睁眼的机会；紧接着，原本披在尤塔身上那件厚重的斗篷也搭落在了鲁的肩上，尤塔为他拉紧了兜帽，严实地裹住了几乎整张脸。

"尤……尤塔。"鲁的声音颤抖着，挂在眼眶的泪水一涌而下，在蒙尘的脸颊上留下了清晰的泪痕。

有很多话想说，有很多问题想问，鲁能感觉到有无数思绪凝结的字句都拥挤在喉咙，可是，他却压根无法开口，哆嗦着，迟疑着，矛盾着，最后又只是反复念着他的名字。

"尤塔……尤塔……"

失去斗篷保护的尤塔，浑身赤裸地站在呼啸的风中，鲁甚至能清楚地听到，无数颗粒高速拍打他的皮肤时的震荡。很快，他护住鲁的双臂外侧，便开始出现了一道道细密的乳白色的划痕，帕玛，宇宙中最大的沙漠，它的力量是那样强大，即使被恩赐了那样坚硬厚实的皮肤，也无法抵挡。

"回去，"尤塔大声喊道，"你不能，待在这里。"

而鲁，却像压根没有听到。他用手托住尤塔的胳膊，急切地询问道："米莎呢，巴特尔呢，他们在哪？"

尤塔沉默了一阵，没有回答，而是继续勒令鲁赶紧离开："快走，风，会杀死你的。"

"杀死……"

脑中原本一片混沌的鲁似乎被这个词彻底惊醒，突然开始拼命地摇头。"不，是你要离开这，听着，尤塔，回去多邦，去多邦机场找能起飞的船，马上离开帕玛星，他们已经在封锁星域了，你必须马上离开，帕玛星……帕玛星马上就要……它就要……完了。"

这样简单的结论，说出口却是这样艰难。多邦机场早已被毁，就算有能启动的船，也不能保证顺利起飞，就算离开了帕玛星，保不齐也会被正在肃清整片星域的战机拦截甚至炸毁……鲁知道这样的计划成功的可能性有多低，他给了尤塔一个注定的末日，和一线渺茫的生机，但这已经是他可以想到的唯一的办法。

尤塔想了片刻，他低下头，澄澈的蓝如同月光落在了鲁的脸上。

"我，知道。"

尤塔的脸上甚至没有任何惊恐或担忧，反倒是更坚定地抓紧了鲁的肩膀，像是……在给他安慰："我会离开，但你也要离开。"

"尤塔，你不明白……"

"是你不明白，鲁，"尤塔停顿了片刻，"对不起，我杀了巴特尔。"

他的脸上没有犹疑和悔恨，他平静地说着这些，就像在交代一件再正常不过的事。

鲁看着尤塔的眼睛，彻底僵在原地，有那么一刻，他仿佛能从尤塔的眼中，看到呼之欲出人类的鲜血。

"但，班的儿子，你会活下去的。"

这一句，尤塔，是微笑着说的。

如此出人意料，这是鲁第一次见到尤塔的笑，在帕玛星那么多年，这好像也是他第一次见到，帕玛人真正的笑，不是因为奉承，不是出于礼貌，而是那样自然而然地扬起嘴角，因为倾诉温柔和爱而产生的笑容——鲁愣住了，他是多么渴望时间停留在这一刻，但很快，他的理智，为了让这个帕玛孩子活下去的理智，令他不惜对抗着风的狂啸，更加大声地喊道。

"不！不是这样，尤塔，你必须立刻离开这颗星球，这里的人都会——"

鲁正想要说下去，视线突然被一阵漆黑的阴影覆盖。

几乎就是在一瞬间，他什么都看不见了，紧接着，所有的感官都近乎丧失了，他不再听得到风声，甚至感觉不到风在流淌，自己的身体似乎在慢慢下沉，又像是失去重心地飘浮在空中，几秒钟后又重重跌落在地上。

脑中的混沌持续了很长一阵，意识才被关节坠地的疼痛唤醒，知觉也渐渐复苏，先是耳畔挥之不去的刺耳蜂鸣，接着是鼻尖那刺鼻恶心的腥味，最后，才是慢慢睁开的眼睛，他的眼前，是一整片黏稠的、似乎在缓缓流淌的黑暗。

他哆嗦着站直了上半身，用双手抚过不见天日的眼眶。那片黑暗被擦拭在掌心，温热的触感让鲁的双手开始止不住地颤抖。

那是血！帕玛人的血，尤塔的血！

"尤塔！！！"

鲁奋力擦干了挥溅在脸上的血渍，视线也一点点变得清晰。

尤塔倒在了离自己几米远的正前方，浑身还在不停抽搐，他原本捂在胸口的手因为失去力气，跟着滑落到身体的两侧，身旁的沙地，也被喷涌的鲜血浸染出大片大片的黝黑。

"不，不！"鲁一边发狂似的大喊，一边爬向了倒在地上的尤塔。

可就在他即将够到尤塔的双腿时，自己的脖子却被牢牢掐住，用力按压在了原地。

"别动！"

如此熟悉的声音，尖利地刺入了鲁的耳膜。

"坐着别动！！！"

鲁跪在地上，艰难地回过身，看着左手死死将自己按住的哈图，他的另一手牢牢握着上膛的手枪，面无表情地看着倒地的尤塔。

从哈图冰冷的目光中，鲁意识到了接下来要发生什么。

"不！哈图！不要！不要杀他！"

鲁哀求着，一遍接着一遍，但哈图却似乎完全没有听见。他想要抓住那只握着枪、渐渐抬起的手，但哈图的力气是那样大，他根本无法够到。

"为什么，为什么要这样！"哀求在那一刻，变得愤怒，变得挣扎，变得歇斯底里，"为什么！你已经杀了他的父母！你已经杀了那么多人！！！"

面对这样的质问，哈图呆愣了几秒，转而低着眉，轻轻笑了一声。

恨之刃　289

"你知道吗，鲁，我是特意赶来保护你的。"

哈图咬着牙，停顿了片刻，被沙砾刮得通红的眼眶里，分明有几颗浑浊的泪，只是它们还没来得及落下，就已无迹可寻，"我看到那些帕玛人冲进了镇上，所以我违抗命令，离开小队，想来看看你是否安全。"

他的脸在风沙的吹拂下，彻底褪去了熟悉的稚嫩与天真，变得冰冷，变得残酷，变得鲁再也无法分辨。

"呵，呵呵，这就是为什么，我恨帕玛人。"

他冷冷地说道，随即扣住扳机，对准了躺在地上奄奄一息的尤塔。

"帕玛人，都该死！"

砰——

"全都——"

砰——砰——

"该去死！！！"

细长的枪管内传出了剧烈的三声枪响，接着是从枪口冒出、徐徐向外挥散的白烟。

尤塔的身体在弹药的冲击下连续抖动了几下，很快便不再动弹。就在鲁的面前，尤塔眼眶里那汪宝石般的蓝色，随着他不再起伏的胸膛慢慢变得浑浊、灰暗，直至所有的色彩都消失不见，那不再眨动的眼球，彻底沦为一片浩瀚的虚无。

鲁颤抖着跪倒在了地上，他张着嘴，却已然无法言语，迎着风，就这样静静看着，帕玛沙漠为尤塔镀上一层一层的金黄——它在悄悄埋葬自己的子民。

那片蓝色，再也见不到了，就像帕玛星最后的一片海洋，干涸了。

24

他们不允许你被看见,不允许你的文字被看见,
我的朋友,他们要像抹去你的家乡一样将你抹去。

——班在一本名为《人类征程》的书扉页写下的话,
这本书是整个书柜里保存最完好平整的书,没有任何污损。
书签是一根非常锋利的奇金羽毛,
这是妥奇亚传统文化中象征王权的物件,只有妥奇亚贵族才能持有,
若作为礼物,只会赠予最亲密之人。

第一眼见到帕玛星,丹威就开始讨厌这里了。

接到成为帕玛星驻军司令的正式任命时,他正乘着汽船在缅甸老家的钦敦江①上钓鱼。前不久,他刚刚镇压了一场大规模的妥奇亚王朝复辟运动,因为受了些伤特许回到地球调养,任命抵达时,正巧是他休假的最后一天。

那时候妥奇亚星刚被毁几年,很多隐秘在其他星球的妥奇亚旧贵族都动了重整旗鼓的心思,套路也都大差不差,无非是用资本和财富唆使一些弱小的文明兴风作浪。但事再小也要管,及时镇压就成为了联署部队那时的核心工作,丹威是其中当之无愧的表率,几乎没有他搞不定的

---

① 又名亲敦江,位于缅甸境内,属于主要河流伊洛瓦底江的最大支流,河道全长1,207公里。

叛乱。所以那次，他以为接到的命令会是继续去哪颗星球扫荡妥奇亚的残余势力，可结果却出乎意料，他被任命为了帕玛星的驻军司令，在此之前，他甚至都没怎么听过这颗遍地沙漠的劣等星，对帕玛人更是知之甚少。

"他们以后肯定是麻烦。"

从多邦星际机场的云梯上走下来，初次见到那些埋头忙碌的帕玛人地勤时，丹威就对迎接他的租界官员这样说道。

"怎么会！"西装革履的官员瞥了一眼那些老实本分到连头都不敢抬的帕玛人，脸上露出了几分不以为然，但语气还是十分客气，"您可能不知道，这些帕玛人不仅蠢笨，而且非常好控制。"

"是啊，非常好控制。"丹威笑了笑，"我就是担心这个。"

迎接的轿车从机场驶向租界市中心，丹威透过车窗一路打量着那些鳞次栉比的高楼和绿荫环绕的街道，当然也包括在这片繁华之下工作的帕玛人清洁工、协警、保安、冰淇淋售卖员、出租车司机，甚至还有牵着气球从多邦来游玩的帕玛小孩。

"太多了，太多帕玛人了。"

"什么？"坐在一旁的官员手里端着咖啡，紧张又疑惑地看着身旁的丹威。他原本正在汇报帕玛星的近况，包括刚刚离任的总督留下的几个无从下手的烂摊子，可这位新司令看上去一个字都没听进去。

"租界里的帕玛人，太多了。"丹威皱着眉，思忖了一会儿后突然问道，"新总督，还要多久到任？"

任命文件里特意提到过，他需要暂代总督职责一段时间，直到新的总督正式到任。

"啊，已经在路上了，差不多是两个月后。"官员连忙答道，语气充满了调侃，"原本应该下周就能到，但哈布斯堡总督坚持要等他的两匹马完成虫洞安全性测试后才来……是为了他孙子的马术课，您也知道……老钱就是不一样呢。"

显然，这位充满谜团甚至有些矫情的总督，要比只会打仗的司令更让租界的官员们着迷，挤兑前任，突然空降，加上他儿子那赫赫有名的"遇刺"，还未出现就已经成了话题的中心。但丹威对这个即将成为自己上司的人并没有八卦的兴趣，于他而言，车窗外那看似和平美好的一切反倒更值得留意。

"我希望总督来之前，租界内帕玛人的数量削减到现在的一半。"

丹威确实做到了。事实上，自他到任的那一天起，租界就成为了帕玛人的禁区，除却一些特殊劳务，或者受到人类邀请外，帕玛人绝无可能进入租界。不久前，星际联署就在视频会议中肯定了丹威这项非常具有前瞻性的工作——试想一下，如果帕玛人进攻租界那天，租界内本来就有成千上万的帕玛人，那包括总督在内的所有要员，或许连撤离的机会都不会有。

当然，星际联署集结了那么多高层单独和丹威召开会议，肯定不是单纯为了夸奖他如何懂得未雨绸缪，而是为另一件更为重要的事未雨绸缪。

"所以，你们要他死。"

当时，丹威的屏幕前是围坐成一圈的星际联署高层，这些真正意义上的宇宙统治者，一个个都面无表情，在授意丹威触发GT-6时，他们用"关键的条件"来指代哈布斯堡总督的死。

"继续像现在这样在宇宙各处镇压反叛，只会耗尽联署部队的精力和兵力，我们原本想的是让普鲁托之矛解决掉桑地马危星的一颗卫星小惩大戒，既然帕玛人选择在这种时候撞上枪口，那就不要怪我们不留余地……才那么几年，其他文明就快要忘了妥奇亚人的下场，我们必须适时提醒他们。"

"这样的事，他的儿子已经经历了一遍。"

这句话，丹威低头沉默了很久，才终于说出口。

善良债，他常常用这个词来形容这种"必须开口"的时刻，当他意识到自己的任务注定会带来一些算不上道德的后果，他便会选择开口提醒自己的长官，但不管结果如何，都仅仅会开口一次，丹威会这样做，并非是真的自觉有多么善良，而是为这样的善念开过口后，他便可以理所当然地认定，自己之后所做的一切都不算是在作恶，至少，不是他的恶。

过了好一阵，屏幕那头才传来回应。

"是吗？真是谢谢你提醒我。"

坐在高层中间的星际联署秘书长是个面容和善举止优雅的阿根廷人，他放下了指尖摩挲的雪茄，竟然当着众人的面大笑了起来。"对了，丹威，你也是帕玛星的人类长官嘛，要不，就换成你来触发GT-6吧。只要最后普鲁托之矛合情合理地射穿这颗劣等星，其他的我根本无所谓。"

丹威不再回答，刚才的那句话，于他而言，已经算是把债还完了，总督的死，也就在那一刻起注定了。其实早在联署要求丹威封锁帕玛星的通讯时，他就已经嗅到了诡计的味道——帕玛星明明已经恢复了通讯的能力，但联署依旧勒令丹威只开放军用频道，所有的要员都无法私下和外界取得联系，甚至包括总督。

"这是他自己的选择，从那么多殖民星里千挑万选选了这个，想继续当他祖上当惯了的地主，他多努力啊，找人在议会挤兑走了前任，又在联署成员的俱乐部上卖力表现，这么用心良苦又有一帮欧洲人撑腰，我也没办法拦着啊不是吗？"

阿根廷人用手指摩挲着光洁的会议桌表面，脸上依旧是那样阴沉的笑，"他现在是总督了，那就应该承担起总督应担的责任，不是吗？"

丹威点了点头。

"管控好通讯网络，不要让他，以及其他任何人，提前得到任何风声。"阿根廷人抬起手，四指轻轻交替摩擦，指心积蓄的灰尘如细雨般挥散在空中，"据我所知，有不少生意人和你的兵勾搭上了，正满世界地找银行转移资产呢。"

那天之后，丹威火速整顿了班镇上要员勾结士兵的风气，但那个更加重要的任务，却迟迟无法迎来实施的机会。哈布斯堡总督和他的儿子一样，是真的看上了这片土地，所以满脑子想的都是如何停战，如何加速和谈，根本没打算踏入战场；要不是帕玛人主动发起和谈，这事儿还真的不太好办，毕竟班镇这样严防死守，总不能平白无故出现几个帕玛人，堂而皇之地抹了总督的脖子。

接受行刺任务的两名士兵，是丹威在老家蒙育瓦①自小的玩伴，也是最得力的部下，但这样的两个人，每天待在丹威的左右，是明眼人都能认出的将军的心腹，为了避免总督猜忌，他才想着任命一个总督绝对无从怀疑的人来担任这个所谓"安保小队"的队长，也就是哈图，部队里无人不知无人不晓的关系户。和谈预备会议那天，他们三人按照丹威的指示刻意晚到，列队在旅馆书房外等了几个小时。会后，精疲力竭的总督在丹威的陪同下匆匆和他们见了一面，也就和队长哈图说了两句，便点头同意了。

总督到底有没有认出刻意站在后面的两个人，丹威至今没弄明白，不过这么多年的共事，他眼中的总督绝不是挂着响当当头衔的草包，所以应该不会如此含糊地就认定这样的安排——他赋予了这三个人可以时刻持枪站在自己身旁的权力。

应该是真的被这一冗长的会议耗光了精神，丹威只能这样想，这本来也是他计划里的一部分，人的大脑不可能时刻高速运转，所以那个时候，就是总督最脆弱的时候，至少被他搀扶着走下楼梯时，总督确实显出了难掩的疲累。

"你安排得很好。"

走廊尽头，是总督最后一次与其交谈，尽管带有明显的喘息，他的语气还是透着老练和沉稳。

"当然，你的安全是重中之重。"

---

① 又称望濑，位于缅甸中西部，是缅甸通往印度的重要城市。

"你错了，丹威，"总督停在了原地，抬头看着丹威，"人类的利益，才是重中之重。"

总督的眼里没有畏怯，一丝一毫都没有。那一刻，丹威觉得自己的诸多疑虑和编排的伎俩似乎都有些幼稚和可笑，光是这样的眼神，这样的语气，这样的话，他便可以笃定，眼前的这个人就算清清楚楚地知道和谈的下场，知道自己的命运，他也会从容地照单全收。

被命运造就的孩子，都会归顺命运，丹威脑海中突然涌起了这样一句话，但他已经忘记了是从哪看到的，只记得初次读完时心里便有过一种震撼，类似于哀伤，但又恢宏壮烈。就像当时总督脸上的模样，那是一种自己可能永远无法真正体会的情绪。

毕竟，他和命运之神并没有太多的瓜葛，他的人生更像是由一个又一个任务和任命串联的，若说要归顺，他也只会归顺于那些发号施令的人。而那些人想要的，丹威也早已看得很清楚。但作为一个执行者，他实在无意于去思考其中的对错，人类的利益，总督或许说的没错，一切都是为了人类的利益，所以为了这所谓的利益，可以牺牲妥奇亚人，帕玛人……有时候，甚至是活生生的人类。

当他赶到鲁的小屋时，本就不算宽敞的街道上已经聚集了不少人，最外围是一群拥挤吵闹的要员，紧接着是围成一圈站得笔挺的士兵，最里面便是披着怪异的斗篷跪在地上的鲁，站在他身后的哈图，以及不远处的地上，那具胸口正中四发子弹血已干涸的帕玛人尸体。

"45433在住宅区杀了一个帕玛人，还说有重大发现。"

副官来通传时，丹威才刚刚忙完战场的事，正和纪子在旅馆的一楼说话。刚才的交战虽然也有不少损失，但大多集中在建筑和武器设备，士兵们除了几个重伤，大多倒也无碍，至于边境那些被损坏的电墙，本来也要撤离了，就没有再维修的必要。于是他吩咐人处理伤员，继续加强戒备后，就急忙赶去旅馆亲自确认那对母子的安全——按理说只有总督在世的情况下才需要如此，但他想了想还是决定来看看。

"哈图?"丹威愣了愣,眉头紧接着蹙了起来,最近只要提到这个名字,好像都没什么好事,"他又怎么了?"

"他跟随的小队应该是在边境抵御,但他……擅自离队去了住宅区,在那里倒是击毙了一个帕玛人,而且还说,找到了勾结帕玛人的间谍。"

"间谍?"丹威冷笑了一声,"谁啊?"

"是他之前负责的要员,鲁。"

司令的到来,让原本聒噪不堪的街道瞬间安静了下来,识趣的要员们纷纷退散,为这个姗姗来迟的大人物让出了道。

原本盯着远处发愣的哈图见到司令,立即站直身子敬了个标准的军礼。

丹威瞥了他一眼,倒也没说什么,而是将目光移向了地上的尸体,和跪在一旁的鲁。

他们都满身沙尘,鲁的脸上,更是被沙粒刮蹭得千疮百孔。鲁显然是注意到了有人靠近,但却丝毫不加理睬,继续用那双通红的眼眶注视着那具帕玛人的尸体。那件宽大邋遢的斗篷,用的是成年沙地巨蜥的皮,是帕玛人穿行沙地时常用来御风的装备,那样厚重的皮料少说有百余斤,对于帕玛人来说都是不小的负重,更何况对于矮小的人类。此刻与其说是穿在鲁的身上,倒不如说是将他罩压在地上,此刻的鲁,佝偻着脊背,低垂着脑袋,俨然一副要被它压垮的模样。

根据副官的交代,是哈图在边境发现了正在秘密相会的二人,他击毙了企图逃走的帕玛人后,联络了自己的小队将鲁和尸体一并带了回来,本来应该直接押解到军营,但鲁到了这里就直接跪在地上抱住了那具尸体,完全不肯再走了。介于他还是受保护的要员,士兵们也不敢对他动粗,只能派人去喊司令前来。

"你认识他。"

丹威的话完全不像在提问,毕竟这一点,应该在场的所有人都能看得出来。

"他是谁?"

鲁没有回答,从始至终,他对于这个人的出现就没有丝毫的反应。

倒是站在一旁的哈图自告奋勇地喊道:"尤塔,他就是这样称呼这个帕玛人的。"

尤塔这个词,仿佛是一根被点着的引线。几秒钟过后,不远处的人群中很快传来爆炸般激烈的回响,几乎所有人都开始念叨起这个名字,脸上也都是一模一样的惊恐。

人群里走出了一个穿着单薄睡衣的老人,因为抱着笨重的大提琴,他的步子看起来踉踉跄跄,像随时都会摔倒一般,从袭击开始的那一刻,他就抱着那把心爱的琴,一直到现在都紧紧搂在怀里不肯撒手。

"是的,就叫尤塔,"他的语气比他的步伐要坚定得多,"这个帕玛人就是来找他的,鲁一路都喊着他的名字,跟着他跑了出去。"

他身后的人群中,很快传来了一阵阵的附和声。

"我早就听说过,他和帕玛人交往密切,你想想他的父亲是什么人……"

"说不定就是他把帕玛人引来的。"

"那个帕玛人在他的房子前面站了好一会,完全就是在等他啊!"

"是的,我们都看见了。"

他们都看见了,全都看见了,这些方才偷偷躲在阴影中窥望的眼睛,如今一个个都瞪得那样大,那样专注,死死盯着那个如同行尸一般、斗篷下的男人。

"间谍,他一定是间谍!"

不知道谁突然这样喊了一句,间谍这个词,立刻在人群中泛滥开来。

间谍,他是间谍,鲁就是那个间谍……就是他,把那群帕玛人引到这里,这样的声音交错响起,如此整齐,却又听不清其中任何一句,像是在念诵某种阴暗的咒语。

丹威扭过头,看向躁动的人群,肮脏的词汇,侮辱的语气,这些平日里体面的艺术家、作家、官员、商人和外交官，如今都是一副副歇斯底里的模样。他们像是急于把帕玛人带给自己的羞辱宣泄到这个间谍身上，尽管他们未曾为抵挡入侵付出分毫，但他们依旧那样愤怒，甚至比真正上阵杀敌的士兵们还要愤怒。

唯一一个试图帮助鲁的人，是纪子，但她并不在这儿。

离开旅馆前，丹威特意告诉了纪子自己现在要去处理鲁的情况，但他没有直接问出是否要同去的问题。不过他在门口等候了片刻，可纪子依旧坐在沙发的角落，安慰着被袭击的声响吓醒的卢卡斯。她并没有要起身的意思。

"帮帮他，如果可以的话。"

最终是到了丹威离开时，纪子突然说了这样一句，但她没有看向大门的方向，语气也未流露出丝毫的关切，就像是在对着谁，说着类似你好，晚安那样平常到不能再平常的话。

丹威回过身，走到了鲁的跟前。才过了几天，这个掌管着万亿财富的商人却变成了这副模样，丹威只觉得他像已经死了一样。

"这么说，你不打算否认自己是帕玛人的奸细。"

丹威开口后，人群又再次安静了下来，善良债，丹威心里再次涌起了这个熟悉的名词。"想必你也知道，你的撤离代号和大多数人不太一样，偷渡、不受保护的收购、再加上间谍……如果你真的和那帮帕玛人是一伙儿的，我不敢保证你能活到撤离的时候。"

面对他的警告，鲁依旧一言不发。

"在GT-6的战时状态下，对于存在严重威胁的个人，"丹威停顿了片刻，"作为最高指挥官有权，也有义务先行处置。"

这是最后的通牒，任何身处在这种境遇下的人都能轻易听懂。而在丹威看来，能够在总督面前表演那套猫和人类的说辞，鲁显然不是愚笨的人，他或许寡言少语，但一定懂得察言观色，可他用来察言观色的眼睛，却始终没有从那具冰冷的尸体上移开，他看起来根本不屑于了解丹

恨之刃　　299

威的意思,甚至就算听懂了他的话,他对周围的一切,包括他自己,都已经不再关心了。

这样的情形,丹威只在真正的战场见过,在那些即将被他处决的敌人的脸上。如今想来,那些参与复辟的妥奇亚贵族被捕后,大多也都和现在的鲁一样,他们中许多人活了几百年,拥有过早于人类数十万年的繁荣帝国,无数让人类都垂涎的财富,荣耀,地位,声望和权势,他们得到过这世上想得到的一切,因而当这些都灰飞烟灭,他们便已一无所求,只是拥抱着爱人或战友的尸体一言不发,既不害怕,也不哀伤……用军人的话说,充满尊严,丹威曾经幻想过,自己若是有一天成为俘虏又会如何,是否也能有这样充满尊严的一刻,但人类太强大了,强大到不可战胜,这样种族性的自负与虚荣是极难摆脱的。就像,你永远无法真正同情一朵花枯萎之决绝,一只蚂蚁濒死之壮烈,说到底,丹威心想,这大概是一种无畏,鲁的无畏,丹威是敬佩的。

但鲁的沉默,也终于葬送了他的耐心。

丹威没再说话,他需要些时间来思考如何处理这个麻烦。原本他并不算是什么麻烦,毕竟并没有任何实质性的证据表明鲁确实和这次帕玛人的突袭有关,他足够聪明的话,只要刚才稍微辩解几句,就算骂几句不成体统的脏话都行,总之,他只要不承认自己是个叛徒,丹威便有足够合适的理由将他关押起来,交给阿森纳德那帮善于咬文嚼字的审判官去处理。虽然阿森纳德也不是什么宜室宜居的风水宝地,但那时候帕玛星已经被毁,取证审理的周期必定长得吓人,鲁毕竟有星际联署的关系,保住一条命应该没什么问题。丹威甚至能料想到不久之后自己也会因为他的案件去一次阿森纳德,出庭陈述今晚发生的一切,而结果也是同样的,并没有任何实质性的证据表明鲁确实和这次帕玛人的突袭有关。

但鲁选择了沉默,就让这一切都变成了麻烦,而下一秒,在丹威还没想好究竟要如何处理前,那个唯一的证人却急不可耐地站了出来,要把这个不清不楚的麻烦,加速推向最终的审判。

"我听到了,那个帕玛人说,他是来救鲁的。"

哈图的声音是那样嘹亮,好像是故意要让周围所有人都听到,而随之到来的,人群越来越大声的讨论,也都在印证着这句证言坚不可摧的效力。是啊,他是唯一在场的人,他说的话,就是独一无二的真相,就是无人可以反驳的事实,哈图似乎深谙于这个身份带来的威严,他和丹威四目相对,比起面前这位司令的犹疑,哈图的眼神是那样自信而坚定。

而这样的眼神里,透着显而易见的杀机,出于丹威不知道的原因,哈图想要鲁死,甚至是……立刻死去。

"你要揭发的,是你负责的要员。"

"是。"

"你确定你看见了?"

"是的,司令,这件斗篷,就是那个帕玛人为鲁披上的,这样就能带着他从沙漠逃走。"哈图用手指着跪在地上的鲁,斩钉截铁地说道,"就是因为他,我们今晚才会遭受不幸!"

终于,在这一刻,审判降临了。

鲁终于有了反应,他的身体微微颤抖了一下,似乎想要抬起头看向谁,但或许是已绝望到无言相对,或许是虚弱的脊柱已经无法承受斗篷那如山的厚重,最终他还是放弃了。在这最后的时刻,他没有辩解,没有反抗,是啊,审判降临了,那个把他救出火海的人,现在要亲手把他送入地狱。

人群里,按捺不住的愤怒摧垮了引以为傲的优雅,原本克制的要员不再屈从于司令的威严,他们有的抬起手指着鲁和帕玛人的尸体咒骂,有的朝他吐起了口水,有人甚至想要夺过士兵的枪,朝着那个叛徒来上几发子弹,那一刻,鲁的死,成为了众望所归的结局。

士兵们很快列队站成一排,拦住了步步逼近的要员们。

在队伍的最前端,是一个穿着白色羽毛披肩和真丝睡裙的女人,即使是在漆黑的夜里,她的脸依旧白皙亮丽,如同一轮悬挂在天边的皓月,即使是士兵们步枪上散发着寒光的刀锋，也无法比拟她的光彩。

"要我说，不如就将他流放吧。"

贝阿特莉丝依旧是那副天不怕地不怕的个性。她径直拨开了士兵们交叉的枪杆，向前走了一大步，好让自己那温存娇艳的红唇正好落在司令的眼中。

"既然这位军官说，帕玛人打来只是为了救他，那就把他还给帕玛人好了……眼下最重要的，是安全地撤离班镇，拘禁他，或者让他死了，都有可能引来更多的帕玛人。"

她来到丹威面前，将手从布满鸵鸟羽毛的披肩中伸了出来，轻轻搭在了丹威笔直的肩膀上，继续媚笑着说道："倒不如放了他，反正接下来会发生什么，大家都知道，最后的最后……他们都得死。"

焚星

25

以造物主之名，以人类之眼。

——《星球图鉴》的卷首语，
由现任星际联署秘书长曼埃尔·德·萨拉特题写，
班的书架上有近八年来发行，不同版本的纸质《星球图鉴》，
但每一版的卷首语都被班用油笔涂画得完全无法辨认。

鲁倒在了一片巨型沙丘的顶端。

其实也算不上是顶端，因为半小时前，他就认为自己抵达了沙丘的顶端。按照他的判断，或许在正午前，自己就可以缘着这片沙丘的弧形轨迹到达另一头，那片由数块裸露的巨大岩块组成的石堆。从远处看，那里似乎有一大片类似洞穴的阴凉，应该能够用来暂时安歇，躲避毒辣到难以忍受的阳光。

鲁从前看过一档在租界颇受欢迎，讲述沙漠历险的纪录片。那里头说，与沙漠为敌，首先要与自己的眼睛为敌，因为视觉最容易受到沙漠的蒙蔽，看起来多走几步就能去到的地方，实际可能与你相隔千里；惊验丰富的探险家都深谙这个道理，所以在穿行沙漠时通常都会带上用于定位的特殊仪器和可以回溯路径的装备，在面对这片宇宙中最大、又凶险异常的帕玛沙漠时尤为重要。鲁当时看的时候并不算专心，因为他也从未有过离开租界区去沙漠闯荡的想法，如今，他只记得那位探险家说

过这样一句——沿着沙丘的弧状线走，这样不容易被潜藏在地下的流沙吞没。

另一件鲁勉强能回忆起来的要紧事，便是那个工厂的大致位置，它在班镇的东南方，帕玛沙漠以北一条狭长的戈壁上。那里据说也分布着几个较小的甜洲，但因为太靠近帕玛沙漠最炎热的地带，几乎和赤道并轨，根本无人问津。从班镇的边境出发行进至此，已经过了大半天，鲁原本还能根据那颗初升太阳的位置辨别方位，但如今日至正中，四周皆是茫茫的沙漠，他瞬间失去了方向——其实他也不是真的在乎什么方向，因为他十分清楚，自己终究不可能抵达那个工厂。按照巴特尔曾经的估算，即使驾驶时速能达到七十千米的沙地车也至少需要五个小时，如今就凭他自己这双腿，没有纪录片里提到的工具，没有任何指引，甚至连瓶水都没有，他根本不可能办到……躺在地上的那一刻，他便知道自己无论如何都无法重新站起来。

我应该会死在这片沙丘的某个地方吧。

躺在沙地上的鲁一边发出阵阵喘息，一边这样想。他想看一眼时间，抬起手时才发现手腕上的表已经不再走了，那块表之前送给了尤塔，又被尤塔在临终前摘下来戴在了自己手上。最初的时候，只是水晶表面有几道无伤大雅的裂痕，如今，整个表盘里都已经被灌入了细密的沙粒，不管是手表，还是时间，如今已然都是无用的。

披在身上的斗篷倒是耐用，可虽然为他挡住了阳光暴晒和刺骨的风沙，但也耗尽了他本就不支的体力，枯槁的双唇和脸颊都已经出现了大片的龟裂，但热浪依旧不依不饶通过呼吸，通过毛孔向他的体内奔涌。鲁能感觉到自己的体内就像被灌注了滚烫的熔岩，那股不断叠加的热正在焚化他的意识和躯体，而他能做的似乎只有等待，等待某时某刻，那股烈火终于烧进心脏、肺腑和双眼，他终于离开这个世界。

于是，他缓慢地呼吸着，感受着这股炙热一点点将自己占领，渐渐地，异常的疼痛突然在胸腔鼓噪，接着是更加猛烈的踩压感，近乎要了他的命。

"喵——"

尖细的叫声传入鲁的耳膜。

班一个劲儿从斗篷里钻了出来,不管是叫声和表情,都透着十足的不满,就连舌头也跟着伸了出来,大概是在斗篷里过于闷热,所以才会如此。

"我想带上它。"

这是鲁在被流放前提的唯一一个要求,也是他对司令说的唯一一句话。作为最后的仁慈,丹威允许他离开前整理好属于自己的物品,由士兵检查后一并带走。因而当士兵护送鲁从小屋里走出来时,人们都以为他至少会带上一箱子的衣物和粮食,甚至有人在门打开前就已经冷嘲热讽了一番。可当鲁走出院子,重新站在街道中央时,他的怀里只多了一只瞪大双眼望向四周的猫,除此之外,什么也没有。

鲁的面前,满满当当聚集了几乎整个小镇上的人,能来的都来了,谁都不想错过这场特殊的告别,那些不久前还高喊着要血债血偿的士兵,义正词严揭发鲁的大提琴家,还有提出流放建议的贝阿特莉丝。她从一旁的韩先生手里接过了半截香烟,靠着院子边缘的篱笆低头思索着什么……人们出乎意料地陷入了统一的安静,所有人都缄默不语,他们看到了站在他们面前的鲁,眼中的期待、猜忌和愤怒瞬间都破灭了,取而代之的是难以捉摸的沉寂。他们中的一些人,甚至不再看向这个将死之人,例如哈图,他站在人群的最后,倚靠在隔壁小屋的外梁上,当他看到抱着班的鲁走出来的一瞬,整张脸都藏进了屋檐下严实的阴影中。

被安排进行检查的士兵愣了很久,最终也没有上前,而是直接让开了前方的路。

于是,鲁就这样拾起尤塔的披风,怀揣着班走向了小镇的尽头。在风沙漫天的边界,鲁感到一阵从背后投来的温热,那是日出的晨曦从小镇的方向照了过来。黎明款款而至,他却没再回头,继续迎着依旧昏沉的地平线走去。

鲁有些后悔把班带上,如果自己死了,小家伙在这样寂寥无人的荒漠中也很难活下来,就算幸运地没有遭遇流沙或者野兽,找到食物也是件无比艰难的事。可如今再去细想,他也不知道为什么会做出这样的决定,那时他回到阁楼,满心满眼就只是想找到班而已。或许他的本意,其实是想将班交付给某个值得信任的人,但当他走出小屋,看向面前寂静无声的人潮,却始终没有找到合适的那个。

纪子,始终没有出现,于是,他便只能为班安排了和自己相同的命运。

因为闷热,班显得格外烦躁,不停在鲁的胸膛踩来踩去,外翻的舌头不停抖动,平日顺亮的毛发也枯燥得毫无光泽。在来回了好几圈之后,它顺着鲁的脖子贴向了鲁的脸,已经布满沙尘的、蜡黄干瘪的脸。那对绿油油的眼睛停在了鼻梁上方,直勾勾盯着他,班的瞳孔已经变成两道狭窄的线,跟随它粗喘的呼吸,那两道线也缓慢开合着,像是通往另一个世界的裂隙。

鲁越是往那缝隙深处凝望,就越觉得那团黑暗里藏着什么,它也正透过班的眼睛看着自己,默默召唤着自己。

渐渐地,鲁感觉到身下的沙丘开始移动,最开始只是指尖窸窸窣窣的摩擦,像是有潺潺流水在掌心穿过,细流汇聚成河,逐一漫过手臂,波及胸膛,他的身体跟着失去了重量,在水流的牵引下缓缓上浮。

胸口一阵针刺般的疼痛,是惊慌失措的班伸出了爪子紧紧钩住了鲁的衣裳。因为无法保持平衡,小家伙开始撕裂般地吼叫,鲁本能地想要伸手抓住班,却发现自己已经无力再控制四肢。

流沙,鲁明白过来,这就是帕玛人口中能与死神相提并论的流沙。

他能感觉到沙流正愈加汹涌地袭来。难忍的炙热,刺骨的割裂,每分每秒都冲刷着这副行将就木的躯壳,不消一会儿,身体近半都被埋没在沙下。流沙开始漫向头顶,贴在胸口的班依旧在不停叫喊,只是声音变得绵弱无力，浑然没有方才的狂躁，而是悲伤的，消沉的，接近于绝望的哀嚎——动物对于死亡的感知都是这样敏锐，它知道接下来会发生什么，它能清楚地听见死亡来临的脚步。

终于，流沙淹没了鼻梁，钻进了鼻孔，遮盖了双眼，蒙蔽了视线，流沙彻底夺走了鲁的身体。体内的热流和侵入的流沙汇聚，将他紧紧包裹。班的叫声变得越来越稀微，逐渐被耳边流沙的湍响吞没，无边无际的黑暗开始在四周蔓延，鲁感到自己的身体在不受控制地上浮又下坠，就像无人执桨随波逐流的孤舟。

直到鼻尖最后一口呼吸也消失了，鲁彻底跌入了那片由流沙汇聚的浩瀚无垠中。

黑暗是如此深邃，仿佛在这沙漠之中潜藏着另一个宇宙，一切都在寂静中流动，在穿行。他的意识，就像是和流沙彻底融为一体，鲁感觉不到自己的身体，不再觉得热，不再觉得苦痛，他成了一种脱离躯壳的绝对意志的个体，一种独立存在的精神，一个游荡在这片流沙中的，无形无影的幽魂。

这就是死亡吗？

鲁渐渐产生了这样的感受，痛苦，挣扎然后突然有一刻，他坚定地感知自己已经不属于那副躯壳里了，正在发生的一切符合人类对死亡的预期。但若非要说这个过程就是人人必将经历的终极的消亡，他却丝毫感觉不到任何东西在逝去。反而，在这无序的飘荡中，他的意志越来越清醒。摆脱了肉体必为之承受的痛苦，他得以自在地感受这个流淌的世界，没有阳光的热，没有沙粒的粗糙，它是这样轻盈，这样温存，就像甘甜的溪流拂过布满苔藓的青石，不，这还不足以形容，它带着爱意的，就像母亲的手，一遍一遍轻柔地抚摸着坠入怀抱里的孩子。

是的，孩子，这种感受与其说前所未有，不如说是早已忘却。鲁感觉他就是那个孩子，在掌管记忆的智能还尚未成熟前，甚至是一个真正的生命尚未降生前，他就已经体味过这样的美好，爱的，放松的，被保护的，非生非死的，这个由流沙构造的宇宙，漆黑的无形无状的世界，就是那盛满羊水温热的子宫。

如此，鲁对这个时空最后的恐惧也消逝了，那一刻，他于黑暗中看到了光。

点点滴滴，金色的光，却不像天空中的繁星透着以光年计算的遥远，就像伸手可及，却又捉摸不定，没有具体的远近，如同海中的鱼群变换着阵列，时而紧密，时而疏离。这样围绕着鲁的光点越来越多，越来越密，它们开始有了统一的形状，倒置的叶状结构层层叠叠，如同一片片黄金铸造的花瓣，由外而内，从厚重耀眼的亮金过渡到近乎透明的嫩黄。它们仿佛被隐秘的洋流牵引，形成了一道道扭转的巨型漩涡。

周围的时空因为这些具象的光点开始有了轮廓。当鲁看向那漩涡的顶端，那万丈金光的源头，是一双仿佛由黄金淬炼，太阳一般夺目的瞳孔。

一条金色的巨蟒正在凝望着鲁。

它是那样巨大，那样雄伟，就像神话故事里主宰天地的泰坦。那些漩涡上数以亿计的光点，正是覆盖在它身躯之上细密的鳞，每一片都像一颗刚刚初生的星辰，在那一双炙热瞳孔的照耀下，映射出耀眼夺目的光泽。

巨蟒环绕着鲁，在这辽阔的黑暗中游走，但它的身躯实在太过庞大，一切就像没有开始又不曾休止，它的行走，就像是一整个宇宙在坍缩或膨胀，时间无法证明也无法量化，只有当那纷繁的鳞片从鲁的眼前划过时，蛇鳞间的着褶缝①释放出一道道璀璨绮丽的流光，鲁才能从中感觉到它在移动。

他与巨蟒四目相对，彻底融化在那辰宿列张吞天吐地的辉煌中。

"你怎么……会去做这样的事呢……"

父亲的声音回荡在四周。

---

① 蛇的鳞片之间相互连接的缝隙，可以极大增加蛇匍匐爬行的韧性和皮肤强度。

"哎……真是……"

声音一点一点朝鲁靠近，最后的那声叹息，近到就像是从鲁念头里迸发出来。

不，这句话，分明就是由他亲口说出来的。鲁惊慌地望向四周，他发现那浸在金光中的身躯渐渐恢复了具体的形态，双手，双脚都逐一复原，只是过于苍老，手背上甚至出现了难看的斑块，显然不属于自己。

巨蟒盘旋的身躯慢慢收紧，鳞片也跟着缓缓剥离，一片一片在空中散落，飘荡，化作粉末，洋洋洒洒地落下，像一场突如其来又不休不眠金色的雨。

鲁的知觉开始恢复，他感到寒冷，湿润，和风的凛冽……

他突然想起来，当年父亲从自己的办公室离开时，租界也下了一场史无前例的暴雨。据说是负责天气系统的员工调错了参数，将一场用于增加空气湿度的小雨，变成了持续近八个小时的银河倒泻。

一转眼，他已经悄然站在了雨中，这一次，他成了父亲。

行人纷纷落荒而逃，原本繁华热闹的商业中心很快变得空荡，滂沱大雨落在空无一人的街道，发出阵阵沉闷的轰响。写字楼的屋檐下挤满了避雨的人，他们大多穿着整洁立挺的西服，即使浑身淋湿也不影响和这座都市相衬的体面，反倒是他，肮脏的皮革大衣布满交叉的细长划痕，内里的衬衣上沾满污渍，从里到外都散发着泥土和沙砾混杂的臭味——这通常是那些还居住在虫口里的帕玛人身上才有的味道，或者用租界酒吧里时常听到的俚语来形容——穴居人的狐臭味。

周围的人很快都嗅到了这股难忍的味道，每个人的脸上都是相同的错愕——挨着租界政府的这些高档写字楼，多少年前就被司令勒令不能雇佣帕玛人在此工作，更别提这栋麦恩锡矿业所在的麦恩锡大厦。就连大堂也永远弥漫着柑橘混合橙花的高级香氛，如今他身上的"穴居人狐臭味"，实在是有些不合时宜。

他很快感受到了众人目光里的鄙夷。这样的味道，居然来自一个人类，所有人都一边捏着鼻子，一边远离这个散发着"低贱"气味的男人——没有人能把这样邋遢不堪的形象和早已享誉世界的社会学家联系到一起，这事儿从来没有过。

不过这倒也没什么，反正他从来也不需要这些毫无意义的围观，在他看来，租界人的鼻子向来金贵，别说是这颗星球的其他地方，就算是在多邦待一阵，都跟要了命似的。

他不以为意地笑了笑，将大衣盖在头顶上，准备冒雨冲出去——比起站在这儿吸引注意，去无人的街上淋雨反而更自在些。

"先生！先生！"

身后突然有人大声喊道："等一等。"

是刚才在办公室里，一直站在鲁身旁的那个西装革履的男人。他慌张地穿过电梯厅的门禁，一路叫喊着向大厅走来，所有人都立刻认出了他，鲁的助理，也算是这栋大楼里数一数二的人物。

"总裁他……"助理喘着粗气，显然是接到了什么命令，一路从办公室跑来的，作为鲁先生的助理，他极少有这样匆忙的时候，"他说……下雨了，如果您……不介意的话，可以在这里稍作休息，我已经为您安排好了贵宾室。"

助理的语气是那样恭敬，周围的人就像目睹了一场好戏，很快全都安静下来，顷刻间耳边只有如瀑如泻的雨声，人们默默等待着他的回答。

而他沉默了一会，摇了摇头。

"难得下雨，我想出去走走。"

这句回答经过这帮听众的口口相传，很快在租界变得尽人皆知，鼎鼎大名麦恩锡矿业的老板居然留不住一个来历不明的流浪汉，实在是名副其实的笑话。

很多人都以为，他是在用这句明显前后矛盾的话奚落那位助理和他背后的鲁。但只有他自己清楚，这是他当时最真实的想法，他就是想去雨中走走——所有人都觉得这场人工降雨是天气部门某个注定要被开掉的傻蛋犯下的错，只有他很想感谢这个美丽的错误。

雨，对于帕玛星而言，是需要论年来计算的天气现象，是名副其实神的恩赐，至少在帕玛星这些年，他从未见过哪怕一场细小的阵雨，从未感受过，从天而降的雨滴落在脸颊上的清凉……那天，他在暴雨如注的租界漫步了很久，浑身都湿透了，身上那件人造革和沙虫巨蟒的皮拼接的大衣遇到再大的风沙也毫不畏怯，但遇到温情的雨水反而不知道如何招架，湿漉冰冷的感觉是从里向外蔓延的，他只觉得每寸皮肤上都像凝结着新鲜的露珠。

最终，他来到了城市中心最负盛名的环湖公园，放在往日晴朗的时候，这里几乎到处都是前来闲步、郊游或者谈情说爱的人。或许，只是单纯来看看风景，便能够得到某种治愈和慰藉。在这颗被沙漠统治的星球，这片绿草如茵鲜花繁茂之地，早已是所有人类心中神圣的伊甸园。

他坐在湖畔的长椅上，头顶是一棵郁郁葱葱的梧桐，雨水经由茂密的阔叶渗漏，拍打在脸上也不再是骤雨的暴虐，反而是温柔的、细腻的，滴落在脸上，像女人哀怨的泪。这让他不禁想起从前在地球的家乡，那是个总不见晴的小城，一年有一半时间都在下雨，这样的气候让他厌烦，倒不是别的，只是对于追逐星辰的他来说，阴雨天就意味着厚重的云层，望远镜很难穿透大气看到那些亟待他探索和研究的星球。雨时常在夜里突然降临，他只能丧气地收起观测设备从屋顶下来，靠在自家屋檐下抽着烟等着雨停，偶尔他也会回过头，看着屋内亮起的灯，还有那个穿梭在其间的妻子的身影。明明是这样小的房子，她却一天到晚总有忙不完的琐事，她是个极务实的人，只做那些摆在眼前的事，也只想那些看得见的将来。母亲或许正是看中了这个，觉得该有一个踏实的人来管管她"天马行空"的孩子，所以才强行凑出了这段姻缘。不过，母亲不知道人是很难真的改变的，他还是天马行空，妻子也还是脚踏实地忙着眼前的事，偶尔歇息片刻，便会跑来数落自己不争气的丈夫。

"还是读了博士的人，就不能去找点事做，成天望着那些星星就能有钱吗？"

妻子隔三差五就会发作一次，有时候一天就有好几次，所以他就更加不愿意待在屋内。雨总不见停，烟就只能一根接着一根，雨水从屋檐滑落滴在脸上的感觉，就和现在一样，温柔，细腻，像女人哀怨的泪。

他从大衣口袋里掏出了烟，按理说租界是全域禁烟的，但现在大雨滂沱的时候，也不可能会有警察来执法，正好可以来上一根。

试了好几下，总算还能点着。

手指夹着烟蒂，抿嘴猛吸了几口，旋即又带着咳嗽吐出了阵阵呛人的灰烟。

"哎……"

他想到了鲁，以及刚才发生的一切。如果在大堂的时候答应那个助理稍坐片刻的话，大概此刻就会是在贵宾室的沙发上抽着这个。

噢！那可不行！

他突然摇了摇头，打消了这个想法，绝不能在儿子面前抽烟，这是从前他口口声声答应过妻子的事。

儿子，或许也抽烟吧！还是在那样的地方，抽的应该是高档的雪茄才对，是啊，他这样体面，举止优雅，应该是他母亲日夜盼望的模样吧。

为什么会对儿子说那样的话，为什么会急着转头离开，其实他自己也不清楚，这样突然涌起的敌意，是因为什么呢？只是因为儿子的身份吗？一个成功的租界企业家，一个被星际联署重用的青年才俊，但这放在世俗里，不该是值得他开心的事吗？父子俩应该就在租界的某个酒馆里高兴地喝上几杯，聊个通宵可能都不够吧，他有那么多可以分享的见闻和故事，有那么多他还没来得及告诉儿子的，自己年轻时的事，或许，还应该问候在地球上的家人，那个小镇还经常下雨吗？那栋三层的破房子还在吗？又或者……他应该说好几声抱歉。

想着这些，竟然耗费了一整支烟的工夫，他再想点上一支，却发现被雨水浸湿的烟头无论如何也点不着了，陆续试了好几根都是这样。

"操……操！"

他咬了咬牙，索性将整包烟碾作一团丢在了地上，转而看着远处的人工湖，雨水掀起的雾气让周遭的一切都变得朦胧，只剩下浓淡相宜的青绿。

就算刚才幻想的这些事都发生了，可用不了多久，儿子就会知道他正在做的那些事，他们还是会疏远的，甚至……会成为敌人不是吗？

如果这样，倒不如现在就离得远远的，越远越好才对，就像对孩子的母亲那样。早晚要离开的，不如，一开始就离开，就不会有那些发生在小屋里的不幸，不会有那些抱怨，不会有这样沉重的亏欠。

"哎……真是的……"

他丧气地叹了口气，用脚踢开了被揉成团的烟盒，烟盒在湿润的青石地砖上滚出了好几米远，最终停在了一片修剪整齐的哈瓦蒂女贞[1]丛旁。

突然，从那些矮小茂密的乔木枝丫里探出了一只毛茸茸的爪子，将滚过来的烟盒紧紧扣住，下一秒，一个长满灰褐色绒毛还没人巴掌大的小东西就从树丛里窜了出来。

是一只幼猫。

它浑身都被淋湿了，背上的毛全都粘黏在一起紧贴着脊柱两侧，看起来更显得瘦弱。想必它也是被突如其来的暴雨吓坏了，无处可去只能一直都躲在女贞丛里避雨，碰巧滚过来的纸团驱动了爱玩的天性，才让它原形毕露。

他擦了擦沾满水滴的镜框，好确信自己没有看花眼，这才缓缓从长椅上站起来，挪着步子小心地靠近小猫。

不过，这个看起来连奶都还没断的小家伙倒一点也没有惧怕的意思，

---

[1] 又名金森女贞，是木犀科女贞属日本女贞系列彩叶品种，为常绿小乔木，叶色艳丽，植株繁茂，可应用于重要地段的草坪、花坛和广场，与其他彩叶植物配置，修剪整形成各种模纹图案。

焚星

它仰起头看了朝它走来的人类一眼，然后又继续忙活着和烟盒玩耍，直到整个被从腋下托举起来，都没有撒开那个被它视若珍宝的玩具。

"今天，真是发生了很多神奇的事。"

他一边打量着小家伙，一边喃喃自语。帕玛星本土是没有类似猫的动物的，小家伙看起来刚出生不久，应该是人类带来的宠物猫所生。可为什么会被遗落在公园里，就不得而知了。

他抱起小猫，又回到了树下的长椅，一边用手抚摸着它的脑袋，一边用身上仅有还算干燥的几块大衣的内衬为它稍微擦了擦身上的雨水和沾染的泥土。小猫也顾不上这些伺候的活儿，一个劲在他的膝盖上打滚，和烟盒玩了好一阵又睡去了。

那天，他就一直这样抱着小猫在长椅上坐着，原本以为能等来寻找它的主人或者父母，但一直待到了雨停，公园里重新会聚了游人和商贩，一直到夜幕降临，都没有等来。

满天星辰透过人造穹顶照在湖面，繁丽的星光与湖水的涟漪一同摇曳，就像真的有一整个宇宙被封藏在湖底。

小家伙被长椅旁亮起的路灯照醒，身上已经干了大半。

它伸了个懒腰，尾巴也微微抬起，目不转睛地看着他。昏暗的瞳孔只剩外围泛着一圈剔透的莹绿。

那一刻，他感到一项神圣的使命正透过那双漂亮的眼睛传递给自己。

"你有名字吗？"

他一边笑着问道，一边抱起小家伙，贴近了自己的脸，他想仔细瞧瞧这个未来朝夕相伴的室友。

"喵。"

细腻温柔的叫声，像某种轻快的弦乐。

"要给你起一个吗？"

"喵，喵喵。"

"叫什么好呢……"

明亮的灯光下，小家伙的前肢趴在大衣的领口，紧接着伸出粉嫩的舌头，轻轻用舌尖刮蹭着他粗糙的脸颊。

痒，还带着刺痛，原来，被猫亲吻是不舒服的，但不知为何，他却又忍不住将脸颊贴近小家伙。那些细密的倒刺摩挲着，一阵又一阵直达心口的酥麻。

这种酥麻的感觉渐渐和心跳融为一体，变成了某种维持生命既定的节奏，一阵，一声，一阵，一跳，越来越具体，越来越真实，越来越清晰——

"班，班！"

猛然间，鲁睁开了双眼，班的舌头，正在他的鼻梁上来回地磨蹭。

随着意识的清醒，碎裂的疼痛开始从四肢传来。他感到整个身体就像被瞬间碾作了一团，又突然重新展开了一般，每根骨头，每条筋络似乎都不在原本的位置，挤压产生的酸胀感从背脊一直蔓延到整个胸腔。

接着，便是几声难以抑制的剧烈咳嗽，随着喉咙的鼓噪，大量细密的沙尘从他的鼻腔和口中喷涌而出，在他的眼前化作了一抹轻薄的尘雾。

当雾色褪去，视野再次清晰，他才恍然发现自己既不在绿意盎然的湖畔，也不在烈日当空的沙漠里，而是一个他完全陌生的地方。这里看起来是某个大型机械的内部，正对着他的是一扇半敞着的舱门，周围是各式各样组装在墙壁上的显示屏和仪器，鲁能分辨出其中几样：用于提供夜视功能的微光探照仪，显示外部气温压力的环境检测仪，红外扫描仪，观瞄透镜……这些都是在北极矿区的矿车里也能碰见的，但还有更多的设备鲁从未见过，布满整面墙壁纷繁的信号灯全都熄灭了，看起来这台机器已经完全失去了动力，直到鲁将额头稍稍抬起，看向头顶上方，另一个只有井盖大小的圆弧形舱门上，除了印着星际联署的徽记，还有一串混杂着数字和字母的代码被环绕刻在舱门的边缘，ZH-86274。

这是一辆沙地车的内部，鲁恍然大悟，那辆沙地车的内部！

"你醒了。"

焚星　317

一个镇定深沉的声音，从鲁的身后传来。

鲁猝然回头，发现一个高大却细瘦的身影正坐在了操作台右侧的驾驶椅上，他浑身都被退化过的鳞片覆盖，幽绿色的光从那些干瘪的鳞纹内透出来，在幽暗的室内犹如无数只纷飞的萤虫。鲁记得大学《地外生物综合》课本的封面就是这样一副躯壳的解剖图——妥奇亚人是由一种两栖蜥类进化而来，虽然附着在皮肤上的鳞片都退化成了厚实的角质，但依旧没有丧失呼吸的功能，当妥奇亚人死去，或者长期处于缺水的环境下，皮肤就会变得干瘪，发出黯淡的绿色荧光。不更事的鲁也曾对这般剔透如玉的身体大加赞美，但后来完成了这门学业后才发现，这样"美丽"的光，对于妥奇亚人来说其实是非常危险的讯号。

妥奇亚人从阴影中探出头，看着刚刚恢复清醒的鲁。他的额头有一整片都是金色的，还带有人工镌刻的纷繁复杂的图腾，这是妥奇亚贵族的标志。

在帕玛星的妥奇亚贵族……鲁颤抖着，说出了他的名字。

"莫亚西夫……"

和父亲描述的一样，莫亚西夫有种浑然天成的高贵，不仅仅得益于额头的金纹，就连那双忧郁的眼睛里，也透着十足的涵养；天生瘦长的身子裹在和鲁身上一般厚实的斗篷里，却丝毫不显得羸弱，反倒有种正气凛然的挺括；露在外面纤细的手指会跟随呼吸缓慢摆动，像是在弹奏一首悠扬的舞曲。

那一刻，鲁浑然忘记面前的莫亚西夫，即是杀死了总督、杀死了无数人类的叛军头目，不知为何，他并没有感到危险或恐惧。得益于父亲的那些笔记，他甚至都没有从这个初次谋面之人身上感觉到陌生或疏离，反而在这样的对望中，产生了某种难以形容的亲切。

难道……刚才的梦里，父亲真的已经进入了自己的身体？

鲁一边想着这些，一边打量着莫西亚夫。也是在此时，他发现这位王子的身后，居然还藏着一个矮小的身影，只露出了半颗脑袋，但那对明亮剔透的眼睛，已经完全暴露了她的身份。

"米莎！"

鲁激动地喊道，他正想要站起来，却发现原本趴在他胸口的班，已经先他一步冲向了米莎的方向，几个轻盈的跳跃，很快熟练地坠入了米莎的怀抱。

米莎接住了班，轻轻抚摸着它圆滚滚的脑袋，依旧没有回应鲁的呼唤。

不过，这片刻的安静反倒让鲁注意到，米莎的嘴里其实一直念念有词，发音稠密而低沉，要非常仔细听才能听出其中的音节，连贯而重复，像是在吟唱着什么奇怪的咒语。

这样诡谲的气氛，让鲁有些却步。

"她……她怎么了？"

"Ahri'Suha, Moka mosoru, Moka mosoru Lemario。"莫亚西夫低垂着头，熟练地将那句咒语复述了一遍，"这是帕玛人用来唤醒迷失之人的咒语。"

"迷……迷失之人？"

"被流沙带走的人，通常会陷入难以摆脱的幻象，就像是做梦，有时候是往事，有时候是鬼神……甚至会发现自己变成了其他人。帕玛人相信这句咒语可以让人摆脱这些幻象，不过，我还是更相信这是我刚才给你注射的阿达莫尼坎叶酸素起了作用，"莫亚西夫停顿了片刻，转而又冲着喃喃自语的米莎温柔地笑了笑，"总之，她就是在用帕玛人传统的方式拯救你，把你从沙子里捞出来后，她就一直在念了。"

鲁愣了半天，将信将疑地点了点头。

"你……你们是来救我的？"

"也不算救吧，应该说是来接你的，这部分确实是米莎的功劳。他们这个分支的帕玛人，和这颗星球，特别是和这颗星球上的沙漠有一种神奇的共生感知。如果你读了你父亲的研究，应该就会知道。"莫亚西夫一

焚星　319

边说着，一边仔细凝视着鲁，像是能透过那张脸看到某个熟悉的故人，"你可以简单理解为，是米莎向帕玛沙漠祈祷，让它把你带来这里。"

"她真的可以，操控沙漠？"

鲁想起了在阁楼读到的那篇研究报告，不，他从未真的把它当作一份报告，那样荒唐的内容，胡乱潦草的笔迹还有被浓重酒渍浸染的书页，怎么看都是父亲在醉酒后的胡诌，"所以他说的，都是真的……"

"操控，呵呵，班当初也用了这个词，"

莫亚西夫摇了摇头，发出了讽刺的笑："你们人类真的很爱这个词。"

四目相对下，二人又同时陷入了沉寂。

"你们，为什么要救我？"过了一阵，鲁又突然想起了什么，连忙问道？"巴特——不，这个沙地车里原本的士兵呢？就是护送米莎的那个。"

这次，莫亚西夫并没有立刻回答，而是晃了晃脖子，重新戴上了垂在脊背上的兜帽，他从斗篷里伸出纤长的手，一把推开了头顶的舱门。

帕玛沙漠的风沙和刺眼的阳光同时灌入了沙地车内，一阵阵熟悉的呼啸。

"走吧，"莫西亚夫捂着口鼻，大声说道，"时间不太多了。"

"去，去哪？"

莫亚西夫一边撑住舱门，一边将另一只手伸向跟跟跄跄站起来的鲁。

"去你一直想去的地方。"

当鲁从舱门走出来时，他才发现这辆被人类称为沙漠征服者的武器装甲已经有大半都被埋进了沙土中。原本坚实的外壳也在风沙反复的摧残下遍体鳞伤，折断的部件和深浅不一的划痕让它看起来如同报废了一般。

而就在沙地车的不远处，是一个约莫三四个足球场那么大的，宏伟的白色立方体。

它几乎只由白色构成，却也不是纯粹的白，隐约还能看到沙漠和天空的投影，不过画面都是破碎而模糊的。白色的墙体就像巨大的棱镜，将周围的一切和那纯净的白搅浑在一起，沙漠是白的，天空则是极淡的灰，它们在墙内不再按照自然规律流转变化，而是扭曲成了一体，就像是被囚禁在内不得解脱、这颗星球的魂魄。

立方体和地面相连处有一层有白及灰浅浅的过渡，加之连续不断的风沙漫过，从远处看，它就像一座悬浮在沙丘之上飘渺的蜃楼。

米莎最后从沙地车的舱门内钻出来，刚一落地，便急匆匆抱着班朝它奔去。

反倒是先于她出来的鲁，一直出神地盯着那个诡异的立方体看了好一阵，如此雄伟壮观的建筑出现在荒芜贫瘠的沙漠里，简直可以用神迹来形容，就算看得再真切，就算近在眼前，都无法轻易相信。

"那是……什么……"

鲁再次擦了擦双眼，好确认自己没有再次成为那个所谓的"迷失之人"。

"你不是，还打算把它买下来吗？"

莫亚西夫俯瞰着高度还不及自己腰间，一脸茫然的鲁，"堪德纳斯沙漠旅行设备租赁公司，是这个名字吧。"

"那个……工厂？"

鲁立刻明白了过来，可思忖了一阵，却又突然摇了摇头。

不，不可能。他在这里生活了那么久，他见过租界那么多拔地而起的摩天大楼，也见过遍布这颗星球成百上千的工厂和作坊，他可以断定，眼前的这个立方体绝对不是属于人类的建筑，绝对不是。

鲁没再问下去，而是看向了身旁的莫亚西夫。这位妥奇亚王子的脸上带着莫名的沉醉，正朝着建筑的上方看去，帕玛星无云的晴空映照在他枯槁的脸上，从兜帽内探出的一双眼睛，正朝外渗着和额头的雕纹一般金色的流光。

"答案，鲁，它是答案。"

26

他们尽管破坏、毁灭,尽管根除、杀戮,夏天依然是夏天,百合花依然是百合花,星辰依然是星辰①。

——班在一张"安帕瓦②风味餐厅"的菜单上誊写的一段话,
是鲁在阁楼找到的所有班所书写的文字中笔迹最工整的,
他看起来是非常细致用心地摘抄了这段话。

鲁离那堵白墙不到半米,位置是这座立方体的正下方。

从如此近的距离观察它,反而让鲁更难想象这个已经被自己收购的工厂是真实存在的。它压根不存在类似基座或者底桩这些用来固定和承压的结构,这样一个纵横都超过三百米的立方体,就像被什么人随手放在了地上,且不是一般的地上,是狂风呼啸,流沙驰骋的帕玛沙漠的沙地之上,可它却又是这样稳固,被建筑锋利的边缘隔断的风沙那样剧烈,它依旧纹丝不动。

---

①这段文字实际来自法国小说家雨果创作的最后一部长篇小说《九三年》,该小说首次出版于1874年2月,雨果在小说中塑造了旺代叛军首领朗德纳克侯爵及其侄孙、镇压叛乱的共和军司令郭文,以及郭文的家庭教师、公安委员会特派员西穆尔登这三个中心人物,围绕他们展开了错综复杂的情节,描绘了资产阶级和封建势力在1793年进行殊死搏斗的历史场面。

②泰国著名的水上市场,距离泰国首都曼谷约一百公里,在这里可以体会到纯正的泰国文化和本土美食。

更奇特的，是那墙体上的白——它并非简单的白色油漆，也并非鲁最开始猜想的那种，如今常在星际飞船上看到的新型储能材料。这些遍布墙体的白色物质，其实是一颗颗接近透明的椭圆球体。每颗都只有咖啡豆大小，外围是一层薄薄的透明的胶质，其中包裹着一小团乳白色的内核，它们颗颗分明却又排布紧密，甚至还在跟随着某种既定的轨迹缓缓移动。

没错，它们是流动的，就在鲁的眼前，它们明目张胆地爬行着，而且是那样多那样密。鲁能从每一颗白色内核里看到沙漠、天空以及自己眼球的倒影，且都在跟随着内核的移动放大缩小，就像一直在往更深处蔓延，而且越往里看，鲁便越觉得深不见底……是的，不会有错，这抹诡异的白并非是附着在墙上，这些球体，它们就是墙体本身。

"多门隆纳鱼籽。"

莫亚西夫伸出右手，小心地用几根指头轻轻在墙面上拨动了几下，动作是那样温柔，就像在抚摸刚刚降世的婴孩。"它们在被孵化前可以忍受数个世纪的缺水、缺氧和极端温度，甚至是真空。这都仰赖它们高度的团结，每一颗卵都在和另一颗分享自己的水分和能量。你看，状态不佳的最外层鱼卵正在一点点向内移动，和里面饱满的鱼卵进行位置的调换，通过这样规律的运动和轮岗，它们还会用这种方法来抓取地表防止风沙……所有鱼卵都必须足够团结，才可以最终活下来。"

"这是……鱼籽？"

鲁惊异地问道，进而效仿起莫亚西夫将手伸向了那些还未降世的鱼宝宝。在碰到那些光滑的透明带①表面时，一阵莫名的清凉瞬间从指尖传入全身，这样的舒适在这片烈日炙烤的荒漠中是如此不可思议，而且绝非鲁熟悉的空调冷气所能比拟，它是由内而外的，就像是从胸膛肺腑的

---

① 卵细胞的发育在卵泡中进行，当第一层卵泡细胞层完全包被住卵细胞后，在卵细胞的外方开始形成非细胞的膜，称为透明带。透明带在囊胚形成并长大后破裂，这个过程称为囊胚孵化。

焚星　323

狭隙中刮来的一阵带着薄荷香气的山风。

鲁知道多门隆纳，还是因为曾经的妻子。那些常年栖居在深海中的多门隆纳人非常符合童话故事里人鱼的形象，而且因为通体白皙更增添了几分圣洁，海岛、沙滩、美丽优雅的人鱼，这些元素叠加在一起，让多门隆纳星一度成为休闲度假和举办婚礼的绝佳场地。对这个梦幻天堂趋之若鹜的人当中自然也包括前妻，只不过婚期临近时，预定的酒店却突然被多门隆纳人故意掀起的海啸淹了，人鱼婚礼的计划只能因此作罢。这些看似美好的人鱼其实向来不太好惹，且极容易感到被"冒犯"，很多次都只是因为游客下海游了个泳，或者抓了几条小鱼，就演化为了激烈的冲突。最早加入星际文明时，他们就只允许人类使用这颗星球上他们并不需要的陆地，对于海洋，他们连一片浪花都不希望外人沾染，而别提深海中的一切，包括这些算作他们后代的鱼籽。

印象中，多门隆纳人这样的"苛刻"对待引发了不少争端。在近些年的新闻里，鲁也常常能看到多门隆纳星驱赶和袭击人类的新闻。按照星际联署的脾性是该打一仗的，但因为多门隆纳星一直承诺无偿保障全宇宙范围内人类淡水资源的供应，联署的高层才一直没有发难。

"你们是怎么弄到这些的……"

"那就是你父亲的功劳了，他亲自去谈的，十兆亿颗鱼籽，前后花了接近两年时间通过供应淡水的商船分批运来帕玛星。"莫西亚夫思忖了一会儿，开始在心底怀念起这位故友，脸上的神情也跟着变得沉静，"他是个真正的冒险家，科学家和外交家，是唯一一位被邀请进入多门隆纳海底皇宫的人类。也是他在多门隆纳人产卵的海床上发现，这些鱼籽可以变成一种非常罕有的建筑材料，不仅可以忍受干旱和高温，更重要的是它们无与伦比的反射调节能力，这让它们无法被头顶的那些卫星和飞船拍到，即使再高级的雷达和摄像头也无法侦测。如果它们不想，你就算站在它们面前也感受不到它们的存在，它们只被它们希望能看到的人看到，所以说……如果没有准确的坐标，无人可以在帕玛沙漠里找到它。"

"所以……是为了这个……"

鲁叹了口气,这样规模的建筑一直未能被发现,原来是败给了这个闻所未闻的神奇鱼籽。而接下来,另一个让鲁困惑的问题旋即在脑海中诞生,"这些……这些鱼籽的价值,应该已经远远超过了贩卖帕玛人的那点收益,父亲他为什么……"

"你是说,直接卖这些鱼籽做的材料?"

鲁点了点头,对于所有的商人来说,这是一个如此简单的选择,或者说,一个不容错过的商机。鲁是看过那份贩卖帕玛人的合同的,就算不用细致推算他也能确定,这里任何一面墙的估值都会大过父亲数年的生意,甚至把这颗星球上所有的帕玛人都卖掉也远远不及。如果多门隆纳人早些将鱼籽的秘密公之于众,光是这项技术,这个神奇的材料,便足以让这个常年在《星球图鉴》次等星之列徘徊的水下王国赚得盆满钵满。

"不应该是这样吗?"

莫亚西夫听完,只是笑着摇了摇头,并没有回答。

反倒是站在鲁身旁的米莎有些不烦恼地仰了仰脖子,大人的对话于她而言应该是十分无趣,所以她将班架在了自己肩上,走近了那面鱼籽构成的墙。

"Patonda!"

米莎眨巴着湛蓝的眼睛回头看了一眼鲁,继而兴奋地念道。"Patonda,hasa!"

那副调皮又认真的样子,像是个专业的魔术师在为自己的表演预热。

像是得到某种指令,原本缓慢挪动的鱼籽们开始朝两侧迅速撤离,不一会原本封闭的墙体缓缓拉开了一条缝,继而又变成了一道高度正好能够容纳三人通过的门。

墙内的世界,徐徐在鲁眼前展开。

和外立面的纯白不同,墙壁的内侧完全透明,应该说……近乎是不存在的。鲁能从大门拉开的缝隙直接看到另一端的沙丘，被多门隆纳鱼籽铸造的整个空间犹如几面巨大的单面透镜，一五一十反映着外面的一切，而身处它内部的人，也压根感觉不到墙壁的存在——例如就站在不远的飞船边，几个手里拎着各式工具，看起来正在进行某样检修的帕玛人，他们或许很早就发现了在门外呆呆矗立的鲁，如今都放下了手里的活儿，一个个充满好奇和担忧地盯着这位陌生的访客。

最终，是几声甜腻的猫叫引开了众人的注意，米莎怀抱着班跑向他们，班也熟络地攀上了其中一人的肩膀，继而又快速跳上了另一个人的脑袋，如此欢畅又自在的模样，鲁还从未见过。

米莎指了指鲁的方向，对着众人说了些什么，这些看起来和她一般大的帕玛人这才收起了刚才犹疑的目光，害羞地朝着鲁点了点头，又火速转过身去，和班玩闹了起来。

在他们身后，这个约莫三四万平米的空间里，停满了各式各样的飞船，大概有几百架，它们沿着立方体的边界一排排停靠，形成了以中心为圆点整齐的队列。在这些飞船的周围，是无数和刚才那帮孩子一样忙碌着的帕玛人，每个人都和米莎一样，拥有一双罕有的，湛蓝色的眼睛。

"都是……蓝色的……原来有那么多……"

"Husada，意思是沙漠之子，是这群特殊的帕玛人的称呼。你的父亲通过班镇将他们集结在一起，让他们学习技能，掌握生存本领，又利用和韩先生的劳务合同，将他们悄悄送往各个星球，你现在看到的这些人，是最后一批。"

"沙漠，之子……"

鲁的目光划过那片星星点点的蓝。他们有的在搬卸货物，有的在调试设备，看起来是那样井然有序，比鲁平生见过的大部分人类工厂都要现代，而且足够专业，不论是驾驶车辆还是操控电脑都不在话下。透过许多飞船的驾驶室玻璃，鲁甚至能看见那些穿着制服的船长正在和自己的驾驶员部下惬意交谈，他们高效，稳重，协作，有条不紊，和鲁曾经看到的是那样不同，甚至完全优于人类。如果这都不能被称作是拥有智慧的文明，鲁不知道还有什么能被称之为文明。

他们中的一些人注意到了打开的墙壁，继而看向了鲁的方向，在注视了一阵后，立刻放下了手中的箱子或工具，弯下腰恭敬地鞠了一躬。

鲁先是一阵诧异，但很快他便明白过来，这些帕玛人看到的不是自己，而是站在自己身后，高大、威严，散发着领袖光辉的莫亚西夫。

"这里……到底是……"

惊诧不已的鲁已经不知道应该如何提问。

"你可以叫它工厂，我们也这样叫它。"

"工厂……"

"鲁，你现在还在意那些鱼籽吗？"莫亚西夫带着深沉的笑环顾四周，"这里还有比多门隆纳鱼籽更珍贵的东西，比如你脚下的地板，是你最熟悉的高密度帕玛岩，由辛勤的帕玛人偷偷采集，有些甚至来自你的矿场。

"比如用来固定建筑的黏土，混合的是桑地马危星人极富黏性的骨髓，每人每月只能提取5毫升。

"飞船的抗热涂料，来自斯恩德罗纳群星共和国。他们整整耗费了半年时间去德罗纳黑洞边缘采集，牺牲了七千四百人。

"埃门济星环的三十三王国资助了全部的飞船推进器和燃料。星际联署不允许这些高级设备和材料流入帕玛星，所以他们多花了六亿标准星元，以援建多邦机场为幌子偷运了过来。

"所有封装的食物都喷注了莱德比尼星的花粉，可以保鲜长达六十个世纪，他们的女王秘密下令增种了三千八百亩莱德比尼杜鹃才得以完成。

"你眼前看到的这些飞船，全由本达希尔的主母阿德西尼娅三世捐赠，她匿名拍卖了自己一百二十万年前就存在宝库里从未动过的嫁妆，甚至那顶闻名遐迩，用初代本达希尔的树根制作的王冠，那是所有文明公认的，宇宙中第一棵灌木植物。

"而虫洞穿越的盗版执照来自最让星际联署头疼的黑客组织巴旺希蠕虫。他们还给这里的每个帕玛人都代办了匿名的星际银河户头,并承诺持续维护,确保一个世纪内都无法被星际联署金融监察部门追踪。"

莫亚西夫停顿了片刻,低头看着鲁说道:"当然,也包括维护你的户头。"

"我的?"

"昨天,巴旺希蠕虫给我发了回执,他们已经转移走了你名下六百多万标准星元的资产,至于已经被星际联署冻结的部分,他们也无能为力。"

"冻结,什么?"鲁愣了片刻,突然又想到撤离编号上那个大写的P,联署要将他直接扭送到宇宙中最严酷的法庭,连回地球休整的机会都不打算给自己,如此来说,他们在完全不告知的情况下就冻结自己的资产,也算是合情合理。不过眼下最让鲁困惑的显然不是那区区几千万标准星元是否还待在自己的户头里,而是眼前的这一切,这些凝聚了无数星球的人力、物力和财力,耗费了如此之长的时间秘密打造的一切,究竟是为了什么……

"你……和父亲,你们到底要做什么?"

"这阵子,你不是都经历了吗?"莫亚西夫叹了口气,"马德哈万的死、租界被毁、多邦政府的叛变,还有昨晚的班镇……"

"你是说……帕玛星发生的这些……都是父亲……"

"不只是帕玛星,其他十二个正在反抗的星球也是,你经历的所有,眼前看到的所有,集结了所有能集结的力量,所有物种,所有文明,他们所做的一切,都是为了推翻人类长久以来的暴政与霸权……鲁,整个宇宙,都在反抗地球。"

鲁看着莫亚西夫,他张着嘴,却一个字都说不出口。

显然,他把自己的父亲想得太简单了,那个不修边幅邋里邋遢的男人，既不是只知道行善救人满宇宙宣扬正义的社会学家，也不是唯利是图靠贩卖人口赚钱的人渣。毫无疑问的是，他的父亲，和眼前这位消失多年的妥奇亚王子莫亚西夫一起，策划了这场针对人类的反叛运动，可这样浩大的工程，这样精心的准备，很快就要迎来一场无可挽回的灭顶之灾。眼前这些忙碌的人，这些付出，这些鲜活的生命，包括他自己，很快就会无一例外地被献给死亡。

而这一切之所以会发生，都是因为自己的父亲。

"为什么，为什么会这样……"

"鲁，你该为你的父亲感到骄傲。"

"为什么，为什么……为什么……"站在原地的鲁，就像压根没有听到这句话，只是一遍遍问着为什么，声音越来越低沉，"他，不，是你们，是你们害死了这里的每个人！"

"这里没人会死，鲁，我们找到你，就是为了确保你也不会。"

"别再演戏了！你经历过的，在妥奇亚就经历过，你根本什么都知道，你知道接下来会发生什么，你杀了总督，你报了仇，可是整个帕玛星，却会因为你而被毁掉！"

鲁的身体颤抖着，几乎无法继续站立。

"停手吧！让那些帕玛人停手吧！让其他星球还在反抗的人都停手吧！你们做不到的，就算再怎么努力，也做不到的。"

"鲁——"

莫亚西夫想要抓住鲁的手，却被他一把甩开。

接下来，鲁就跟发狂似的大声地朝四周高喊："离开这！全都离开！

"你们赢不了的，你们赢不了人类的！

"回家，全都回家去！"

鲁冲向了离他最近的那几个帕玛孩子，一把夺过那些孩子手中的仪器和设备，又一件件用力砸在地上，继而又抬起头，冲着他们狠狠说道：

"走！都走！"

他已经不在乎是否有人能听懂自己在说些什么，或许他也清楚，在所有人看来，这就是一个疯掉的男人，在歇斯底里地乱叫，他的声音回荡在工厂的每个角落，却无人回应，那些眨着蓝色眼睛的帕玛人一个个都矗立在原地，深沉而又平静地看着自己，每一个人，都和尤塔那么像。

而下一秒，他们的目光却又汇集在了头顶。

一阵刺耳的蜂鸣声贯穿天地，原本湛蓝的大气突然被搅动出无数倒逆的漩涡，在漩涡的中央，是一团浑浊幽暗的阴影。起初几乎就和远处的恒星一般大小，随着缓缓靠近，它的面积便也愈来愈大，几乎要蔓延至整片天空，它渐渐有了固定的形状，就像一张狡黠的脸，一个游荡于虚空中死神的脸。

阴影完全遮盖了那颗炙热的恒星，眼前的世界瞬间暗了下来。而在大地上，则是更加肆虐与狂啸的风沙，整颗帕玛星仿佛都在死神的凝视下瑟瑟发抖。

鲁跪在了地上，双手撑在光洁的帕玛岩地面。他抚摸着这些熟悉的纹理，熟悉的质感，抚摸着这个如此宏伟，由无数文明贡献了无数财富堆砌的理想，这个……即将付之一炬的理想。

莫亚西夫走到了他的面前，那道来自无上帝国妥奇亚，尊贵无比的金光从他的额头映照在自己脸上，居然是这样冰冷，冰冷得只剩下那已经化作宇宙尘埃的昔日余晖。

"它来了……"

鲁的双手紧紧抱住跪地的膝盖，泪水无法抑制地从眼眶掉落。

"是。"

"别再骗他们了，他们不该只是父亲理想的奴隶，更不是你复仇的工具……告诉他们会发生什么，告诉他们这颗星球就要完蛋了，"鲁的声音，近乎于哀求，"让他们离开这，他们还有时间和家人团聚。"

莫亚西夫没有立刻回答，而是蹲下身子，用手托起了鲁低垂的头，对准了在他面前重新忙碌起来的工厂——所有帕玛人都在那道天象后开始朝工厂的各处分散，脸上却都是那样沉着镇定，他们每个人都知道自己要去哪，要做什么，和刚才没有丝毫不同，非要说有的话，便是那些的沉着镇定里，开始掺杂了某种难以抑制的兴奋。

"他们不需要从我这里知道什么，他们每个人都知道自己要做什么。"

一艘艘飞船响起了启动时刺耳的轰鸣，紧接着，在几声帕玛语的高呼声中，四周矗立的白墙开始逐一坍塌，无数凝结在一起的白色鱼籽化作了汹涌的潮水向沙漠倾泻而去，掀起了一阵又一阵乳白色的巨浪。

借着残存的光亮，帕玛星破败的天空，再一次浮现在眼前。

"这不是结束，鲁。"莫亚西夫停顿了片刻，看着失魂落魄的鲁继续说道，"这一切，才刚刚开始。"

可惜，鲁几乎没有任何反应。

他看起来是这样虚弱，虚弱到已经无法再思考什么，甚至连双眼都在微光下变得恍惚不定，以至于眼前的一切，耳边的一切都变得黯淡又模糊。他丝毫没有察觉到自己身后，那两个缓缓靠近的人影。

"我就说过，他就算待在阁楼里一辈子，把那些班留下的东西翻个遍，也没本事把这一切琢磨明白。"

男人停在鲁的面前，发出了一阵熟悉的嘲笑，"真是枉费了我们王子殿下这样当作家的好口才。"

"他哭了呢，很伤心啊！"身旁接话的，则是一阵格外娇媚的女人的声音，"被赶出班镇的时候都没看见他哭。"

"他好像晕过去了，怎么我们才刚到，他就晕了。"

"这样也好，省得解释了。"

"总归是要解释的。"莫亚西夫的声音回荡在鲁的耳畔，深沉得像班

楚星　331

镇夜晚那连绵不绝的风,"尤塔说过的,一定要带他离开,也一定要告诉他真相。"

"尤塔……这孩子。"

"哎,真是的……"

27

……

他是卢卡斯慈爱温和的外公,是索邦大学①备受尊敬的教授,是所有漂泊在帕玛星的人类眼中尽心履职的总督。我相信即使在他生命的最后一刻,也依旧在坚决维护着人类的共同利益,维护着宇宙的和平。

因此……我深感哀痛的,并非只是这样一位可亲可敬之人的罹难,而是宇宙文明的受难。

我们至今都不知道宇宙的边界在何处,数百个文明在这漆黑深邃的时空里相识相知,在这充满危险与未知的世界里守望相护。数百年的时间,我们共同建立了稳定的秩序,创造着繁荣的经济,催生出多样的文化。这一切是如此来之不易,如此美好却又脆弱,它经不起任何挑衅,任何背叛,任何丧失道德和文明底线的摧残;企图破坏这一切的个人、种族和文明,都必将遭到最强大最严厉的抵制,必将成为所有物种,所有文明的敌人。

今天,人类文明,以及我们共同拥有的宇宙文明遭受了前所未有之挑战;今天,人类,以及所有选择正义,选择维护宇宙文明与繁荣的人们,让我们团结起来一同祈祷吧;以总督之名,以文明之名,以宇宙之名,以上帝之名,我们必将粉碎我们的敌人,我们必将迎来崭

---

① 位于法国巴黎拉丁区,是世界顶尖研究型大学,现有文学、理学和医学三个主要院系,是世界最古老的大学之一,被誉为"欧洲大学之母",在法国人民心中有着崇高的地位。

新的未来……

"我们必将……胜利。"

纪子深吸了口气,阖上了足有五页纸的讲稿,又轻轻抬起头,紧盯着眼前那台摄影机的中央。随着那几个代表"录制"的红点慢慢变暗直至消失,她知道她的工作终于结束了。

漫长又难熬的十五分钟,结束了。

被紧抱在怀里许久的卢卡斯瞬间挣脱了母亲,带着十足的怨气冲回了为自己预留的房间,重重关上了房门。从很多天前开始,就再也没有人认真对待过他的任何问题,爷爷在哪?鲁在哪?猫在哪?我们要去哪?为什么要离开……所有人包括母亲都只会一味沉默地看着自己,并且要求他保持同样的沉默。

甚至连一向偏袒自己的母亲,都表现出了如此不近人情的严苛。

"你必须保持礼貌、严肃。"这句话纪子在刚过去的半小时里强调了无数遍,"这里是非常重要的场合。"

这里,是普鲁托之矛主舰上唯一的一间贵宾室,三厅两卧,羊绒地毯,织纹墙纸,意大利手工家具,摆满威士忌的酒柜,还有一幅挂在床头大卫·利加里[1]的真迹。如果忽略掉窗外的飞船和战舰,这里看起来和尼斯[2]海边的那些度假酒店毫无区别。

据说是专门提供给前来观战……或者说观礼的高级别官员休憩。而这次,星际联署的高层特准纪子使用,在返回太阳系之前,这里就是她的房间。不少得知此事的人都羡慕地告诉纪子,普罗托之矛建成至今,那么多次实战和演习,这是从未有过的礼遇。

所谓的礼遇,纪子想,应该指的就是可以舒适地坐在骆马绒编织的

---

[1] David Ligare,美国后现代美术家,新古典主义画派杰出代表,画作被纽约市现代艺术博物馆、旧金山美术博物馆等多家博物馆和艺术机构收藏。

[2] 法国南部城市,著名的度假胜地。

沙发上，看着巨大的落地窗外那个宇宙中最强大的武器形似长矛锋利的炮台，以及矛头所指，漂浮在寂静宇宙中那颗待宰的金色羔羊，他们刚刚仓皇逃离的帕玛星。

刚刚过去的十五分钟，她坐在这里，宣读了对这颗星球最终的审判，接下来，她还要静静地坐在这里，眼看着它化作灰烬。

站在设备后方的几个士兵向她敬了个礼，然后开始有条不紊地收拾起麦克风、灯光设备以及地上纠缠成一团的各类插头和连接线。纪子走进自己的房间时，他们就已经在此布置和准备了多时，看起来是跟随普鲁托之矛抵达帕玛星之前就已经接到了今天的任务。不管是纪子，还是丹威，还是任何其他人，今天不论如何都会有人出现在这里，拿着相同的稿子，说着刚才那些话。

这是一场同频全宇宙的演讲。地球，月球，各个星球的租界，人类使馆区的所有电台、网络、新闻媒体都被要求必须实况直播纪子的演讲，并且根据所处星球不同即时翻译成对应的语言。

"务必要让宇宙的每个角落都能听到，都能听懂。"

这是负责本次演讲转播的官员传达的，来自联署高层的意思。

他走进房间时，纪子立刻便觉得十分眼熟，没记错的话，应该是跟随公公一同去拜会过几次，所以印象非常深刻。

好像，就是为着来帕玛星当总督的事吧。纪子回忆着，毕竟能让公公屡次登门的事情并不算多。

官员一进门便看到了纪子，这让他十分惊讶。或许是因为按照他拿到的计划表，演讲的主人公纪子此刻应该还在普罗托之矛的副舰甲板等待转运，半个小时后才会出现在这里。

"你好，纪子。"

"你好。"

"这么早就到了。"

"是……因为撤离的人数好像有些不对，丹威让我先离开甲板，他再重新清点。"

"啊，原来是这样。"

再没有比这更加粗糙的交流，他说完之后又朝着纪子点了点头，之后就刻意避开似的再也没有与她目光交会。他大致清点了一下屋内的陈设和一会儿要用的设备后，便大声对周围的那几个士兵说出了刚才那句。

"务必要让宇宙的每个角落都能听到，都能听懂。"

之后，他便在士兵的立直敬礼中离开了贵宾室。从他方才左顾右盼的眼神里，纪子能隐约感觉到他其实还有很多检查的工作要做，只是碍于不愿与纪子同处一室，所以才表现得这样匆忙。或许他也不愿意面对这样的时刻，对着哈布斯堡家的遗孀又能说些什么呢？他以为自己促成了一份儿美差，却没成想是这个结局。

在纪子对着镜头念诵稿子时，他又进出了贵宾室好几次，每次都带着不同的人。纪子通过窗户的映射能够轻易瞥见，有的是穿着各阶制服的军官，有的是穿着西服的官员。纪子对他们的脸都有些印象，在从帕玛星抵达副舰甲板后，他们中的大多数都在列队等待，并一一上前和自己握过手，熟悉的表情，熟悉的安慰，一切就像那一年那一天的重演。

如今，他们的脸色比方才在甲板上惬意许多，纪子甚至觉得如果这不是实况转播要求绝对的安静，他们说不定会大声地聊起天来。说到底，这本来也不是什么难办的差事，按下启动键，接下来就等着看熟悉的烟花表演。是的，过于熟悉了，普鲁托之矛自建成以来，光在演练中击毁的无生命行星就多达18颗，对他们大多数人来讲，都已经驾轻就熟。

这些人来此的目的，不过是想确保纪子负责的这个初始环节照常进行，这样他们各自的工作才能按照计划开展，防护屏障启动，点火启动，星域驱散，碎片回收，污染处理，人员撤离……所有这些工序都在等待着这十五分钟的结束，都在等待着纪子，等待这个受尽委屈孤苦伶仃的哈布斯堡家的遗孀流下悲伤欲绝的眼泪，讲完那个值得同情、足够载入历史的故事。

所有人进来后通常都会默不作声盯着纪子好一阵，然后约莫是觉得傻站着实无聊，又很快借机离开了。人们在这间贵宾室里来来去去，直到那几个士兵带着设备离开后，偌大的房间才算真正安静了下来。

　　屋内只剩下她，和由丹威指派前来负责她安全的副官。

　　"那个……什么时候开始？"

　　纪子依旧坐在演讲时的沙发上，她将稿子攥在手里，双目低垂看着印有繁复花纹的地毯，只有这样，才能避开那些从窗外照进来的，属于帕玛星的耀目光芒。

　　纪子没有看向副官，也没有直接说出"启动击毁任务"这样赫然出现在演讲稿里的名词。

　　"按照计划，还有15分钟，现在正在启动防护遮罩，并撤离全星域范围内的友军。"

　　"这么说，鲁，"纪子捏紧了手中的稿纸，"他还有15分钟就要……"

　　站在她身后的副官发出了几声沉闷的呼吸，却没有回答。

　　"你叫哈图，对吗？"

　　纪子回过头，看着这个俨然一副孩子模样的士兵，他刚刚因为在战场上的杰出表现被丹威嘉奖，并提拔为他最贴身的几名司令副官之一。

　　"是。"哈图高抬着头，目光笔直望向窗外。

　　"鲁和我提到过你……"

　　纪子的声音很轻，带着明显的叹息。她停顿了片刻，似乎在思忖如何接着说下去，但沉默得久了，反倒更加不知道该说些什么。

　　她辜负了鲁，她没有出现在鲁成为众矢之的的时刻，她是唯一一个可以证明鲁不是间谍的人，她只要讲出完整的故事就行，但从一开始，纪子就退却了。

　　"帮帮他，如果可以的话。"

　　在对丹威说出这句话之前，她的内心在深渊徘徊了如此之久。纪子知道，她有无数个理由站起来和丹威一同前往，但只有一个理由，牢牢将她束缚在无边的黑暗中——她不能将这个故事大白于天下,她不能一边高歌着以上帝之名毁灭帕玛星,一边被人发现偷偷帮助帕玛人潜逃,她不能善良。命运已经掐着她的喉咙逼她做出了选择,只能让她这样恨下去,替全人类恨下去,成为那不眠不休恨意的化身,从前所有的付出、所有的挣扎都在那天鲁的小屋内化作乌有,如今,她只有这样一个选择,只有这样……她,还有卢卡斯才能活下去。

"帮帮他,如果可以的话。"

这句话,纪子多希望鲁能明白,这已是她所能给予的,最后的善良。

那晚,纪子一直怀揣着愧疚与不安在旅馆等待着,一方面她担心着鲁是否因此蒙冤,而另一方面更大的不安,则是她自私地希望,鲁不会将他们的秘密说出口。最终,纪子在天色将明时等到了结果,鲁的一言不发让纪子的心彻底安稳下来,当然,也将鲁彻底带向了死亡。

鲁,以及他们二人留在班镇的秘密,很快就要在普鲁托之矛毁天灭地的攻势之下灰飞烟灭,而亲手将鲁拽入地狱的二人,竟然就相聚在这间华丽又舒适的客房内,透过绝佳的视角观看这一切降临。

纪子不再言语,而一直矗立在原地的哈图,同样没有开口。

他是如何击杀那个帕玛人,又如何举报自己负责的要员是间谍,这些事在那晚的班镇已然尽人皆知,眼前的纪子不可能不知道。对于这样的新闻,班镇上的每个人都有自己的揣度。人们见过鲁穿着哈图的外套,见过他们在小镇上攀谈,也听过哈图为鲁治疗失眠、活抓幽灵,甚至还连夜去找司令让他同意鲁领养一只猫,至于哈图从多邦回来后就一直躲在鲁的小屋里不出来的事,更是滋生出了不少香艳的猜想。这些传言原本只是在小镇的茶余饭后缓慢发酵,随着哈图的"大义灭亲",反倒被抬上了正儿八经的台面。撤离班镇的一路,人们看着这位走马上任的副官,眼里也都带着明目张胆的打量,不过至少有一点人们可以确认,哈图的脸上并没有因为这次升官而显露丝毫的愉悦。

哈图无意于回应这些,也压根不想弄清楚那些口口相传的故事到底有多少离谱的成分，关于鲁的一切，或者只是单纯和这个人扯上关系，都会让他产生近乎发自本能地抗拒，就像某种未见伤口却剧烈难忍的疼痛，除了无视它，除了一遍又一遍地忽略它的存在，再无其他缓解的办法。

为什么要给我这样的差事呢？此刻，哈图满脑子想的都是这个。把他放在班镇唯一和鲁算是亲近的人身边，难道这就是司令让他成为副官的目的吗，为了惩罚自己？

可即便如此，他也不会后悔自己所做的事，没什么可后悔的，哈图一次次这样告诉自己。

"他死了，对我们两个来说都是好事。"哈图的眼睛，依旧死死盯着窗外那颗星球，就像能从那片无垠的苍黄里看到些什么，"不是吗？"

交谈到了此刻已经变得毫无意义，不管是哈图还是纪子都非常清楚，关于鲁，关于那位被他们抛在帕玛星的故人，他们已经无话可说。在这样如此令人窒息的沉默中，纪子和哈图达成了默契的和解。

还好这样的沉默并没有持续太久，搁在酒柜旁的电话铃便响了起来。

纪子先是一愣，又转头看了哈图一眼，继而才起身走过去，拿起了电话。

"你好，平野纪子小姐，这里是主舰控制室通信服务中心。"

"你……你好。"

"我们刚刚接到了一通来自奥地利总理办公室的高级别授权访问，是针对你刚刚发布的哈布斯堡总督死亡声明的一些咨询。"

"是，"纪子思忖了一会儿，"接进来吧。"

"请您稍等片刻，纪子小姐，考虑到目前主舰正处于作业状态，防护遮罩也已经开启，信号可能会不太稳定，请您留意。"

"好的，我知道了，谢谢。"

一阵不寻常的杂音很快从电话那头传来，和普通的转接声不同，它刺耳得就像某种坚硬的金属在被利刃切割。

纪子本能地将耳朵远离了听筒,直到隐约有人的声音从那一端传来。

"平野纪子。"

那是一个极为诡异的声音,甚至无法听出具体的性别,而且夹杂着极为粗糙的电流声。

"是……总理阁下……"纪子迟疑了一阵,还是打起了招呼,"你好,库尔茨先生。"

"你身旁是否有其他人,平野纪子?"

刺耳,尖厉,就像是一台冰冷的机器在说话,纪子贴着听筒的脸颤抖着,这下她无论如何都可以确定,电话那头不可能是那个她见过无数次,憨厚亲切的萨尔茨堡[①]大叔。

纪子下意识地看了一眼哈图,那眼神分明是在求救。

哈图机警地走上前,按下了电话屏幕上的公放按钮,随着一阵更为刺耳的电流声,那个怪异的腔调再次响起。

"你身旁是否有其他人,平野纪子,如果有,请要求他们回避。"

哈图屏住呼吸,朝纪子摇了摇头。

"没,没有,"纪子的手哆嗦了几下,但依旧牢牢抓住听筒,"只有我一个人。"

电话那端沉寂了数秒钟,又响起几簇电流声,接着,竟然响起了连续几声欢快的打击鼓点;仔细听的话,甚至还有隐约的电吉他伴奏,就像是古老的电子游戏通关时的背景音乐。

就这样重播了好几遍,它便又开始说话了,依旧是那些机械到有些笨拙的声线。

"巴旺希向你问好,我们通过入侵奥地利政府内线打来,并且已经在这个通信频道下开始播放由 AI 提前录制好的你和总理的谈话。这段谈话共计,6 分钟 27,秒钟,目前剩余,5 分钟 41,秒钟,你必须在倒计时结

[①] 又译萨尔斯堡,是奥地利共和国萨尔茨堡州的首府,人口约 15 万,是奥地利继维也纳、格拉茨和林茨之后的第四大城市。

束前挂断电话，否则你的谈话内容会存在暴露的风险，你会在还剩30，秒钟，时听到刚才重复听到的音乐。"

哈图朝纪子使了个眼色，意思是让她继续保持通话，自己则缓慢地朝贵宾室的门口移动。巴旺希这个字眼出现的时候，哈图便立刻明白过来对方的身份，这个臭名昭著的黑客组织一直打着匡扶正义的名头满世界作恶，盗取银行资产，篡改股市信息，甚至会破坏不少殖民星的军事和民用网络，是个让星际联署无比头疼的家伙。虽然暂时不知道巴旺希蠕虫来找纪子究竟要做什么，但他们费尽心思黑进奥地利总理办公室打来，又故弄玄虚播放录音骗过监听，肯定不是单单为了和纪子闲话八卦，那个即将接入电话的人，不管是谁，都肯定是个巨大的麻烦。

"我们将在5，秒钟，后，将你的通话转接到T6C05D-2907号线。"

倒计时的声音回荡在贵宾室内，纪子看着小心踱着步子的哈图，也跟着屏住了呼吸。

"5……4……3……2……1……"

"切换至T6C05D-2907，剩余5，分钟，9，秒钟。"

巴旺希蠕虫嗞嗞作响的电流声瞬间消失，切换成了最正常的电话等待音。

"嘟……嘟……嘟……"

三声过后，一阵沉闷的呼吸从另一端传来，对方没有说话，更像是在等纪子先开口。

纪子看向了哈图，眼神慌张而无助。

哈图一手扶着做旧的铜制门环，一手搭在了房门的把手上，他思忖了片刻，转身镇定地朝纪子点了点头。

"你，你好。"

纪子紧闭着双眼，小声说道。

电话那一头，原来的呼吸声消失了，取而代之的是一个熟悉的声音。

"纪，纪子。"

焚星　341

这一刻，贵宾室内陷入了彻底的安静，静得连呼吸声都没有。过了好一阵，才响起一声锐利的"啪嗒"声。

房门从里面被反锁上了。

"鲁……"

28

：你在哪？鲁，你在哪?！

：在飞船上，我……正在离开帕玛星。

：离开……可是整片星域都已经被列为禁区了……不，鲁，你把船开回来，开到这儿来，我会让他们，我会请求他们打开遮罩的，整片星域，只有在遮罩里才是安全的，只有待在里面你才能活下来。

：纪子——

：马上，他们马上就要启动那台武器了。

：纪子，你听我说——

：鲁，我会证明你不是间谍，我可以证明的！

：纪子，这不是你的错。

：对不起，鲁……对不起……对不起，真的对不起……

……

——被黑客组织巴旺希蠕虫收录的编号为02765-387-Part1的通话音频，它经过最严格的加密，数据被分散储存至全宇宙超过700台不同的服务器中，

经过巴旺希蠕虫测算，即使集合星际联署最强大的团队和设备，破解重组整个文件也至少需要耗费23个标准地球年，并且破解成功的概率仅为0.023%。

女人一遍遍的道歉，混合着令人心碎的呜咽。

透过飞船驾驶室的瞭望窗，鲁扭头看向外边。

从两个小时，或者更久之前开始，外边的景致便不再有什么变化。黑暗中繁星黯淡，即使是平日夜空中最亮的那几颗也不见从前的光泽，这片星系荒芜得如同一摊早已干涸的墨，不再流转，不再灵动，只有平静的黑暗与点点破碎的星光，此中万物都像被层层叠叠的胶质包裹着。一颗颗于虚空中诞生的琥珀，只有深浅浓淡的区别，本该最亮最大的帕玛星，也在漫长的航行里逐渐缩小，如今只有米粒般大，那抹成为每趟航程的必备景点为无数游客称道的金黄，如今只剩下几抹淡淡的微光。

自鲁从昏迷中清醒，他就眼见着帕玛星一点点离自己远去，像在目送一位经年累月相伴的老友。他从未这样仔细打量过这颗自己生活了十余年的星球，但这也怪不得他，那条盘踞在赤道婀娜的巨蟒实在太过耀眼，千万沙丘汇集而成的金鳞散发着那样夺目的光辉，它的存在，足以让这颗星球的其他角落都黯然失色。比如暗褐色的北极，戈壁的坑坑洼洼即使在外太空也清晰可见，那都是一个个绵延排列的矿井；多邦所在中纬度的南半球，有许多起伏的山峦，正是这些经年不息抵御风沙的卫士，让这片山下的谷地成了帕玛星最大最富饶的甜洲，它褪去了沙漠的金黄，甚至有星星点点的绿意。那里该是租界吧，鲁看到时不禁这样想，他的家也在那里，和整个谷地一道变成了南半球一处显眼的塌陷，就像一块刚刚长出新肉的疤。

可尽管如此熟悉，尽管驻足过无数次，这颗星球上依旧还是有鲁看不到的地方，或者说，即使看到，也从未留意过的地方。它就像异域伎台上头纱遮面的舞娘，人们垂涎于她曼妙的舞姿和满身的珠宝，却始终无法一睹那抹面纱之下的神秘，那片黄沙之下的另一个世界。

"Veni, vidi, vici,①有时候人类就是这样肤浅，他们以为征服了这里，

---

①拉丁文，译为：我来，我见，我征服，是凯撒大帝在泽拉战役中打败法尔纳克二世之后写给罗马元老院的著名捷报。

占领了这里，就彻底了解了这里，从此他们就只思考一件事，如何从这里赚钱，他们不知道，也不屑于知道，更大的秘密，就藏在下面。"

莫亚西夫站在鲁的身旁，两人并排坐着，目送帕玛星渐渐远去。

"你相信神吗，鲁？"

"你指的是人类的神，"鲁疑惑地看着他，"还是帕玛人的？"

莫亚西夫笑了笑，过了一会又说道："你父亲相信。"

"他相信，神？"

"他见过神，"莫亚西夫温柔地点了点头，那双眼睛里透着微光，像是倒映着些许星辰，"一切都源自一次意外的发现，你的父亲，班，他一直企图了解帕玛星极度干旱的原因，因为不论是整个星系的环境还是其在星系中所处的位置，都不足以让它这样炎热荒芜。他找到了之前被搁置的针对帕玛星地幔之下的研究，认为根源在沙漠之下，在你们挖掘的帕玛岩之下，但那里有什么，一直都是个谜，他找到了沙漠之子一族寻求帮助，因为只有他们去过那里。他们把那个地方称作 Lumo Darlo，意思是魂之居所，是帕玛星的灵魂栖息的地方，也是所有帕玛人死后会去的地方。

"于是很快，他便在几个帕玛人向导的陪同下启程前往了帕玛星的地心世界，并在那里发现了那个最重要的秘密，应该说……是发现了这颗星球的真容。"

莫亚西夫停顿了片刻，他的声音有种独特的深沉，仿佛天生就是为了讲述某个故事，那样一呼一吸之间，就能让人回到故事里的时刻。

"帕玛人的祖先有一则传说，相传沙漠之子一族最早发现了 Lumo Darlo 的异象。当时的族长在地底最深处滚热的帕玛岩上赤身匍匐，耳朵贴着石壁聆听了七十个昼夜，得到了一则寓言故事。一颗太阳诞生在一片致密的云层中，但很不幸，它统辖的领域里，还存在着另一颗太阳，另一个统治者，而它是较为弱小的那个，双日同存。围绕它们运转的众星为其所扰，纷纷偏离了原来的航道，互相挤压、撞击，山崩地裂，带来了无数灾难。它肆意妄为了接近两亿年，直到一颗天外的飞星带着至暗之光向它袭来。寓言里说，那是宇宙之神的惩罚，撞击引发的爆炸持续了很久，直至扑灭它所有的怒火，掩藏它全部的光辉，把它变成众星里再平凡不过的一颗。这就是帕玛星的起源，这颗遭受天罚的太阳，就是帕玛星。"

"太阳……你的意思是，帕玛星原来是一颗恒星……这怎么可能，没有生物可以在恒星上存活。"

"你忘了吗，寓言里的那个天罚，天外飞星，至暗之光。"

"那是什么……"

"什么东西强大到，能让光黯淡，能阻碍燃烧，能困住一颗恒星。"

"我……"鲁的双唇颤抖着，片刻后才继续说道，"帕玛岩……"

"你的父亲试图研究过寓言里描述的天罚究竟是什么，但肯定不是我们已知的任何宇宙现象。他认为所谓的飞星，那至暗的光……应该是双星系统扰动意外引发的一场暗能量倾泻，而如今被你开采的这些，全宇宙最具价值的阻隔材料，不过是它们和恒星相互作用遗留的残骸。幸运的是，正因为有它们的存在，帕玛星才能焕发生机。"

"你的意思是……在帕玛，不，在那些残骸的里面，其实有一颗恒星？"

"对于帕玛人来说，那是他们的先祖，而他们，则是那颗恒星的子民。这好像也正好可以解释，为什么只有帕玛人能够开采帕玛岩，他们特殊的身体构造，仿佛就是为了释放他们的神明而存在的。"

"释放……神明……"

"你应该很清楚，帕玛岩并不是人类发现的，早在人类到来前，帕玛人就开始采挖地底的矿石了，只是他们并不知道，这些东西能带来的商业价值。"

"所以，他们真的要把那颗恒星放出来吗？"

"魂之居所，帕玛人虽然不懂科学，但描述得一点没错，那里确实栖息着这颗恒星的灵魂。它的地心依旧在进行着剧烈的聚变和裂变反应，并且无时不刻不在散发着致命的辐射，"莫亚西夫停顿了片刻，缓缓看向一脸惊愕的鲁，"你的父亲，也正是因为这些辐射才……他很早就知道自己命不久矣，但他不知道会那么迅速。那阵子他回地球接受治疗，就是希望能凭借更加先进的医疗技术多撑一阵子，撑到今天，但……正如那些帕玛人所说，魂之居所已经带走了他的灵魂，他还是没有机会亲眼见证这一切的发生。"

"等等，那今天，普鲁托之矛要攻击的是一颗恒星。"鲁的双唇哆嗦了好一阵，惊讶得无法言语。他从驾驶室的座位上站了起来，趴在窗前看着逐渐远去的帕玛星。那抹飘扬在眼前的金黄，似乎仍在缓缓摇曳，那是它在吐着信子，在晃着尾巴，那条金色的巨蟒，正盘踞在静谧的黑暗中，等待着不知好歹的猎物。

"一颗恒星，去攻击另一颗恒星……所以，这一切……都是为了毁掉普鲁托之矛。"

鲁转过身，看着莫亚西夫，借由这个故事，帕玛星的故事，他突然明白了所有的事，马德哈万的死，毁掉租界，把人们困在班镇却不大举进攻，引诱和谈，总督的死，毫无底线地触怒人类，都是为了让头上高悬的矛头落下。"从始至终，你们都是为了毁掉它。"

"这还要多亏你。"在一旁沉默许久的韩先生突然说道，莫亚西夫讲故事的整个过程他都显得漫不经心，显然已经听过了数遍，"帕玛人挖得多慢啊，还有一些人背弃了信仰不挖了，要不是你们建工厂做勘探，进度可能还要慢上一截。"

"是啊，多亏了鲁，"贝阿特莉丝跟着说道，"现在，这些矿区的岩层，应该已经很薄很薄了吧，简直一捅就破。"

"这样的武器，本来就不应该存在，没有人应该活在死亡的阴影下。"莫亚西夫一边说着，一边看向远处，目光温柔地落在那片无垠的太空中，"人类是不可能统治全宇宙的。他们中的一些人早就明白了这件事，只是普鲁托之矛又给了他们幻梦一般的希望,但我们必须戳破这个美梦,只有这样,所有文明才能真正实现平等和自由,至少在下一个普鲁托之矛被创造出来之前,能有那么片刻的自由。"

十个世纪都不见得能有一次这样的机会,鲁想起那位参与制造普鲁托之矛的科学家曾在受访时这样说过……一千年,原来父亲要做的事,是给所有文明,所有生活在人类阴影下的文明,一千年的自由。

"会怎么样……在那里……"鲁用手指了指帕玛星的方向,"一会儿会发生什么?"

"放在宇宙层面来说,各文明居住的行星大部分都是石头,普鲁托之矛能做到的只不过是碎石手术,而帕玛星,可是个核弹头。巴旺希蠕虫很早就黑进星际联署的数据库拿到了普鲁托之矛的演练报告,如果这些黑客和数学专家的测算精确的话,普鲁托之矛应该根本来不及击穿帕玛星的内核,很可能只是一个小小的缺口,剧烈的恒星风暴就会朝着普鲁托之矛的方向喷涌,防护遮罩应该只能支撑不足20秒,然后,那个方向上的一切就会被彻底毁掉。"

"当然,虽然有塞亚斯星提供的防护遮罩,我们也会受一些影响,比如通信中断、电子干扰、空调坏掉、电脑死机,酒杯摔在地上等等,还有最吓人的就是,你罹患癌症的概率会增加。"似乎是觉得话题过于沉重,站在身后的韩先生拍了拍鲁的肩膀,那张脸上永远带着不怀好意的嘲笑。他在鲁醒来之前就已经开好了一瓶金灿灿的路易王妃香槟①,是他在租界高尔夫球场存了许久的那瓶,说什么要等打赢了莱德杯的职业选手时用来奖励自己,没记错的话,他甚至在班镇公开宣称过自己早晚会和这瓶香槟重逢。现在来看,他和帕玛人的关系远比鲁以为的亲密,不仅有办法委托帕玛人为他在化为废墟的租界保全一瓶酒,还能在这样的时刻轻松惬意地拿出来庆祝。"但拖到现在才出发也是没有办法,我们必须要等到联署的侦察舰离开这片他们以为非常危险的星域才能起飞,不

---

①著名香槟酒品牌。

然结局可能会比得癌症更惨，比如说，被直接打下来。不过你看，一切都很顺利嘛。"

他将酒杯陆续递给了莫亚西夫、贝阿特莉丝和鲁，并兴致勃勃地为他们斟满了酒，因为不具备帕玛人那样耐受辐射的种族天赋，他们被强行关在了驾驶室旁的隔离舱内，要等离开最强辐射范围才能出来。当然，一同被关禁闭的，还有同样祖籍地球的班，只不过这会儿它已经趴在最高的箱子上睡死了过去，看起来连日的出生入死，它已经彻底累坏了。

隔离舱内除了几个被当作凳子的箱子外，便只有这瓶韩先生嘱咐再三必须备好的香槟和酒杯。冰镇过的金色酒液还附着未消的气泡，韩先生便等不及地直接一饮而尽了。

"敬我葬身在妥奇亚的妻子，淑雅。"他大声喊道。那是鲁第一次见到大名鼎鼎的韩先生的脸上涌起一阵哀愁，那是因为思念着谁才会出现的表情，但那也只有那么一瞬，转而便恢复了往日那般大刺刺的笑。"其实我才不管什么正义和邪恶，班说，他可以把普罗托之矛毁掉，我说，好，就这么干！联署那帮狗东西威胁我，说什么为了把负面影响降到最低，被炸死的人类必须是0个，好啊，今天老子也不妨告诉他们，为了把负面影响升到最高，普鲁托之矛上活下来的人类必须也是0个！是0个！！！"

"才一杯就狂妄成这样，你会吓坏鲁的。"

贝阿特莉丝笑着说道。她倚靠在一个军用的工具箱旁，因为连夜翻越破损的电墙，又在沙漠里徒步了数个小时，她的脸上透着明显的疲累，但似乎连沙漠都格外疼惜美人，她那白净的肌肤上，竟未留下任何风沙摧残的痕迹。昏暗的灯下，她迷人的眼眸里依稀闪动着晶莹的光，继而又从眼眶中缓缓渗出，泪滴滑过的地方，也是一闪而过的、和韩先生相似的哀愁。

她也没说什么，只是举起酒杯，对着窗外晃了晃，像是在敬着谁。

"到底是谁啊?!"韩先生不耐烦地嚷嚷道。

"什么谁?"

"你现在脑子里想的那个人,让你义无反顾背叛人类,加入班的计划的人,或者说……让你不肯跟我上床的那个人。"

"你自己去猜吧,猜到了,我就告诉你。"

"看看,看看你,我就不像你,"韩先生再次给自己满上,然后对着鲁竖起了中指,"你俩,尤其是你,总是一副深藏不露的样子,如果你不是总那么清高,总是对联署那帮人唯命是从,总是拒我于千里之外,我或许在租界的时候就什么都告诉你了,你们父子俩,一个不让说,一个不给说的机会,还真是绝配。"

鲁举着酒杯愣在原地,一脸不可思议地看着韩先生。

"什么意思?"

"班一直在纠结要不要告诉你实情,但你实在太乖太听联署的话了,告诉你,风险太大。班偶尔也会提起这个,说你是被你母亲教大的,做不了这些事。"贝阿特莉丝抿了一口香槟,旋即叹了口气,在她印象中,班提起这些也总是落寞的,"来到班镇之后,我们也一直试探你,可你不仅和那个陷害你的安全员走得越来越近,甚至还和总督的亲眷成了朋友,我们实在……没法儿与你为伍,直到你去找韩收购工厂,我们才发现,你或许并不像平时表现的那样,才动了救你的心思。我们原本没打算出面,只是设计了很多针对你的指控,把你变成待审状态,这样你就不会留在普鲁托之矛上,而是被立刻扭送到阿森纳德的军事法庭,幸运的话,你就会活下来。"

"别给自己捞功了,最后下定决心必须救他的,明明是尤塔。"韩大笑了几声,冲着鲁继续说道,"他冒死冲进居民区,就是为了让我们必须告诉你真相,必须带你一起走,不能让你死在普鲁托之矛上,不过你也真是蠢啊,为什么要承认自己是间谍呢?如果不是贝阿特莉丝站出来说要流放你,我还真不知道怎么把你从民愤里救出来,从这点上看,你确实需要好好敬她一杯。"

"还是敬尤塔吧。"贝阿特莉丝再次举起酒杯，主动碰向了鲁手中的杯壁，"也应该敬你自己，你很善良，鲁，这是帕玛星上的人类很少有的品质，也是你的善良，最后救了你。"

"好吧，这杯敬尤塔。"

韩先生将杯子凑了过来，又呒喝起一直默不作声的莫亚西夫。"王子殿下，来一杯吧！"

莫亚西夫双手捧着酒杯，目光落在了金色湖面那些缤纷的气泡上，它就像一片被困在杯中的沙漠，亟待着谁去拯救。

"我想敬所有帕玛人。"莫亚西夫停顿了一会儿，又是那样深沉温婉的语气，"妥奇亚的文明比人类要早很久，我去过无数你们没有去过的地方，我们也侵略过别人，灭绝过别人，所以我从未真的相信真正的高尚无私，也从未相信文明之间会存在真正的正义，真正的所谓……为了全宇宙……但帕玛人，最原始的心智未被污染的帕玛人，他们是相信的，他们相信所有文明可以为一件事团结在一起，虽然这样的联盟无比短暂，无比功利，而且，应该就会在今天之后结束。

"你们或许不知道，班早就告诉过他们魂之居所里囚禁的是什么，以及这个计划的后果……但他们还是决定这样做了，他们说……或许释放那颗恒星的灵魂，就是为着这样一刻。这些未被污染的沙漠之子，其实拥有最原始也最强大的智慧，就像那则寓言，那个祭司是如何得知的，根本无法用科学解释。他们或许真的和宇宙存在某种感应，所以也愿意放弃生命，放弃这片家园去毁掉普鲁托之矛，因为他们清楚知晓，帕玛星的前世不过是一场浩劫的产物，是偶然的，暂时的，只是命运聚集的宇宙尘埃。其实在无限久远的时空中，所有星球所有文明都来自宇宙中暂时集聚的尘埃，他们是真的相信，宇宙才是真正的家园。

"当时的我，满心都是复仇的怒火，我在这样的怒火中生活了如此之久，可自从那一天之后，这样的情绪消失了……帕玛人告诉我，不要仇恨，要做出牺牲。"

莫亚西夫深吸了口气，缓缓抬起手中的酒杯。"敬帕玛人，敬沙漠之子。"

贝阿特莉丝和鲁也跟着将酒杯举了起来，只是并未跟着应和。或许他们都意识到了，自己如今在这里开着香槟庆祝的事，其实也是帕玛人的末日。虽然班做了几乎万全的准备，教授技能，挑选具备独立生存能力的送去其他星球，甚至搞定了身份和户头，但他们失去了家园，这是不争的事实。不要仇恨，要做出牺牲，或许这句话由任何一个此事的参与者说出口都会显得虚伪，但只有这帮帕玛人不会，比起其他人贡献的金钱、血液、嫁妆和时间，他们近乎牺牲了所有。

"呵，哎呀……敬敬敬，"韩先生最受不了这种突然的沉默，于是立刻便闹腾了起来，"要不怎么说，人家是当王子的呢？我这种肤浅的人就没想那么多，那玩意儿炸了就完事了，那我就再肤浅一点吧……再敬一下巴旺希的那帮蠕虫，多亏了他们，二十三亿标准星元啊，我的全部家底，如今都安全地躺在三十三王国的银行里。"

"那我该敬一敬多门隆纳的几位外臣，"贝阿特莉丝嘟着红唇，一脸得意地用手抚摸着自己白皙无瑕的脸蛋，"那些鱼籽除了能砌墙，还能种植在皮下永葆青春。"

"敬哈布斯堡总督，"莫亚西夫再次开口，"他是个好人，一心希望和平谈判，但这样的好意，却和我们的计划……"

"那还得敬巴特尔，那个刀疤军官，他也算是白死了，要不是担心提前暴露工厂的真面目，尤塔也不会下手。"韩咳嗽了几声，转而对鲁怪笑着说道，"现在你知道为什么尤塔死也不同意你跟着了吧，因为他不想连你也杀了。"

"敬他，"贝阿特莉丝也来上了一口，"听说过他，算是个好人。"

"最最重要的，敬你的父亲，"韩先生突然搂住了鲁，高举酒杯朝着窗外大声说道，"班，你可看到了，任务完成了，你的儿子呢，也还活得好好的，而且他确实也不赖。"

这次，四个人的酒杯第一次默契地碰在了一起。

"我说韩，这一杯，怎么也应该是鲁来发起吧。"贝阿特莉丝似乎注意到了鲁脸上的局促不安，故意有些严厉地批评道，"连这都要抢，怪不得你在租界从来没几个朋友。"

"怎么，鲁，除了你父亲，你就没有想敬的人吗？"

韩先生的语气一如往常，带着十足的挑衅，他以为这样的激将法怎么也能奏效，可鲁却像压根没听到一般，他双手合十握住酒杯，沉默了好一阵才战战兢兢地说道："其实，我想……"

29

　　……

　　：其实该说抱歉的是我，纪子，我……我是个懦弱的人，一直以来都宁愿活在谎言里，我……其实一直都在逃避，不只是逃避我的父亲，还有你，还有哈图……我甚至都没有勇气面对他。

　　：（女人的啜泣声）

　　：你知道吗，我在沙漠里，见到了我的父亲。

　　：……班？

　　：是，应该说，在沙漠的幻觉中，我变成了我的父亲，淋了一场雨，还遇到了流浪的班，另外一个班，那只猫。

　　：你的父亲……你还在想着这个。

　　：是，在班镇的这些日子，我每天都在企图了解他，我以为我离他很近了，便开始对他产生了爱，但后来，又渐渐开始恨他。也是到了今天，我才猛然发觉，我其实从未真正了解他。因为他是真的热爱这片宇宙，也注定是要追随着这些星辰而去的，我的母亲困不住他，地球也困不住。我永远无法体会这样的心境，因而我永远无法真的去爱他，或者恨他，他也压根不需要这些。我和他，都不再执着于这些了。

　　：这都是，他亲口告诉你的吗？在那个幻觉里。

　　：他什么也没说，但我感觉得到，他在大雨中把这些都想明白了，并且走出来了。

　　：真的能……走出来吗？

：有时候会很难，甚至要做出牺牲……（倒计时电子音）……纪子，我只是……只是想告诉你，从今天起，你不用再固执地认为，自己会永远承担着那份沉重的恨意，也不必再继续抱着赎罪的心态活着。妥奇亚人不恨你，帕玛人不恨你，我也不恨你。命运本来就会改变很多，会带来爱，就会带来恨，会把幼稚的变得成熟，也会把善良的变得邪恶，甚至会把一颗恒星……变成一颗行星，但归根结底，我们只是屈服于无常的命运，而不是瞬息的爱恨。

：命运……我是多么……多么讨厌这个词。

：不要仇恨，纪子，要做出牺牲，因为即使死去，我们也终于会是这宇宙万物的一部分，永远都是。

：宇宙的，一部分……你害怕吗，鲁？

：（呼吸声）我……我感到平静，纪子，希望你也是。

：我……多希望能再见到你。

：我们会再相见的（急促的电流声）纪子，在无数宇宙尘埃之中。

：鲁（急促的电流声）……我们……（急促的电流声）……再见（急促的电流声），纪子，再见。

：（急促的电流声）

：Ahri'Suha，Moka mosoru Moka mosoru Lemario。

：（急促的电流声）

：Ahri'Suha，Moka mosoru（急促的电流声）Moka mosoru Lemario。

：（急促的电流声）

——通话中止——

——被黑客组织巴旺希蠕虫收录的编号为02765-387-Part3的通话音频，

它经过最严格的加密，数据被分散储存至全宇宙超过700台不同的服务器中，经过巴旺希蠕虫测算，即使集合星际联署最强大的团队和设备，破解重组整个文件也至少需要耗费23个标准地球年，并且破解成功的概率仅为0.023%。

韩先生抢先按下了屏幕上的终止键，那些接连不断的电流声终于彻底消寂，同时，他也松开了一直顶在鲁背后的枪口。

"哪怕你多漏了一个字，我都会直接毙了你。"

通话开始前，韩先生就已经警告过鲁，和在隔离舱内推杯换盏的惬意截然不同，他的语气和神态都是那样认真而严厉，甚至显得十分刻意，就好像在努力告诉鲁，他可是真的会毫不留情扣下手中的扳机。

最初鲁提出想要联系纪子时，韩先生直接将含在口中的香槟全都吐了出来，洋洋洒洒弄湿了整件上衣。

"你喜欢那娘们的话，直接去普鲁托之矛上找她吧，一起殉情得了。"他疑惑又愤怒地打量着鲁，像是刚刚的昏迷把这个人的脑子也一并弄坏了似的，"人家连你被流放的时候都没兴趣管你，你倒好，这种时候还不要脸地贴过去。"

"我只是……"

"只是什么，可怜她吗？"韩先生压根没有听鲁解释的意思，"只是什么也不行。"

"按照司令的计划，她现在肯定已经成功撤离了，没准正在甲板上和联署那帮人握手呢。"贝阿特莉丝的语气依然温柔，但不同意这么做的意思同样表达得十分强硬，"且不论我们的飞船现在去呼叫普鲁托之矛的舰队你有多大风险，你现在去找她，想对她说些什么，'我还活着，但你就快要死了'吗？"

鲁愣了片刻，不再说话。他知道这样的请求不仅幼稚天真，而且只会徒增危险，怎么听都像是无稽之谈……更何况，于鲁内心而言，这种想要和纪子谈谈的冲动，确实缺乏某种具体的趋动，他自己也没有搞清楚为什么会想要如此。能说什么呢？应该说什么呢？难道只是想和这个才认识了那么几天的女人告别吗？还是，正如贝阿特莉丝所说的那样，只是为了炫耀呢？鲁自己也没想明白，他只是下意识地，在莫亚西夫说出那句"不要仇恨，要做出牺牲"时，本能地想到了纪子。

在恨意中活着，也是赎罪的一部分……纪子的话在那一刻，如此清晰地映在鲁的脑海中，那么近，那么真切，就像贴在他耳旁挥之不去的求救讯号。

"对不起，我刚才——"

鲁正准备为刚才的失言道歉，一直寡言寡语的莫亚西夫突然开口说道。

"可以找巴旺希蠕虫帮忙。"他思考了一番，看着三人继续说道，"普鲁托之矛的控制系统非常严密，但是通信系统其实和普通飞船没什么区别，让巴旺希蠕虫找到一个合适的输入源，联署不会起疑的那种，应该可以轻松接入。"

"喂，是我韩老板幻听了，还是莫亚西夫你的脑子里进水了！"

莫亚西夫并没有搭理韩先生的呵斥，而是径直将目光移向了同样一脸错愕的鲁。

"那位纪子小姐，我也认识。我曾经逃难到阿莎比索时，她碰巧在当地组织了针对妥奇亚难民的捐赠。那时候的我刚刚经历亡国之痛，只觉得她伪善，做作，我利用我的威望，召集人袭击了她住的酒店……"莫亚西夫停顿了片刻，喉咙里明显有些发哽，过了很久才继续说道，"我想……她至少不应该背负着这样深重的恨意离开，鲁，你一定……也是想告诉她这些吧。"

韩先生按下终止键的那一刻，鲁并不知道自己是否真的完成了莫亚西夫交代的任务，让纪子不再背负这样深重的恨意离开，事实上在他们交谈的最后一分钟里，断断续续的杂音和电流已经让他完全无法听清纪子的回答。

"这就是，你要说的吗？"韩先生突然问道，"有模有样嘛，还特意找米莎学了那句咒语。"

鲁没有回答，他依旧紧紧抓着面前这杆细长的麦克风，方才的几分钟，他的身体一直在无法抑制地颤抖，从四肢，到双唇都是如此。他期待，紧张，忧虑，惶恐，无助，哀伤而又悔恨——鲁从未有过这样的体验，当所有的情绪都在同一时间叠加在一起，每根神经都在相互拉扯着，就像活生生地要将这副身躯撕裂开来。

可他却只能这样镇定、沉静地，说着这些最煎熬的话。

"大家最终都是尘埃，"沉默了许久后，鲁的身后传来了一声微弱的叹息，"也挺好的。"

下一秒，一道耀眼的光透过驾驶室的玻璃射入了飞船内，世界就像突然过曝的照片刹那间只剩下无边无际的苍白。而当光芒渐渐淡去，当人们的眼睛从那道光芒中解放，远处黑暗无垠的宇宙，已经化作了一片寂静的火海。

窗外，数百艘并行的飞船同时亮起了辐射报警信号，鲜红闪烁的信号灯映照着远方的红莲。那一刻，鲁突然想到自己仓皇逃离租界时，也是这样一片四处蔓延的猩红，而他也是透过这样一扇不大的窗，在飞驰的轿车后座上，目送着逐渐远去，于火海中坍塌的租界。

如今，他和韩再一次位于窗前，再一次位于飞速驶离的途中，他们要目送那颗已然可以被称作家的星球消失在茫茫宇宙，一场死亡，恒星的死亡，就这样开始了。

只是这一次，他们听不到任何声响，耳边不再有此起彼伏的坍塌，崩裂，哀嚎与呼喊，这一切是如此寂静，幻梦般的寂静，唯有化作光圈的能量在漫天摇曳，如同一波接着一波汹涌的巨浪。从来只有黑暗的宇宙，迎来了从未有过的璀璨与华美，就像一片阳光照射下富饶的海湾，红色的浪，金色的潮，如鱼群飞舞的尘埃飘散在远处的星海，它们汇聚成了一片创世纪那般壮阔的霓虹。

"真……"韩先生嘟囔了好一阵，最终没有说出"美"这个字，连他这样纨绔的人都知道，美，实在不该用来形容这样的时刻。

可眼前的一切，难道不美吗？这万千绚烂的波澜，不像是什么在死去，却像是什么在诞生。而当这些绚丽的色彩倒映在鲁的眼中，他好像才终于有些明白莫亚西夫说的，在无穷无尽的时空之中，所有的一切都是暂时的，偶然的，万籁俱寂的星河之中，死与生，并没有本质的不同，就像日出日落，都会烧红一片天，都是一样霞光万道，而似乎在这样生与死的时刻，凡人才能有幸看见，宇宙的真容，它独一而瞬息的美。

同样在这般景象前驻足的，还有贵宾室内的纪子和哈图。

当蓝色的防护遮罩完全破裂，炙热透红的耀斑便如同决堤的洪水倾泻而来，一艘艘副舰被点燃，一根根炮台被熔断，接着是震耳欲聋，四处响起的警报声。

纪子站在窗前，那个人们口中最佳的观景台。

于万丈光华中，她分明看到了一条金色的巨蟒，它那蒙垢的身躯褪去了尘土的苍黄，一片片完全由光凝结的耀眼夺目的鳞于烈焰中显现，它在绵延的沙丘之下蛰伏了如此之久，根本就像是这颗星球鲜活的灵魂。

如今，它显现了真容，那双犹如一千颗太阳炙热明耀的眼睛注视着纪子，注视着哈图，注视着每一个自诩为宇宙之主的人类，他们容不下它的荒芜，容不下它的子民，终于也容不下它的肉身。

灯光全都熄灭了，整艘普鲁托之矛在剧烈地颤动。这个被人们寄予厚望、威胁着全宇宙的死神，终极的武器，正在被它最看不起的劣等星一点点摧垮。

缘着逐渐坍塌、碎裂和融化的长矛，金蟒优雅而缓慢地逼向普鲁托之矛的末端。

辐射警告，缺氧警告，生命维持系统警告，撤离警告……一阵阵刺耳的警鸣回荡在耳旁。

接着，窗边涌现出无数炸裂的火花，那些仓皇起飞，又很快被点燃的飞船，一艘艘在金蟒的吐息间灰飞烟灭。

窗外的世界，已是烈焰如注，就像活生生的地狱。

"我们……该怎么办……"

哈图能够感觉到扑面而来的炙热，能量，巨大的能量正在瓦解周遭的一切，这座象征人类至高权力的圣殿正在坍塌，他的身体，灵魂，都在这摧枯拉朽的热浪中分崩离析。

纪子没有回答，她不知道要如何回答，此刻也许还有很多人，这个舰队上还活着的人都站在窗前看着这一幕，所有人或许都知道，这就是死亡来临时的模样，那些警鸣，就是死亡的脚步声，这一切，这就是他们的末日。

卢卡斯……

母亲的本能，在那一刻成了与绝望抗衡的、最后的理智。

但一波接着一波的震荡已让人根本无法站稳，于是纪子扶着沙发的边缘，冲进了卢卡斯的房间，当她打开门时，坍塌的天花板和书柜已经将床边的空间统统堵住，卢卡斯龟缩在床头，用被子紧紧裹住身体。

"妈妈……"

"别怕！卢卡斯！"

纪子想也没想，缘着倒地的木板爬向了床边，乳白色的床单上，被倒刺划破的脚底渗出了鲜红的血，每一步，都是一朵绽放的红莲。

纪子一把抱住不停哭泣的卢卡斯，又将他的脑袋深深埋进怀里。

"没事的，没事的……"

纪子在卢卡斯的耳边说道，继而更加用力地将他抱紧。

"卢卡斯，闭上眼睛，会过去的，马上就会过去的。"

纪子能感到无形无状的热浪就像尖锐的风刮过她的皮肤，辐射，肉体难以承受的辐射正在消融她的躯壳。

面前的墙壁坍塌了。

无以复加的灼热由鼻腔灌入身体,这是她的最后一口呼吸。

她感到自己的身体在瓦解,在碎裂,在随风飘散。

她听到了熟悉的声音,有人在不太遥远的黑暗中对自己诉说着……

"我感到平静,纪子,希望你也是。"

"我们会再相见的,纪子,在无数宇宙尘埃之中。"

她融化在,巨蟒金色的瞳孔里。

尾声

在这个悼念的时节，命运恩赐了接连不断的雨。

陵园本就有大片梧桐覆盖的绿荫，如今再加上阴云和细雨，便让前来悼念的人有了称意的心境，烟雾缭绕的小径在斜坡间迂回，一排一排规整的碑，三三两两沉默的人。

鲁站在父亲的墓前，撑着伞，穿着单薄的灰色亚麻衬衫，矗立了好一阵。

这是他第二次来看望父亲，好不容易的第二次。帕玛星事件后，各个殖民星因为不再忌惮普鲁托之矛的威慑都在蠢蠢欲动，星际海关审查严格了不止一倍，他这本黑护照不到半年就得更换一次。就这还得往返数个虫洞中转，迂回几轮才能回到地球，而在这本护照过期前，他又得去到巴旺希蠕虫给他找的新家。

可即便这样千辛万苦，他依旧不知道该说些什么。来之前，他就在想这次一定要认真地和父亲说些什么，可多次穿越虫洞引发的呕吐和高烧让他连清醒的时候都很少，更别提动脑子去想清楚这些，于是鲁便只能宽慰自己，到了陵园，到了墓碑前，再来上几滴落在肩上清明时节的雨，他一定就知道该怎么做了。

可过去了一刻钟有余，依旧只有沉默的相对。

父亲的墓碑上还是只刻着他的名，没有姓，除此之外再无其他。帕玛星被毁后，祭拜的人就更少了，上次来还看得到的鲜花和照片，如今都没了。

"不说点什么吗？"

站在鲁身后同样撑着伞的贝阿特莉丝笑了笑。她穿着挺括的大衣，戴着几乎遮住半张脸的黑框墨镜，在这个人们普遍低调的墓地里显得风采熠熠。她如今还是明星，很红的那种，前阵子还去了三十三王国拍戏，鲁也不知道她是如何办到的，班镇的要员登记手册里根本没她的名字。"韩通知我来接你的时候，可是说你准备了一肚子的话。"

鲁有些气馁，想了半天，只能指了指在墓碑前小心踱步的班，一本

尾声

正经地说道。

"父亲,这是班,你的猫,它很厉害,通过了虫洞适应性测试,回到了地球。"

小家伙忙着给自己找块没被打湿的空地,完全没有理会他的引荐。

"喂!"贝阿特莉丝的语气里充满了不可置信。

"什么?"

"你该不会还不知道,这只猫真正的名字吧。"

"它的名字?"

鲁看向了脚下的班,它脖子悬挂的名牌上,"BAN"的字母刻印几乎都磨花了,但勉强还算能看清。"它就叫班,它只是从来都不理会别人叫它。"

"那是Ban's①,只是后面那个标点和后面的字母被磨损得看不清了。"贝阿特莉丝叹了口气,"你不是都在那个什么梦里见到了吗,怎么会还不知道。"

"你说……父亲捡到它的那个梦?"

"是啊,那天,他在帕玛星和你重逢,你说,他会给这只猫起了什么名字。"

"这个……"鲁皱着眉,想了一会儿,"不是班吗?"

"你啊,真是的……"

贝阿特莉丝摇了摇头,摘下了墨镜。

她蹲在地上,一边抚摸着小家伙柔顺的背毛,一边亲切地喊出了猫的真名。

圆滚滚的脑袋猝然转向了贝阿特莉丝,接着一个跳跃钻进了她的怀抱。

鲁愣了半天,小心翼翼地从嘴里蹦出了这个名字,是啊,当然该是这个名字,由他和父亲组成的名字。

---

①译为:班的。

被贝阿特莉丝搂在怀里的小家伙立刻调转脑袋,直勾勾地看着鲁。浑圆的眼睛里倒映着斑驳的光影,像一个人,又像一整个宇宙。

特别感谢

北京市科学技术研究院副研究员

北京师范大学天体物理博士　戴岩

在本书创作过程中提供的帮助